Hans Peter Hoffmann
Der Flug auf dem Drachen

Hans Peter Hoffmann

DER FLUG AUF DEM DRACHEN

Ein philosophischer Abenteuerroman
aus dem alten China

Carl Hanser Verlag

Der Inhalt dieses Buches wurde auf einem nach den Richtlinien
des Forest Stewardship Council zertifizierten, holzfreiem Papier
der Papierfabrik Munkedal gedruckt.

Die Schreibweise in diesem Buch entspricht
den Regeln der neuen Rechtschreibung.

Unser gesamtes lieferbares Programm und viele
andere Informationen finden Sie unter
www.hanser-literaturverlage.de

1 2 3 4 5 13 12 11 10 09

ISBN 978-3-446-23384-3

Umschlagabbildung: Jürgen Uhl, Freiburg
Umschlaggestaltung: Stefanie Schelleis, München
Satz: Greiner & Reichel, Köln
Druck und Bindung: GGP Media GmbH, Pößneck
Printed in Germany

Für Simone und Verena

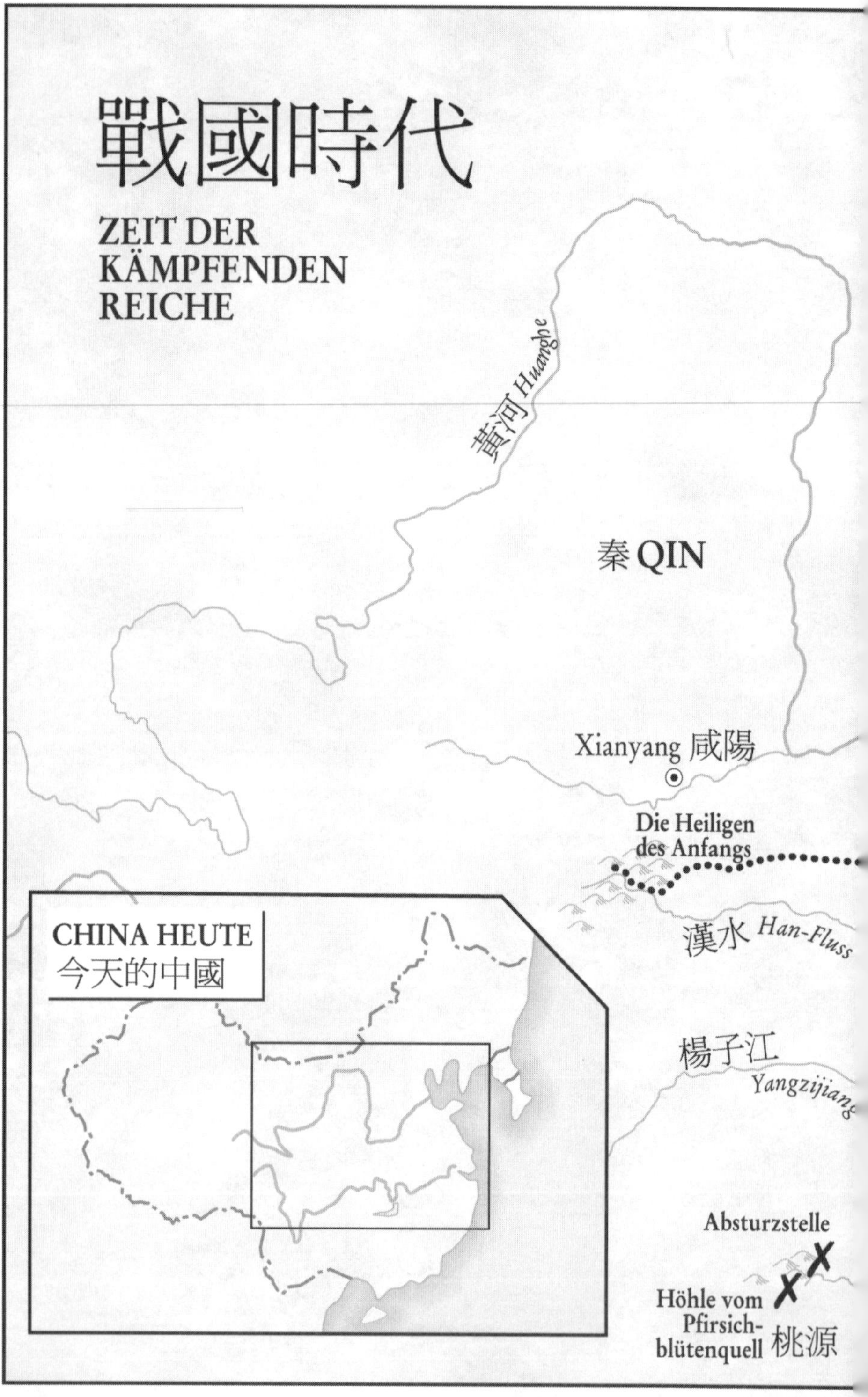

戰國時代
ZEIT DER KÄMPFENDEN REICHE
黃河 Huanghe
秦 QIN
Xianyang 咸陽
Die Heiligen des Anfangs
漢水 Han-Fluss
楊子江
Yangzijiang
Absturzstelle
Höhle vom Pfirsichblütenquell 桃源
CHINA HEUTE
今天的中國

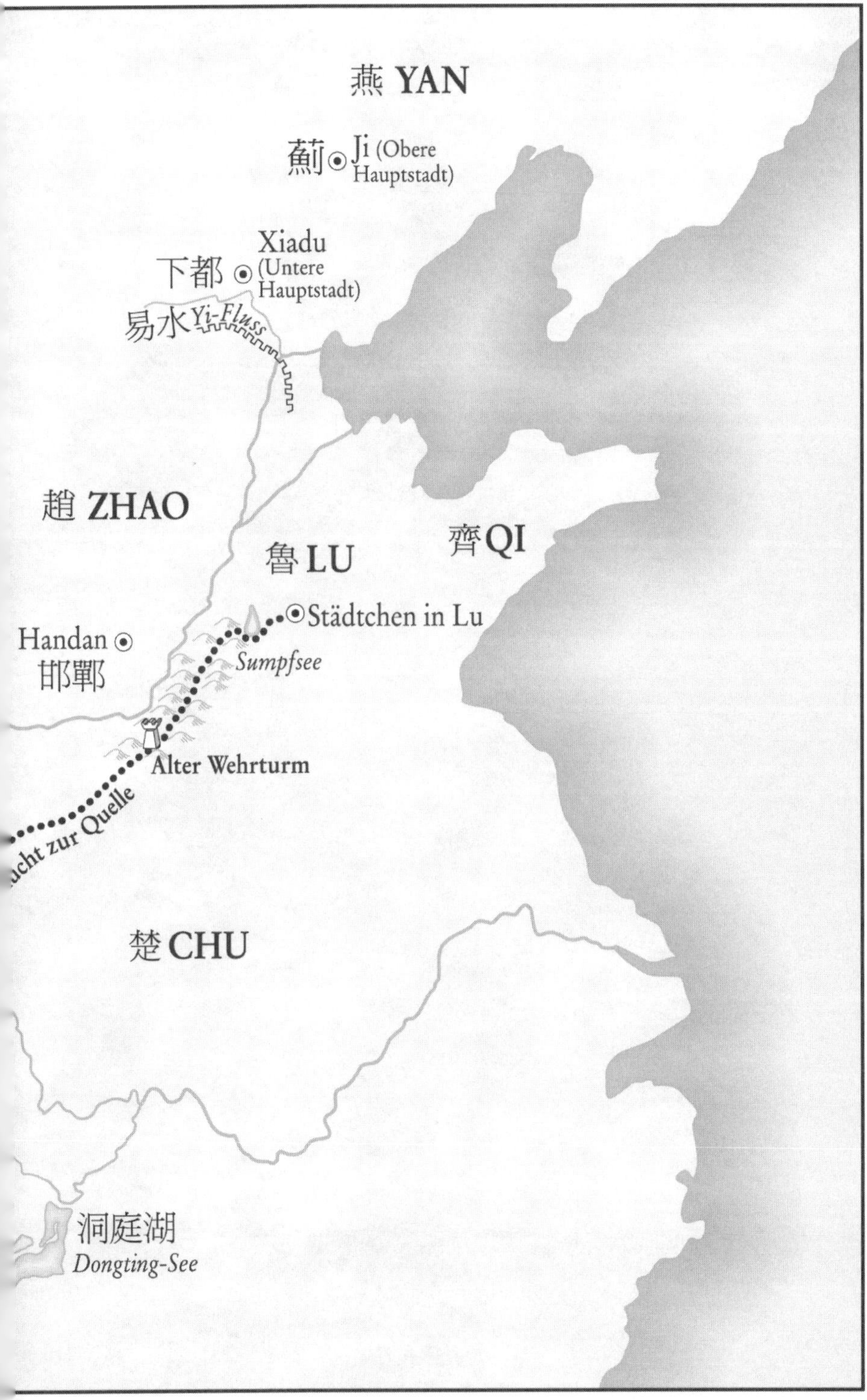

燕 YAN
薊 Ji (Obere Hauptstadt)
Xiadu
下都 (Untere Hauptstadt)
易水 Yi-Fluss
趙 ZHAO
魯 LU
齊 QI
Städtchen in Lu
Handan
邯鄲
Sumpfsee
Alter Wehrturm
ucht zur Quelle
楚 CHU
洞庭湖
Dongting-See

Teil I

DAS EINHORN DER KÖNIGE

China!?

»China, niemals!!«

Das war ein Schrei gewesen.

Damals.

Wie lange war das her?

Keine acht Wochen.

Und jetzt hing sie hier, an einem Fallschirm. Das kleine Sportflugzeug hatte den Geist aufgegeben, kurz vor dem Ziel, und war vom dichten Wald unter ihnen längst verschluckt worden. Restlos. Nicht einmal Rauch stieg auf. Jedenfalls soweit sie sehen konnte mit ihren zusammengekniffenen Augen.

Ihr war nicht nur mulmig, sie hatte Angst, und wie immer, wenn sie Angst hatte, war sie wütend. Was heißt wütend, stinksauer! Und wie immer, wenn sie stinksauer war, stampfte sie mit dem Fuß auf – und trat ins Leere. Und die Schnüre, an denen sie hing, verdrehten sich, und sie kam leicht ins Trudeln.

»Bie dong [dung] le!«, sagte die Stimme hinter ihr. Mein Gott, das hatte sie für einen Augenblick vergessen. Sie war nicht allein. Das war Lu Dao. Er war der Pilot der Sportmaschine und ihr von ihrem Vater als Begleiter ausgesucht worden. Mochte der Himmel wissen, wo ihr Vater steckte und warum er sie nicht in Peking vom Flughafen abgeholt hatte. Nichts, nur dieser Lu Dao war da gewesen und eine Nachricht, sie solle mit ihm nachkommen, nach Süden.

Und so hatten sie sich erst mit dem Zug und schließlich mit dem Sportflugzeug Richtung Süden aufgemacht.

Es war noch keine halbe Stunde her, dass der Motor der kleinen Sportmaschine zu stottern und Lu Dao anfing, wild an den Instrumenten herumzuhantieren. Vertrauenerweckend sah das nicht aus!

Sie schaute hinaus. Nichts als Wald. Nichts als Wald, der aussah wie ein zu dicker Teppichboden, Wald und ein paar Felsen. Sie konnte richtig hören, wie ihr das Herz sonstwohin rutschte. Für einen Moment stiegen ihr Tränen in die Augen, ihr Magen zog sich zusammen, gleich würde sie schreien.

»Wir müssen aussteigen!«, sagte Lu Dao.

»Aussteigen?«, jetzt schrie sie wirklich, »bist du wahnsinnig?? Ich kann doch nicht fliegen!«

»Wir haben einen Fallschirm.«

Das sollte beruhigend klingen.

Die Maschine stotterte und ruckelte.

»Kann das Teil nicht segeln?«, schrie sie hoffnungsvoll.

»Und wohin?«

Er hatte recht, auf dem Dach des Waldes würden sie nicht landen können.

Das Ruckeln ging in ein Pfeifen über, es qualmte. Anja war wie gelähmt, während Lu Dao mit fliegenden Händen hektisch an irgendwelchen Hebeln zog und mit dem Finger gegen irgendwelche Anzeigen flippte.

Sie hatte noch nie solche Angst gehabt. Und gleichzeitig war sie wütend, weil sie solche Angst hatte! Da kam ihr plötzlich ein entsetzlicher Verdacht: »Hast du gesagt, wir haben *einen* Fallschirm?«

Anstatt einer Antwort griff Lu Dao hinter sich und legte sich die Träger des Fallschirmpakets über die Schultern.

»Der springt ohne mich!«, dachte sie, »der springt glatt ohne mich.«

Aber da zog er Anja mit dem Rücken schon schweigend zu sich, wickelte, so gut es ging, ein Dutzend Mal ein Seil um Anjas und seinen Oberkörper und zurrte sie beide so fest zusammen wie es ging. Anja blieb die Luft weg.

Und plötzlich war ihre Panik wie weggeblasen. Sie wurde ganz ruhig, nur ihre weit aufgerissenen Augen verrieten etwas darüber, in welcher Situation sie war. Die letzten Bilder! Sie war gespannt, was die letzten Bilder sein würden. Sie würde sich keins entgehen lassen!

Sie schaute auf Lu Daos Hände, sah die rasende, wie Zeitlupe erscheinende Hast, mit der er sie beide zusammenschnürte, den Steuerknüppel einrasten ließ und die Tür auf ihrer Seite aufstieß.

*

Es war die Zeit der Kämpfenden Reiche.

Es war eine sehr schwierige Zeit. Eigentlich wusste niemand mehr so richtig, wo es langging. Alles verwandelte sich, alles änderte sich, auf nichts mehr war Verlass. Das alte Reich zerfiel in viele Reiche, und mit ihm zerfiel die alte Harmonie zwischen den Menschen. Es gab keinen Frieden mehr. Jetzt schon fast dreihundert Jahre.

Die Herrscher der neuen Reiche suchten ständig Rat und Ratgeber. Verschiedene Weise und Spezialisten für Staats- und Heerführung zogen von Hof zu Hof und boten ihre Dienste an.

Dabei wandten die Könige der noch verbliebenen Reiche mit ihren Ratgebern immer häufiger den Blick nach Westen. Und sie fürchteten, was sie dort sahen. Was sich da im Westen aufbaute, das war nicht einfach eine weitere Armee. Das war das Ende! Das Ende der Welt, wie sie bis jetzt bestanden hatte. Der Wolf mit seinem wölfischen Kanzler, das waren Männer der Macht, sie waren nicht wie die Weichen, die auf Familie, Stellung und Traditionen Rücksicht nahmen; bei ihnen regierte der Nutzen, die Ordnung und der Befehl. Was für den Staat, das heißt für die Macht, nützlich war, wurde gefördert, alles andere wurde zerstört. Sie waren die Harten. Sie pflegten keine Träume.

Das Reich des Wolfes lag im Westen und war ein echter Aufsteiger. Es hatte mit den alten Reichen in der Mitte des Landes, also den alten Reichen der Mitte, wenig zu tun; die alten Traditionen, die Blutsbande der Adels- und Familienclans, die sich über alle Reiche zogen, gab es hier nicht. Sein Reich war in den letzten hundert Jahren stark geworden durch die vielen Kämpfe, die es mit den Barbaren jenseits der Berge und in den Steppen auszufechten hatte, Barbaren, von denen man schlimme Dinge hörte. Manche behaupteten sogar, das seien keine Menschen, sie hätten Tierköpfe oder Schlangenleiber und seien schrecklich anzuschauen.

Als der Wolf von Qin [tsin] den Thron bestieg, war er erst zwölf Jahre alt. Ein Wölfchen also. Und man hätte ihn unterschätzen können – wären da nicht seine kampferprobten Truppen und seine zu allem entschlossenen Generäle gewesen. Als das Wölfchen groß war, entpuppte es sich als wahrer Wolf und fletschte die Zähne.

Und mit Ende zwanzig war er jetzt stark genug, die anderen Reiche, die seit Menschengedenken um die Vorherrschaft kämpften, anzugreifen und zu verschlingen. Sie konnten es sich an den fünf Fingern einer Hand abzählen, wann sie im Rachen des Wolfes verschwinden würden! Zumal schon lange Gerüchte von einer gewaltigen Heerschau die Runde machten, die von den Spähern mehr und mehr bestätigt wurden. Der Wolf öffnete sein Maul für die letzten vernichtenden Bisse.

Prinz Dan von Yan [jän], einem großen Reich im Nordosten und von Qin nur durch das Reich Zhao [dschao] getrennt, hatte nur noch schlaflose Nächte. Und wenn er schlief, kroch in seinen Schlaf der schreckliche Schatten aus dem Westen und füllte ihn ganz mit Düsterkeit und Schrecken. Vielleicht war er noch ein wenig ruheloser als alle anderen, weil er wusste, dass Yan als Nächstes die Reißzähne von Qin spüren würde. Und weil er den Wolf von Qin kannte wie kein Zweiter.

Prinz Dan war einmal am Hof von Qin gewesen, als Geisel, damals waren sie beide fast noch Kinder. Die Höfe tauschten Geiseln aus, schon seit Jahrhunderten, um damit die Einhaltung der Verträge und den Frieden zu gewährleisten. Diese Geiseln waren eine Art Botschafter, nur dass man nicht irgendwelche Beamte schickte, sondern die Söhne der Könige, die Prinzen.

Aber der Wolf war ein misstrauischer Mensch, und nachdem er selbst den Thron bestiegen hatte, behandelte er den Prinzen Dan sehr von oben herab. Vielleicht, weil er ihn an früher erinnerte, als er selbst noch die unrühmliche Rolle einer Geisel hatte spielen müssen, vielleicht, weil er sich sein Reich bald einverleiben würde.

Prinz Dan fühlte sich in seiner Prinzenehre sehr gekränkt und verließ empört und voller Sorgen die Hauptstadt des Wolfes und floh. Sorgen deshalb, weil er die Vorbereitungen für die große Heerschau mitbekommen und erfahren hatte, wem der nächste Schlag gelten sollte.

Mit diesen Sorgen und diesem Wissen kehrte er heim, fand aber bei seinem Vater, dem König, kein offenes Ohr. Der schaute nur jeden Abend gebannt von den Türmen seiner Stadt Richtung Westen, als könne er den Wolf mit Blicken dazu zwingen, in seinem Bau zu bleiben.

Der Prinz wusste, dass Blicke nicht ausreichen würden. Er hatte nichts als Rache im Kopf für die Demütigungen, denen man ihn ausgesetzt hatte. Diese Fehde, diese Ehrenhändel waren ihm wichtiger als die Rettung des Reiches – und er verachtete seinen Vater für dessen Untätigkeit! Eines Tages nahm ihn sein Lehrer und persönlicher Berater beiseite und versuchte, die Rachegelüste seines Schülers in die richtigen und für das Reich rettenden Bahnen zu lenken. Das ging am besten, dachte er sich, wenn er ihm zeigte, dass seine Rache und die Rettung von Yan nur gleichzeitig zu erreichen waren. Was konnte es für eine bessere Rache geben, als den Wolf in die Schranken zu weisen!

Er sagte: »Qin hat seine Grenzen in die vier Himmelsrichtungen ausgedehnt und wird sie weiter ausdehnen. Die Bestie ist hungrig. Sie hat Blut geleckt. Sie wird sich weiterfressen. Im Norden sitzt der Wolf in den großen Festungen von Ganzhuan [gan-dschuan] und Gugou, im Süden in den fruchtbaren Tälern der Flüsse Jing [dsing] und Wei. Er kontrolliert die Reichtümer der Völker der Ba und der Han, sein Bau ist im Westen geschützt durch die Long- und die Shu-Berge und im Osten durch den Hangu-Pass und die Yao-Berge. Von außen ist ihm nicht beizukommen! Und sein Reich ist groß, er hat viele Menschen, seine Soldaten sind hart, erprobt und tapfer, sie haben scharfe Schwerter, weitreichende Bogen und Armbrüste, ihre schwarzen Rüstungen und Helme sind undurchdringlich, und ihr Nachschub ist gesichert. Wenn man ihm Schaden zufügt, dann ist nicht zu sagen, was die Länder südlich der großen Mauer und nördlich des Flusses Yi werden erdulden müssen! Warum also solch ein Wagnis eingehen? Man muss das Reich Qin dort treffen, wo es ihm wehtut! Und zum richtigen Zeitpunkt. Das will überlegt sein! Rache, mein Prinz, ist ein schlechter Ratgeber!«

»Was also soll ich Eurer Meinung nach tun?«

Dem Prinzen widerstrebte die Besonnenheit seines Lehrers, aber er hatte bisher mit seinen Ratschlägen meist gut gelegen.

»Erlaubt mir, mich zurückzuziehen«, kam die Antwort, »ich muss ein wenig mit mir zurate gehen!« Der Ratgeber des Prinzen besprach sich gerne mit jemandem von Verstand, deshalb blieb er am liebsten allein.

Die Selbstberatung des Lehrers hatte noch zu keinem Resultat geführt, als General Fan Yuji [fan jüdsi] vor den Toren der unteren Hauptstadt von Yan erschien und um Asyl bat. Das war seltsam genug und fast so etwas wie ein Zeichen, denn General Fan Yuji war General in den Heeren des Wolfes! Und: Er war auf der Flucht! Er war beim Wolf in Ungnade gefallen und hatte sich nach Yan geflüchtet. Der Prinz nahm ihn mit offenen Armen auf. Wer den Wolf hasste, wie er selbst es tat, der erschien ihm wie ein Freund. Und wenn er ein General des Wolfes war, dann war er ein Geschenk des Himmels.

Wieder erschien sein Ratgeber: »Ihr könnt ihn nicht bei uns aufnehmen! In aller Bescheidenheit, aber das könnt Ihr nicht machen!«, warnte er. »Es reicht heute doch fast schon, dass der Tyrann von Qin nur seinen Blick auf Yan richtet, um den Widerstand in den Herzen unserer Getreuen zu brechen! Wenn er nun erfährt, dass Ihr einen abtrünnigen General seiner Armee mit offenen Armen aufnehmt, wird er davon ausgehen, dass er die Pläne von Qin und die Ausrüstung und die Aufstellung seiner Armeen verrät! Das ist, als reize man ein tollwütiges Tier. Ihr werft dem Wolf Fleisch vor – und bietet ihm einen Vorwand. Das ist unser Untergang! Ich ersuche Euch dringend, schickt den General zu den barbarischen Reitervölkern im Norden, verbündet Euch mit ihrem Khan und den anderen noch freien Reichen, die Qin ebenfalls bedroht! Wenn das geschehen ist, könnt Ihr an weitere Pläne denken, aber erst dann!«

Aber der Prinz wollte nicht. Er war zu ungeduldig, und die gekränkte Eitelkeit fraß an ihm. Er argumentierte mit – seiner Ehre: »General Fan hat in seiner Verzweiflung Leib und Leben in meine Hände gelegt – und ich werde mich weder von den Armeen von Qin noch von den Geistern der Nacht so weit einschüchtern lassen, dass ich einen Freund den Barbaren ausliefere. So weit kommt es noch! Eher würde ich sterben!«

»Das kann schneller geschehen, als du denkst, dummer Junge«, dachte der Berater, hütete sich aber, dergleichen zu sagen.

Ein neuer Plan musste her, der mit der Ritterlichkeit eines Prinzen und mit den Notwendigkeiten des Reiches in Einklang zu bringen war. Aber begeistert war der Berater nicht, weder von der Haltung seines Prinzen noch von der Anwesenheit des fremden Generals. Was, wenn er gar nicht echt war und ein Doppelagent? Was, wenn er nur den Vorwand liefern sollte für den Angriff auf Yan?

»Es ist gefährlich«, dozierte er, als sei der Prinz noch der kleine Junge, als den er ihn einst in seine Obhut genommen hatte, »das Schicksal herauszufordern! Wenn Ihr Euch an diesen General bindet, rennt ihr sehenden Auges in unser aller Verderben! Man könnte genauso gut die Federn einer Wildente in einen Kohleofen werfen und hoffen, dass sie heil bleiben! Und wenn Qin in all seinem Zorn herabstößt wie ein Geier, dann braucht Ihr keinen Berater, um zu wissen, was dann geschieht! Aber da ist ein weiser alter Mann in unserem Land, den mögt Ihr statt meiner um Rat fragen, vielleicht weiß er einen Weg ...«

*

»Aussteigen einmal anders«, war der letzte Gedanke, der Anja durch den Kopf ging, bevor sie aus dem Flugzeug sprang, und sie fand noch, dass es eigentlich kein schlechter letzter Gedanke war. So war sie: Wenn es mulmig wurde, wenn andern die Tränen kamen, sah sie sich von außen und wurde sarkastisch. Altklug, nannte ihr Vater das manchmal, und sie konterte: »Besser als neudoof!«

Dann sprang Lu Dao, sie spürte, dass sie fiel, und hörte, dass sie anfing zu schreien.

*

Sie hörte sich selbst rufen:

»CHINA!?«

»China, niemals!!«

Damit schlug die Tür zu. Und damit war für sie zunächst

einmal jedes Gespräch beendet. Anja war entschlossen, das nicht mitzumachen!

Aber was sollte sie tun? Ihr Vater war Philosoph, und für Philosophen gab es in Deutschland keine Arbeit. Und nun hatte er ein Angebot aus China, aus einer kleinen Stadt im Süden – wobei klein in China hieß, dass sie mindestens fünfmal so groß war wie Stuttgart oder Frankfurt. Die größten Städte hatten, wie ihr Vater erzählte, weit über zwanzig Millionen Einwohner! Vorstellen konnten sie sich das nicht. Ihr Vater auch nicht, gab er zu.

Jedenfalls hatte er ein Angebot, anscheinend wollte man in China wissen, wie man in Europa dachte.

Aber China?!

Und ihre Freunde und Freundinnen hier?

Sie dachte dabei vor allem an einen. Er war zwar ein wenig schüchtern, aber er mochte sie. Glaubte sie wenigstens.

Aber China!

Sie wusste über China: nichts!

»Du gehst nach China?«, sagte Franz. Begeistert klang das nicht.

»Du klingst ja nicht gerade begeistert!«, sagte sie. Etwas Besseres fiel ihr nicht ein.

»Und du?«

Das hatte jetzt noch gefehlt, dass er das fragte!

Sie war ohnehin schon den Tränen nah, und jetzt musste er auch noch den Finger in die Wunde legen. Es gab Leute, die hatten dafür eine besondere Begabung. Sie selbst war eher eine Fettnäpfchentreterin, das war etwas anderes. Er war ein Finger-in-die-Wunde-Leger.

Er hätte das nicht sagen sollen, aber bevor sie heulte, wurde sie lieber sauer: »Was heißt hier: ›Und du‹?! Du kannst ja weiter in diesem Kaff Deutschland versauern!«

Kaff Deutschland, jetzt mussten sie beide lachen.

»Nein, im Ernst, kannst du nicht bei irgendwelchen Verwandten bleiben?«

Als ob sie das nicht schon mit ihrem Vater durchgekaut hätte! Sie waren alle möglichen Verwandten durchgegangen, aber erstens hatte sie kaum Verwandtschaft, und die wenige, die sie hatte, wohnte dermaßen in der Pampa, dass sie dort ihre Freunde auch nicht würde sehen können. Dann schon lieber China.

»Vielleicht kannst du ja mal vorbeikommen?«

Die Frage war nicht so abwegig, wie sie klang. Seit einigen Jahren hielten sich Gerüchte, an ihrer Schule würde ein Schüleraustausch mit China aufgebaut. Aber geschehen war bisher nichts.

»Ach, das kann dauern«, sagte Franz. Er schien das Gleiche gedacht zu haben wie sie selbst. Das war es auch, was sie an ihm mochte, auch wenn er ein Finger-in-die-Wunde-Leger war, dass sie manchmal dasselbe dachten.

Das war ihr bisher eigentlich nur mit ihrer Mutter so gegangen. Die hatte auch immer gewusst, was sie dachte. Und sie hatte auch immer den Finger in die Wunde zu legen gewusst. Ihre Mutter war vor vier Jahren gestorben, an Krebs.

Wenn sie ehrlich war, fühlte sich die Vorstellung »China« genauso an wie die Vorstellung, dass ihre Mutter tot war. Seither war nichts mehr, wie es gewesen war. Alles, was ihr vorher vertraut, selbstverständlich und unerschütterbar erschienen war, war jetzt fremd und komisch und fühlte sich an wie Ausland. Mit ihrer Mutter war ihre vertraute Welt von ihr weggegangen.

»In gewisser Hinsicht macht es Sinn, wenn du jetzt mit Vater weggehst, dann stimmt vielleicht deine innere Welt wieder mit der äußeren Welt überein«, sagte eine Stimme in ihr, die irgendwie zu ihrer Mutter gehörte. Die Stimme kam allerdings von irgendwoher, wo ihr alles fremd schien, kühl, kontrolliert, ein Bereich, der für alles stand, was sie als »erwachsen« nicht mochte.

Irgendwie waren die Erwachsenen alle Chinesen. Dieser Gedanke amüsierte sie. Aber weiter wollte sie jetzt nicht denken. Sie wollte überhaupt nicht denken. Sie wollte das alles nicht. Es sollte keinen Tod geben, kein China und keine Abschiede. Es war einfach nicht fair!

»Ich weiß doch gar nichts über China!«, sagte sie abends zu ihrem Vater.

Es war ein schwacher Versuch, sie wusste das, denn schließlich gab es Bücher und Filme und all das. Aber was sollte sie machen? Und prompt bekam sie eine Antwort, die dieser Einwand verdient hatte: »Es gibt Bücher. Es gibt Filme. Es gibt CDs.«

»Ja, schon«, lenkte sie ein, »aber die gibt es für alles! Ich könnte genauso gut auf den Mond fliegen!«

»Na, dann wollen wir doch mal sehen!«

Was jetzt kommen würde, wusste sie. Sie hatten das Spiel immer wieder gespielt. Es war auch gar nicht so ohne.

»Muss ich dich mal wieder hebammen«, sagte er und lächelte: »Ich hebamme, du hebammst, er, sie, es hebammt«, das hatte er von einem alten Griechen, natürlich nicht das Wort, das hatte er erfunden, aber die Art zu fragen. Er fragte dann Dinge aus ihr heraus, von denen sie gar nicht wusste, dass sie etwas von ihnen wusste. Manchmal hatte sie zwar den Eindruck, dass ein fieser Trick dabei war, auf die Schliche gekommen war sie ihm allerdings bisher noch nicht.

»Das ist die Hebammenkunst von Sokrates«, sagte er jedes Mal, bevor es losging, und ihre Seele hätte bloß alles vergessen, seit sie in ihrem Körper stecke, sie müsse sich nur wieder erinnern.

»Namen!«, kommandierte er, »chinesische Namen! Was kennst du?«

Ihr fiel eigentlich nur ein chinesischer Namen ein, und der war lateinisch: Konfuzius. Irgend so ein Weiser.

Und dann war China ständig im Fernsehen, weil da seit Jahren die Wirtschaft boomte. Wovon sie auch nur eine vage Vorstellung hatte, aber sie kannte Bilder von Shanghai (der zweite Name!): nichts als hohe Hochhäuser.

Und die Menschenrechte wurden nicht geachtet. Und das war eine Sauerei! Über Menschenrechte hatte sie ein Referat gemacht, sie wusste, was das war, und sie wusste, was es hieß, wenn man sich an die nicht hielt!

Und dann kannte sie noch die Chinesen mit dem Kontrabass.

Mehr wusste sie nicht. Dachte sie. Aber ihr Vater ließ nicht locker.

»Stadt, Land, Fluss!«, rief er.

Sie dachte nach. Ja, der Gelbe Fluss, der Yang-zeh, Peking, Shanghai, Hongkong und Bangkok. Mehr fiel ihr nicht ein.

»Bangkok ist Thailand, einmal Geschirrspülmaschine«, kam es von ihrem Vater. Das war die unangenehme Seite des Spiels, wer einen Fehler machte, musste einen Küchendienst übernehmen.

»Und jetzt du«, sagte sie.

»Wie ich?«

»Ich mache es Ihnen einfach, nennen Sie mir zehn chinesische Philosophen«, kommandierte sie im Ton eines Quizmasters.

»Zehn?!«, stöhnte er, und sie musste lachen.

»Ja, zehn, jeder weniger bedeutet einmal staubsaugen, Müll runtertragen und Frühstück machen.«

»Na gut. Also, da haben wir: Konfuzius.«

»Der gilt nicht«, fuhr sie dazwischen, »den habe ich schon genannt!«

»Konfuzius nicht, hm. Dann Laozi?«

»Nummer eins!«

»Der Dalai Lama«, sagte er spitzfindig und wehrte sich gegen ihren Protest, »doch doch, der gilt, Tibet ist ein Teil von China!«

»Ein Philosoph ist das aber nicht! Das ist ein Dalai oder ein Lama, kein Philosoph!« Aber sie wollte nicht so sein und meinte: »Na, also gut, von mir aus, fehlen noch neun.«

»Mitsubishi und Tofu«, er hob die Arme, »ich ergebe mich.«

Als sie an diesem Abend im Bett lag, war ihr das alles ziemlich unheimlich. Und auseinanderhalten konnte man die auch nicht, diese Chinesen.

Und da sollte sie jetzt hin!

Niemals!!

Ein Monat!

Das war eine halbe Ewigkeit!

Und doch war die Zeit schnell vergangen. Ihr Vater war schon fast einen Monat fort.

»In einem Monat kommst du nach«, hatte er gesagt, »du kannst solange bei Franz wohnen. Ich habe das mit seinen Eltern besprochen.«

Bei Franz wohnen, das war noch das Beste an der Sache. Obwohl ihr dabei auch ein wenig mulmig war. Schließlich mochte sie ihn und alles. Vor allem »und alles« ging ihr durch den Kopf.

Vorne stand die chinesische Lehrerin, die ihr Vater ihr verordnet hatte: »Am besten, du lernst erst einmal ein wenig Chinesisch!«, hatte er gesagt. Sie glaubte ihren Ohren nicht zu trauen! Ihr machten Sprachen zwar Spaß, aber Chinesisch, das stellte sie sich ungeheuer schwierig vor, mindestens so schwierig wie essen mit Stäbchen.

Frau Fang schrieb etwas an die Tafel, und Anja schaute aus dem Fenster.

Als Frau Fang, die natürlich Deutsch konnte, die Grundlagen des Chinesischen erklärte, war sie begeistert gewesen: keine Konjugationen! Keine Deklinationen! Keine Formen! Nichts!

Es war unglaublich!

Eine Traumsprache!

Derart praktisch: Man lernte etwa das Wort »ai« für »lieben« und dann noch »Wo-Ni-Ta-Ta-Ta« für »Ich-Du-Er-Sie-Es« davor – und fertig. »Ai« blieb immer »ai«! Wenn sie daran dachte, wie sie alle an lateinischen oder französischen Stammformen zu büffeln hatten – und hier: nichts davon!

Sie war bei Sprachen immer ganz gut mitgekommen, war, wie ihr Vater sagte, Spitzendurchschnitt, was so viel hieß wie mittlerer Mitteldurchschnitt, trotzdem, das hier war schon interessant. Es konnte sich einem der Kopf drehen, wenn man versuchte, sich das vorzustellen!

Das chinesische »ich« hieß also »wo« – wobei bei dem »o« der Mund aufging, wie wenn man staunend sagte: »Boah, das ist aber ...« So ein »oah« war das. Und »Wo [woah] ai ni« [»ni« sprach sich wie »nie«] hieß dann: »Ich liebe dich.«

Chinesische Worte blieben immer, was sie waren, erklärte Frau Fang, sie änderten sich nicht in den Zeiten, nicht in den Fällen, gar nichts, aber sie änderten ihre Bedeutung! Sie änderten ihre Bedeutung je nachdem, wo sie standen! Das wäre so, als würde jemand ein anderer sein, je nachdem, ob er am Tischende oder am Tischkopf oder an der Seite saß. Sozusagen.

Wenn man den Satz »wo [woah] ai ni« nämlich umdrehte und sagte »ni ai wo« hieß das nicht, wie im Deutschen zu erwarten: »Ich liebe dich« umgedreht zu »Dich liebe ich«, sondern »ni ai wo« hieß: »Du liebst mich«. Aus »dich« wurde »du« und aus »ich« »mich«.

Und so weiter.

Als sie abends ihrem Vater davon erzählte, schaute der sie überrascht an, sagte aber nichts weiter. Er kam auch nicht dazu, dazu hatte sie viel zu viel zu erzählen von Worten, die immer die gleichen blieben, die keine Formen kannten und keine Veränderungen, die aber ihre Bedeutung änderten, wenn man sie woanders hinstellte. Das faszinierte sie schon sehr! Und sie übernahm, was sie im Chinesischen lernte, in ihren eigenen Wortschatz.

»Woah bin satt«, sagte sie und hatte mit den verschiedenen Gerichten auf den verschiedenen Tellern kräftig aufgeräumt. Es war das Abschiedsessen ihres Vaters, und er hatte sie, natürlich, zum Chinesen ausgeführt. »Und ni?«

Ihr Vater verstand kein Wort.

Aber sie ging nicht darauf ein, sondern sagte: »Schau mal, die Langkürze der Stäbchen, ganz schön erstaunlich ba!«

»Was redest du denn da?«

Ihr Vater war, was die Ausdrucksweise anging, zugegebenermaßen ein wenig unflexibel, wie sie fand. Er fand, man müsse sich genau ausdrücken, so präzise wie möglich, damit man einander auch verstand.

»Wieso?«

Sie spielte mit ihm, denn es tat gut, einmal etwas zu wissen, was er nicht wusste. Sonst war er immer derart klug und hatte so viele Bücher im Kopf, buchstäblich, dass sie es sehr genoss, wenn er einmal passen musste.

»Wieso?«, wiederholte sie, »ich habe mich nur über die Langkürze der Stäbchen gewundert!«

»Langkürze?«

»Ja, so sagen wir Chinesen!«

»Was?«

»Na, mein lieber unwissender Vater, wir Chinesen reden, wenn wir die Länge von etwas meinen, nicht von der Länge, sondern von der Langkürze. Genauso machen wir es mit der

Größe, die nicht Größe heißt, sondern das Großkleine. Und die Tiefe eines Gewässers oder eines Staunens«, sie musste lachen, als sie das verblüffte Gesicht ihres Vaters sah, »ist uns keine Tiefe, sondern eine Tiefseichte. Davon gibt es jede Menge Beispiele.«

»Klingt nach Dialektik«, sagte ihr Vater da.

Sie hatte es gewusst! Sie hatte gewusst, er würde irgendetwas aus dem Hut zaubern, irgendeine Antwort, eine Deutung. Das tat er immer. Aber diesmal klang es doch beruhigend unsicher.

Was chinesische Sachen anging, war er sehr zurückhaltend. Er sagte nur etwas über Sachen, die er kannte, über die er sämtliche Bücher seit Adam und Eva gelesen hatte. Und selbst dann war er zurückhaltend. Das mochte sie an ihm. Diese Zurückhaltung ließ ihr die nötige Luft zum Atmen.

Und jetzt mit den chinesischen Sachen, da standen sie plötzlich sogar auf einer Stufe. Sie sah, dass er nicht vollkommen war. Es war seltsam. Manchmal tat er ihr sogar leid. Und es tat ihr irgendwie weh. Sie erschrak vor diesem Gefühl! Sie wollte sich mit ihm messen, schon, und anerkannt werden. Aber er sollte ihr Vater bleiben. Es fühlte sich an, als verliere sie ihn. Sie bekam einen Schreck.

Aber es war auch ein gutes Gefühl, sie konnte mitreden. Ja, bei den chinesischen Sachen war sie ihm manchmal sogar voraus!

»Wieso Dialektik?«, fragte sie nölig.

Was hatte ihr schönes Großklein, ihre Langkürze und ihre Tiefseichte, das Wort mochte sie besonders, mit so etwas Trockennassem wie dieser Dialektik zu tun? Dialektik, das war so was von trocken, trocken wie, wie, wie, ja, wie die Wüste Gobi (noch ein Name, es war erstaunlich, was man alles wusste, ohne es zu wissen!).

Der Ober unterbrach ihren Gedanken. Sie überlegte, wie

alt er wohl sein mochte. Chinesen wirkten immer so jung, und am Ende waren sie meistens älter.

Mein Gott! Sie hatte das laut ausgesprochen!

Und bevor ihr Vater sie noch zurechtweisen konnte, sagte der jungalte Ober: »Auf der ganzen Welt gibt es nichts Größeres als die Spitze eines Flaumhaares!«

Und als ihr vor Staunen der Mund offen stehen blieb, fügte er hinzu: »Der Taishan ist klein.«

»Taishan?????«, fragte sie mit fünf Fragezeichen.

»Das ist ein heiliger Berg in China«, kam prompt die Antwort des Obers.

»Und wieso ist der Taishan klein?«, sagte sie und versuchte, mit ihren Stäbchen eine vereinzelt übrig gebliebene Erbse auf einem Teller zu fangen, was ihr nicht gelang. »Und wieso ist ein Flaumhaar das größte Ding der Welt?«

»Das ist ein wenig übertrieben formuliert«, entschuldigte sich der Ober. Chinesen entschuldigten sich unentwegt, außer wenn sie sich nicht entschuldigten. Chinesen waren anders, das hatte sie schon an ihren chinesischen Mitschülern gelernt. Aber anders anders als ganz anders, anders anders, als man erwartete. Vor allem weil sie in manchem so ähnlich waren. Und dann wieder nicht. Und umgekehrt.

»Vielleicht ist es mit einem Beispiel leichter für Sie zu verstehen.« Der Ober lächelte, als er das sagte, und sie überlegte kurz, ob sie das als Unverschämtheit auffassen musste, aber sie konnte in seinem Gesicht nichts lesen – außerdem hatte er »Sie« zu ihr gesagt: »Ein chinesischen Dichter, Gu Cheng [gu tschng] hat gesagt:

> Große Schornsteine sind kleine Schornsteine,
> die keine kleinen Schornsteine kennen.
> Kleine Schornsteine sind große Schornsteine,
> die keine großen Schornsteine kennen.«

Ihre Erbse sprang vom Teller.

Jetzt stand selbst ihrem Vater der Mund offen! Und der Ober strahlte. Er sei Student, sagte er und zeigte auf die Erbse, die nicht mehr auf dem Teller war:

»Das passt! Das Gedicht war nämlich noch nicht fertig. Die letzte Zeile lautet:

Das Elefantenrüsselinsekt schnellt in die Luft.

Ihre Erbse ist das Elefantenrüsselinsekt.«

Elefantenrüsselinsekt!

Witzig!

Es wurde ein vergnüglicher Abend, obwohl ihr Vater am nächsten Tag wegfliegen würde. Nach China!

»Die Erbse ist ein Elefantenrüsselinsekt«, sie konnte sich kaum beruhigen. (Und seither sagte sie, wenn sie Erbsen wollte: »Ich will Elefantenrüsselinsekten mit Karotten.«)

»Ich verstehe kein Wort«, sagte sie prustend.

Und der Ober und Literaturstudent sagte: »Doch, doch, Sie verstehen ganz gut, sonst hätten Sie nicht gelacht.«

Aber das ging unter.

Sie gab einen Rap zum Besten, den sie in ihrem Chinesischkurs gemeinsam gedichtet hatten, und trommelte als Begleitung rhythmisch mit den Stäbchen auf Schälchen und Teekanne:

»Lao-Zeh und Mao-Zeh
Lao-Zeh und Mao-Zeh
Isst nur Reis und trinkt nur Tee –
Was ist das? Ein Chi-nä-seh!
Lao-Zeh und Mao-Zeh
Lao-Zeh und Mao-Zeh«

Ihr Vater legte die Erbse auf den Teller zurück. Wieder ernst geworden sagte er, das klinge interessant, das mit der Langkürze, der Großkleine und der Tiefseichte!

»Im Vergleich zu einer Erbse«, philosophierte er, »ist das Stäbchen ein Billardqueue, im Vergleich zu einem Dachbalken ein Zahnstocher. Es ist dieselbe Erbse und doch etwas anderes. Und deshalb ist der Taishan klein, vom Universum her gesehen. Für eine Erbse sind wir Elefanten, für ein kleines Rüsselinsekt oder für eine jugendliche Bazille ist die Erbse eine Kanonenkugel!«

»Das ist wie mit den Worten im Chinesischen«, wollte Anja sagen und die doofe Anspielung übergehen, von wegen jugendliche Bazille, aber sie kam vor Lachen nicht mehr dazu.

Ihr Vater hielt sich ein Stäbchen an die Nase, sagte: »Ich bin ein Elefantenrüsselinsekt!«, und war albern und nur noch peinlich.

*

Sie fiel und fiel.

Im Fallen streifte etwas ihre Füße, die sie instinktiv anhob. Sie kniff die Augen immer noch krampfhaft zusammen. Es rauschte, knackte, knirschte, Äste schlugen ihr ins Gesicht und gegen die Arme, Stoff riss, es gab einen Ruck, und das Nächste, was sie mitbekam, war, dass sie nichts mehr mitbekam.

Sie schrie und sie strampelte – und es dauerte eine Weile, bis sie spürte, dass ihr jemand auf die Schulter tippte. Erst zaghaft, dann fester. Wie ein Wecker, der langsam lauter wird und den man erst nach und nach wahrnimmt.

Wieder hörte sie: »Bie dong le!«

Sie hielt still und schaute vorsichtig an sich herab: Sie hing buchstäblich in den Seilen. Dabei war sie eben noch in

Deutschland gewesen, beim Chinesen. Die Erinnerung war wie ein Film vor ihren Augen abgelaufen. Wie im Kino.

»Wo bin ich?« Sie war reichlich durcheinander.

Da sagte Lu Dao auf Deutsch: »Unten«, und lachte. Behutsam löste er die Verschnürung, mit der er Anja und sich selbst vor ihrem Absprung zusammengebunden hatte.

Dann fielen sie erst einmal ins Gras.

Lu Dao hatte sie tatsächlich auf eine kleine Lichtung gesteuert. Sie wollte noch etwas sagen wie: »Alle Achtung!«, aber die feuchte, sämige Wärme, die sie umfing wie ein Dampfbad, der lange Flug von Deutschland aus, die Reise von Peking in den Süden und dann das gerade überstandene Abenteuer machten sie ganz dumpf im Kopf und lähmten ihr die Zunge. Ein, zugegeben, seltener Zustand bei ihr. Lu Dao stand auf und sagte, es werde bald dunkel, er wolle sich ein wenig umschauen.

»Du kannst mich doch hier nicht allein lassen! Wahrscheinlich gibt es in eurem Dschungel hier Schlangen und Spinnen und wer weiß was!«

Dafür, dass sie im südchinesischen Dschungel saß und keinen Schimmer hatte, wo sie sich befand und wie sie hier wieder herauskommen sollte, riskierte sie eine ziemliche Lippe. Sie wusste das. Das war eine ihrer Schwächen. Und eine ihrer Stärken. Es war ihre Starkschwäche, sozusagen.

»Duej bu tsi«, sagte er, »es tut mir leid!«

»Es ist nicht deine Schuld«, sagte sie.

»Du bist sehr großzügig«, gab er zurück.

»Es wird bald dunkel?«, lenkte sie ab.

»Ja, es wird bald dunkel«, stimmte er zu, »wir müssen uns etwas suchen.«

»Weißt du, wo wir sind?«

»Nein, irgendwo nicht weit vom Dongtingsee, nehme ich an.«

»Nimmst du an?«

Ja, er habe erst spät gemerkt, dass der Kompass sich nicht mehr bewegte.

»Was?«

Der Kompass habe Süden angezeigt, und sie hätten Südkurs halten müssen. Deshalb habe er gedacht, es sei alles in Ordnung. Nach zwei Stunden habe er dann ein wenig nach Osten abbiegen wollen, und da erst habe er festgestellt, dass der Kompass sich nicht bewegte. Er blieb einfach auf Süden stehen.

»Und was heißt das?«

»Es kann sein«, sagte Lu Dao mit einem entschuldigenden Ton, »dass wir von Anfang an vom Kurs abgekommen sind. Ich kann nur nicht sagen, in welcher Richtung.«

»Wie schnell sind wir geflogen?«

»Ungefähr dreihundert Kilometer in der Stunde«, kam die zögernde Antwort.

»Willst du damit sagen, wir sind sechshundert Kilometer in den chinesischen Dschungel geflogen?«

»Yexu [jechsü]«, sagte er. Das hieß: »Vielleicht.«

»Und der Funk?« Sie schrie fast und stampfte auf.

»Auch ausgefallen ...«

Lu Dao wagte sie nicht anzuschauen.

»Und dein Handy?«

»Ich habe kein Handy ...«

»Du hast kein ...«

Ihr verschlug es die Sprache. Wo lebte der denn? Kein Handy? Aber sie hatte eins, sie würde es ihm zeigen! Und sie hatte es bei sich! Sie zog das Handy aus der Hosentasche, es hatte den Fallschirmsprung überlebt. Sie wollte schon anfangen, eine Nummer einzugeben, als ihr einfiel, dass sie gar nicht wusste, welche.

»Du wirst hier keine Verbindung bekommen!«, sagte Lu Dao.

»Von wegen! Das ist eines der besten Handys, die auf dem Markt sind, ganz neu!«

»Na, dann kannst du sicher ein Bild von mir machen und es deinem Freund schicken – in Deutschland …« Lu Dao schaute sie nicht an.

Mein Gott ja, das hatte sie ganz vergessen! Ihr Handy war ja noch von zu Hause, sie hatte kein chinesisches Handy. Das Ding war hier vollkommen wertlos!

Damit schwiegen sie erst einmal eine Weile.

Erst jetzt fielen ihr die Geräusche auf, die ungewohnten Geräusche des Urwaldes. Je länger man lauschte, um so unheimlicher wurde es: Die Geräusche wurden zu Stimmen, die miteinander sprachen, die sich miteinander verabredeten, die sich gegen sie verschworen.

Anja bekam eine Gänsehaut. Was sie ärgerte, weil *Gänsehaut*, fand sie, klang nach *dummer Gans*.

»Was heißt«, fragte sie, um sich abzulenken, »was heißt *Gänsehaut* auf Chinesisch?«

»*Jipi geda* [dsipi g-da], *Hühnchenhaut*, warum?«

»Ach, nur so!«

Hühnchenhaut! Also *dummes Huhn*. Das war auch nicht besser! »Und was machen wir jetzt?«, wechselte sie das Thema.

»Wir müssen etwas suchen, wo wir die Nacht verbringen können«, sagte Lu Dao und setzte nach einer Weile hinzu: »oder etwas bauen. Am besten gehen wir weiter nach oben. Vielleicht finden wir eine Höhle, oder wenigstens einen Felsvorsprung …«

Sie erinnerte sich, vom Flugzeug aus hatte sie gesehen, dass manchmal ziemlich bizarre Felsen das Walddach durchbrachen. Und auch ihre Lichtung lag an einem Hang.

Bevor sie aufbrachen, machten sie Inventur und besahen sich, was sie an Ausrüstung hatten: ein dickes Seil (das aus dem Flugzeug), die Schnüre des Fallschirms, den Fallschirmstoff, ein Messer, das Lu Dao in der Tasche hatte, und ein Heftchen mit Nähzeug, das sie, wer weiß warum, im letzten Augenblick in ihre Brusttasche gesteckt hatte – und: Sie hatte ein Feuerzeug bei sich.

(Sie rauchte manchmal. Heimlich.)

Diese Heimlichkeit konnte sie sich jetzt schenken, denn die Zigaretten waren im Koffer, und der war, nachdem sie aus dem Sportflugzeug ausgestiegen waren, ohne sie weitergeflogen. Sonst hatten sie nur, was sie auf dem Leib trugen.

»Messer und Feuer«, besah sich Lu Dao ihre Habseligkeiten, die er auf einem Stück Fallschirm ausgebreitet hatte, »wie die ersten Menschen.«

Es sollte aufmunternd klingen. Aber die Aufmunterung wurde von den vielen Stimmen und Geräuschen und von dem dumpfen Urwalddampfbad geschluckt.

*

Peking war schon der Hammer gewesen!

Sie hatte nicht sehr viel gesehen. Nur so viel, wie man sieht, wenn man vom Flughafen mit dem Taxi zum Bahnhof fährt. Aber es war der Hammer gewesen. Alle diese Hochhäuser, die vielen Autos, die riesigen Straßen – eine Wahnsinnsgroßstadt, und zwar eine chinesische, und das war allemal aufregend genug!

Und jetzt stapfte sie durch den Urwald – und es waren noch keine 24 Stunden seit Frankfurt vergangen!

Langsam gewöhnte sie sich an das Kreischen und Schreien, das einem durch Mark und Bein gehen konnte. Das mussten Vögel sein oder Affen oder Tiger oder was wusste denn sie. Aber es klang, als seien es grüne Gespenster, die durch diesen schattigen, feuchten und dampfenden Wald flogen.

Die Schreie wurden von der Hitze so scharf und schrill, dass es wehtat. Am unheimlichsten aber war, dass sie sofort wieder abstarben, verschluckt wurden von der dichten, schweren Luft, von dem düsteren Wald. Ihr stellten sich die Nackenhaare. Nur nicht umdrehen, dachte sie.

Sie schaute auf den Boden. Hier gab es Ameisen! Fingerlang! Aber sie kümmerten sich nicht um sie und zogen ihres Wegs. Es war eine große Kolonne. Vielleicht zogen sie in den Krieg. Jedenfalls hatten sie mit der Geschichte und den Geschichten der Menschen nichts zu schaffen. Sie hatten ihre eigenen Probleme.

Kaum hatte sie die Ameisen gesehen, als es sie auch schon überall zu jucken anfing. Wenn ich jetzt an einen Gorilla denke, dachte sie, kommt wahrscheinlich einer um den nächsten Baum gebogen. Ich sollte besser an eine Imbissbude denken, sie bekam langsam Hunger. Und Durst.

Sie waren noch nicht lange marschiert, als sie auf einen breiten Bach stießen. An seinem Ufer gingen sie entlang, bachaufwärts.

Die Landschaft war seltsam, wie soll man sagen, es war eine Landschaft, die mitten in der Landschaft stand. Weich. Ganz alt. Und ganz jung. Gleichzeitig. Als ob die Zeit stillstehe, besser, als ob es gar keine Zeit gäbe. Als ob einer einen trösten wolle und als ob man gar keinen Trost brauche. Machte das irgendeinen Sinn? Sie konnte nicht richtig denken. Es war zu heiß. Es war zu anstrengend. Außerdem hatte sie Angst.

Plötzlich öffnete sich der Wald, sie traten hinaus und standen vor einem blühenden Wäldchen. Mitten im Wald war ein blühendes Wäldchen.

Lu Dao ging ein paar Schritte voraus. Dann blieb er stehen, breitete beide Arme aus und drehte sich ein paar Mal um sich selbst.

Er tanzte!

Als Anja zu ihm trat, sah er sie an mit einem Blick, den sie nicht wieder vergessen sollte: »Wo de tian [woah de tiän]«, sagte er, »Himmel«, sagte er, »das ist ein Pfirsichhain, ein wilder Pfirsichhain.« Er war vollkommen hin und weg.

Chinesen mochten so etwas anscheinend. Blüten und Pfirsichhaine und alles.

Pfirsichhain, seltsam, welche Worte der benutzte. Wahrscheinlich las er Bücher, in denen ein Deutsch stand, das heute außer den Büchern kaum noch einer sprach.

Sie schaute sich um und konnte den *Hain* so wild gar nicht finden. Er blühte. Und es war auch kein Hain. Dafür war er zu groß, es war eher ein Waldstreifen.

»Den muss jemand vor ewigen Zeiten hier angelegt haben«, sagte Lu Dao wie zu sich selbst. Er schien aus dem Staunen und Bewundern gar nicht mehr herauszukommen: »Das ist ein sehr chinesischer Ort!«

Da er mit sich und seinem Staunen beschäftigt war, schaute Anja sich um. Das Gras war hoch, so etwas wie Rehgras, hoch und weich, obwohl man sich daran schneiden konnte, wenn man nicht aufpasste.

Anja fühlte sich auf einmal ganz jung in diesem Wäldchen, nur auf eine ganz andere Art, als sie ja nun einmal jung war. Es war ein Jungsein, das gleichzeitig ganz alt war, ganz jung und ganz alt.

Es war völlig windstill, die ganze Zeit, windstill, stickig und dumpf. Und dazwischen das Schreien und Stöhnen der Tiere und Bäume. Der Wald war bedrohlich. Er lebte. Und es war heiß, brütend heiß. Man schwitzte schon, wenn man an Schwitzen bloß dachte, so heiß war es.

Und da kam aus dem Nichts ein Wind auf, ein Windhauch, etwa so, als ob jemand ausatmet, ganz nah am Ohr, und dann war da ein Klingeln, wie von kleinen Glöckchen, nein, eher als ob man sich am Tag plötzlich erinnert, dass man nachts das

Klingeln von kleinen Glöckchen geträumt hat, so ein Geräusch war das, unhörbar, aber es hörte nicht auf.

Und dann schneite es Blütenblätter ... Wohin man sah, vorne, hinten, oben, unten. Ja, man hatte das Gefühl auch unten, so leicht fühlte man sich auf einmal.

Und albern waren sie, die Blütenblätter. Wenn sie ihre Zweige losließen, kicherten sie. Und wie sie durch die Luft wirbelten, redeten und lachten sie, alles durcheinander, mit kleinen, feinen Stimmchen und in einer Sprache, die man nicht mit dem Kopf verstand, sondern mit dem Bauch.

Jetzt war auch Anja verzaubert. Und so verzaubert gingen sie weiter. Und es war ein Licht, als sei es gar kein Licht, jedenfalls kein Licht, das jemals geleuchtet hat, oder jemals aufgehört oder angefangen hätte zu leuchten, so ein Licht war das.

Am Ende des Hains brachte sie der mittlerweile sehr schmale Bach zu einer Grotte, in die ein Pfad führte.

Als sie vor der Grotte standen, traten sie aus ihrer Verzauberung heraus, das Licht erlosch, und die Nacht brach herein, so schnell und so plötzlich, wie Anja es noch nie erlebt hatte. Sie folgten dem Fußweg ein paar Meter und fanden sich in einer Höhle wieder.

»Wie bestellt«, sagte Anja, »und mit fließend Wasser.« Mit diesen Worten streckte sie eine Hand in den schnell fließenden und leise gluckernden Bach, dessen Quelle aus der Felswand zu kommen schien, und zog sie sofort wieder zurück: »Brrhh! Fließend Wasser schon, aber fließend kalt!«

*

»Qin oder wir«, begann Prinz Dan von Yan nach einer tiefen, ehrfürchtigen Verbeugung, »was sollen wir tun?«

Tian Guang, der neue Berater, war ein alter Herr mit einem langen, ehrfurchtgebietenden weißen Bart, langem weißem

Schläfenhaar und buschigen weißen Augenbrauen. Er ging auf einen Stock gestützt und hatte den Raum noch nicht richtig betreten, als ihn der Prinz auch schon überfiel.

»Man sagt«, sagte Tian Guang, »ein gutes Ross kann in seiner besten Zeit eintausend Meilen am Tag zurücklegen, aber wenn es alt wird, kann der lahmste Klepper es überholen. Eure Majestät haben gehört, wie ich in meinen besten Jahren war, Ihr wusstet nicht, dass meine Kräfte bereits nachlassen. Ich würde nie wagen, Eurer Majestät in Staatsangelegenheiten einen Rat zu geben, doch könnte mein Freund Jing Ke von Nutzen für Euch sein.«

Der Prinz von Yan verstand ihn sehr gut. Es gehörte zum guten Ton, dass man sich kleiner machte, als man war. Je mehr man von sich überzeugt war, je mehr Selbstvertrauen man hatte, umso weniger musste man das betonen. Wer groß ist, macht sich klein, wer klein ist, tut groß, sagte ein altes Sprichwort. Wenn einer großtat und sich aufplusterte, dann war er gut im Großtun und Aufplustern, mehr nicht. Wer derart auftrumpfen musste, hatte einen Grund dafür. Dinge, die gut waren, brauchten keine Marktschreiereien, die wurden von den Leuten gesucht. Allerdings gehörte auch Klappern zum Handwerk.

Die Dinge hatten zwei Seiten.

Alle.

Was stimmte, stimmte nur, wenn es stimmte. Sonst war es falsch. Das Leben war von allen Instrumenten das Instrument, das am schwersten zu spielen war. Es hatte die meisten Saiten, und wenn man sie anschlug, hörte man niemals den gleichen Ton zweimal.

Vor Jahren war der Prinz mit seinem alten Lehrer im königlichen Park spazieren gegangen, und sie hatten einem Pfau zugesehen, wie er sein Rad schlug. Der junge Prinz war ganz hingerissen, so sehr bewunderte er die Schönheit des Tieres.

Als sie aber näher traten, fing der Pfau mit einer fürchterlichen Stimme an zu schreien. Es klang, als kratze jemand mit Blech auf Blech.

Der Pfau war so schön, und dann diese Stimme!

»Die Dinge sind nicht immer, was sie zu sein scheinen«, sagte sein Lehrer und ließ ihn damit allein.

Aber der Prinz hatte verstanden. Seither erweckte bei ihm eine Zurückhaltung und Bescheidenheit, wie sie dieser Tian Guang an den Tag legte, immer ein gewisses Vertrauen – auch wenn er sich bewusst war, dass man sich auch Bescheidenheit überziehen konnte wie eine Maske.

Er bat Tian Guang, ihm den ominösen Freund vorzustellen und über die Unterredung Schweigen zu bewahren.

Das sagte Tian Guang zu und verließ den Prinzen. Nur hatte er jetzt ein Problem: Er hatte seinen Freund vorgeschlagen, aber er wusste nicht genau, wo er war. Jing Ke war ein wilder Bursche und einer der vielen Ritter, den die neue Entwicklung der Waffen und der Reiche arbeitslos gemacht hatte. Er besaß nicht mehr als sein Schwert und seine Ehre. Das war nicht viel. Ein Ritter brauchte eine Aufgabe, etwas, dem er sich widmen, für das er leben konnte.

Jing Ke stammte aus adligem Geschlecht, studierte gerne alte Dokumenten und ging gerne mit dem Schwert um. Wie Konfuzius hatte er eine Weile bei dem Prinzen eines Reiches als Berater gearbeitet, aber als der sich nicht an seine Ratschläge hielt, nahm er seinen Abschied. Er war durch verschiedene Reiche gewandert und nach Yan gekommen

Tian Guang wusste, dass Jing Ke in Yan war, aber nicht genau wo. Aber er wusste, dass Jing Ke wie alle Ritter und Schwertkämpfer gerne dem Ochsen ins Horn blies, wie man sagte. Dass er angab, gerne einen hob und deshalb gerne in Schenken verkehrte, also sah Tian sich in den Schenken am Marktplatz der Hauptstadt von Yan nach ihm um. Dort waren die meisten Schenken, denn dort kamen die meisten Fremden vorbei. Und dort sammelten sich alle die Leute, die tagsüber nichts zu tun hatten und nachts noch weniger, wie etwa arbeitslose Ritter.

Außerdem garantierte der Marktplatz noch etwas anderes: Aufmerksamkeit. Hier konnte man Duelle ausfechten, Ehrenhändel vom Zaun brechen und weinselig wieder begraben, hier konnte man seine Schwertkunst, seine Reitkunst, seine Redekunst und seine Coolness sehen lassen, alles Dinge, die ohne ausreichend Publikum keinen Spaß machten.

Als Tian Guang sich in der ersten Schenke, gleich wo die Hauptstraße an der Nordecke in den Marktplatz mündet, nach Jing Ke erkundigte, wusste man Bescheid: »Jing Ke sucht Ihr, Herr? Ich bin Staub unter Euren Füßen, Herr, was sage ich, ich bin der Trauerrand unter Euren Fingernägeln.«

»Was für ein Trauerrand? Was für ein Staub?« Tian Guang mochte diesen Menschen und seine Schmeicheleien nicht.

»Der Trauerrand unter Euren Fingernägeln, Herr!«

»Kennt Er den Jing Ke, Mann?«, herrschte Tian den Wirt in seiner schmuddeligen Schürze an.

»Ja, ja, Herr, den kenne ich. Den kennt hier jeder«, erzählte ihm der Wirt eilig. Er fühlte sich von so hohem Besuch sichtlich geehrt und hätte den Herrn gerne in ein Gespräch verwickelt. Zum einen hielt er gerne ein Schwätzchen, er war Wirt mit Leib und Seele, und in diesen schlimmen Zeiten war die Schenke der Ort, an dem man vieles erfuhr; außerdem war es gut für das Geschäft, wenn eine Durchlaucht und Hochwohlgeborenheit bei ihm verkehrte!

»Ich wusste gar nicht, dass Jing Ke so ein wichtiger Mann ist, dass jemand wie Euer Hochwohlgeboren ihn kennt! Der hängt nämlich immer bei dem Hundemetzger herum oder bei dem Zitherspieler Gao.«

»Hängt herum? Er spricht von einem Ritter!«

»Schöner Ritter«, dachte der Wirt, der sehr gut wusste, dass die hohen Herren launisch waren. Manchmal gaben sie sich den Anschein, nicht wie hohe Herren behandelt werden zu wollen. Aber das nannte er hochnäsig. Das war die Hochnäsigkeit der hohen Herrschaften. Davon ließ er sich aber niemals dazu hinreißen, eine Durchlaucht einmal nicht mit den entsprechenden Ehrentiteln zu bedenken. Die Bescheidenheit eines hohen Herren war gefährlicher als sein Hochmut.

»Schöner Ritter!«, dachte er noch einmal, »ich könnte Euer Hochwohlgeborenheit ja einmal die Tafel zeigen, auf der ich die Zeche Eures hochwohlgeborenen Ritters eingeritzt habe. Alles unbezahlte Außenstände.«

Aber das sagte er nicht.

Was er sagte, war: »Ich bin ein ungebildeter Mann, Euer Hoheit! Und ein ungebildeter Mann spricht die Sprache des ungebildeten Volkes! Darf ich Euch ein Glas Hirselikör anbieten oder vielleicht ein Schnäpschen? Auch das duftende Fleisch ist heute vorzüglich!«

»Sag Er mir nur, wo ich Jing Ke finde, sonst nichts!«

Einen kurzen Augenblick überlegte er, ob er das Angebot dieses unangenehmen Speichelleckers nicht annehmen sollte, er hatte lange kein »duftendes Fleisch«, wie das Hundefleisch hieß, mehr gegessen, und es ging auf Mittag zu. Aber er verbot sich den Gedanken, er war nicht zum Vergnügen hier.

»Er ist oft in der Schenke *Zum Roten Wimpel*, zu mir kommt er erst abends. Tagsüber findet Ihr ihn manchmal auch auf der anderen Seite des Marktes, bei seinen Freunden!«

Tian Guang warf ihm eine Münze hin und ging.

»Bescheidenheit der hohen Herren«, dachte der Wirt und hob die Münze vom Boden auf, »als wäre man ein Hund. Und wenn die schwarzen Reiter kommen, dann haben sie eine Galle, nicht größer als eine Maus.«

In der Galle saß der Mut. Und wenn jemand eine kleine

Galle hatte, dann war er ein Feigling, so sagte man jedenfalls. Aber hier irrte sich der Wirt, der sonst ein lebenserfahrener Mann war, Tian Guang hatte mehr Galle als die meisten. Aber diesen Irrtum nahm er mit ins Grab, an das er im Übrigen noch lange nicht dachte.

Kaum war Tian Guang aus der Schenke getreten und hatte sich der Mitte des Marktplatzes genähert, als er auch schon lauten Gesang und lautes Zitherspiel hörte.

»Dieser Gao spielt eine Zhu [dschu]«, dachte Tian Guang automatisch, »das passt, das ist das richtige Instrument für den Markt!«

Die Zhu konnte man quer über die Knie legen, sie hatte fünf Saiten, und man schlug oder zupfte sie mit einem Bambusstöckchen. Deshalb war sie lauter als andere Saiteninstrumente, die man nur mit den Fingern spielte. Und wenn man die Saiten zog, gab das jammernde, sehnsüchtig-schmerzliche Klänge, die einem das Herz zerreißen konnten.

Zwei Männer sangen ein Lied, das Tian Guang kannte. Es war aus dem »Buch der Lieder«, ein berühmtes Buch, in dem die alten Lieder der Könige und der Reiche gesammelt und weitergegeben wurden – und die alten Lieder des Volkes.

Jing Ke und sein Freund Gao waren schon in bester Stimmung, das sah und hörte man. Nicht zuletzt an ihren geröteten Gesichtern und den kleinen Krügen, die neben ihnen auf dem Boden standen. Wasser war da nicht drin.

Sie sangen abwechselnd und zogen das Publikum mit, das die Wiederholung der ersten Zeile am Ende jeder Strophe mitsang. Es war ein melancholisches Lied, und manch einer seufzte und dachte an die gute alte Zeit. Zwar hatte niemand die gute alte Zeit, aus der die guten alten Lieder stammten, selbst erlebt, aber je weniger sie davon noch wussten, desto mehr waren sie überzeugt, dass die alte auch die gute Zeit gewesen war.

»Des Einhorns Huf, des Einhorns Huf
Bringt mit sich des Königs Ruf
Des Einhorns Huf, des Einhorns Huf

Des Einhorns Herz, des Einhorns Herz,
Der König lindert unsern Schmerz
Des Einhorns Herz, des Einhorns Herz

Des Einhorns Horn, des Einhorns Horn
Königs Zeichen, Königs Dorn
Des Einhorns Horn, des Einhorns Horn«

Bei den Worten »des Einhorns Horn« hielt Jing Ke sich einen der kleinen Krüge an die Stirn, was den Ernst des Vortrags durchbrach und die Umstehenden zum Lachen brachte. Er reckte die Hand mit dem Krug in die Luft und rief noch einmal: »Des Einhorns Horn!« Und die Umstehenden krakeelten durcheinander.

»Schönes Horn!«

»Gib mir auch eins!«

»Mit einem Horn kann man nicht stoßen!«

Und dergleichen mehr.

Tian Guang trat heran und legte Jing Ke die Hand auf die Schulter, der sofort herumfuhr und das Schwert in der Hand hatte. An den tiefschwarzen Augen und der tiefschwarzen Glut, die in ihnen glomm, konnte man erkennen, dass Jing Ke nicht der Trunkenbold war, den er hier spielte.

Tian Guang hob beschwichtigend beide Hände und sagte: »Ein trauriges Lied, das Ihr da singt, Ritter Jing Ke!«

»Ein trauriges Lied kann ein großer Trost ein«, erwiderte dieser und fügte hinzu: »Es ist ein seltsam Ding mit den Worten. Sie sind wie Ameisen. Jedes Wort trägt ein Stückchen von dem, was es sagt, davon. Und zerstreut es. Ein trauriges Lied zerstreut die Trauer, es vertraut die Trauer dem Atem an, der Atem wird zum Wind und trägt sie davon.«

»Und ein altes Lied wie das Eure kann erscheinen, als komme es aus der Zukunft!«, sagte Tian Guang in dem gleichen Ton.

Jing Ke schaute ihn erstaunt an und steckte sein Schwert in die Scheide, die neben der Zither lag. Aber er ließ es bei dem erstaunten Blick, er sagte nichts.

In das Schweigen hinein fiel plötzlich ein hohles, schwankendes, unheimliches Rufen: »Ho-ho-ho! Ho-ho-ho! Ho-ho-ho!«

Ein Raunen ging durch die Menge: »Ein Totenrufer! Ein Totenrufer!« Man wich zurück und bildete eine Gasse.

»Wer ist gestorben? Weißt du etwas?«, fragte Jing Ke seinen Freund Gao.

»Ich glaube, eine alte Frau aus Handan, der Hauptstadt von Zhao. Sie hat hier ihre Tochter besucht, sie ist mit einem unserer Krieger verheiratet. Und vor ein paar Tagen ist sie so unglücklich gestürzt, dass sie noch in derselben Nacht gestorben ist.«

»Und warum wird sie nicht hier beerdigt? Warum hat man einen Totenrufer bestellt?«

»Sie wollte unbedingt in Heimaterde begraben werden, wie ich gehört habe. Wer will das nicht!?«, gab Gao zurück.

Mittlerweile waren die Totenrufer auf der Mitte des Marktplatzes angelangt. Eine Gestalt in normaler Kleidung ging voran, ihm folgte eine zweite, die alles um mindestens zwei bis drei Haupteslängen überragte. Sie war vom Kopf bis auf den Boden von einem schwarzen Umhang verhüllt, auf dem Kopf trug sie einen hohen Hut aus Reisstroh, und statt eines Gesichtes sah man eine weiße Maske.

Ein schauriger Anblick!

»Was ist denn das?«, fragte Jing Ke, der ein weitgereister Mann war und doch noch nie einen Totenrufer gesehen hatte.

»Weißt du das nicht?«, wunderte sich Gao und erklärte: »Ich habe das einmal gesehen, als ich klein war. Meine Eltern hatten eine Herberge, in der hin und wieder die Totenrufer übernachteten. Unter dem Umhang stecken zwei, der Träger und die Tote.«

»Die Tote?«

»Ja, er trägt sie auf dem Rücken, deshalb ist er auch so groß. Weil die Tote den Träger überragt!«

»Aber dann sieht er ja gar nichts! Und was macht der andere da?« Jing Ke deutete auf die erste, normal gekleidete Gestalt. Sie lief der anderen voraus, rückwärts, und schwenkte am hellichten Tag einen Lampion in Bodennähe hin und her. Mit der anderen Hand warf sie Geldscheine in die Luft und rief: »Ho-ho-ho! Ho-ho-ho!«

»Er leuchtet dem unter dem Umhang den Weg. Und er streut Totengeld, das dem Toten den Weg in die Unterwelt freikaufen soll. Wenn du genau hinschaust, siehst du, dass das Gewand vorne ein wenig angehoben ist. Da sieht der Träger den Lichtschein des Lampions, dem folgt er. Und der zweite warnt ihn, wenn eine Stufe kommt, wenn es bergab geht oder bergauf.«

Die Totenrufer kamen jetzt direkt an ihnen vorbei.

»Ho-ho-ho! Ho-ho-ho!«

Unwillkürlich wichen auch sie einen Schritt zurück. Als die Gestalten vorbei waren, erklärte Gao noch: »Und sie rufen, weil sie nicht ausweichen können. Der eine geht rückwärts, der andere sieht nichts, da ist es besser, sie rufen, bevor sie jemanden über den Haufen rennen.«

»Aber bis nach Handan! Das sind über sechshundert Meilen!« Jing Ke schüttelte ungläubig den Kopf. Dann schaute er Gao an und rümpfte die Nase, als nähme er einen unangenehmen Geruch wahr.

»Quecksilber«, sagte Gao, der wohl verstanden hatte, »sie füllen Quecksilber in Mund, Nase, Ohren und die restlichen

Körperöffnungen, das hilft gegen den Geruch und verlangsamt die Verwesung …«

Jing Ke wurde nachdenklich: »Und wie lange sind sie am Tag unterwegs?«

»Es geht schneller, als man denkt, sie sind sehr stark, und sie wechseln sich ab. Aber zehn bis zwölf Stunden laufen sie schon.«

»Zehn bis zwölf Stunden?«, fragte Jing Ke ungläubig. Er war ein Ritter, und er war stark, und er bildete sich auf seine Stärke und Ausdauer etwas ein – aber zehn bis zwölf Stunden eine Leiche auf dem Rücken tragen? Zumal ein Körper, der ohnmächtig ist oder tot, sehr viel schwerer ist als ein wacher, lebendiger Mensch.

»Sie müssen sehr stark sein!«, sagte er bewundernd und mit einem leichten Schaudern.

»Bevor sie damit anfangen können, trainieren sie jahrelang alle Arten von Kampfkunst, vor allem solche, bei denen es auf Ausdauer ankommt.«

Noch ein letztes »Ho-ho-ho« war zu hören, dann war es totenstill.

Die Menschen auf dem Marktplatz traten langsam wieder zusammen, aber zögernd. Sie flüsterten. Es waren harte Zeiten, und der Tod war allgegenwärtig, aber normalerweise war er doch nicht sichtbar. Außer auf dem Schlachtfeld. Es packte sie das Grauen, wenn er so mitten durch sie hindurchschritt. Jeder konnte der Nächste sein, der auf diese Weise seine letzte Reise antrat. Schnell füllten sich die Schenken und Tavernen, denn jetzt konnte jeder einen Schnaps gebrauchen.

*

Sie setzten sich mit dem Rücken an eine Seite der Höhle und schauten die Wand an. Wenn ihnen bisher noch nicht bewusst gewesen war, wie verloren sie waren – mit der Dunkelheit, die sie umfing, wurde es ihnen klar.

»Als wäre man ganz allein auf der Welt«, sagte Anja eigentlich nur zu sich selbst.

»Wir *sind* ganz allein auf der Welt!«, sagte Lu Dao mit Nachdruck.

Ein Nachdruck, der ihr gerade noch gefehlt hatte. Er hätte ihr ja wenigstens widersprechen können, das wäre das Mindeste gewesen! Aber nein, wenn man sie wirklich brauchte, diese Erwachsenen, dann ließen sie einen allein.

Und als habe er die gleichen Gedanken gehabt, fügte er hinzu: »Aber wir haben uns!«

»Das macht doch alles keinen Sinn!«, wollte sie schon sagen und hatte plötzlich eine unglaubliche Sehnsucht nach ihrem Vater, ihrer Mutter, nach allem, was für sie mit *Daheim* und *Zuhause* verbunden war.

Hier war alles so fremd.

So chinesisch.

So einsam.

So erwachsen.

Aber sie sagte es nicht.

Sie sagte: »Mir wäre es lieber, es würde ein richtiges Abendessen vom Himmel fallen!«

»Himmel und Erde sind ohne Mitgefühl«, sagte er, und es klang verdächtig nach einem Zitat, »... sagte Laozi«, fügte er hinzu.

Lao-zeh, das war der, auf den sie im Chinesischkurs einen Rap gemacht hatten.

»Jetzt komm mir nicht mit Sprüchen!«, beschwerte sie sich, »von Sprüchen wird man nicht satt!«

»Essen ist des Volkes Himmel!«, setzte er noch einen Spruch drauf und gab zu: »Du hast ja recht, aber heute Abend wird das wohl nichts mehr mit dem Essen. Morgen früh, wenn es hell wird, schauen wir uns um. Immerhin«, er deutete auf den Bach, der vor der anderen Wand vor sich hin gluckerte, »wir haben etwas zu trinken. Schließlich ist …«

»Durst ist schlimmer als Heimweh!«, unterbrach sie ihn, und sie lachten beide ein wenig verwackelt. Ihr Lachen hallte in der Höhle nach und schien den Pfad, der weiter in den Berg hineinführte, hinaufzuscheppern. Es war wie das berühmte Pfeifen im Wald oder Singen im Keller. Wenn man damit aufhörte, war es unheimlicher als vorher.

Lu Dao stand auf und beugte sich über den Bach.

»Kann man das Wasser denn trinken?«, fragte sie skeptisch.

Sie hatte noch nie aus einem Bach getrunken, geschweige denn aus einem Fluss oder See. Sie hatte sich nur manchmal vorgestellt, wie das bei den Indianern gewesen sein musste oder anderen Naturmenschen, die einfach an ein Wasser gingen und tranken, wo man bei ihr zu Hause in den meisten Flüssen nicht einmal baden konnte.

»Ich denke schon«, sagte Lu Dao, »wir sind ja mitten im Urwald. Hier gibt es keine Menschen, hier ist noch unberührte Natur.«

Dann schöpfte er mit der hohlen Hand Wasser und trank. Während er sich mit dem Gesicht dem Wasser näherte, schien von dem Bach ein schwacher Lichtschein auszugehen. Und als er trank, ging dieser Lichtschein auf ihn über und er begann selbst ganz leicht zu leuchten.

Lu Dao schaute Anja einen Augenblick ziemlich verdattert an, perplex, wie einer, der etwas im Mund hat und sich lange Zeit nicht entscheiden kann, was es eigentlich ist und nach was es schmeckt. Dann sagte er: »Das schmeckt fantastisch!«

Sie sprang auf, ging zu ihm hinüber, und das Wasser schien von innen her zu leuchten und zu glitzern, als sie sich darüberbeugte. Sie trank. Es schmeckte tatsächlich fantastisch – nach …, nach …, nach was eigentlich?

»Nach was schmeckt das eigentlich?«, fragte sie und sah, dass Lu Dao sich das Gleiche fragte.

Sie bückte sich, nahm noch eine Handvoll, schlürfte das kühle Wasser und machte dabei ein Gesicht wie diese komischen Weinkenner, die man ab und zu im Fernsehen sah. Die den Wein erst einschlürften, dann kauten und schließlich ausspuckten. Und die ungefähr so redeten wie sie jetzt: »Das schmeckt vorne nach hinten und im Abgang ein wenig nach Dazwischen!«

Sie hatte damit zwar einen dummen Witz machen wollen, fand es aber plötzlich gar nicht mehr so verkehrt.

Es war tatsächlich ein Vornhinten-Geschmack, fand sie und kam sich dabei sehr chinesisch vor. Schließlich maßen die Chinesen nicht nur die Länge in Einheiten von langkurz und die Tiefe in Einheiten von tiefseicht, sie maßen auch den Geschmack in süßsauer oder süßscharf. Sie musste an Chicken McNuggets mit süßscharfer Soße denken, und ihr lief das Wasser im Mund zusammen.

»Es schmeckt fantastisch nach Dazwischen!«, sagte sie und fand, dass ihre Hand leicht leuchtete.

Lu Dao fragte ernst: »Und wie schmeckt *Dazwischen*?«

Sie schaute ihn verblüfft an. Woher sollte sie wissen, wie Dazwischen schmeckte? Wenn man etwas Süßscharfes oder Süßsaures aß, dann war das wie bei Sauren Fritten, da gab es einen Moment, wo das Saure nicht mehr sauer war und das Süße noch nicht süß. Man musste genau aufpassen, sie hatten in der Schule einen regelrechten Wettbewerb daraus gemacht. Wenn sie Saure Fritten aßen, verständigte sie sich mit ihren Freundinnen nur noch mit Kürzeln, in einer Art Geheimsprache, die, wie es sich gehörte, niemand verstand außer ihnen. Und wenn sie sagten: »Jetzt!«, dann wussten alle, die es wussten, dass sie diesen irren Augenblick des Übergangs zwischen süß und sauer meinten, den sie schmackoüberfatz nannten.

»Das *Dazwischen* schmeckt schmackoüberfatz«, sagte sie wahrheitsgemäß zu Lu Dao, und das kam dem Chinesen ziemlich chinesisch vor. Er konnte es kaum aussprechen.

»Schma-cko-was? Das Wort habe ich noch nie gehört!«

»Schma-cko-über-fatz«, wiederholte sie. »Das Wort gibt es auch nicht. Aber es stimmt. Schmackoüberfatz schmeckt irgendwie fantastisch nach ..., nach ..., nach NICHTS!«

Sie schaute nicht weniger überrascht als er. Das war vielleicht einmal ein Satz! Es gibt Sätze, von denen weiß man nicht, woher sie kommen. Es gibt Sätze, die kommen ganz überraschend. So aus dem Nichts. Schmackoüberfatze Sätze. Sozusagen. Nichtssätze.

»Nach Nichts?«, echote er. »Bist du sicher, dass du keine Chinesin bist?«

»Wieso?«

»Weil die Chinesen, das heißt einige von ihnen, die Daoisten, die denken so. Und Lao-zeh ist einer von ihnen. Große Musik ist ohne Ton«, fuhr er mit seinem Zitiergesicht fort, »große Beredsamkeit stottert. Und wenn man das aufs Essen bezieht, dann könnte man sagen: Großes Essen ist ohne Geschmack, oder wie du sagtest: Großes Essen ist schmackoüberfatz.«

»Geil!«, entfuhr es ihr, und sie hatte völlig vergessen, in welch unglaublicher Lage sie sich befanden, hier, in einer Höhle im südchinesischen Urwald, ohne Proviant, ohne Verbindung zu irgendwem oder irgendwas. Wie die ersten Menschen. Robinson Crusoe, Tarzan und Steinzeit auf einmal.

Als es ihr wieder einfiel, war ihre Begeisterung schnell verflogen.

Sie versuchten, ein Feuer zu machen. Holz gab es ja genug. Aber das Holz war feucht, und das Flugticket, das Anja in ihrer Jackentasche fand, war noch viel feuchter. Durchgeschwitzt von innen und durchgeweicht von außen. Sie gaben es auf.

Und nun saßen sie da, mit nichts als diesem öden Bewusstsein ihrer Lage, mit dem Rücken an die Höhlenwand gelehnt, und schauten rat- und hilflos auf das schwache Leuchten dieses Baches, das sich an der gegenüberliegenden Höhlenwand spiegelte. Anja hätte wer weiß was für eine Packung Saure Fritten gegeben!

Sie trat vor die Höhle.

Die Geräusche der Nacht waren andere als die Geräusche des Tages.

Dumpfer.

Vorsichtiger.

Lauernder.

Und wie es tagsüber nicht wirklich hell wurde, war es nachts nicht wirklich dunkel. Als ihre Augen sich an das Dämmerlicht gewöhnt hatten, kam sich sich vor wie in einer Unterwasserwelt.

»Wieso leuchtet dieser Bach eigentlich so?«, sagte Anja, um überhaupt etwas zu sagen. Ihr war eigentlich nicht nach Reden. Aber Schweigen war noch schlimmer. Sie hätte etwas dazwischen gebraucht, wie bei den Sauren Fritten, aber das gab es nicht, oder sie kannte es nicht. Als Kind wäre sie in die Arme ihrer Mutter geflüchtet. Aber was tat man als fast Erwachsene?

»Das ist eigenartig«, sagte Lu Dao wichtig, machte aber auch keine Anstalten, sich etwa zu erheben und der Frage auf den Grund zu gehen. Beide waren einfach zu müde, um auch nur irgendetwas auf den Grund zu gehen.

»Hast du eigentlich immer noch Hunger?«, fragte jetzt er, und das nicht nur, um irgendetwas zu sagen. Ihm war etwas aufgefallen.

»Hm!«, macht sie, was so viel heißen sollte wie: Jetzt, wo du fragst. Ich wundere mich schon die ganze Zeit. Als wir die Höhle entdeckt haben, bin ich fast umgekommen vor Hunger, aber seit ich von diesem komischen Glitzerwasser getrunken habe, fehlt mir eigentlich gar nichts mehr. Ich habe keinen Hunger und keinen Durst, bin nur ganz wohlig müde und möchte mindestens zwei Millionen Jahre schlafen.

Aber es blieb bei diesem »Hm«, mehr sagte sie nicht, mehr kam nicht. Denn als sie noch darüber nachdachte, wie es wohl wäre, zwei Millionen Jahre zu schlafen und ob das ein Unterschied wäre zu dem Schlaf von einer Nacht oder auch nur zehn Minuten, tat sich auf einmal etwas.

Zuerst merkte man gar nichts. Man könnte sagen, man merkte nur, dass man nichts merkte, aber das merkte man auf einmal. Es war so etwas wie die plötzliche Ruhe vor dem Sturm. Es geschah etwas, was mit dem Wort »groß« nur mangelhaft wiedergegeben wäre. Aber es war groß.

Die Höhle dehnte, weitete, hob sich, sie verlor jede Begrenzung, in jeder Richtung. Die Wände flohen auseinander und verschwanden, die Decke stieg in die Höhe und verschwand, und auch der Boden wurde mit einem Ruck unter ihnen weggezogen, als seien sie beide Gläser auf einem Tisch und ein Geschicklichkeitskünstler hätte ihnen die Tischdecke unter dem Hintern weggezogen. Nur dass dieser Geschicklichkeitskünstler gleich den ganzen Tisch samt Esszimmerboden, Hausfundament und Erdboden mit wegzog.

Sie hingen buchstäblich in der Luft. Anja dachte sofort, sie fällt, da rief Lu Dao: »Denk nicht, dass du fällst! Dann fällst du auch nicht!«

Aber das war leichter gesagt als getan. Sie *versuchte* immerhin, nicht zu denken, dass sie fällt. Sie dachte vielmehr, sie sitze noch immer in der Höhle auf dem Hosenboden und lehne an der Höhlenwand. Und so war es dann auch. Es war der Hammer! Sie saß wieder auf dem Hosenboden auf dem Höhlenboden! Alles war wie vorher, nur durchsichtiger, angedeuteter, irgendwie gläsern. Es war, als sei jedes Ding in Anführungszeichen gesetzt. So wie man, wenn man etwas nicht so meinte, wie man es sagte, aber doch das Wort dafür benutzen musste, mit Zeige- und Mittelfinger beider Hände zwei Anführungszeichen in die Luft malt, um zu zeigen, dass man, was man sagt, nicht meint, wie man es meint, sondern so, wie man es nicht meint, um zu zeigen, wie man es meint.

Und umgekehrt.

Das kannte ja jeder.

Wenn man versucht, Missverständnisse aufzuklären, reden alle so. Dass man so auch sitzen konnte, war ihr neu.

Sie saßen in einer gläsernen Höhle, und um sie herum war alles voller All oder Nichts. Sie saßen da drin wie in einer Raumkapsel aus Glas. Und was jetzt geschah, war wilder als jedes Drei-D-Kino. Man hätte sagen können, es spielte sich alles auf der gegenüberliegenden Glitzerwand ab wie auf einer Leinwand. Aber das stimmte nicht. Denn es geschah buchstäblich überall. Oben, unten, rechts, links, hinten, vorne und unter ihnen.

Zunächst war alles nur dunkel. Das Dunkel der Höhle mit dem leisen Scheinen und Glitzern, das von dem Bach ausging. Der Bach verschwand, und das Scheinen wurde sichtbar als Bewegung, als Bewegung der Finsternis.

Und sie immer mittendrin.

Man sah keine Farbe, es war eher ein Gefühl, ein Geschmack und ein Klang, der etwas Helles hatte, etwas Kühles, kurz: etwas Blaues.

Und dieses geschmeckte, gehörte, gesehene und gerochene Blau verdichtete sich, Anja konnte es spüren, sie wurde selbst zusammengedrückt, bis sie kaum noch einen klaren Gedanken fassen konnte.

Nur halb bei Bewusstsein hörte sie neben sich einen Schrei und sackte zusammen. Dabei wurde ihr ganz leicht. Alle Bedrängnis der Welt schien von ihr abgefallen. Sie machte die

Augen auf und sah – ein Ei. Im Raum vor ihnen schwebte ein gigantisches Ei.

Sie war noch ganz überwältigt von diesem Geschehen, als das Ei in Bewegung geriet: Es drehte sich, verformte sich, pulsierte, war manchmal ein Kreis, in dem eine dunklere und eine hellere Hälfte sich ineinanderknäuelten, dann wurde ein Riss sichtbar: »Ein Küken«, sagte Anja atemlos, »das wird ein Urküken!«

Doch in dem Riss erschien kein Schnabel, sondern – eine Hand! Nein: eine richtig haarige Pranke wurde sichtbar! Sie tastete die Eierschale um die Einbruchstelle ab, dann kamen ein nicht weniger haariger Unterarm und, während die Hand weiter die Eiaußenwelt erkundete, ein Oberarm nach.

Das musste ein *Riese* sein!

Nach dem zu urteilen, was sie von ihrer Glasraumkapselhöhle aus sahen, war das Ei nur um ein klein wenig kleiner als Alles, und das haarige Wesen in dem Ei konnte nur ein klein wenig kleiner sein als das Ei.

Das *musste* ein Riese sein!

Es *war* ein Riese!

Nachdem der Arm einmal rund um die Ausstiegsluke herum alles abgetastet hatte, wurde er wieder nach innen gezogen. Der Riese musste sich mit den Armen gegen den Eideckel und mit den Füßen gegen den Eiboden stemmen, denn das Ei schien sich zu dehnen, der Riss wurde größer. Aber es klappte nicht auf Anhieb. Der Riss zog sich wieder zusammen, der Riese musste neu ansetzen. Er tat es. Nicht einmal, nicht zweimal, er tat es wer weiß wie oft.

Anja drehte sich nach Lu Dao um, den sie bei diesen gewaltigen Geschehnissen fast vergessen hatte. Er saß noch neben ihr. Er bemerkte gar nicht, dass sie ihn ansah, und noch bevor sie etwas zu ihm sagen konnte, streckte er den Arm aus und rief: »Das ist …!«

Weiter kam er nicht.

Denn im selben Augenblick flogen die beiden Eierschalenhälften mit einem derart gigantischen Krachen auseinander, dass es fast lautlos war.

Wenn sie später jemandem davon erzählte, nannte Anja dieses Krachen »ur«, weil ihr kein besseres Wort dafür einfiel. Oder sie versuchte es mit einem Bild, weil es kein Wort dafür gab. »Es war so ›ur‹«, sagte sie dann, »als hätte das Weltall in den Angeln gestöhnt.«

Die Eierhälften flogen auseinander, und da hörte sie Lu Dao mit ausgestrecktem Arm seinen Satz vollenden: »Das ist – Pan Gu!« Er war völlig aus dem Häuschen und schrie noch einmal: »Mann, das ist Pan Gu!!« Als ob sie gewusst hätte, wer oder was ein Pan Gu ist! Immerhin, den Namen konnte man wenigstens aussprechen! Und sie brauchte auch gar nicht zu wissen, wer oder was ein Pan Gu war, sie hatte ihn ja leibhaftig vor sich. Und was sie da vor sich hatte, war unglaublich! Etwas Derartiges kannte sie nur aus Monsterfilmen.

Aber das hier schien noch einmal ein ganz anderes Kaliber. Ein Wesen, das gerade mal ein klein wenig kleiner war als das Weltenei, das nur ein klein wenig kleiner war als Alles! Pan Gu. Da stand er also mit zotteligem Fell und reckte und streckte seine ungeschlachten Gliedmaßen – wahrscheinlich waren ihm die Beine eingeschlafen. Er war über und über haarig und pelzig und fellig und borstig, hatte Krallen an den Fingern, sehr langes Haar, einen ebenso langen Bart und – Hörner! Er hatte tatsächlich Hörner! Nicht gerade Teufelshörner, eher kurze Wutnickel- oder Dumpfbackenhörner, solche Hörner waren das.

Jetzt drehte er ihnen das Gesicht zu und schaute ihnen direkt in die Augen. Und das toppte alles: Er schielte!

Anja hatte nichts gegen Leute, die schielen, natürlich nicht. Aber er schielte nicht, wie man schielt, weil halt die Augen nicht gerade stehen. Sein Schielen war Ausdruck seiner flachen Stirn. Sozusagen. Er hatte nicht nur Dumpfbackenhörner, das war eine Dumpfbacke! Er sah nicht doof aus, weil er schielte, sondern er schielte, weil er doof war. Man könnte vielleicht so sagen: Er war so doof, dass er schielte.

Aber vielleicht war es unfair, ihn doof zu nennen. Wenn man genauer hinsah, stellte man nämlich fest, dass er einfach keinen Blick hatte oder jedenfalls kein Licht in diesem Blick, er war unbewusst wie ein Muskel.

Und der ungeschlachte Eindruck, den der ganze haarige, schielende Kerl machte, wurde noch durch ein Utensil unterstrichen, das von einem seiner überlangen Affenarme weit hinunterhing: eine Axt! Sie ähnelte einer mittelalterlichen Streitaxt, wie Anja sie aus dem Museum kannte, nur dass sie größer war als die gesamte Milchstraße – die im Übrigen nirgends zu sehen war.

Wer eine Axt hat, überlegte Anja, der benutzt sie womöglich auch! Dieser Pan Gu hatte sich gerade erst fertig gereckt und sich mit seinen blicklosen Augen halbwegs orientiert, als er sich umzusehen begann. Und wie er sich so umsah, kam die Axt, die von seiner rechten Hand baumelte, in Schwingung. Ganz unwillkürlich. Man hatte den Eindruck, er merkt es nicht einmal. Und was hier in Schwingung versetzt wurde, war gigantischer als die Alpen und der Himalaya zusammen, war so etwas wie die Weltachse selber. Und es verselbstständigte sich!

Hatte die Axt sich zunächst mit dem Riesen im Kreis gedreht, bekam sie mit der Zeit so viel Schwung, dass nun der Riese sich mit ihr im Kreis drehte. Dabei wurde sie immer schneller, sein Arm hob sich mit ihr, bis sie mit Schulter, Arm und Hand eine waagerechte Linie bildete: Da konnte er sie nicht mehr halten und ließ los. Es folgte ein Geräusch, als werde »sssssippp« ein Reißverschluss ganz schnell aufgezogen oder als schneide jemand »sssssitttt« mit scharfem Messer eine Leinwand durch.

Es war der Urschmerz, der erste Schnitt, die erste Trennung der Einheit der Welt. Es war der Schnitt, dem alle weiteren Schnitte folgten, der in allen weiteren Schnitten schmerzte, es war der Schnitt, dessen Echo alle weiteren Schnitte waren: der Schnitt, mit dem die Nabelschnur durchtrennt wurde, der unsichtbare Schnitt, mit dem man aus dem Paradies und aus dem Paradies der Kindheit vertrieben wurde, der Schnitt, mit dem ein Kind zum ersten Mal »Ich« sagte und sich von der Welt trennte. Es war der Schnitt, der mit jedem Abschied, der Schnitt, der mit jedem Tod wieder und wieder schmerzte. Dieser Schnitt war das.

Anja war süßsauer zumute.

Ein sehr chinesisches Gefühl!

Und dann ging alles sehr schnell.

Die Axt hatte einen horizontalen Schnitt durch das, was vorher noch ungetrennt All und Alles gewesen war, gezogen. Auch in Anjas und Lu Daos gläserner Höhlenkapsel wurde die Schwerkraft wieder spürbar. Unten war wieder unten, oben wieder oben. Oben war Himmel, unten war Erde – und dazwischen ein Schnitt. Oder noch nicht ganz: Zunächst war da nur ein schmaler Spalt. Aber Pan Gu griff sich die obere Hälfte wie einen schweren Kofferraumdeckel und wuchtete daran herum.

Später erzählte Lu Dao ihr, dass das in den alten Geschichten des alten China 18 000 Jahre gedauert hat. Der Kofferraumdeckel, also der Himmel, hob sich jeden Tag nur um zehn Fuß, hieß es dort. Das ging hier um einiges flotter. Und am Ende von all dem Gewuchte und Gestemme waren Himmel und Erde getrennt – und Pan Gu vollkommen k.o.

Also legte er sich hin und schlief.

»Jetzt pennt der!«, rief Anja zu Lu Dao hinüber.

Die Höhle war wieder eine Höhle, und was sie sahen,

schien von dem schwachen Leuchten und Glitzern des Baches an die ihnen gegenüberliegende Wand projiziert zu werden. Ein magisches Kino.

»Denk an euren Gott!«, gab Lu Dao zurück. »Nach sechs Tagen war der auch müde!«

Anja schaute ihn verblüfft an. Aber bevor sie sich fertig gewundert hatte, fügte Lu Dao noch hinzu: »Ein Glück, dass euer Gott am siebten Tag müde geworden ist, sonst gäbe es heute keinen Sonntag! Oder wie bei Pan Gu nur alle 18 000 Jahre …«

Sie lachten beide, und Anja musste an ihren Vater denken, er würde an solchen Gedanken seinen Spaß haben! Sie hatte plötzlich unglaubliches Heimweh. Noch so ein süßsaures Gefühl.

Wenn das so weiterging, würde sie mit der Zeit noch Schlitzaugen oder, wie das treffender hieß: *Mandelaugen* bekommen. Sie fuhr sich tatsächlich mit einem leisen Schreck an die Augen. Obwohl sie Mandelaugen eigentlich ziemlich klasse fand!

Da bebte plötzlich der Boden!

Es war nicht zu glauben: Pan Gu schnarchte! Und wie er so dalag und schnarchte, verwandelte sich sein Riesenkörper, der nur ein wenig kleiner war als das nur wenig kleiner als Alles gewesene Weltenei: Aus dem linken Auge wurde die Sonne, aus dem rechten Auge der Mond. Aus seinem Bart, seinem Schnurrbart, seinem Mund wurden Sterne, Planeten und Milchstraße, sein Schnarchen rollte als Donner zwischen dem Kofferraumdeckel Himmel und dem Kofferraum Erde. Sein Körper bildete die Berge und die Enden der Welt dazwischen, Flüsse entstanden aus seinem Blut, und über allem wehte sein Atem als Wind und Sturm. Wo Muskeln gewesen waren, zeigte sich fruchtbares Land, sein Pelz formte Urwälder, Büsche und Gestrüpp, seine Knochen durchzogen die Berge als glühende Adern wertvoller Metalle und Mineralien, und wenn man später heilige Edelsteine fand, so war es ebenso das Mark seiner Knochen, wie es sein Schweiß war, der als Regen herabfiel.

»Mann!«, rief Anja. »Die ganze Welt der Körper eines Riesen, seltsame Idee!«

»Wieso, das ist doch bei euch genauso!«, konterte Lu Dao.

»Wieso?« Sie war verblüfft.

»Na, Berg-*Rücken*, Gold-*Adern*, Fluss-*Arme*, Fels-*Nasen* …« Er kam nicht weiter, schließlich war es schon peinlich genug, dass ein Chinese sie darauf aufmerksam machen musste, wie viele Landschaftsbezeichnungen im Deutschen vom menschlichen Körper ausgingen, also Pan Gu'isch waren: »Meer-*Busen*, Land-*Zunge*, Kap *Horn*«, sie dachte an die Hörner von Pan Gu, »der italienische Stiefel …«

Die Verwandlung war fast vollzogen, und aus der Ferne konnte man gut sehen, dass die Erde in ihren Wölbungen und Vertiefungen durchaus etwas von dem Körper eines Riesen hatte – mancher Hügel sah aus wie ein ungeschlachter Muskel, manche Senke lag da wie eine aufgetane Achsel, mancher Berg schien einen gigantischen Fuß zu haben, und in den Wäldern war noch das Fell Pan Gus zu ahnen – als die Kamera sozusagen heranfuhr und ein lebhaftes Gewimmel sichtbar wurde.

»Igittt!«, entfuhr es Anja, »was ist denn das?«

Sehr appetitlich sah das nicht aus, das hätte jeder zugeben müssen.

»Das sind Pan Gus Flöhe!«, antwortete Lu Dao, der sich natürlich mit Pan Gus und Konsorten auskannte, schließlich war er Chinese.

»Pan Gus Flöhe?«, fragte sie, schließlich hatte sie noch nie gehört, dass in der alten Bibel Flöhe vorgekommen wären.

»Das sind wir. Die Menschen!«

»Na, grüß Gott, schöne Landschaft!« Den Ausdruck, den sie wer weiß wo aufgeschnappt hatte, benutzte sie nur, wenn sie sich sehr wundern musste und einen leisen Unterton von

Missbilligung unterbringen wollte.»Ich bin doch kein Floh! Ich bin die Krone der Schöpfung!!«

Sie schaute an sich herab und fand die Idee mit der Krone der Schöpfung auf einmal ziemlich abgefahren. Wenn man es genau nahm und wenn man alles bedachte, was sie so über ihre Gattung und ihre Schattenseiten wusste, dann war das mit der Krone der Schöpfung eine schon ziemlich waghalsige Idee! Und wenn sie an all das dachte, was Menschen so an Positivem zustande brachten, was ihr imponierte, wie zum Beispiel Brücken, Flugzeuge und Pianisten, dann auch wieder nicht. Der Mensch war ein bisschen zu gutschlecht oder schlechtgut für die Krone der Schöpfung. Chinesisch gesehen.

Aber Flöhe waren die Höhe!

Fand sie.

Mit dem ameisenartigen Gewibbel erlosch das magische Kino. Es war vollkommen still. Stiller als still. So still, wie es nur ist, wenn man vorher den Himmel hochgeklappt hat wie einen Kofferraumdeckel.

»Ich bin vollkommen hinüber«, sagte Anja und: »Ich will heim!« »Oder wenigstens etwas zu essen!«, fand Lu Dao.

Chinesen dachten so gut wie immer ans Essen. Selbst wenn sie einmal nicht ans Essen dachten, dachten sie ans Essen.

»Denkst du eigentlich immer ans Essen?! Du hast doch auch von dem Wasser getrunken! Wieso hast du also Hunger?«, fragte Anja.

»Das liegt an unserer Geschichte«, erklärte Lu Dao.

»Wir Chinesen haben in unserer Geschichte viel gehungert. Wir haben Hunger, auch wenn wir keinen Hunger haben. Das ist sozusagen ein Erbhunger. Wie bei euch die Erbsünde.«

Das klang plausibel, aber sie hatte das Gefühl, er würde auch noch an Essen denken, wenn kein Chinese je gehungert hätte.

*

Sie saßen noch immer in der Höhle, die jetzt wieder eine Höhle war, irgendwo mitten im südchinesischen Dschungel, und starrten über einen schwach leuchtenden Bach hinweg auf eine Felswand, an der nichts mehr zu sehen war. Überhaupt nichts.

»Lu Dao, kannst du mir mal erklären, was das gerade war? Was hier überhaupt abgeht? Das ist doch nicht normal! Erst müssen wir über diesem Scheißdschungel abstürzen, müssen den Hügel hier hochkrakseln, sitzen hier in dieser muffigen Höhle, und dann gibt's Kino?! Kannst du mir das erklären? Du bist doch der Chinese von uns!!«

Sie war richtig in Fahrt, wahrscheinlich weil sie, seit das magische Kino erloschen war, wieder ihre Angst spürte.

»Ich weiß auch nicht«, sagte Lu Dao, »ich habe nur so eine Ahnung.«

»Was für eine Ahnung?«

»Ich weiß auch nicht.«

»Na toll, er weiß auch nicht!«

Anja spürte selber, dass das jetzt nicht ganz fair war. »Sagst du mir Bescheid, wenn du etwas Genaueres weißt?«, stichelte sie weiter.

»Keyi«, sagte er, was so viel hieß wie okay, »aber vielleicht sollten wir hier erst mal wieder raus ...«

»Wo ist denn da das Problem?«, wollte sie schon weitermachen, als auch sie das Problem erkannte: Als sie in die Höhle gekommen waren, waren sie dem Pfad gefolgt, der dem Bach folgte. Es gab einen schmalen Eingang zur Höhle, durch die der Bach samt Pfad hinein- und hinausführte. Das hieß, praktisch gegenüber dem Eingang führte der Pfad mit dem Bach weiter in den Berg hinein.

»Die Höhle ist nicht mehr da, wo sie vorher war«, fasste Lu Dao zusammen, was auch ihr aufgefallen war. Die Höhle war größer geworden, und, was viel wichtiger war, sie hatte jetzt nicht mehr zwei Ausgänge, sondern mindestens ein Dutzend.

»Auf den Schreck muss ich erst mal was trinken!« Anja stand auf und ging zum Bach, beugte sich hinunter und fuhr gleich wieder hoch: »Was ist das?«

»Was ist was?«, fragte Lu Dao. Aber da sah er es auch schon.

Zuvor war der Bach, von dort gesehen, wo sie saßen, von rechts nach links geflossen und bergab. Jetzt floss er von links nach rechts – und bergauf. Jedenfalls soweit sie das beurteilen konnten.

»Was ist hier los? Das kommt mir aber sehr chinesisch vor!«

»Wir sind nicht mehr dort, wo wir vorher waren« , sagte Lu Dao.

»Na prima!«, nölte Anja.

»Dein Genöle kommt mir aber sehr deutsch vor!«, nölte er zurück.

»Ja, ja, ja, ist ja gut!« Er hatte recht. »Sagen wir mal so: Wo sind wir denn, wenn wir nicht mehr sind, wo wir waren? Und wie viel Uhr ist es überhaupt?« Das war eine richtig gute Frage. Sie hatte gar keine gute Frage stellen wollen, sie wollte nur ein- und von ihrer schlechten Laune und Angst ablenken, aber es war eine gute Frage daraus geworden.

»Es hat sich etwas mit dem Ort geändert oder mit der Zeit. Was im Endeffekt dasselbe ist«, räsonierte er. Er schaute auf seine Uhr. Sie war stehen geblieben. Und dann fing er an zu erzählen. Das, was sie da in dem magischen Kino gesehen hätten, das sei eine alte chinesische Geschichte über die Schaffung der Welt, wie schon gesagt, aber er habe auch eine Vermutung, was es mit der Höhle auf sich habe. Jedenfalls gebe es auch eine Geschichte zu so einer Höhle, eine sehr alte Geschichte.

»In China gibt es nur alte Geschichten, aber nichts zu essen«, brummte sie.

»Ja«, gab er zu, »es sieht so aus, als seien wir in eine Geschichte geraten. Oder in *die* Geschichte.«

»Aber in der Geschichte«, fand sie, »sind wir doch sowieso, also, ich meine, wir sind doch Teil der Geschichte. Automatisch.« Was sie allerdings schon immer eine abenteuerliche Vorstellung gefunden hatte: dass jeder dahergelaufene Schwako Teil der Geschichte sein sollte. Und sie selbst auch.

»Was wundert dich also?!«, gab Lu Dao zu bedenken. »Wenn wir alle Teil der Geschichte sind, dann ist es auch nichts Besonderes, wenn man in eine Geschichte hineingerät.«

»Ja, ja!«, wollte sie protestieren, aber es sei etwas anderes, ob man Teil *der* Geschichte sei oder Teil *einer* Geschichte, sie war sich nur nicht sicher, schließlich bestand *die* Geschichte ja auch bloß aus einer langen Reihe von Geschichten. Sie kannte sich nicht mehr aus. Jedenfalls aber war Lu Dao fast schon so spitzfindig wie ihr Vater und die sogenannten Erwachsenen überhaupt. Zumindest wenn sie was auf dem Kasten hatten. Manchmal hatte sie den Verdacht, dass diese Spitzfindigkeit nur vertuschen sollte, dass die sogenannten Erwachsenen auch keine Ahnung hatten. Manche kannten zwar die Geschichte und ihre Geschichten, aber die wesentlichen Fragen konnten sie auch nicht beantworten, zum Beispiel wie man in die Geschichte und ihre Geschichten hineingerät und vor allem, wie man da wieder herauskommt.

Sie kam aber nicht dazu, etwas zu sagen, denn Lu Dao fing jetzt an, die Geschichte zu erzählen: »Es gab einmal einen Maler in China, das ist sehr lange her, von dem gibt es kein einziges Bild mehr. Es ist einer der berühmtesten Maler der alten Zeit, seine Landschaften waren unvergleichlich, so naturgetreu, so voller Leben und Qi [tsi] ...«

»Tsieeh?«

»Atem, Qi ist so etwas wie Atem. Aber lass mich zu Ende erzählen. Und am Ende seines Lebens hat er vor einer seiner Landschaften gestanden, ist in das Bild hineingegangen und darin verschwunden. Und nachdem er verschwunden war, ist auch das Bild mitsamt all seinen anderen Bildern verschwunden. So ungefähr, denke ich, sind auch wir jetzt in diese Geschichte geraten.«

»Was??!!«, rief Anja entgeistert. Sie konnte nicht sagen, dass sie das verstand. Und gefallen tat es ihr noch viel weniger: »Und in was für einer Geschichte sind wir dann?!«

»Das will ich dir ja die ganze Zeit erzählen. Es gibt eine Geschichte, an die habe ich schon gedacht, als wir durch den schönen Pfirsichblütenhain kamen, erinnerst du dich? Das war gestern oder wann, aber jedenfalls, bevor wir in die Höhle kamen.«

»Oh, Mann«, unterbrach sie Lu Dao, »dauern eure Geschichten immer so lang?«

»Es könnte sein, dass die Geschichte, in die wir da geraten sind, noch viel länger dauert. Also nur Geduld. Es ist die Geschichte von einem Fischer, der den Fluss hinauffuhr, immer weiter, bis er zu einem Pfirsichhain kam. Er folgte weiter dem Bach durch den Hain und kam zu einem Berg, aus dem der Bach austrat. Er folgte einem schmalen Pfad ...«

»Wie wir!«, rief sie dazwischen.

»Er folgte einem schmalen Pfad, ging in den Berg hinein und kam irgendwann auf der anderen Seite wieder heraus. Er sah über ein weites, geordnetes Land, schöne Felder, Teiche und kleine Dörfer. Er sah Maulbeerbäume und Bambushaine, und als er sich den Dörfern näherte, hörte er die Hunde bellen und die Hähne krähn.«

»Das pure Idyll«, spottete sie.

»Ja, das pure Idyll, gar nicht so schlecht gesagt.« Wieder hatte er ihr den Wind aus den Segeln genommen, der Chinese der: »Als die Leute den Fischer sahen, wunderten sie sich über seine Kleidung und seine Sprache, die ihnen fremd vorkam. Aber sie waren sehr gastfreundlich, luden ihn zu sich nach Hause ein, schlachteten ein Huhn, gaben ihm Wein und kümmerten sich in jeder Hinsicht um sein Wohlergehen (wieder so ein altmodisches Bücherwort, aber irgendwie gar nicht so schlecht, das Wort fühlte sich an wie eine warme Decke). Und wie sie da beisammensaßen, fragte er sie, wer sie eigentlich seien, denn auch ihm kamen ihre Sprache und ihre Kleider fremd vor. Wenn er ehrlich hätte sein wollen, hätte er sagen müssen, sie kamen ihm altmodisch vor.

Da erzählten sie, vor langer, langer Zeit, als der erste Kaiser von China das Land in Unruhe versetzte, seien ihre Vorfahren in dieses Tal gekommen und hätten es nie wieder verlassen. Sie wussten nichts von der Welt, sie wussten nicht, wer gerade Kaiser war, es waren fast tausend Jahre vergangen, und sie hatten hier gelebt, abgeschieden und in Ruhe und Frieden. Das pure Idyll, wie du sagst. Die Geschichte beschreibt ja genau das, das paradiesische Leben außerhalb der Geschichte, außerhalb von Krieg und Not und allem. Der Fischer ist danach wieder zurückgegangen, hat sein Boot auch wiedergefunden, und als er nach Hause kam, hat er einem hohen Beamten von diesem seltsamen Tal erzählt. Doch als sie eine Expedition dorthin veranstalteten, verirrten sie sich im Wald und haben die Höhle nie wiedergefunden.«

»Schau mal!«, unterbrach sie ihn und zeigte auf die Felswand gegenüber.

Während Lu Dao erzählte, war das, *was* er erzählte, auf der magischen Felswand zu *sehen* gewesen! Sie sahen den Fischer in seinem Boot, sie sahen den Pfirsichhain, durch den auch sie gekommen waren, sie sahen ihre eigene Höhle, aber sie konnten nicht erkennen, durch welchen Ausgang er die Höhle wieder verlassen hatte.

»Geile Schnitttechnik«, kommentierte Anja respektlos, »ausgerechnet an dieser Stelle! Wie bei den Liebesszenen im Fernsehen, da kommt auch immer ein Schnitt, wenn es interessant wird!«

Und dann sahen sie den Fischer in diesem Dorf, und es war wirklich pure Idylle, weit schlimmer und weit idyllischer, als Lu Dao das erzählt hatte. Hühner, Hunde, Katzen und Kühe liefen herum und gackerten, bellten, miauten und muhten, die Menschen sahen rundum glücklich und zufrieden aus, mit der Einschränkung vielleicht, dass das Ganze ein wenig töricht wirkte, ein wenig wie das Echo von Pan Gu, der ja auch schon nicht besonders helle ausgesehen hatte. Wenn man es genau nahm, sahen alle nach ewigem Happy End aus, Happy End in der Seifenoper.

Aber jetzt kam es!

Die Kamera schwenkte in einen Innenhof, da saßen kleine Kinder und spielten – mit Schlangen! Zwei machten Seilziehen mit einer dünnen schwarzen Mamba, zwei andere ritten auf einer mindestens sechs Meter langen und baumdicken Anakonda, und drei machten Seilspringen mit einer Viper.

Zwischen dem Ganzen liefen Tiger und Löwen herum und leckten den Kindern die Gesichter.

Die Kamera schwenkte weiter, der Dorfteich kam in den Blick, in dem badete ein riesiges, offensichtlich gut gelauntes Ungetüm mit einer Schlangenhaut, mit Tigerkrallen, einem Hirschgeweih und einem schreckenerregend lachenden Maul.

»Ein Drache!«, staunte Lu Dao.

»Und dort«, staunte er weiter, »ein Phönix!«

Dazu muss man wissen, dass der Drache und der Phönix für Chinesen die absoluten Glücksbringer sind, so wie bei uns nur rosa Ferkel und Schornsteinfeger. Nur viel mehr. Denn der Drache war auch das Symbol für den chinesischen Kaiser und für China selbst, so wie bei uns auf der Fahne ein Adler ist. Und beide bedeuten Glück, ein langes Leben und Erfolg, eben alles das, was man sich wünscht und so selten zu Gesicht bekommt wie Drachen und Phönixe!

»Das ist unsere Heimat!«, rief Lu Dao.

Er war richtig gerührt. Anja hatte fast den Eindruck, dass er den Tränen nah war. Und er hatte tatsächlich eine Träne im Auge, als er sich zu ihr wandte und wiederholte: »Das ist unsere Heimat. Das ist der Traum aller Chinesen. Hier kommen unsere Herzen her, und hierhin wollen sie zurück.«

»Aber leben tut ihr in Hochhäusern!« Sie konnte sich den Einwand nicht verkneifen. Wenn es denn ein Einwand war, denn irgendwie verstand sie, was er meinte.

»Die Hochhäuser, das ist die Zeit, daran kann man nichts machen, aber unsere Herzen sind hier. Das ist unser Paradies.«

Während sie dem Drachen noch beim fröhlichen Baden zuschauten (es fehlte nicht viel, und er hätte gesungen oder gepfiffen, jedenfalls sah es so aus), dachte Anja das Wort »Drache«. Von »Drache« kam sie auf »Kaiser« und von »Kaiser« zu »erster Kaiser«. Ein nachvollziehbarer Gedankengang. Sie erschrak.

Hatte Lu Dao eben gesagt, die Leute seien noch vor dem ersten Kaiser von China in ihr abgelegenes Tal gekommen?

»Hast du gerade ›erster Kaiser‹ gesagt?«

Sie hatte kaum mehr richtig hingeschaut, seit ihr die Bedeutung dieses Namens richtig aufgegangen war. Sie fand die Geschichte mit dem Fischer und die Szene, die sich in ihrem magischen Kino abspielte, zwar nicht halb so doof, wie sie tat, eigentlich fand sie sie sogar irgendwie cool, aber der Name hatte sie plötzlich elektrisiert. Genauer gesagt, die Befürchtung, die der Name in ihr ausgelöst hatte.

»Ist das *der* erste Kaiser? Der mit dieser riesigen Tonarmee und dem Mordsmausoleum, das sie immer noch nicht ausgegraben haben?«

Sie hatte einen Bericht darüber gesehen, Fernsehen bildet, sagte sie immer, vor allem wenn sie etwas sehen wollte.

»Es kann nur einen ersten Kaiser geben, sonst wäre es der zweite«, spitzfindelte Lu Dao.

»Sehr witzig! Und wann war das?«

Sie hatte zwar noch eine dunkle Vorstellung, aber an die wollte sie lieber nicht denken. Sollte er sagen, was sie sich lieber gar nicht erst vorstellte.

»Ende drittes Jahrhundert!«

»Vor oder nach?«

»Wie: vor oder nach?«, echote er.

»Vor oder nach *Christus*?«, bohrte sie.

»Bei uns gibt es das nicht.«

»Was?«

»Christus.«

»Haaach! Du weißt doch, was ich meine!« Langsam, aber sicher verlor sie die Geduld.

»Ja, schon, aber das ist schon wichtig, dass eure Zeit und unsere Zeit zwei verschiedene Dinge sind.«

Manchmal, wenn Lu Dao etwas wichtig war, wurde er weitschweifig, dann ließ er sich Zeit und kam und kam nicht zum Punkt. Aber was sollte sie machen?

»Es ist nicht normal, einfach davon auszugehen, dass euer Christus den Anfang aller Zeitrechnung darstellt! Was würdest du sagen, wenn ich behauptete, wir leben im Jahr Zweitausendvierhundertirgendwas nach Konfuzius?!«

»Ach, komm«, sie verlegte sich aufs Bitten, »eine einfache Frage, eine einfache Antwort, keine historischen Ausführungen! Wann war dieser Erste Kaiser von China?«

»Drittes Jahrhundert«, sagte er, und dann widerwillig: »*vor* Christus.«

Obwohl der erste Kaiser nie etwas von Christus gehört habe, grummelte er noch hinterher.

»Willst du damit sagen, wenn wir Pech haben, führt uns einer dieser Wege oder dieser seltsame Bach ins dritte vorchristliche Jahrhundert?«

Das klang schon fast nach Panik.

»Ich glaube tatsächlich, dass dieser Bach uns überall hinführen kann, in jede Zeit, von Pan Gu bis zum Ende der Welt.«

»Und wer entscheidet das?«

»Ich weiß nicht. Vielleicht was wir denken oder was wir sagen. Vielleicht wohin wir gehen. Vielleicht ist dieser seltsam leuchtende Bach die Zeit? Vielleicht haben wir deshalb den Anfang der Welt gesehen, weil wir aus ihm getrunken haben oder weil wir ihm gefolgt sind? Man sagt doch auch: Strom der Zeit. Vielleicht sind wir hier am Anfang des Stroms der Zeit ... an der Quelle sozusagen ...?«

»Vielleicht, vielleicht, vielleicht! Hast du sonst nichts zu bieten? Als ob ich es nicht geahnt hätte! Ich wollte von Anfang an nicht in dieses China, ich wollte nicht in dieses China, ich will auch nicht erwachsen werden, ich will ..., ich will ...«

»Heim zu Mama?« Jetzt stichelte er. »Oder ins pure Idyll?«

»Wenn du es genau wissen willst: JAAA! Mit drei A!«, schrie Anja und schluckte heftig. »Aber nicht zu diesem ersten Kaiser, wie hieß er, Zin Sche Hu Ang!«

»Di«, korrigierte er.

»Von mir aus auch Hu Ang DI!«

Während sie noch debattierten, änderte sich das Bild an der Wand erneut: Der Drache erhob sich aus dem Teich und flog auf sie zu, bis er das Bild ganz ausfüllte. Dann war er vorbei und zog in die Tiefe des Landes davon.

Und sie mit ihm. Sie schienen auf seinem Rücken zu sitzen. Oder besser: ihre Augen, die Kamera.

Und das Land veränderte sich. Wo zuvor alles eng, klein, betulich und vertraut war wie bei einer Puppenstube oder einer elektrischen Eisenbahnlandschaft, wirkte jetzt das Land weit, horizontlos und verloren.

Der Blick ging über das Dorf hinaus. In der Ferne wurden andere Dörfer sichtbar, sie stiegen höher hinauf, das Land wandelte sich zur Landkarte, die Dörfer wurden größer, an den Flüssen schossen Städte aus dem Boden, hin und wieder sah man die Flöhe Pan Gus über die Straßen ziehen, manchmal schien es, als sei ein Heerzug zu sehen, aber die Heere waren klein.

»Näher ran!«, sagte Anja, und der Drache hielt in einer weiten Abwärtskurve auf zwei Heere zu, die sich aufeinander zubewegten. Sie wurden von Streitwagen angeführt, schweren Streitwagen mit zwei, drei Mann Besatzung, die alles niederrollten, was sich ihnen in den Weg stellte, Ritter in schweren ledernen Rüstungen standen einander gegenüber, in der Nähe eines sehr breiten, erdfarbenen Flusses.

»Das ist der Huanghe, der Gelbe Fluss!«

Ein Heer kam aus dem Westen, der sehr unfruchtbar aussah, ein anderes aus dem Osten, vom Ufer des Flusses. Und die Ritter wirkten steif und konnten vor lauter Ehre und Haltung kaum gehen. Die Schwerter flogen und funkten, schnell hatte ein Heer das andere in der Zange – und da geschah etwas Seltsames: Der Kampf hörte auf. Die Sieger hatten gesehen, dass die anderen keine Chance mehr hatten. Und der Unterlegene hatte es auch gesehen. Da hörten sie auf.

Das Verwunderlichste aber war: Während am Fluss diese Schlacht stattfand, sah man die anderen Flöhe weiter auf den Feldern arbeiten, auf den kleinen Booten Fische fangen oder mit ihren schweren Karren die Waren von einem Ort zum nächsten schaffen. Sie schienen von der Schlacht und vom Krieg keine Ahnung zu haben. Jedenfalls merkte man ihnen nichts an.

Der Krieg, das war Sache der Ritter. Die einfachen Leute hatten damit nichts zu tun. Sofern sie nicht verschleppt und, zu Sklaven oder sogar zu Menschenopfern gemacht wurden.

»Die Banner!«, schrie Lu Dao. »Das sind die Shang und die Zhou!«

Und dann erklärte er es Anja in kurzen Stichworten: »Shang-Dynastie, 1766–1122 – VOR! (als ob das nicht klar gewesen wäre!), ich weiß nicht sehr viel Genaues, sie hatten Könige, und diese Könige waren auch die obersten Priester, ein ziemliches Sammelsurium von Völkern und Kulturen – deshalb sieht unser Drache aus, wie er aussieht: Wenn in der ganz alten Zeit ein Stamm einen anderen besiegt hat, wurde er nicht vernichtet, sondern, wie soll ich sagen: eingemeindet. Und die Stammeszeichen wurden zusammengefügt, deshalb sieht unser Drache so zusammengesetzt aus: Schlange, Hirsch, Löwe und so weiter. Verstehst du?«

Sie sei ja nicht von gestern, wollte Anja gerade sagen, aber dann wurde ihr bewusst, wo sie gerade herumflogen, und sie war sich nicht mehr so ganz sicher, ob sie nicht sogar von vorvorgestern war oder besser von überübermorgen.

»Und die anderen?«, fragte sie stattdessen.

»Die Zhou [dschou]! Das erkennt man am Banner. Das sind die Zhou. Die Könige der Zhou herrschten ungefähr vom 12. Jahrhundert VOR bis zum ersten chinesischen Kaiser.«

Anja rechnete nach: Das waren fast tausend Jahre! TAUSEND JAHRE. Das war fast so lang, wie das ganze Römische Reich bestanden hatte, und war nur eine Dynastie! Ihre Hochachtung wuchs.

Aber die Zeit der Zhou schien weniger ruhig als die der Shang gewesen zu sein. Es dauerte nicht lang, und es gab große und immer größere Heere, die aufeinander losgingen. Das Land wurde verwüstet. Gleichzeitig war zu sehen, wie um die Städte herum Wälle wuchsen, gewaltige Wälle aus Lehm, und Holzpalisaden. Wälle wurden um Gebiete gezogen, die so groß waren wie ein Land in Europa.

Anja wurde traurig. Sie trauerte um die friedliche Idylle, die sie da gesehen hatte, diese Kindheit der Menschheit, auch wenn es vielleicht eine Illusion war. Aber das Gefühl erinnerte sie an die eigene Kindheit, die Kindheit, die ihr irgendwie langsam verloren ging, die ihr irgendwie abhanden kam wie ein Lieblingsschuh. Sie wuchs einfach aus dieser Kindheit heraus, aus diesem Daheimsein. Ob sie wollte oder nicht. Und sie wuchs in das hinein, was sich da vor ihr abspielte. Sie hatte schon ein paar Tausend Jahre auf dem Buckel, bevor sie selbst richtig anfing. Als Kind hatte sie das nicht gewusst und nicht gemerkt, jetzt legte es sich manchmal auf ihre Schultern, und es war eine Last, die sie nicht tragen konnte. Und auch nicht wollte.

Sie konnte doch nichts dafür!

Für die Geschichte und den ganzen Schlamassel!

Aber sie hatte es am Hals!

Fair war anders!!

Sie dachte an ihre Mutter. Damit hatte es angefangen. Mit dem Tod ihrer Mutter hatte es angefangen, dass sie sich selbst entlaufen war wie ein Hund. Leise sagte sie: »Mutter.«

Sofort schlug das Bild um. Der Drache war verschwunden, sie sah ihre alte Wohnung, sah ihre Mutter und spürte, dass sie wartete, dass ihre Mutter auf sie wartete. Und dann ging alles ganz schnell. Normalerweise sind Handlungen nicht so schnell wie Gedanken, diesmal waren sie mindestens gleich schnell, wenn nicht schneller. Sie spürte nur, dass sie zu ihrer Mutter wollte, musste, und sie hatte das Gefühl, es sei das Gleiche, wie wieder zu sich selbst zurückzugehen, zu sich selbst, wie sie einmal gewesen war, als alles noch in Ordnung war, und sie dachte an den chinesischen Maler, von dem Lu Dao gerade erzählt hatte, und sie dachte, was der kann, kann ich schon lange!

Aber sie tat auch, was sie dachte.

Gleichzeitig.

Rasend schnell.

Viel zu schnell, als dass das Bewusstsein, die lahme Ente, das mitbekommen hätte.

Von außen sah man nur, dass der Drache verschwand und ein neues Bild erschien, eine Wohnung mit einer Frau. Dass Anja in einem Sekundenbruchteil über den Bach hinübersprang und mit einem Fuß schon im Bild verschwunden war, als sie Lu Dao rufen hörte: »Das ist die Zeit der Kämpfenden Reiche!«

Lu Dao war noch ganz gebannt von den Bildern der Heere, den umwallten Städten in den umwallten Reichen, dass er mit seinem Ausruf sozusagen in das falsche Bild geriet, in das Bild von Anjas Mutter, das sofort erneut umschlug.

Es war wie zappen, nur schneller.

Anja machte einen energischen Schritt und landete in der alten Küche ihrer alten Wohnung und bei ihrer Mutter.

Dachte sie.

*

»Ich muss mit Euch sprechen«, nahm Tian Guang, nachdem die Totenrufer verschwunden waren, das Gespräch wieder auf. Er fasste Jing Ke am Arm und zog ihn zur Seite: »Ich habe einen Auftrag, einen Auftrag, der eines wirklichen Ritters würdig ist!«

»Zu Diensten!«, sagte Jing Ke und brachte sein Haar in Ordnung, das in Rittermanier seitlich an seinem Kopf zusammengebunden war.

»Der Prinz braucht Euch!«

»Der Prinz? Welcher Prinz?«

»Keine Späße! Der Prinz von Yan natürlich, oder wo befinden wir uns?«

»Ach, geht mir mit Prinzen!« Jing Ke machte sich von Tian Guang los. »Auf die ist kein Verlass! Die alten Könige sind nicht mehr, und die neuen Könige und ihre Prinzen taugen nichts. Es ist wie mit dem Stein der Weisen. Der Stein ist noch da, aber ihm fehlen die Weisen.«

»Wenn dem Stein die Weisen fehlen, kann man an ihm immer noch ein Schwert schärfen. Oder einen Dolch! Für eine Zeit wie unsere ist das vielleicht die letzte und wichtigste Weisheit des Steins!« Diese letzten Worte waren mehr gehaucht als gesprochen. Es war deutlich, dass niemand sie hören sollte, und leise summend fuhr Tian Guang fort: »Des Königs Zeichen, des Königs Dorn! Worte tragen nicht nur ihren Sinn davon, sie kehren auch zurück und füllen sich wie von selbst mit ganz neuem Sinn!«

Man sah Jing Ke die Erregung, die ihn innerlich erfasste, nicht an. Außer daran vielleicht, dass er äußerlich noch ruhiger, gelassener und unbeteiligter wirkte als ohnehin schon. Aber innerlich glühte er. Und Tian Guang wusste das. Er wusste, wie er mit Rittern umgehen musste. Das war ein hochfahrendes Volk. Die Aussicht auf eine Aufgabe, mit der er Ehre erringen und vielleicht sogar etwas zum Nutzen des Reiches und seiner Menschen tun konnte, würde ihn nicht kaltlassen.

Tian Guang hatte sich nicht geirrt.

Jing Ke glühte.

Und Tian Guang war ein alter und kalter Mann, kalt wie ein Stein, der sich an glühendem Eisen nicht mehr verbrannte, sondern es schmiedete. Zu der Waffe, die er brauchte.

»Wollt Ihr des Königs Dorn sein?«

»Wessen König? Was für ein Dorn?«

»Kommt mit in den Palast!«

*

Als die beiden den Palast der Könige von Yan erreichten, führte Tian Guang seinen Freund zunächst in seine eigenen Gemächer. Beide setzten sich auf die dicken Strohmatten, die den ganzen Boden bedeckten, und Tian Guang bereitete feierlich den Tee zu. Das war nichts Außergewöhnliches, die Zubereitung von Tee, wie eigentlich jede Verrichtung des Alltags, war nach den alten Regeln der alten Könige immer etwas, das mit Bedacht geschah. Man durfte nie seine Würde, nie sein Gesicht verlieren, vor allem nicht vor sich selbst.

Jing Ke verfolgte ruhig und konzentriert das Einfüllen der Teeblätter, das Aufgießen des Wassers, das Drehen der Teeschalen. Alles geschah langsam. So langsam, dass man dabei alles vergessen konnte: die Nichtigkeiten des Alltags, die Nichtigkeiten des Lebens, die Nichtigkeiten des eigenen Herzens. Die Langsamkeit war wie ein Bad. Sie reinigte. Und die Reinigung öffnete für das Wesentliche, den Blick für die Selbstprüfung.

Jing Ke fiel ein Wort des Meisters Konfuzius ein, der gesagt hatte: »Am meisten ist der Edle auf der Hut, wenn er mit sich selbst allein ist.« Er bewunderte dieses Wort sehr, für ihn war dieses Wort der Inbegriff dessen, was er sich unter einem Ritter vorstellte. Nur wer den Dingen wie den Menschen ihre Zeit ließ, wurde nicht von ihnen beherrscht. Wer ihnen ihre Zeit nahm, ihre Würde, verlor sich selbst, er wurde selbst zu einer von Menschen und Dingen gesteuerten Marionette.

Nach einigen Minuten des Wartens, in denen der würzige Duft des Tees langsam den Raum erfüllte, reichte Tian Guang ihm mit einer Verneigung eine halb volle Schale Tee, trank selbst aber nicht.

Das machte Jing Ke hellhörig, hier stimmte etwas nicht!

Das war nicht nach den Regeln!

Ein Gastgeber musste unbedingt mit seinem Gast trinken!

Das war eine alte Geste, die zeigen sollte, dass man gefahrlos trinken konnte, dass kein Gift in der Schale war. Es war die gleiche Geste wie das Kreuzen der Arme vor der Brust, die anzeigte, dass man keine Waffen trug.

Jing Ke wurde traurig. So schlimm waren die Zeiten schon, dass man Freunden misstraute!

»Ihr könnt ruhig trinken«, eröffnete Tian Guang das Gespräch, »Ihr könnt mir vertrauen!«

Jing Ke nahm einen Schluck.

»Jing Ke, Ihr müsst wissen, ich bin alt«, sagte er, strich sich über den Bart und schlug leicht gegen seinen Stock. »Ich habe die Freuden des Lebens genossen, aber jetzt bin ich alt. Der Prinz hat Gutes von mir sagen hören, aber wovon er reden hörte, das war die Vergangenheit. Meine besten Jahre liegen lange hinter mir. Deshalb habe ich dem Prinzen vorgeschlagen, dass Ihr ihm helfen sollt. Ihr seid jung, Ihr seid stark, und Ihr seid einer der letzten Ritter vom alten Schlag.«

Jing Ke saß regungslos. Zum Rittersein gehörte das dazu, man zeigte seine Gefühle nicht, man ließ sich von nichts beherrschen, auch nicht von seinen Gefühlen, man blieb in jeder Lebenslage cool. Innerlich jedoch wurde Jing Ke immer unruhiger. Er wusste nicht, was hier vorging. Er kannte Tian Guang schon eine ganze Weile, aber so hatte der alte Mann noch nie mit ihm geredet. Das Ganze klang nach Abschied und Herbst.

Jing Ke schaute aus dem Fenster. Das Laub verfärbte sich schon, und ein einzelnes Blatt taumelte durch die Luft. Er dachte an das Schriftzeichen *chou* 愁 [tchou], das er sehr liebte. Es bezeichnete die Stimmung der Ritter in dieser Zeit, in der die Zeit der Ritter zu Ende ging. Die Ritter, die früher zur Familie gehört hatten, die verwandt waren mit den Fürsten, manche sogar mit dem König, wurden ersetzt. Durch Beamte! Bei dem Gedanken zog Jing Ke verächtlich die Mundwinkel herab. Beamte! Jederzeit austauschbare Funktionäre. Das würde eine Welt geben, wenn sie von Beamten verwaltet wurde!

Aber die Zeiten wandelten sich, sie wandelten sich immer, aber meistens unmerklich, unmerklich langsam. Und doch wurde am Ende jeder Wandel als plötzlich empfunden. Das war wie bei Besuchen von guten Freunden. Der Abschied gab einem immer das Gefühl, er sei plötzlich, selbst wenn der Besuch lange gedauert hatte. Und deshalb liebte er das Schriftzeichen *chou* 愁. Es war aus zwei Zeichen zusammengesetzt, dem Zeichen *xin* 心 für *Herz* und dem Zeichen *qiu* 秋 für *Herbst*. Es beschrieb also die Stimmung, wenn im *Herzen Herbst* ist. Und das war es. Bei ihm. Und im Herzen des Rittertums. In ihren Herzen war Herbst. Wenn sie nach Westen blickten, wenn sie in Richtung der Höhle des Wolfes blickten, konnten sie die Kälte und den Winter schon spüren.

Tian Guang sah in Jing Kes Herz, aber er sagte nichts. Er wusste, was Jing Ke fühlte, denn er fühlte es selbst.

»›Qin oder wir‹, hat der Prinz gesagt«, fuhr er fort, »er braucht Eure Hilfe.«

»*Unsere* Hilfe«, verbesserte Jing Ke, ohne aufzuschauen.

»Nein, ich bin alt. Als ich den Prinzen verließ, bat er mich, über unser Gespräche Stillschweigen zu bewahren, es könne schlimme Folgen für das Reich Yan haben, wenn es jemandem zu Ohren käme.« Tian Guang schwieg.

Jing Ke sah ihn an: »Dann kann er bei Euch ja unbesorgt sein, Herr!«

»Die Alten lehren uns, dass ein Mann, der auf seine Ehre hält, über jeden Zweifel erhaben sein muss! Indem er mich aber bat, Stillschweigen zu bewahren und auf die möglichen Folgen einer Indiskretion für das Reich hinwies, zeigte der Prinz deutlich, dass er an mir zweifelt. Wenn ich solch einen Verdacht errege, habe ich keine Ehre mehr!«

Der letzte Satz war nicht schneller oder hastiger gesprochen als die vorangegangenen, nur ein wenig lauter, betonter. Dann ging alles sehr schnell. Aus dem weiten Ärmel seines Gewandes blitzte ein Messer auf, eine rasche, entschlossene Bewegung: Tian Guang hatte sich die Kehle durchgeschnitten. Eine unwirkliche Genugtuung lag auf seinen letzten Zügen, mit denen er sich von Jing Ke und der Welt verabschiedete.

Und ein leiser Spott glitzerte in seinem Blick, als er die entsetzt aufgerissenen Augen seines Gegenübers sah. Damit sank er zur Seite.

*

»Wo de tian!«, rief der Prinz aus, als Jing Ke ihm die traurige Nachricht brachte, »Himmel, das habe ich doch nicht so gemeint! Ich habe nicht an seiner Loyalität und Verschwiegenheit gezweifelt, ich habe eine Selbstverständlichkeit nur betont, um zu unterstreichen, wie gefährlich unser Plan ist und wie verschwiegen wir sein müssen!«

»Er war ein Edler!«, sagte Jing Ke nur.

»Ach, ihr Ritter, wohin soll das führen, wenn wir uns selbst umbringen? Das ist doch Irrsinn! Und Vergeudung! Ich sollte ihn bestrafen! Ich hatte ihm nicht die Erlaubnis erteilt, sich zu töten!« Der Prinz war wütend, betreten und traurig. Und er mochte es nicht, wenn er in derart unübersichtliche Gefühle verstrickt wurde.

»Er war alt«, entgegnete Jing Ke. »Es war keine Unbotmäßigkeit Euch gegenüber, es war Tian Guangs Weg, einen sinnvollen und ehrenvollen Tod zu sterben. Dieser Tod wird im Gedächtnis bleiben. Man wird sich an ihn noch in zweimal tausend Jahren erinnern. Und noch länger. Und sein Tod war ein Auftrag. Wenn wir jetzt mit unserem Feind streiten, streitet die Kraft und die Stärke Tian Guangs in uns mit. Es war der Tod eines Ritters!«

Der Prinz forderte Jing Ke mit einer Geste auf, auf der Reismatte Platz zu nehmen. Er hockte sich auf seine Knie und verbeugte sich bis auf den Boden.

»Ich bin unwürdig, Ritter Jing, und habe Eure Belehrung verdient! Ihr seid dem Ruf des ehrenwerten Tian Guang gefolgt und zu mir gekommen. Der Himmel hat also Mitleid mit Uns und Unserem Reich. Der Himmel hat Uns nicht aufgegeben. Aber der Wolf ist unersättlich in seiner Gier. Er wird nicht aufhören, er wird ein Reich nach dem anderen reißen wie verirrte Lämmer, alles unter dem Himmel wird er an sich reißen und alle Könige und Prinzen unterwerfen und zu Abhängingen und Sklaven machen. So ging es dem König von Han und seinem Reich, er hat Truppen zusammengezogen und Chu im Süden angegriffen, und er bedroht Zhao im Norden. Seine Generäle führen über hunderttausend Mann von zwei Seiten gegen Zhao, und wenn Zhao fällt, fallen auch wir. Das wird unser Untergang sein.«

Jing Ke trommelte der Puls in den Schläfen. Das war es also! Er hatte geahnt, dass Tian Guang nicht wegen einer Kleinigkeit aus dem Leben geschieden war. Aber er hatte nicht geahnt, dass es die größte Aufgabe sein würde, die seine Zeit stellte! Er hatte nicht geahnt, dass es um den Wolf ging! Gleichzeitig schalt er sich wegen dieser Gedanken einen Dummkopf. Er war der Ritter mit dem Herbst im Herzen, er wusste doch, dass es in diesem Herbst des Rittertums nur *eine* wirkliche Aufgabe gab. Und die lag im Westen, und ihr Pesthauch wehte längst über alle Länder unter dem Himmel. Der Menschenwolf stank aus dem Maul, sein Atem war Verwesung. Kein wirklicher Wolf war so, nur der Menschenwolf.

»Gebt mir eine Streitmacht, gebt mir Männer!« Bei der Vorstellung, gegen den Menschenwolf in die Schlacht zu ziehen, schien Jing Ke zu wachsen.

»Unser Reich ist klein, unser Reich ist schwach. Und es ist erschöpft durch die vielen Jahre und Jahrzehnte des Krieges. Selbst wenn wir das ganze Land zu den Schwertern rufen, wir werden IHN nicht aufhalten.«

»Schließt Bündnisse, Ihr müsst Euch mit den anderen Reichen verbünden!«

Hier zeigte sich, dass Jing Ke ein ebenso guter Ratgeber

war wie der alte Lehrer des Prinzen. Auch er hatte ihm diesen Rat gegeben, aber so waren die Zeiten. Es war der Herbst des Rittertums. Dem Stein fehlten die Weisen und den Ratgebern die verständigen Prinzen und Könige.

Der Prinz verschwieg seine persönliche Gekränktheit und den Hass, mit dem er deshalb den Wolf verfolgte. Er verschwieg seine Ungeduld, und er verschwieg seine Unfähigkeit, in langen Zeiträumen zu denken und zu handeln. Er wollte seine Rachegelüste befriedigen, und Rache ist eine Lust, die es eilig hat. Er gab kurzerhand den anderen die Schuld: »Die anderen Reiche sind zu feige, um sich mit uns gegen den einen Feind zu verbinden.«

Jing Ke schwieg. Er glaubte das nicht. Er erhob sich und trat in den Innenhof hinaus, von dem ein weiches Abendlicht in den Raum fiel, in dem sie gesessen hatten. Er schaute zum Firmament. Die Ecke des geschwungenen Dachs schwebte über den Himmel, anmutig wie ein Schwalbenflügel. Die großen roten Laternen schwankten leise in einem unmerklichen Wind, und erstes Laub fiel von den Bäumen, die in dem Innenhof standen. Es war ein sehr seltener Augenblick, wenn die Welt da draußen mit ihren zehntausend Dingen und die Welt des Herzens mit seinen zehntausend Dingen im Gleichklang waren. Es wurde Herbst. Auf jeden Frühling folgte ein Herbst. Das war im Jahr so, das war bei einem einzelnen Menschen so, das war in der Geschichte so. Vielleicht würde es einen neuen Frühling geben, aber er würde ihn nicht erleben. Das spürte er in diesem Augenblick, der so selten war wie das Haar eines Drachen.

Aber er glaubte dem Prinzen nicht. Er war weit herumgekommen, er kannte die anderen Reiche. Dort war noch viel von dem alten Mut lebendig. Wenn sich all dieser alte Mut zusammentun würde, würde niemand ihn brechen können.

Aus Schwäche konnte Stärke werden.

Es war lange her, dass er daran gedacht hatte, und es war eine schmerzliche Erinnerung. Damals hatte er bei einem Prinzen als Berater in Diensten gestanden. Als dieser wieder einmal mit Schafgarbenstängeln das Orakel warf und das alte *Buch der Wandlungen* befragte, hatte er einen dieser Stängel in die Hand genommen und gesagt: »Brecht ihn!«

Der Thronfolger war noch ein ganz junger Mann und bestand fast ausschließlich aus Kraft. Er lachte nur höhnisch: »Diesen dürren Stängel? Das ist nicht Euer Ernst!«

»Tut es einfach!«

Er tat es.

Jing Ke fragte ihn: »Was denkt Ihr, wie viel Stärke ergibt tausendmal diese Schwäche?«

Wieder lachte der Prinz: »Überhaupt keine. Tausendmal diese Schwäche ergibt die tausendfache Schwäche.«

»Dann lasst Euch eintausend Schafgarbenstängel bringen, genau abgezählt, und brecht sie!«

Der Prinz ließ von seinen Dienern tausend Schafgarbenstängel abzählen. Er konnte sie nicht brechen. Sie bogen sich, sie waren elastisch, seine Kraft reichte nicht aus, die tausendfache Schwäche war zu einer unüberwindlichen Stärke geworden. Und er verstand das schon. Nur war sein Verstehen nicht stark genug, sein Geist war nicht stark genug. Es waren alles keine Krieger mehr, keine Ritter. Ein Krieger war nur, wer stark genug war, dem Licht zu folgen, das sein Geist ihm vorauswarf, wer in der Lage war, das auch zu tun, was er für richtig hielt.

Das konnten die Jungen nicht mehr. Dazu waren sie zu sehr in alles Mögliche verstrickt: in Eifersüchteleien, in Ränkespiele und Intrigen, in falschen Ehrgeiz, in Geltungssucht und in Hass. Das alles war stark in ihnen, stärker als ihre Einsicht und ihr Geist.

Jing Ke atmete tief. Der Himmel zog sich zu, das weiche

und warme Spätsommerlicht verschwand, ein grauer Abend zog herauf. Der seltene Augenblick seines Einklangs mit der Welt war vorüber. Er würde nicht wiederkehren.

Auch Prinz Dan von Yan hatte, wie der junge Thronfolger damals, nicht mehr den Geist, um den in den alten Reichen verborgenen alten Mut wie Schafgarben zu bündeln und aus der tausendfachen Schwäche eine Stärke zu machen.

Aber was hatte er dann im Sinn?

»Ich habe einen Plan!«

Prinz Dan war, von Jing Ke unbemerkt, ebenfalls in den Hof hinausgetreten.

»Ich habe einen Plan«, wiederholte er. »Ich suche jemanden, der den Mut hat, in die Höhle des Wolfs zu gehen und …«

»Ein Attentat?«, flüsterte Jing Ke. »Mord?«

*

Nachher sollte Anja nicht mehr sagen können, wie, wann und was geschehen war. Vor allem nicht, wie lange es dauerte. Es war Traum und Schlaf. Und es war ohne Zeit.

Als sie die Augen aufschlug, schaute sie in ein hageres chinesisches Gesicht.

»Wie viel Uhr ist es?«, sagte sie zu ihrer eigenen Überraschung.

»Achje, wie viel was?«

»Wie viel Uhr!«

Langsam kam sie zu sich. Und ihre alte Ungeduld kehrte auch zurück.

»Wie meinen, Herr Ritter?«, sagte das besorgte Gesicht.

Sie fuhr hoch. Jetzt *war* sie wach. Und wie! Sie war noch nie so wach gewesen!

Sie kannte diesen Menschen überhaupt nicht!

Und er hielt eine Strähne ihres Haars in der Hand!

Auf Ellbogen und Fersen robbte sie rückwärts von ihm weg.

Das chinesische Gesicht war nicht weniger erschrocken und fuhr zurück. Aber jetzt bekam es einen Hals, der, wie es sich gehörte, auf einem Oberkörper saß. Vor dem Oberkörper legte der Mann hastig die Arme über Kreuz und verneigte sich.

»Wer sind Sie?«, brachte sie heraus.

»Achje, man nennt mich Ritter Gelber vom Ei!« Erneute Verneigung.

»Wo bin ich?«

»Wisst Ihr das nicht?« Verneigung.

Er hatte recht. Sie wusste es nicht. Sie hing immer noch auf ihren Ellenbogen. Aber das Verrückteste war, dass sie ihn verstand. Sie konnte Chinesisch! Sie verstand jedes Wort! Der seltsame Mann reichte ihr die Hand: »Darf ich Euch aufhelfen, Herr Ritter?!«

Er zog sie hoch und verneigte sich noch einmal. Das gab ihr die Gelegenheit, sich schnell einmal umzuschauen. Kein Dschungel nirgends. Kein Berg, keine Höhle. Nur ein Bach. In einer Wiese. Und neben dem Bach ein Weg und neben dem Weg Steine und Felsen.

Hatte er *Herr* gesagt? Wieso hatte er *Herr* gesagt? Hielt er sie für einen Mann? Sie wollte schon protestieren, überlegte es sich dann aber schnell anders. Man konnte nie wissen.

»Verzeiht mir, Herr Ritter, ich glaube, ich habe gar keine! Achje!«, sagte die seltsame Figur da vor ihr.

»Bitte?«

»Ihr fragtet mich, wie viele ›Uhren‹ ich habe. Achje, aber ich fürchte, ich habe keine. Mir ist ein solcher Gegenstand nicht bekannt, Herr Ritter.«

Anja überlegte. Wie hatte man das früher genannt? Stunde, fiel ihr ein. Früher hatte man die Uhrzeit Stunde genannt.

»Ich meinte, welche Stunde wir haben.«

Er schaute zur Sonne und sagte: »Ich habe überhaupt keine Stunde, achje. Habt Ihr eine Stunde? Die Zeit ist ein sehr flüchtig Ding, man kann sie nicht haben.«

Als er ihr ratloses Gesicht sah, sagte er: »Es wird Abend.«

»Und welche Zeit? Und wo bin ich?«

»Achje, der Herr Ritter haben wohl ein wenig zu viel Hirseschnaps zu sich genommen? Oder seid Ihr vom Himmel gefallen?«

Wie kam er darauf? Sofort wurde sie misstrauisch. Als er allerdings anfing zu lachen, verstand sie.

»Ja, ja, das muss es wohl gewesen sein«, sagte sie und fasste sich an den Kopf.

»Achje, und in einen Farbtopf seid Ihr auch gefallen!«

Er lachte immer noch und zeigte auf ihr Haar. Deshalb hatte er ihr Haar in der Hand gehalten. Sie war blond, und er kannte kein blondes Haar, so wenig wie Uhren.

»Aber Euer Haar fühlt sich nicht an, als sei es angestrichen, es fühlt sich an wie Seide, goldene Seide! Seltsam, seltsam, achje. Ich sollte Euch vielleicht sagen, wo Ihr seid. Aber vielleicht sollte ich auch nicht. Man soll nicht voreilig sein! Man weiß nie, was daraus entsteht, wenn man zu schnell macht. Achje, und wenn man zu langsam macht, weiß man es auch nicht. Das ist ja das Problem.« Er schaute sie an: »Was *denkt* Ihr denn, wo ihr seid?« Sie zögerte: »In Südchina!?« Eine ziemlich verwackelte Antwort, mit Frage- und Ausrufezeichen gleichzeitig.

»Achje«, sagte er, »Ihr müsst Euch verirrt haben, China gibt es hier nicht.«

»Und das Reich der Mitte?« Nicht schlecht, dass ihr das jetzt noch eingefallen war.

»Reich der Mitte?« Er trat einen Schritt zurück, drehte sich zur Seite und legte die Hand an den Mund, als flüstere er jemandem ins Ohr: »Weißhuf, kennen wir das Reich der Mitte? Waren wir schon dort?« Und wieder zu Anja sagte er: »Das

Reich der Mitte liegt in der Mitte der Reiche. Aber es ist klein, ganz klein geworden. Früher war es Zhou. Aber Zhou gibt es fast nicht mehr. Die Zeiten sind schlecht. Und im Westen wächst der Schatten, achje ...« Er sah Anja durchdringend an: »Was sucht Ihr, Herr Ritter?«

»Wenn ich ehrlich sein soll«, sagte sie, »ich suche ... den Ausgang, die Quelle?«

»Achje«, sagte er, »wollt Ihr mich begleiten, Herr Ritter?«

»Ich bin kein Ritter!«, sagte sie.

»Ja, Ihr seid noch jung, sehr jung. Ihr seid noch kein Ritter. Wollt Ihr mein Knappe sein? Dann machen wir uns gemeinsam auf die Suche nach dem Ausgang, nach der Quelle!«

Irgendwie wurde sie das Gefühl nicht los, dass er sie falsch verstanden hatte. Aber er wechselte das Thema, von wegen sie müssten sich auf den Weg machen, es werde bald dunkel und die Zeiten seien zu unsicher und die Nächte zu finster, um sie im Freien zu verbringen. In der Nähe sei eine Stadt, was allerdings größer klinge, als es sei, eher ein Städtchen sei es, aber dort würden sie einen Platz finden, wo sie die Nacht verbringen konnten

»Wir sind im Reich Lu«, sagte er, kickte mit dem Stiefel einen Stein von der staubigen Straße, die neben dem Bach herlief, und marschierte los, wobei er seine rechte Hand so hielt, als führe er jemanden oder etwas hinter sich her. Etwa so, wie man eine Hundeleine hält.

In der Ferne erkannte Anja eine Gebirgskette, die Landschaft hatte grüne Stellen mit viel Ocker. Es war warm, aber nicht unangenehm, und das Licht war weich und erinnerte an Herbst.

Sie trottete neben dem Mann her, der sich Ritter Gelber vom Ei nannte und ständig »Achje« sagte, und wusste nicht, wie sie das alles fassen sollte. Das war also das Reich Lu, und China gab es nicht.

Und wo war Lu Dao? Erst jetzt fiel ihr auf, dass sie sich anscheinend verloren hatten. Zu beschäftigt war sie mit sich selbst und diesem seltsamen Heiligen, von dem sie nicht mit Sicherheit hätte behaupten wollen, dass er ganz richtig im Kopf war.

»Reich Lu, ja?«, fragte sie. »Und in welcher Zeit?«

Er sah sie von der Seite an und meinte, man könne den Eindruck haben, es sei nicht der Hirseschnaps gewesen, sondern etwas ganz anderes. Sie (in Wirklichkeit sagte er natürlich »er«) sei wohl tatsächlich vom Himmel gefallen.

Damit hatte er an den wunden Punkt gerührt. Vorsicht hin, Vorsicht her, jetzt sprudelte es aus ihr heraus. Und er hörte aufmerksam zu, während sie immer wieder stehen blieb, um ihm in Ruhe etwas zu zeigen oder vorzumachen, etwa, wie groß Pan Gu gewesen war, wie gewaltig seine Axt und wie schmerzhaft der erste Schnitt, mit dem er Himmel und Erde voneinander getrennt hatte.

Dass sie aus einer anderen Zeit war, verschwieg sie, ohne dass sie hätte sagen können, warum. Irgendetwas warnte sie. Sie erzählte nur von der Quelle, der seltsamen Erscheinung, die sie dort gehabt hatte, und dass sie sich hier wiedergefunden habe. Auch Lu Dao erwähnte sie nicht. Und schon gar nicht den Absturz ihres Sportflugzeugs – wenn er schon keine Uhr kannte, wie hätte sie ihm ein Sportflugzeug erklären sollen?

Er schaute sie mit einem Blick an, wie sie noch nie einen Blick hatte aushalten müssen: Sie fühlte sich in diesem Blick völlig nackt und bloß und durchschaut, und doch war es nicht unangenehm, denn obwohl diesem Blick nichts zu entgehen schien, ließ er alles an seinem Platz. Über diesen Blick würde sie später noch oft sprechen, und immer würde ihr keine andere Beschreibung einfallen, als dass er alles an seinem Platz ließ. Er schaute die Dinge an, ohne sie in Besitz zu nehmen, ohne sie auf die Perspektive festzulegen, aus der er sie sah. Das war ein Blick, der sozusagen um die Dinge herumging. Wenn er etwas von vorne sah, sah er es gleichzeitig auch von hinten, von links und rechts, von oben und unten. Es war ein Blick, wie Kinder einem Stuhl vier Beine malen, obwohl man aus der Richtung, aus der heraus sie malen, nur zwei sehen kann. So etwa. Und er hatte auch etwas Komisches: Es war ein Vierbeine-Drumherumblick.

Und mit diesem Blick sagte er: »Ihr habt eine Geistreise gemacht? Einen Drachenflug wie ein Heiliger? Ich kenne Geistreisende und Drachenreiter, aber eine so weite Reise ist sehr ungewöhnlich!« Er verneigte sich wieder, wie er es schon am Anfang ihrer Bekanntschaft gemacht hatte, mit vor der Brust gekreuzten Händen.

»Sagt, mein Herr«, sie versuchte, so gut sie konnte, seine altmodische Rittersprache nachzuahmen, »sagt, glaubt Ihr das mit dem Blut und den Knochen, die zu Flüssen und Bergen werden, und vor allem das mit den Flöhen, Ihr wisst schon, Pan Gu und so?«

Da zeigte der Ritter Gelber vom Ei in Richtung Horizont, der in diesem angenehmen Herbstlicht tatsächlich scharf geschnitten schien wie von einer Schneide: »Das ist der Taishan, der Berg Tai, das ist die östliche der fünf Säulen der Erde, auf denen der Himmel ruht. Und das ist das Schulterblatt von Pan Gu.« Nach einem Augenblick des Schweigens fügte er hinzu: »Vielleicht ist es auch sein Steißbein!« Er hatte das kaum gesagt, als er in schallendes Gelächter ausbrach und sich vor Lachen mehrmals um sich selbst drehte. Er schien sich prächtig zu amüsieren. Als er wieder zum Stehen kam, sah er unglaublich jung aus und meinte nur: »Achje!«

Dann dachte er eine Weile nach. Er stützte das Kinn in seine Hand und den Ellbogen in die Hand des anderen Arms: »Hm. Ich glaube, ich werde mit Euch auf den Berg Tai gehen, um

Euch alles zu erklären. Wenn mich mein Gefühl nicht täuscht«, und er sah sie wieder mit seinem Vierbeine-Drumherumblick an, »dann kommt Ihr von viel weiter her, als ich dachte.«

»Wieso fünf Säulen?«, fragte sie, obwohl sie eigentlich protestieren wollte: Was sollte sie auf dem Taishan, er konnte es ihr auch so erklären!

»Vier in jeder Himmelsrichtung und eine Säule in der Mitte.« Als er das sagte, fiel es ihr wieder ein. Das hatte ihre Frau Fang auch einmal erzählt, dass es nämlich in China früher fünf Himmelsrichtungen gab, die vier üblichen und die Mitte als fünfte, und in dieser Mitte lag das Reich der Mitte. Sie wollte schon weiterfragen, wie er denn darauf käme, als sie in der Ferne aus der Richtung des Taishan, auf den sie noch immer schauten, eine Staubwolke gewahr wurden, in der ein Reiter sichtbar wurde.

War der seltsame Ritter eben noch albern gewesen, so verwandelte er sich jetzt wieder komplett. Er wurde hart und unnachgiebig. Das spürte Anja körperlich. Sie hatte den Eindruck, neben einem gespannten Bogen zu stehen. Seine Augen waren scharf wie die eines Habichts.

Der Reiter kam rasend schnell näher. Er saß auf einem schwarzen Pferd und war ganz in Schwarz gekleidet, seine Rüstung, die über die Schultern fast bis zu den Ellenbogen und vorn bis auf den Unterleib hinunterreichte, bestand aus Lederschuppen, die von starken Querlamellen mit Nieten zusammengehalten wurden. Das lange Haar war in einem Knoten auf dem hinteren Scheitel zusammengezogen, es sah aus wie ein altmodischer Dutt, wie ihn alte Tanten tragen. Nur hatte das Gesicht nichts von einer alten Tante, es war bärtig und von einer grimmigen Wildheit und Entschlossenheit.

Sein Auge schien riesig groß auf Anja zuzukommen, als sie in seine Richtung blickte. Es hielt sie fest, und sein Blick drang in sie ein. Sie spürte, wie er sie ausforschte, fühlte eine alles verschlingende Gier, und ein dunkler Schatten breitete sich in ihr aus. Entsetzen befiel sie.

Sie wäre am liebsten davongerannt, aber der Ritter legte den Arm um ihre Schulter und hielt sie fest: »Vor Raubtieren darf man nicht weglaufen!«, flüsterte er.

Wie eine Sturmfront, wie die Krähe der Nacht fegte der Reiter heran. Er hielt direkt auf sie zu, ohne seine Geschwindigkeit zu verringern. Er würde sie über den Haufen reiten! Schon drehte Anja ihre Schulter wieder zur Seite, aber die Hand ihres komischen Ritters war wie ein Schraubstock: »Hiergeblieben!«, flüsterte er, ohne den Blick von dem heranstürmenden Ungeheuer aus Mensch und Pferd zu nehmen.

In Anja stieg schon ein Schrei hoch, und sie schloss die Augen vor dem unmittelbar bevorstehenden Aufprall, als sie ein Wiehern hörte, das Rutschen und Scharren von Hufen und das Knarren und Knirschen von Zaumzeug. Der schwarze Reiter hatte im letzten Augenblick die Zügel zurückgerissen, das Pferd war auf die Hinterhufe gegangen und zum Stehen gekommen. Und nun stand es da und schnaubte ihrem Ritter ins Gesicht.

Der hatte sich nicht von der Stelle gerührt, kein Muskel in seinem Gesicht hatte gezuckt. »So spät noch unterwegs, Reiter von Qin?«, sagte er, und dann geschah etwas Seltsames: Er breitete die Arme aus und drehte sich in unglaublicher Geschwindigkeit um sich selbst. Das wirbelte gehörig Staub auf, Anja sah überhaupt nichts mehr, und sie hätte später schwören können, dass er ihr bei dieser Wirbelei noch zusätzlich eine Handvoll Staub ins Gesicht und über den Kopf warf.

»Seid Ihr ein Narr, Mann?«, herrschte ihn der Reiter an, dessen Pferd unweigerlich ein paar Schritte zurückgewichen war.

Ritter Gelber vom Ei blieb stehen, kreuzte die Arme mit den langen Gewandärmeln vor der Brust, verneigte sich und sagte: »Achje, wenn ich das wüsste! Wisst Ihr es, Reiter von Qin?«

»Ich weiß, was ich wissen muss! Meine Befehle sind klar!«

»Achje«, sagte der Ritter, und als er das sagte, klang es wie ein Echo, »was meint Ihr mit ›klar‹, meint Ihr die Erleuchtung? Der große Dao-Meister Zhuangzi [Dschuangdse] sagt: Besser als jedem Ja ein Nein und jedem Nein ein Ja entgegenzusetzen, ist der Weg der Erleuchtung! Meint ihr es so?«

»Was? Wie? Unsinn! Klar ist klar«, erklärte der Reiter herrisch, riss sein Schwert aus der Scheide und hielt dem Ritter die Spitze unter das Kinn: »Wenn ich Euch jetzt den Kopf abschlage, dann geht es kaum klarer!«

Das schwarze Pferd schnaubte verächtlich.

»Achje«, sagte da der Ritter, »Ihr denkt wie Euer Pferd!«

Der Reiter war so verdutzt, dass ihm darauf nichts einzufallen schien. Er wartete schweigend, nahm aber die Schwertspitze nicht vom Hals des Ritters.

»Mein Name ist Ritter Gelber vom Ei«, erklärte der Ritter (»So siehst du auch aus!«, zischte der Reiter böse dazwischen), »Euresgleichen meint immer nur die Klarheit des Schwertes, der Macht, der Zerstörung. Aber diese Klarheit ist nicht wahr. Wahr ist nur, was fruchtbar ist, was wächst, was Zweige bekommt, was sich verwandelt ...«

»Mein Zorn wächst!«, grollte es von dem Pferd herunter.

»Wenn alles so klar ist«, ließ der Ritter sich nicht beirren, »dann will ich Euch ein Rätsel stellen. Wenn Ihr es klar beantworten könnt, dann könnt Ihr auch mit meinem Kopf klar Schiff machen.«

»Ich werde Euren Kragen schonen, den kann man vielleicht noch brauchen!«, kam die höhnische Antwort.

»Es war einmal ein Herrscher«, begann der Ritter mit einem kleinen boshaften Glitzern in den Augen, »der suchte das Elexier der Unsterblichkeit. Eines Tages bat sein Alchimist und

Zaubertrankmeister um Audienz. Er machte es wichtig. Und richtig, er hielt eine Schale vor sich, in der das Elixier war. Er reichte die Schale dem Kanzler, der sie an den König weitergeben sollte. Doch zum Entsetzen aller setzte der Kanzler sie an den Mund und leerte sie bis auf den Grund. Er schaute den Zaubertrankmeister anerkennend an, leckte sich mit der Zunge über die Lippen und meinte, das sei aber ein gutes Rezept, nur ein wenig salzig vielleicht. Ob er es wohl haben könne.

Der König heulte auf! Er tobte, er schluchzte, er trat um sich, als hätte ihm jemand in den Tee gepisst. Alle am Hof wussten, es gab nur diese eine Schale des Elixiers, seine Herstellung hatte Jahre gedauert. Viele der Zutaten, wie eine Drachenschuppe, zwei Tropfen Purpur (zu deren Herstellung man fast dreihunderttausend Purpurschnecken brauchte) und drei Haare aus dem Fell von Pan Gu waren praktisch nicht mehr zu beschaffen! Dass der König außer sich geriet, war also mehr als verständlich, wenn auch nicht sehr königlich. Nun zu meiner Frage an Euch, Ihr Reiter von der schwarzen Klarheit: Was sollte mit diesem Kanzler geschehen?«

»Das ist klar wie Wantan-Suppe«, kam die entschiedene Antwort des Schwarzen von Qin, und die Schwertspitze zitterte: »Kopf ab!«

»Klar, Kopf ab!«, echote der Ritter. »Das sagte auch der König. Herrscher sind oft von der gleichen wantan-suppigen Klarheit wie Ihr. Aber der Kanzler gab zu bedenken: ›Wenn, Herr König, Euer Alchimist die Wahrheit gesagt hat, dann könnt Ihr mich nicht mehr töten!‹«

»Nicht mehr töten können«, dröhnte der schwarze Reiter, »das gibt es nicht! Ich habe noch jeden in Stücke gehauen!«

»Langsam, langsam, werter Reiter von Qin!«, wehrte der Ritter Gelber vom Ei ab. »Es war ein Elixier der Unsterblichkeit! Wenn es wirkte, hättet auch Ihr den Kanzler nicht mehr töten können!«

»Ah«, dem schwarzen Reiter fiel Schnurrbart samt Kinn herunter, und er ließ vor Verblüffung das Schwert sinken: »Stimmt. Aber was macht man denn dann?« Er überlegte: »Verbannen, aus dem Reich jagen, aufs Rad spannen! Oder spüren Unsterbliche auch keine Schmerzen?«

»Auf diesen Gedanken kam auch unser König. Aber sein Kanzler gab zu bedenken, dass für einen Unsterblichen Schmerzen keine Rolle mehr spielen, da sie niemals tödlich sein können. Außerdem habe er sich womöglich um seinen König verdient gemacht.«

»Was? Wieso denn das?«

»Das fragte der König auch. Und er staunte nicht schlecht, fast so nicht schlecht, wie Ihr, Herr Reiter, jetzt. Und der Kanzler erklärte es ihm, wie ich es jetzt Euch erkläre. Er habe sich um seinen König verdient gemacht, erklärte er, denn wenn das Elixier nicht wirke – und wer hätte bis heute von einem Mittel zur Erlangung der Unsterblichkeit gehört? –, dann habe er als Vorkoster seinen Herrn davor bewahrt, etwas zu sich zu nehmen, was ihm womöglich hätte schaden können. In diesem Sinne habe er sogar eine Belohnung verdient!«

Da begriff der schwarze Reiter. Man konnte richtig sehen, wie der Groschen fiel. Und als er unten war, begann er zu lachen.

Anjas Ritter lachte mit und erzählte, der König in der Geschichte habe auch gelacht, es sei nämlich nicht der Kanzler, sondern der Narr des Königs gewesen, der den Kanzler nur gespielt und ihm das Elixier weggetrunken habe: »In diesem Sinne bin auch ich: Narr und Kanzler.«

»Und ein Spitzfindling und Worteklauber, nicht wahr?« Das klang schon regelrecht gemütlich, wenn so ein schwarzer Reiter überhaupt gemütlich sein konnte.

»Besser einer, der Worte klaubt, als einer, der Worte glaubt!«

Das ging dem schwarzen Reiter jetzt zu schnell. Er war eher von der muskulösen Sorte. Deshalb ließ er die Bemerkung auf sich beruhen und fragte lieber: »Habt Ihr gedient? Oder habt Ihr ein Amt inne? Oder innegehabt? So einen Schlauberger wie Euch könnten wir vielleicht ganz gut gebrauchen. Ich wette, Ihr könnt auch schreiben und all so was! Wenn wir erst alle Reiche erobert haben, werden Leute wie Ihr gebraucht!« Und er fügte hinzu: »Leider!«

»Achje! Ein Amt? Niemals! Nicht in Eurem Reich, nicht in einem anderen Reich! Wenn ich Erfolg habe, schlagt ihr mich tot, weil ich Erfolg habe. Wenn ich keinen Erfolg habe, schlagt ihr mich tot, weil ich keinen Erfolg habe. Warum sollte ich wohl ein Amt wollen?«

»Was auch immer das heißen soll, Ihr werdet Euch warm anziehen müssen, wenn wir die Macht übernehmen! Gebt den Weg frei, ich habe klare Befehle! Ich muss in mein Reich!«

Damit gab der schwarze Reiter seinem Pferd die Zügel frei und sprengte davon. Bald war er wieder nur noch eine Staubwolke, die sich in Richtung Westen bewegte.

»Achje«, kam es vom Gelben Ritter, wie Anja ihn mittlerweile insgeheim nannte, das heißt, zu Anfang, als der Reiter gekommen war, war er der Gelbe Ritter gewesen, angespannt wie eine Raubkatze vor dem Sprung, unerschrocken, und sein gelbes Gewand hatte in allen Regenbogenfarben geschimmert – wie die Flügel einer Libelle. Als er dann die Geschichte erzählte, war er wieder ganz der schräge Ritter Gelber vom Ei.

»Was war denn das jetzt?«, fragte Anja.

»Das war ein Ablenkungsmanöver!«, war die überraschende Antwort. »Sein Herr und König sucht nach dem Elixier der Unsterblichkeit und nach der Insel der Unsterblichen. Er sollte Euch nicht sehen. Oder besser, nicht so, wie Ihr wirklich ausseht. Deshalb habe ich seine Aufmerksamkeit auf mich gelenkt. Dennoch, er hat Euch nicht aus den Augen gelassen.

Habt Ihr gesehen, wie seine Augen leuchteten, als die Abendsonne in Eurem Haar brannte? Ich fürchte, Ihr seid in Gefahr!«

Er sprach in Rätseln. Sie verstand überhaupt nichts mehr, auch wenn seine Worte ein ziemlich mulmiges Gefühl bei ihr zurückließen. Aber er gab keine weiteren Erklärungen, er drängte sie nur, ihm zu folgen, um noch vor Einbruch der Dunkelheit die Hauptstadt zu erreichen.

»Zunächst müssen wir einmal die Zuständigkeiten klären«, sagte er, »und die Namen«, während er mit großen, raumgreifenden Schritten in Richtung der untergehenden Sonne ging. Sie musste fast laufen, so schnell war er. Er schien auf einmal viel größer, als er war, wenn man so etwas überhaupt sagen kann. Er schien immer das zu sein, was er gerade brauchte. Und im Augenblick brauchte er große Schritte.

»Die Namen? Die Zuständigkeiten? Ich verstehe nur Bahnhof!«

»*Bahn*-hof? Achje! Was für ein Hof? Ihr gebraucht ziemlich sehr seltsame Worte!«

Sie sah es ein, in dieser sicher komplett eisenbahnlosen Zeit, in die sie da geraten war, war das ein seltsamer Ausdruck.

»Zuständigkeiten? Namen?«, lenkte sie ab.

»Wir müssen klären, wer Ihr seid, oder zumindest, wer Ihr sein sollt. Wir sind hier in Lu. Und wie ein altes Sprichwort sagt (hier hätte sie fast eingeworfen »chinesisches Sprichwort«, aber sie ließ es, China gab es ja hier nicht): Wenn du in Lu bist, verhalte dich wie einer von Lu.«

»Und wie verhält sich einer von Lu?«

»Wie der Weise.«

»Der Weise?«

Er blieb stehen, sah sie an uns sagte bedeutungsvoll und langsam wie zum Mitschreiben: »Kung-fu-zi [tse].«

Er meinte Konfuzius! Es hatte fast etwas Heimisches, diesen Namen zu hören! Schließlich hatte sie ihn das letzte Mal von sich selbst gehört, als ihr Vater sie gehebammt hatte. Obwohl sie, so wie er das aussprach, eher an Kungfu dachte. Mein Gott, sie hatte das Gefühl, das sei Jahre her – dabei wurde ihr bewusst, dass sie in der Tat keine Ahnung hatte, wie lange das her war. Eigentlich nur ein paar Wochen – plus wer weiß wie viele Jahre!

»Kung-fu-zi«, ahmte sie ihn nach, »der lebt hier in Lu?«

»Lebte. Lebte, muss es heißen. Es ist eine sehr ziemliche Weile her. Ich werde Euch alles erzählen, aber jetzt sind wir bald da.«

In der Tat, sie waren die ganze Zeit durch ein leicht gebirgiges Gebiet gewandert, rechts und links türmten sich immer wieder Felsen, die dann und wann den Blick auf die Landschaft freigaben. Jetzt bogen sie um eine solche Felsformation, und vor ihnen tat sich ein Tal auf, das in dem bergigen Graubraun der Felsen und der staubigen Landschaft in der Senke lag wie eine grüne Wolke.

Als habe er ihre Gedanken gelesen, sagte er nur: »Wasser.«

Da erst merkte Anja, dass sie Durst hatte. Seit sie in der Höhle aus diesem wundersamen Bach getrunken hatte, hatte sie nichts mehr getrunken, auch keinen Durst gehabt. Die Wirkung ließ wohl mittlerweile nach.

Als sie sich dem Städtchen näherten, kam ihnen eine johlend Schar von Kindern entgegen. Sie sprangen um sie herum und riefen immer wieder: »Ritter Gelber vom Ei, Ei, Eieiei!«

Andere zogen an Anjas Jacke, hielten sich die kleinen Fäuste ins Gesicht und riefen: »Langnase! Langnase! Ist das Euer Knappe, Ritter Gelber vom Ei? Knappe mit der langen Flappe! Knappe mit der langen Flappe!«

»Es scheint«, lachte der Ritter Anja zu, »als hätte sich das mit dem Namen und der Zuständigkeit geklärt. Jetzt müsst Ihr Euch nur noch wie ein Knappe benehmen!«

Irgendwie stach sie der Hafer – für den Knappen eines Ritters ein durchaus normales Gefühl. Und sie äffte ihn nach: »Warum nicht? Aber Ihr habt ja leider kein Pferd, achje!«

Er schaute sie durchdringend an und meinte: »Witzig! Sehr witzig!« Und sich nach hinten wendend: »Hast du das gehört, Weißhuf? Nicht wissen, wo man ist, gelbe Haare, lange Nase, aber Witze machen! Vielleicht sollte ich Euch einfach sitzen lassen!« Er verschränkte die Arme vor der Brust und machte ein Gesicht, das vollkommen nach Sitzenlassen aussah. Jedenfalls gab er sich alle Mühe.

Aber die fröhlichen Kinder zerrten ihn mit sich. Als sie auf den Marktplatz des Städtchens kamen, erschien Anja plötzlich alles seltsam vertraut: »Schweiz!«, dachte sie. Hier erinnerte sie irgendetwas an die Schweiz. Sie sah sich um, und plötzlich war es ihr klar. So staubig und, wenn man so sagen kann, unaufgeräumt die Gegend und die Straße mit ihren Steinen und verwehten Zweigen und Ästen gewesen waren, so aufgeräumt war es hier. Jedes Brett, jeder Balken, jeder Nagel schien zu wissen, was er zu tun hatte, und entsprechend waren die Dinge des alltäglichen Gebrauchs zwar gebraucht, aber sauber und an ihrem Platz. »Die räumen am Feierabend alles auf«, dachte sie. Es sah in der Tat aus wie in einer aufgeräumten Werkstatt.

Dann fiel ihr auf, dass die Männer alle von der einen Straßenseite kamen und die Frauen von der anderen. Der feierabendliche Fußverkehr schien hier nach Geschlechtern getrennt stattzufinden. Aber herzlich waren die Menschen, und sie hätten in jedem der Häuser übernachten können, überallhin wurden sie eingeladen. Die Gastfreundschaft war überwältigend und ein wenig unangenehm, weil Anja nicht wusste, wie sie sich verhalten sollte.

Ein würdiger Herr in einem langen, dunklen, würdigen Gewand kam von einer Straßenseite auf sie zu. Ihr Ritter und der würdige Herr begrüßten einander recht förmlich mit einer

Verneigung, aber in ihren Augen konnte man sehen, dass sie sich kannten und froh waren, einander zu sehen.

Dennoch lag etwas wie ein Schatten über ihren Mienen, ein Schatten, der, wie sie vermutete, mit dem schwarzen Reiter, dem schwarzen Herrn und der schwarzen Macht zu tun hatte, vor der sie alle eine Heidenangst hatten. Und wenn sie sich ein ganzes Heer von solchen Reitern vorstellte, wie derjenige einer gewesen war, den sie auf der Landstraße getroffen hatten, dann konnte sie verstehen, warum es ihnen so ging.

»Gelber Ritter, mein Freund, es ist immer schön, Euch zu sehen«, sagte der würdige Herr, »vor allem weil Ihr in einer Zeit der Hoffnung erscheint!«

»Hoffnung, von welcher Hoffnung sprecht Ihr?«, fragte der Ritter.

»Später! Kommt erst einmal mit, seid Gast in meinem Haus, wir haben Euch erwartet. Dinge wie die, die uns zusammenführen, soll man nicht auf offener Straße besprechen – und schon gar nicht, wenn die Nacht sich herabsenkt! Wie ich sehe«, sein Blick glitt prüfend über Anjas Gesicht und verharrte kurz auf ihrer Jacke aus dem 21. Jahrhundert und vor allem auf ihrem Haar, »wie ich sehe, kommt Ihr nicht allein ...« Er fasste den linken Arm des Ritters, der sofort auswich und etwas wie »Achtung, das Pferd!« murmelte.

Sofort wechselte der würdige Herr die Seite und zog ihn am rechten Arm mit sich. Von der Hauptstraße gingen schmale, lange Gassen ab, die meisten im rechten Winkel, Gassen, die fast wirkten wie lange Gänge. Denn es waren keine Häuser zu sehen. Nur Mauern. Mehr als mannshohe Mauern, die manchmal in Zinnen ausliefen oder in kleine, von Schindeln gedeckte Dächer.

Die Mauern rechts und links wurden alle zehn bis zwanzig Meter von großen geschlossenen Toren durchbrochen. Große, hohe Tore, in denen zusätzlich eine kleinere Eingangstür war, damit man nicht immer das große Tor aufmachen musste. Die Einfassung der Tore war verziert, und die steinernen Giebel trugen etwas, das Anja im Vorübergehen für Wappen hielt oder so etwas Ähnliches.

Von einer dieser Türen im Tor hielten sie an. Zwei große, runde rote Laternen mit gelben Fransen hingen darüber, und auch das Tor war einmal rot gewesen, aber die Farbe war über die Jahre und die Wetter dunkel geworden und bröckelte hier und da ab. Auch wenn sie sich erst später vergewissern konnte, ahnte Anja gleich, dass Rot hier eine besondere Farbe sein musste. Rot kennzeichnete die Häuser der Leute, die etwas hatten, ein Amt oder Geld oder beides. Klar, wo es Könige gab, gab es auch Adlige und einen Hof und Hofbeamte! Das war leicht auszurechnen.

»Außerdem war Rot ja auch bei uns«, dachte sie, »eine besondere Farbe. Wenn bei uns ein roter Teppich ausgerollt wird, dann nur für wichtige Personen: Staatspräsidenten und Hollywoodschauspieler. Und vor teuren Hotels liegen rote Teppiche, weil wer sich ein teures Hotel leisten kann, fühlt sich irgendwie wichtig oder wird wenigstens so behandelt. So ähnlich ist es wahrscheinlich auch hier, nur dass man im Reich Lu zur Zeit der Kämpfenden Reiche keine roten Teppiche ausrollt, sondern rote Türen hat …«

Weiter kam sie nicht mit ihren Betrachtungen, denn jetzt ging die rote Tür auf und sie traten über die Schwelle – nun ja, eher so etwas wie ein hochkant gestelltes dickes Brett, das den unteren Türrahmen bildete, mindestens zwanzig Zentimeter hoch und fünf Zentimeter dick. Man musste richtig die Beine heben, und sie wäre fast gestolpert, weil sie in Gedanken noch bei den roten Teppichen war.

Ritter Gelber vom Ei, der es schon seit einiger Zeit übernommen hatte, ihr diese Welt zu erklären, auch wenn sie ihm noch nicht verraten hatte, wie fremd ihr diese Welt wirklich war, der Ritter also griff ihr im letzten Moment unter die Arme und fing sie auf.

»Achje, als ob Ihr ein Geist wärt! Wo habt Ihr nur Eure Gedanken?«

»Geist? Wieso Geist?«, lenkte sie ab.

»Deshalb ist die Schwelle so hoch, wegen der Geister. Die Schwellen in allen unseren Häusern, achje, sagen wir in den besseren Häusern, sind so hoch, das hält die bösen Geister draußen. Arme Bauern haben das nicht, aber bei armen Leuten ist auch für Geister nichts zu holen ...«

»Wieso hält das die Geister draußen?«

»Böse Geister können die Beine nicht heben.«

»Und nicht um die Ecke gehen«, fiel Anja ein. Wieder so etwas Chinesisches in Deutschland und Europa oder umgekehrt, etwas Deutsches und Europäisches in China, langsam bekam die heimische Landkarte lauter gelbe Flecken. Bei Parks und Bahnübergängen fand man das ja heute noch und kam mit dem Fahrrad kaum durch: von links ein Geländer bis zur Mitte des Wegs und von rechts das gleiche Geländer bis zur Mitte des Wegs, nur um einen dreiviertel Meter versetzt – eine richtige Schikane, die heute natürlich den Sinn hatte, dass kein Auto durchfuhr und man mit dem Rad langsam machen musste. Ursprünglich waren das aber Geisterschikanen gewesen, weil Geister nicht um die Ecke gehen konnten. Hatte jedenfalls ihr Vater ihr einmal erklärt.

»Wo Ihr herkommt, können Geister auch nicht um die Ecke gehen? Das nenne ich interessant«, sagte ihr Ritter, »aber jetzt still, der Herr Chunqiu [tchuntsiu], der Herr Frühling-und-Herbst, zeigt uns seinen Hof. Da muss auch ein Knappe zuhören! Er ist Hofgeschichtsschreiber.« Er gab ihr einen Klaps, was sie sehr ziemlich respektlos fand, aber zu einer förmlichen Beschwerde fehlten ihr die Worte. Es war aber auch wirklich alles sehr zum Staunen!

»天井«, sagte der Gelbe Ritter, das heißt, er sagte natürlich »tian jing [tiändsing]« und sprach nicht in Schriftzeichen, aber er meinte diese Schriftzeichen, was so viel hieß wie »Brunnen des Himmels« und den Innenhof eines typisch chinesischen Viereck-Hofes meinte. Auch schon zu dieser Zeit, wo man sie noch nicht chinesisch nannte. Man trat durch eine einfache Tür in einem einfachen Tor ein (wenn man kein böser Geist war) und stand schon im Innenhof, der auf drei Seiten von Häusern und auf einer Seite von dem Tor gebildet wurde, durch dessen Tür sie gerade eingetreten waren. Hier, in diesem Hof, fand das Leben der Familie statt.

Aber dieser Innenhof war etwas Besonderes. Er war ganz von Bäumen gesäumt, und in der Mitte plätscherte ein kleiner Brunnen. Und wenn man das Plätschern hörte und durch die Bäume und über die geschwungenen Dächer der Häuser in das von ihnen eingefasste Stück Himmel schaute, konnte man tatsächlich auf den Gedanken kommen, das rechteckige Stück blauer Himmel sei das Wasser in einem Brunnen. Allerdings nur, wenn man sich auf den Kopf stellte. Aber hier war so vieles andersherum, dass man sich auch einmal auf den Kopf stellen konnte.

Zumal die geschwungenen Dächer ein wenig an Boote erinnerten, die man kieloben und kopfunter auf den Häusern aufgedockt hatte. Und die ganzen Häuser schwammen auf dem Himmel, der ein Meer war. Wie gesagt, wenn man sich auf den Kopf stellte oder es sich auf dem Kopf vorstellte.

Herr Chunqiu war vorangegangen, in das dem Eingang gegenüberstehende Haus, das er durch eine kreisrunde Tür betrat, die der Ritter »Mondtür« nannte. Dahinter war so etwas wie ein Altar und ein Andachtsraum, im Dämmerlicht von Kerzen und im Nebel von Räucherstäbchen mehr zu ahnen als zu sehen.

Der Hausherr verneigte sich mehrere Male, warf sich auf

den Boden und berührte mit der Stirn mehrmals die unterste Stufe des Altars. Dann erhob er sich, entzündete ein paar Räucherstäbchen und steckte sie in einen Räucherstäbchenhalter.

»Das ist der Ahnenaltar«, erklärte der Gelbe Ritter, »wir verehren unsere Ahnen, das heißt die Väter. Das heißt, hier, im Staat Lu tut man das, das heißt, bei den Weichen. Achje«, unterbrach er sich, »ein Satz mit so vielen ›das heißt‹. Alles hängt mit allem zusammen. Es ist kein Ende! Schrecklich! Besser ist der Weg der Erleuchtung!«

Er schmunzelte: »Das heißt, wir Daoisten im Süden finden, dass es genügt, wenn man den Namen der Mutter kennt. Die Väter sind uns eher gleichgültig. Unsere Geschichten reichen noch sehr viel weiter zurück als die der alten Könige. Bis zurück zu den Müttern und zur Mutter Erde.«

»Wenn das mein Vater hören würde!«, dachte Anja, kam aber nicht weiter, denn der Hausherr trat auf sie zu, hob die Hände zum Himmel und sagte mit feierlicher Stimme:

»Ein Rechteck ist die Erde,
Ein Rechteck Staat und Stadt und Haus
Dass *ein* Gesetz und Himmel werde
Komm als Fremder, geh als Freund hinaus.«

Damit schien der offizielle Teil beendet zu sein, auch wenn Anja das Gefühl nicht loswurde, dass der Herr Hofgeschichtsschreiber ein eher förmlicher Mensch war. Doch jetzt strahlte er und bat sie alle herein, nicht ohne einen Seitenhieb auf den Ritter: »Wenn denn der Herr Daoist und Ritter ohne Pferd bei einem Weichen einzutreten belieben! Der Tisch ist gedeckt! Und Euren Knappen, den Ihr mit so vielen ›das heißt‹ ausgezeichnet habt, kann zu Euren Füßen sitzen. Oder soll er in den Stall?«

Schon peinlich, dass er das mit den »Weichen« (was sollte nun das wieder?) mitbekommen hatte, aber noch lange kein

Grund, sie in den Stall zu schicken. Aber bevor irgendwer irgendetwas sagen konnte, war der Jüngste des Hausherrn, der kleine Pang, durch die Tür gewitscht, hatte sie bei der Hand gepackt und hineingezogen.

Sie betraten einen großen Raum, wo sie sich auf einem und um einen Kang herum versammelten. Das war eine Steinbank, unter der sich eine Feuerstelle befand. Und die guten Menschen hatten alles herangeschafft, was Haus, Hof und Vorratskammern hergaben. Das heißt, es waren nur die männlichen Menschen, die sich versammelten.

»Wo sind denn die Frauen? Und die Mädchen?«, flüsterte Anja ihrem Ritter zu.

»In der Küche! Seid still und macht, was ich Euch vormache!«, bestimmte der.

Also nicht nur im Feierabendverkehr waren hier die Geschlechter getrennt, sondern auch beim Essen. Sie dachte nach. Von ihrem Vater hatte sie gelernt: Wenn einem bei anderen etwas komisch vorkommt, muss man sich erst einmal fragen, was man selbst in der gleichen Situation macht oder ob es so etwas bei einem selbst nicht gibt. Er nannte das »Umkehr der Perspektive«. Er war halt ein Philosoph, da musste man nachsichtig sein, aber dumm war das nicht!

Aber Trennung nach Geschlechtern? Das gab es zu Hause nicht, dachte sie – doch, das gab es! Mann, natürlich!! Als ihre Mutter im Krankenhaus war, da waren auch Frauen und Männer getrennt. Und beim Klamotten- und Schuhekaufen die Herren- und Damenabteilungen! Und die Toiletten und die Duschkabinen im Schwimmbad und getrennte Saunas und Kaffeekränzchen, und es gab Clubs, ihr Vater hatte davon erzählt, weil er von ihnen manchmal zu einem Vortrag eingeladen wurde, wo Männer und Frauen unter sich blieben. Rotary, fiel ihr ein, und Lions, beides also konfuzianische Clubs. Witzig! Aber den Gedanken konnte sie nicht weiterverfolgen, weil: Was da als Essen auf den Tisch kam, war der Hammer! Was man alles essen konnte! Hühnerfüße, Hühnerhälse, Hühnerhintern, Seegurken, Quallen (der Staat Lu war umgeben vom Staat Qi, und der lag an der Küste), eingelegte Sehnen und Flechsen und irgendetwas, das stank wie, wie, wie, ja, wie Limburger, uralter Camembert oder Turnschuhe nach dem Sportunterricht, das hieß »stinkender Tofu« – und schmeckte gar nicht so übel, man durfte nur nicht mehr von innen durch die Nase ausatmen, denn dann konnte man sich selbst nicht mehr riechen. Was heißt hier *gar nicht so übel*, es schmeckte umwerfend! Umwerfend mit Reis. Seltsamerweise gab es Reis. Obwohl es China noch nicht gab!

Sie merkte erst als sie zuschlug, was für einen Hunger sie hatte. Und als sie wieder aufschaute, es muss so zwanzig Minuten, vier Reisschalen und unzählige Stäbchenvoll später gewesen sein, sah sie nur in anerkennend lachende Gesichter.

»Euer Knappe, Herr Ritter«, sagte der Hausherr, »zeigt, wie lang Euer Weg war!« Aber er lächelte gutmütig und warf Anja einen aufmunternden Blick zu, auch die Reste der Reste noch anzugehen.

Wenn er geahnt hätte, wie weit ihr Weg wirklich gewesen war! Aber sie dachte an ihr Erlebnis mit der Erbse auf dem Unterteller und wollte sich nicht blamieren.

Gleichzeitig schaute der Hausherr verstohlen auf ihr Haar und ihre helle Haut.

Sie war völlig zugestaubt. Trotz all dem *ni hao-Guten Tag* und *huanying-Willkommen* hatte sie nicht vergessen, den Ritter nach einer Waschgelegenheit zu fragen, aber der hatte nur gesagt: »Ihr bleibt besser, wie Ihr seid! Das ist sicherer! Außerdem, ein Knappe ist nicht sauber.« Er hatte sich zu ihr hinuntergebeugt, ihr in die Augen geschaut, wobei seine Lachfalten aussahen wie Fischschwänze: »Ein Knappe, der sauber ist, beschämt seinen Ritter. Denn was unterscheidet die beiden dann noch? Vor allem«, und hier fingen die Fischschwänze an zu zappeln, »wenn der Ritter kein Pferd hat, wie Ihr meint!«

Sie blieb also zugestaubt wie eine Kommode in der Wüste Gobi, aber man sah immer noch, dass sie anders war. Deshalb schielte der Hausherr sie verstohlen an.

Wieder trat der Ritter dazwischen: »Wir sind einem Reiter der Qin begegnet.«

Bei dem Wort *Qin* huschten die Fischschwänze aus seinen Augenwinkeln davon, als habe jemand einen Stein ins Wasser geworfen.

Sofort herrschte erschrockene Stille.

Es schien plötzlich dunkler zu werden und das Haus zu stöhnen. Die Jungen huschten zusammen, die Jüngeren suchten Schutz bei den Älteren, die Älteren bei den Erwachsenen. Die kamen ihrer Pflicht nach und benahmen sich so, wie es ihr Name von ihnen verlangte, obwohl auch sie ganz weiß um die Nase geworden waren. Anja fragte sich zum ersten Mal, bei wem eigentlich Erwachsene Schutz suchten. Alles wegen des Wortes *Qin*.

»Ich wollte«, sagte Hausherr Frühling-und-Herbst, »der Weise wäre noch hier. Und wir hätten mehr als das gute Beispiel unseres unbedeutenden kleinen Städtchens zu bieten. Wir leben gerecht und nach den alten Gesetzen. Aber damit allein werden wir Qin nicht aufhalten. Wenn das Reich Lu unserem Beispiel nicht folgt und wenn sich nicht auch die anderen Reiche auf die Lehren des Weisen, wenn sie sich nicht auf das Dao der alten Könige besinnen, dann ist Qin nicht aufzuhalten.«

Das klang traurig, ja verzweifelt und hoffnungslos.

Jetzt hatte Anja genug! Sie war halt, wie sie war, und sie war keine Chinesin und kein Chinese. Sie wollte endlich wissen, was es mit diesen Qin auf sich hatte und wieso sie in Gefahr sein sollte. Schließlich hatte sie niemandem etwas getan!

Allerdings war sie dann doch so weit eingeschüchtert, dass sie nur leise fragte: »Die Qin?«

Ihr Ritter schaute nicht gerade begeistert.

Der Hausherr versuchte, die Situation zu retten: »Darf ein Knappe vor Euch das Wort ergreifen?«

»Er kommt von sehr weit her! Vergebt ihm! Er kennt den Weisen nicht, er kennt seine Lehre nicht, er kennt nicht die Riten der Zhou. Und er kennt Eure Geschichte nicht.«

»Riten?« Sie konnte den Mund nicht halten.

»Riten«, erklärte ihr Ritter, »Riten, Rituale, Ehrenkodex, äußere Formen, Etikette. Jeder muss sich so verhalten, wie seine Stellung und sein Amt es verlangen. Die Namen müssen stimmen: Ein Ritter muss sich verhalten wie ein Ritter, ein Knappe wie ein Knappe, ein Vater wie ein Vater, ein Herrscher wie ein Herrscher. Man muss sein, was man ist, aber man muss es sein in der Art, wie es die alten Könige waren.«

Bei Worten wie »Etikette« und »äußere Formen« zog es Anja alles zusammen. Als hätte sie auf eine Zitrone gebissen. Sie dachte an sieben Gabeln, acht Messer und neun Löffel und Löffelchen um den Teller und Ober, die so nobel waren, dass man Angst hatte, etwas bei ihnen zu bestellen. Das waren die äußeren Formen, die sie kannte und die sie nicht mochte.

Der Ritter sah, dass sie nicht recht verstand, und meinte erklärend: »Ein Ritter muss ritterlich sein, versteht Ihr? Oder edel, wie es der Weise nennen würde. Wenn er nicht ritterlich ist, darf er sich auch nicht Ritter nennen! Meint jedenfalls Konfuzius.«

»Cool!«, entfuhr es ihr. Jetzt wusste sie so ungefähr, was er meinte. Trotzdem, wenn man dafür die Regeln von irgendwelchen alten Königen nachmachen musste, klang das nicht cool, sondern nach Röcken (die sie verabscheute) und zu viel Besteck neben dem Teller. Aber das mit den Ritualen kannte sie. Die besonders coolen Typen in ihrer Schule hatten alle solche Rituale: die Art, wie sie sich begrüßten, wie sie sich die Hand gaben oder eben nicht, sondern nur die Fäuste aneinanderklickten, wie sie sich abklatschten oder regelrechte Fingertänze aufführten, wie sie gingen, wie sie sich kleideten, wie sie sprachen ... Das entsprach zwar nicht irgendwelchen alten Regeln, aber wer dazugehören wollte, der musste sich an diese Rituale halten. Wer das nicht tat, gehörte nicht dazu. Das hatte sie schon immer gestört, zumal diese Rituale nichts bedeuteten, außer dass man dazugehörte. Wenn sie das richtig verstand, bedeuteten sie bei den Weichen durchaus etwas, sie hatten einen Sinn und mit dem zu tun, was einer war.

»Bevor wir uns in dieser Diskussion verlieren, sollte Euer Knappe ein wenig mehr über uns erfahren!«, unterbrach der Hausherr ihre Überlegungen. Er wandte sich ihrem Ritter zu: »Wo soll ich Eurer Meinung nach mit der Belehrung Eures Knappen beginnen?«

Anja konnte sich nicht helfen, irgendwie klang der Name Frühling-und-Herbst nach süßsauer, aber sie hütete sich, das laut zu sagen.

»Ihr könnt gar nicht früh genug anfangen!«

Das stimmte zwar, war aber nicht sehr schmeichelhaft.

»Kennt ihr die Geschichte von Pan Gu?«, fragte der süßsaure Herr. Er vermied es, Anja direkt in die Augen zu schauen, was er, wie sie instinktiv spürte, für unhöflich gehalten hätte.

Die Geschichte von Pan Gu? Glück gehabt! Das ließ sie sich nicht zweimal sagen! Sie hatte jetzt schon so lange nur zuhören können, das war sie nicht gewohnt. Jetzt konnte sie endlich einmal loslegen! Es war eine Wohltat, etwas sagen und reden zu dürfen. Und sie legte sich nicht weniger ins Zeug als beim Essen. Sie kam so ins Erzählen, und ihre Erzählung wurde so plastisch, dass sie mit all den guten Leuten und samt dem heizbaren Kang wieder in ihrer gläsernen Höhle in dem unendlichen Raum zu schweben schien.

Die Jungen schrien an den dramatischen Stellen auf, seufzten, als der entscheidende Schnitt zwischen Himmel und Erde getan wurde, und noch bevor sie zu einem Ende gekommen war (wobei sie natürlich alle weiteren Umstände weiter für sich behielt), hatte sie den Jüngsten, den kleinen Pang, auf dem Schoß sitzen, und die anderen saßen ihr zu Füßen. Nur die schon etwas Älteren, die kaum jünger sein durften als sie selbst, hielten einen gemessenen und achtungsvollen Abstand – sie war zwar nur ein Knappe und dem Hausherren keiner direkten Ansprache wert, aber für sie war sie ein KNAPPE, der Knappe eines Ritters, also fast schon ein Ritter und etwas vollkommen Unerreichbares!

Der Herr Frühling-und-Herbst merkte natürlich schnell, dass sie mit der Geschichte von Pan Gu mit ihrem Chinesisch bereits am Ende war.

»Ihr habt recht gesprochen, Herr Ritter! Euer Knappe muss noch einiges lernen, bevor er selbst Ritter werden kann!«

Damit hatte das Vorgeplänkel ein Ende, und er fing an zu erzählen. Und wenn sie gerade gut gewesen war, dann war er umwerfend.

Er erzählte von den großen Kaisern der Goldenen Zeit, das war kurz nach Pan Gu (wobei sie sich fragte, ob die Könige auch Flöhe gewesen waren), und immer noch lange, bevor die Vorzeit der Vorzeit auch nur angefangen hatte.

»Das war eine Zeit«, begann er, »und hierin, aber nur hierin, stimme ich, wie Ihr wisst, Ritter Gelber vom Ei, mit Euch überein, deren Anfang vor dem Anfang liegt!«

»Einen Anfang gibt es nicht«, bestätigte der. »Wenn man Anfang sagt, gibt es immer noch eine Zeit, die vor diesem Anfang liegt, und dann wieder eine Zeit vor der Zeit vor dem Anfang. Und immer so weiter.«

Anja machte große Augen. Das fing gut an. Das fing an, wie Geschichten anfangen mussten. Ein wenig im Dunkeln, ein wenig im Geheimnisvollen, ein wenig im Wunderbaren und ein wenig im Gruseln.

Und dann begann der Hausherr zu erzählen.

Er erzählte von dem Anfang, der vor dem Anfang aller Anfänge liegt und sogar noch davor …

Er erzählte von den Zwölf Erhabenen des Himmels, die achtzehntausend Jahre geherrscht hatten, er erzählte von den Elf Erhabenen der Erde und ihrer Herrschaft von elftausend Jahren und schließlich von den Neun Erhabenen der Menschen, die fünfundvierzigtausendsechshundert Jahre im Amt waren.

Fünfundvierzigtausendsechshundert Jahre! Anja stellte sich die Zahl ausgeschrieben vor, unglaublich! Sie fand, man musste Zahlen immer ausschreiben, um eine Ahnung davon zu haben, wie lange eine Zeitspanne war. Die Zahl 45 600 vermittelte das nicht. Aber ausgeschriebene fünfundvierzigtausendsechshundert Jahre, da konnte man sich fast schon vorstellen, wie lange das war!

Es folgten sechzehn Herrscher, von denen auch Herr Frühling-und-Herbst außer den Namen nichts wusste, was er sehr bedauerte.

Und dann kamen drei Herrscher, Fuxi, der Gelbe Kaiser Huangdi und Shennong, der göttliche Bauer, die alles erfunden hatten, was man so Kultur nennt: Ackerbau und Viehzucht, das Töpfern, die Regulierung der Flüsse, Tee und Seide und und und …

Als der Hausherr und Geschichtsgelehrte und Konfuziusanhänger an dieser Stelle angekommen war, riefen seine jüngeren und älteren Söhne durcheinander: »Der Ritter, der Ritter soll von den Seidenraupen erzählen!« Sie hatten diese Geschichte offensichtlich schon mehrfach zu hören bekommen und liebten sie.

Der Ritter Gelber vom Ei ließ sich nicht lange bitten. Er zog den kleinen Pang zu sich auf den Schoß und fing an:

»Es war einmal eine Kaiserin. Sie war die Frau des Kaisers. Aber nicht irgendeines Kaisers, sondern des Gelben Kaisers! Die Kaiserin also saß eines Tages beim Tee unter einem Maulbeerbaum …«

»Woher weißt du das?«, fiel ihm der kleine Pang vorwitzig ins Wort.

»Weil der Frau Kaiserin gleich von oben ein Seidenspinner in die Teetasse fällt und dieses Insekt näschig ist wie manche kleine Einwohner von Lu und nur Blätter des Maulbeerbaums schnabuliert, daher weiß ich das.«

Damit zog er den kleinen Pang am Ohr und fuhr fort: »Keine Unterbrechung mehr jetzt! Also, wo war ich?«

»Die Kaiserin saß unter dem Maulbeerbaum«, krähte der kleine Pang begeistert, er liebte Geschichten.

»Die Kaiserin saß also unter einem Maulbeerbaum, da machte es auf einmal: Plitsch! Sie hatte nicht hingesehen, denn im Hintergrund schritt ihr Gatte und schaute nach den Sojabohnen. Ihre Kammerzofen kicherten und zeigten auf ihre Tasse: Ihr war ein Räuperich samt Kokon in den Tee gefallen.«

»Räuperich, hihi!« Der Kleine klatschte in die Hände.

»Öhöm!«, räusperte sich der Ritter Gelber vom Ei in gespielter Entrüstung, »Ruhe, bitte! Also, ihr war ein Räuperich in den Tee gefallen. Sie nahm den Kokon in die spitzen Finger mit den fast fünf Zentimeter langen Fingernägeln und hielt ihn hoch: ein Fädchen! Es hatte sich tatsächlich ein Fädchen gelöst!

Und jetzt war der Nachmittag gerettet: Tassen, Schalen, Schüsseln und Schälchen wurden herbeigeschafft, unter die Maulbeerbäume gestellt und geschüttelt, was das Zeug hielt. Dann setzte sich alles hin und entrollte die kleinen Seidenspinnermumien, hängte die Fäden zum Trocknen über die Äste und war ganz außer sich.

Und das war«, der Ritter hob den Zeigefinger, »das war

wirklich eine Eingebung, einer Kaiserin würdig! Hast du schon einmal einen Kokon von so einem Seidenspinner gesehen, kleiner Pang? Wer einmal einen Kokon gesehen hat und gesehen hat, wie dünn die Fäden eines solchen Kokons sind, der bekommt eine Ahnung davon, was für eine Fieselei es ist, so einen Faden abzuhaspeln, auf eine Spinnspule zu drillen und daraus Seide zu weben! Eine wahrhaftig kaiserliche Eingebung, achje.«

Damit schloss er seine kleine Erzählung, und die Jungen klatschten und redeten alle auf einmal, und der kleine Pang versuchte auszusehen wie ein Räuperich.

Nach einem Schluck Tee nahm der Hausherr seine Erzählung wieder auf.

Nach den drei Erfindungskaisern kamen die Fünf Kaiser, auch sie waren noch groß und von vor der Zeit, aber ihre Zeit wurde schon kürzer, aus den Kaisern wurden Menschen, und sie regierten kaum noch hundert Jahre – auch ausgeschrieben eine kleine Zahl. Das waren die Kaiser der Goldenen Zeit. Sie waren noch vollkommen, aber doch schon Menschen: ein Paradies. Lange erzählte der Hausherr vom Frühling und Herbst, vom Aufstieg und Fall dieser Kaiser, von den Legenden und den Taten, die sie vollbrachten, bis sie die Herrschaft in die Hände der Könige der Menschen legten.

Dann erzählte er von den großen Häusern dieser Könige, den Xia [chsia], den Shang und den Zhou.

Anja hatte die ganze Zeit gebannt zugehört, aber jetzt wurde sie lebhaft. Diese Namen hatte Lu Dao erwähnt, Shang und Zhou, sie erinnerte sich genau, bei ihrem Flug mit dem Drachen hatten sie ihre Banner gesehen! Sie hatte das Gefühl, bekannten Boden zu betreten.

»Und die Zhou«, so erzählte der Hausherr, »regierten viele viele Generationen und Geschlechter, und alles war gut. Der älteste Sohn folgte auf den Vater, die Tochter auf die Mutter, die Opfer an den Himmel und die Erde wurden eingehalten, der König war, wie ein König sein soll, und gleichzeitig ein Priester und Sohn des Himmels. Und alles war wie eine große Familie: Die Älteren kümmerten sich um die Jüngeren, die Eltern um die Kinder, die Fürsten um ihre Untergebenen und der König um alles.

So konnte die Harmonie zwischen Himmel und Erde, zwischen den Namen und den Ämtern, zwischen den Älteren und Jüngeren von den Söhnen des Himmels, den Königen von Zhou, lange, sehr lange bewahrt werden«, erzählte Herr Frühling-und-Herbst weiter, »bis, ja, bis alles anders wurde.«

Und da wurde auch seine Stimme anders, traurig: »Alles wurde anders, und das Reich zerfiel – obwohl es immer größer geworden war. Vielleicht zerfiel es aber auch, *weil* es immer größer geworden war. Alles wurde immer größer, immer schneller, immer prächtiger. Die Häuser und Paläste der Reichen immer prächtiger, die Streitwagen immer schneller, die Heere immer größer und die Waffen immer schlimmer – Eisen und Stahl«, sagte er nach einer nachdenklichen Pause, und seine Söhne machten große Augen. »Die Leute hatten keine Ehre mehr, an die Stelle der Ehre trat die Gier und die Herzen wurden hart wie Eisen. So ist es heute noch. Wer früher unterlegen war, ergab sich und wurde geschont. Heute wird gekämpft bis zum letzten Mann, und wer unterliegt, wird gnadenlos niedergemacht. So geht das schon beinahe dreihundert Jahre, es ist die Zeit der Kämpfenden Reiche, und es ist keine gute Zeit. Die Jüngeren erheben sich gegen die Älteren, die Fürsten gegen den König, die Grafen gegen die Fürsten und so weiter und so fort.«

Anja war ganz aufgeregt! Jetzt hatte sie endlich einen Anhaltspunkt, wo und wann sie war. Sie wusste von Lu Dao, dass die Zeit der Kämpfenden Reiche ungefähr dreihundert Jahre gedauert hatte, bis zum Ende des dritten Jahrhunderts vor Christus, also zweihundertirgendwas VOR. Da war sie also gelandet, zweihundertirgendwas vor. Sie war erleichtert, auch wenn sie keine Idee hatte, wieso, denn dass sie das jetzt wusste, half nicht die Bohne, nicht einmal eine halbe Kaffeebohne half das (die es hier vermutlich nicht gab; aber sie mochte ohnehin keinen Kaffee).

»Da luan«, hörte sie den Hausherrn sagen, und das Wort schwebte als dunkle Wolke im Raum, und die Ölfunzeln und das Feuer flackerten.

»Da luan, da luan«, lief es von Mund zu Mund, und selbst ihr Ritter machte eine bedenkliche Miene: »Das große Chaos.«

»Und mit dem großen Chaos kamen die großen Weisen«, sagte der kleine Pang, der noch immer auf dem Schoß des Ritters ritt.

Alles lachte.

»Und die großen Ritter«, fügte der Hausherr mit einem Blick auf den Gelben hinzu.

Ihr Ritter hob nicht einmal den Blick, aber aus der Stimme des Hausherrn Süßsauer, wie Anja ihn bei sich nannte (hoffentlich verplapperte sie sich nicht einmal!), klang so viel Hochachtung, ja, fast Ehrerbietung, dass ihr Ritter wohl mehr sein musste, als er schien. Als Gelben Ritter hatte sie ihn ja schon erlebt. Ob das alles war?

Sie war so in Gedanken, dass sie gar nicht mitbekam, dass sie mal wieder in einen Fettnapf trat. So komisch das sich anhören mochte, aber sie trat nie mit den Füßen, sondern immer mit ihrer großen Klappe in alle möglichen Fettnäpfe. Es machte »napf«, und sie stand drinnen. Das war ein Geräusch, als wenn so ein Batzen Ravioli mit Tomatensoße aus der Dose in einen Topf flappte. Vor allem wenn man versuchte, den Fuß wieder aus dem Fettnapf herauszuziehen. Sozusagen. Meistens merkte sie es erst, wenn es passiert war. Jetzt war es passiert. Als der Hausherr gesagt hatte: »Und die großen Ritter«, war ihr herausgerutscht: »Selbst wenn sie kein Pferd haben.«

Weiter kam sie nicht. Der Hausherr kreuzte die Arme vor der Brust, verneigte sich vor ihr und meinte streng: »Oder ein Knappe, der nicht weiß, wann er zu schweigen hat!« Aber dann fuhr er milder fort: »Da Ihr, Herr Knappe, nicht von hier seid, will ich es Euch erklären. Sagt, muss ein Mensch nur ein guter Mensch sein, wenn andere zusehn, oder muss er auch gut sein, wenn er allein ist?«

Irgendwie erinnerte er sie an ihren Vater, sie hatte das Gefühl, wieder einmal gehebammt zu werden. Eine Welle von Heimweh ergoss sich über ihr Herz, und sie hatte Mühe, dass das Wasser dieser Welle nicht aus den Augen wieder hinauslief.

»Natürlich auch, wenn er allein ist. Was für eine Frage?!«

»Ja, was für eine Frage? Und eine gute Antwort!«

»Ihr meint ...«, sie war nicht auf den Kopf gefallen, und sie wollte zeigen, dass sie nicht auf den Kopf gefallen war.

»Ja, ich meine ...« Weiter kam er nicht. Der Hausherr hatte ihr zum ersten Mal tief in die Augen gesehen und dort etwas entdeckt, was ihn zu irritieren schien. Irgendwie hatte er genauso geschaut wie der schwarze Reiter, es war der gleiche Blick: neugierig und hoffnungsvoll. Nur die Gier, die sich bei dem Reiter aus Qin wie eine Zunge aus dem Blick gestreckt hatte, zeigte sich im Blick des Hausherren nicht.

Der Ritter beugte sich zu ihr und flüsterte: »Ihr solltet besser schweigen, sonst werdet Ihr entdeckt!«

Sie biss sich auf die Lippen, aber er konnte ja nicht wissen, dass Schweigen etwas war, was ihr sehr schwerfiel. Sie war nicht auf den Mund gefallen, aber manchmal fiel sie über ihr Mundwerk.

»Ja, das – meine ich«, nahm der Hausherr den Faden wieder auf, und seine Stimme klang, als komme sie aus weiter Ferne, von einem weiten Gedankengang zurück: »Ebenso wie man gut sein muss, auch wenn niemand zusieht, hat ein Knappe sich um das Pferd seines Ritters zu kümmern, auch wenn sein Ritter kein Pferd hat – und der Knappe ein großer Schlauberger ist!«

Stille. Keiner sagte ein Wort. Aber auf einmal fing der kleine Pang auf dem Schoß des Ritters zu kichern an, der Ritter stimmte mit einem ziemlich wiehernden Lachen ein, und dann brach alles in schallendes Gelächter aus.

»Aber ganz gleich, ob kleiner oder großer Schlauberger«, klatschte der Hausherr in die Hände und kniff dem kleinen Pang in die Wange, »es wird Zeit, schlafen zu gehen!«

Man sollte nicht glauben, wie schnell seine Söhne verschwunden waren. Wenn Anja daran dachte, wie sie die Zeit immer wieder in die Länge gezogen hatte, wenn sie ins Bett sollte, dann ging das hier aber schwer reibungslos. Was allerdings daran liegen mochte, dass der Chef des Hauses nicht die Kinder ins Bett jagte und sich selbst das nächste Bier holte (sozusagen), sondern ebenfalls aufstand und sich zurückzog. Langsam bekam sie eine Idee, was das mit den Namen und mit den Zuständigkeiten sollte.

In null Komma nichts war sie mit dem Ritter allein. Sie lachte immer noch und meinte: »Herr Ritter, Herr Ritter, und ich dachte schon, er meint es ernst!«

»Was?«

»Das mit dem Pferd. Dass der Knappe sich um das Pferd seines Ritters kümmern muss, auch wenn der gar kein Pferd hat.«

»Das *hat* er ernst gemeint! Sehr ernst sogar!«

»Aber das ist doch –!«

Sie hätte gern plemplem oder meschugge gesagt, hörte aber von Ferne schon wieder dieses Napf-Geräusch, bremste sich und wiederholte: »Das hat doch mit der Wirklichkeit nichts zu tun! Das ist doch absurd!«

Der Ritter schien zu spüren, was sie dachte.

»Ja, das ist doch ...!«, echote er. »Aber die ›Weichen‹, wie die Anhänger von Konfuzius sich nennen, glauben das. Es geht ihnen nicht um eine Wahrheit, wie Ihr, Herr Knappe, sie wohl versteht. Wenn sich jemand als Ritter verhält und als Ritter anerkannt wird, dann hat er auch ein Pferd, versteht Ihr? Das heißt, er wird behandelt, als habe er ein Pferd. Man stellt ihm einen Stall zur Verfügung, Hafer und Wasser. Das ist genauso«, dabei sah er sie streng an, »wie bei einem Knappen. Solange er als Knappe behandelt wird und sich wie ein Knappe aufführt, solange *ist* er auch ein Knappe«, er schaute sie noch genauer an, »selbst wenn er zum Beispiel ein Mädchen wäre!«

Sie wurde sofort puterrot, was sie immer sehr ärgerte, wenn es passierte, was man aber wegen der dicken Staubschicht, die ihr Gesicht verdeckte und für die ihr Ritter ja eigenhändig gesorgt hatte, Gott sei Dank nicht sehen konnte.

»Aber Ihr«, lenkte sie ab, »Ihr glaubt daran doch gar nicht! Oder irre ich mich da?«

»Ihr irrt Euch nicht, *Herr*«, das Wort betonte er sehr ziemlich seltsam, »Knappe. Aber man verhält sich im Staat Lu...«

»... am besten wie einer aus Lu!«, vollendete sie den Satz.

Ihr Ritter lachte: »Ja, Ihr habt es ziemlich sehr erfasst, ach-je! Aber es gibt dafür noch einen anderen Grund!« Er schaute sie bedeutungsvoll an, zog sich den linken Schnurrbart lang und sagte: »Was wisst ihr zum Beispiel über Worte?«

Das war eine überraschende Wendung. Was sollte sie über Worte wissen? Außerdem musste sie dringend mal wohin.

Der Gelbe vom Ei nickte: »Kommt, ich zeige es Euch! Ich könnte auch ...«

Anja wurde es kalt und heiß. Das ging nicht. Das ging ganz und gar nicht! Nicht dass sie übermäßig prüde gewesen wäre, aber das ging nicht, alles würde auffliegen! Sie sah sich schon mit den anderen Frauen und Mädchen in der Küche sitzen.

Aber was sollte sie tun? Ihr Ritter zog schon seinen schmalen Brustpanzer mit den gelben Litzen und sein langes Obergewand über den Kopf. Wie immer, wenn es eng wurde, wusste ihr Mund, auf den sie nicht gefallen war, ihr aus der Patsche zu helfen. Oft genug war er schneller als ihr Kopf.

Sie hörte ihren Mund also einen konfuzianischen Zweifel äußern und sagen: »Ob das in Ordnung geht?«

Verdutzt hielt der Ritter, der mit dem Arm schon aus dem Gewand war, inne: »Achje, ich wusste es«, stöhnte er komisch, »ob *was* geht?«

»Dass ein Ritter mit seinem Knappen ... ich meine, im Staat Lu, wo man sich ja am besten wie einer von Lu...?!«

»Dass ein Ritter mit seinem Knappen ...?«, wiederholte der Gelbe noch immer verdutzt. »Achje! Jetzt verstehe ich, was Ihr meint! Nein, das geht allerdings nicht! Wo habe ich nur meinen Kopf? Das wäre sehr ziemlich danebengegangen! Einen Ritter soll man nicht mit seinem Knappen auf dem gleichen Ort, schon gar nicht Örtchen ertappen! Achje! Das ist zwar nicht vom großen Weisen, aber es ist in seinem Sinne. Geht Ihr zu Weißhuf in den Stall, denn was gut ist für ein Ritterpferd, ist auch eines Knappen wert! Dann könnt ihr Weißhuf auch tränken, füttern und striegeln!« Er lächelte. »Ein Knappe verhält sich am Besten wie ein Knappe! Achje! Und ich füge hinzu«, fügte er hinzu, »das gilt nicht nur in Lu und nicht nur, wenn der Ritter ein Pferd hat! Sehr ziemlich seltsam. Dort könnt Ihr auch schlafen.«

Sie wandte sich schon zur Tür, als er sagte: »Knappe! Ihr macht das nicht schlecht, das mit den Worten. Ihr könnt damit umgehen. Wisst Ihr, die Weichen sind nicht dumm. Worte haben es an sich, dass sie oft nicht wahr sind und trotzdem stimmen. Deshalb ist es ihnen gleichgültig, ob die Worte wahr sind, Hauptsache, sie stimmen, versteht Ihr? Aber genug jetzt! Morgen mehr!«

*

Ein kalter grauer Hauch wehte durch den Hof: »Mord, Mord«, flüsterte der Wind durch das Laub.

»Wenn er tot ist, wird das Reich Qin in Unruhe versetzt. Es wird Streit geben um die Nachfolge. Die Generäle und die Heere werden ohne Kopf sein und sich verwirren. *Dann* bilden wir mit den anderen Reichen eine Allianz, und *dann* werden wir die Wolfshöhle ausräuchern und Qin ein für allemal schlagen, aber erst *dann*. Danach verlangt es mein Herz, mehr als nach allem anderen. Aber wer ist stark genug, diesen Plan durchzuführen? Wer ist bereit, sein Leben aufs Spiel zu setzen? Unser Reich hängt vom Gelingen dieses Planes ab, aber ich kann ihn nicht ausführen, mir fehlt dazu das Geschick. Außerdem kennt mich der Wolf, und er vertraut mir nicht. Die Zeit drängt, Unsere Späher teilen Uns mit, dass die große Heerschau des Wolfs bald stattfinden wird.«

Dunkelheit fiel in den Hof. Der Prinz ging schweigend nach drinnen. Jing Ke folgte ihm und sagte ebenfalls kein Wort. Als er wieder Platz genommen hatte, verbeugte sich der Prinz bis auf den Boden.

Jing Ke wusste nun, was er von ihm wollte. Er überlegte. Ihm war das Reich Yan gleichgültig, ihm waren alle diese Prinzen und Könige, denen es an der alten Kraft fehlte, gleichgültig. Auch der Prinz von Yan dachte an sich zuerst.

Aber auch das war gleichgültig.

Es ging um ihn selbst.

Es ging um Jing Ke.

Es ging darum, was *er* tun wollte. Und es ging darum, was er in seinem Leben noch tun *konnte*. Das Leben eines Ritters war seine Ehre. Der Weise sagte: »Der Edle hasst es, die Welt zu verlassen, ohne dass sein Name genannt wird.«

Wenn der Menschenwolf alles unter dem Himmel in seine Gewalt brachte, würde das Zeitalter der Ritter beendet sein. Es würde nicht wiederkehren. Sie würden ersetzt werden, von

Beamten! Er würde nur noch ein Schatten sein. Ein Schatten, wie sie an den Häusern entlanghuschten, wenn die Lampions sich im Wind bewegten. Ein Schatten würde er sein, ein Gespenst.

Er konnte versuchen, ihn zu töten. IHN. An den Versuch allein würde man sich erinnern, bis die Welt zu Ende ging oder bis der grausame Herrscher alle Erinnerung vernichtete. Aber das würde auch ihm nicht gelingen. Es gab keine absolute Macht auf dieser Welt. Man würde sich erinnern. Selbst wenn das Attentat misslang. Man würde sich erinnern!

Deshalb willigte er ein.

Was geschehen würde, wenn das Attentat gelang, daran dachte er nicht. Es war seltsam. Und es war seltsam, wie die Lust am Leben stieg, sobald man dem eigenen Tod entgegensah!

Als er einwilligte, war der Prinz so erleichtert, dass er Jing Ke mit Gunstbezeugungen nur so überschüttete. Er verlieh ihm ein hohes Ministeramt, er schenkte ihm ein wunderschönes Haus mit geschwungenen Dächern, mit einem Diener für jeden Raum und mit allem, was das Herz begehrte. Es war wie im Märchen.

Jeden Tag erschien der Prinz bei ihm, verwöhnte ihn mit allerlei Leckerbissen, fuhr in wunderschönen Kutschen mit ihm aus, und sie lauschten dem zarten Leierspiel der Palastmädchen, die er geschickt hatte. Auch in dieser Hinsicht hatte Jing Ke alles, was er sich je erträumt hatte, und auch noch einiges mehr, wovon er nie zu träumen gewagt hätte. Jing Ke entdeckte eine weiche, verwöhnbare Seite an sich, die er noch gar nicht kannte. Und er erkannte, dass es schwer war, als Prinz und Minister auf dem rechten Weg zu bleiben.

Manchmal stand sein Schwert tagelang in der Ecke, er vernachlässigte seine Schwert- und Kampfübungen, die ihm zuvor so unentbehrlich waren, dass er sich unwohl fühlte, wenn er sie auch nur einen einzigen Tag ausließ. Die Tage vergingen im Rausch und im Nu.

Aber etwas im Herbstherzen des Ritters löste sich in diesem Wohlleben nicht auf. Da war etwas, an das die Anmut der Mädchen, die Schönheit der Gewänder, die Musik, der Gesang und auch der Hirseschnaps nicht rühren konnten. Dieses Etwas lag tief in ihm verborgen und wartete. Es hatte schon immer gewartet. Er war ein Ritter der alten Zeit. Er hatte viele Meister gekannt, und die Schüler der alten und ganz alten Meister hatten ihn gelehrt. Vieles war noch nicht aufgeschrieben, vieles wurde mündlich weitergegeben. Vieles davon war in sein Herz gefallen wie in einen guten Boden und war aufgegangen.

Ein Teil dessen, was die Alten gelehrt hatten, war das Warten. Die Geduld. Aber nicht einfach so. Sondern wegen der Entscheidungen. Entscheidungen waren wie Äpfel. Sie fielen. Darin überließ er sich dem Dao. Er fällte keine Entscheidungen. Er griff nicht ein, er handelte, wenn die Zeit gekommen war. Er wartete, bis die Entscheidung reif war. Und fiel. Wie ein Apfel vom Baum.

Eines Tages kam der Prinz früher als gewöhnlich. Er brachte schlechte Nachricht: Die Truppen von Qin hatten das Reich Zhao überrannt und seinen König gefangengesetzt.

Der Prinz war außer sich.

Jing Ke ging zu seinem Schwert, das in der Ecke seines Schlafgemachs stand, und gürtete es um.

»Damit ist die Entscheidung gefallen«, sagte er und legte die Hand auf den Knauf des Schwertes, »ich werde in die Wolfshöhle gehen, und ich werde ihn töten. Aber Ihr müsst mir helfen! Ihr kennt den Wolf. Er ist, wie man erzählt, sehr misstrauisch und lässt niemanden an sich heran. Schon gar nicht bewaffnet. Und Fremde zweimal nicht. Was könnt Ihr mir mitgeben, dass er mich überhaupt empfängt? Was könnte ihn so gierig machen, dass er seine Vorsicht vergisst?«

Das brachte den Prinzen von Yan in Verlegenheit. Er wusste nichts, was den Wolf hätte reizen können. Er hatte alles, wie man so schön sagte. Ja, er besaß mehr Reichtümer, als ganz Yan aufbringen konnte. Der Prinz sah Jing Ke an und merkte, dass in dessen Augen eine Antwort lag.

»Ihr müsst Euren guten Willen zeigen«, ging er auf die schweigende Frage des Prinzen ein, »Ihr müsst ihm etwas geben, das für ihn von Wert ist!«

»Was könnte das sein?«

»Habt Ihr mir nicht erzählt, dass Ihr General Fan aus dem Reich Qin bei Euch aufgenommen habt?«

»Ja, aber ...«

»Gebt mir seinen Kopf! Wenn ich dem Wolf den Kopf seines abtrünnigen Generals bringe, wird er mich vorlassen. Das ist der einzige Weg«, sagte Jing Ke entschieden.

»Aber ich habe General Fan Zuflucht gewährt, er hat sich meiner Obhut und meinem Wort anvertraut, ich kann ihn jetzt nicht verraten! Das wäre gegen alle Tradition und gegen alles, wofür die Alten standen! Ihr müsst etwas anderes finden!« Der Prinz war empört.

»Um die alte Zeit zu retten, müssen wir sie vielleicht verraten«, entgegnete Jing Ke nachdenklich. Es war ein neuer, tragischer Gedanke für ihn. Die alte Zeit würde untergehen, so oder so. Selbst diejenigen, die sie erhalten wollten, würden sie zerstören müssen, um sie zu retten. Aber er sah, dass der Prinz war wie alle Prinzen, weich und ohne die alte Kraft. Er würde selbst zu General Fan gehen. Vielleicht war er noch einen Schwerthieb wert.

*

Wie sich herausstellen sollte, war General Fan tatsächlich noch einen Schwerthieb wert.

»Der König von Qin war grausam zu Euch«, begann Jing Ke, als er vor dem General stand, »Eure Eltern, Eure Verwandten hat er dem Henker überantwortet. Und jetzt höre ich, dass er auf Euren Kopf ein Kopfgeld ausgesetzt hat, Gold mit dem Gewicht von zehntausend Pfundsteinen und ein Lehen von zehntausend Familien. Was sagt Ihr dazu?«

Der General rollte mit den Augen, schaute zum Himmel auf, und Tränen sprangen ihm aus den Augen: »Der Gedanke allein macht mich rasend, der Hass verbrennt mich!«, zischte er. »Ich bestehe nur noch aus dem Gedanken an Rache! Aber ich bin hier, in Yan, wie soll ich mich von hier aus am König von Qin rächen?« So jäh er hochgefahren war, so resigniert ließ er jetzt Arme und Kopf hängen. Er setzte sich seufzend.

»Ich habe einen Plan«, sagte Jing Ke, »einen Plan, der Ungemach von Yan abwehrt und gleichzeitig Eurer Rache einen Weg eröffnet.«

General Fan richtete sich auf: »Sprecht!«

Jing Ke schaute ihm mit unbewegter Miene in die Augen: »Ich brauche Euren Kopf!« Das sagte er so leichthin, als handele es sich um eine Schale Tee. »Wenn ich ihm Euren Kopf bringe, in seinen Augen den Kopf eines Verräters, wird mich der König von Qin mit Freuden empfangen. Und wenn ich auf den Knien Euren Kopf überreiche, ergreife ich mit meiner Linken seinen Arm und mit der Rechten jage ich ihm diesen Dolch ins Herz.«

Mit diesen Worten schlug er mit einer raschen Armbewegung seinen weiten Ärmel zurück, und in seiner Hand glänzte die Schneide eines Dolches. Er war beidseitig geschliffen und so scharf, dass selbst das Licht sich an ihm schnitt und sein Blut in den Farben des Regenbogens an ihm hinablief.

»Das ist Königsdorn«, sagte er, »er wird nicht fehlgehen. Und wenn er nicht fehlgeht, wärt Ihr und Eure Familie gerächt, der Prinz könnte eine alte Rechnung begleichen, und die alte Ordnung wäre gerettet. Drei Fliegen mit einer Klappe.«

Als die Entscheidung gefallen war, hatte er von den alten Schmieden von Yan für hundert Goldstücke Königsdorn schmieden lassen. Er war tausendmal durch die Glut gegangen, tausendmal geschmolzen und tausendmal wieder und wieder gefaltet und gefaltet, in immer neuen Schichten gehämmert und schließlich mehrfach in Gift gehärtet worden. Die geringste Verletzung mit Königsdorn führte augenblicklich zum Tod.

Der General sah zunächst ungläubig vom schimmernden Dolch zur schwarzen Glut in den Augen Jing Kes, es dauerte eine Weile, bis der Gedanke bei ihm Eingang fand. Aber dann sagte er mit kalter Entschlossenheit: »Wie viele Nächte habe ich mir das Hirn zermartert, wie viele Tage hat mich der Hass verzehrt, jetzt weiß ich, was ich tun kann. Ich danke Euch!«

Als der Prinz von diesen Vorgängen erfuhr, war alles bereits geschehen. Er stürzte sich laut wehklagend über den Leichnam von General Fan, aber er konnte nichts mehr tun. Wäre er ein Prinz der alten Zeit gewesen, er hätte das böse Spiel auch jetzt noch aufhalten und seinen Gastfreund in Würde begraben können. Aber er konnte der Versuchung nicht widerstehen. Also versiegelte er das Haupt des Generals in einer mit roter Seide ausgeschlagenen Schatulle.

*

Aber Jing Ke wollte noch warten.

Dem Prinzen sagte er, er warte auf einen Freund, der ihn begleiten sollte. Aber in Wirklichkeit wartete er, bis die Zeit reif war, so reif, dass die Entscheidung fiel.

Prinz Dan bekam täglich Meldung über das Vorrücken der Qin-Truppen und verlor langsam die Nerven. Er suchte für

Jing Ke den gefährlichsten jungen Burschen als Begleiter aus, den er in seinem Reich finden konnte. Er war noch ein Junge, gerade dreizehn Jahre alt. Aber er war ein Mörder und hatte einen so grausamen und kalten Blick, dass jedem das Herz gefror, in den das eisige Licht seiner Augen drang.

»Wenn Ihr nicht aufbrecht, wenn Euch der Mut verlassen hat, schicke ich diesen Jungen an Eurer Stelle!«, stellte der Prinz ihn vor die letzte Wahl.

»Warum einen Jungen in den Tod schicken? Warum ein Leben vergeuden?«, entgegnete Jing Ke ruhig.

Die Entscheidung war gefallen. Jetzt war er innerlich völlig ruhig. Sein Herz war ein See, auf dessen Grund ein Schwert ruhte und auf dessen Wellen tausend Dolche blinkten. Seit die Entscheidung gefallen war, bewegte er sich nicht mehr in dieser Welt. Er wandelte bereits in den Gefilden der Sagen, der Erzählungen und der Geschichte vom Frühling und Herbst der Völker. Was er jetzt tun würde, würde erzählt und wiedererzählt werden, bis zum Ende, bis zur letzten der großen Wandlungen. Er wusste das, und sein Herz schaute schon voraus auf die gläsernen Wiesen der Unsterblichkeit.

»Warum diese Hast? Was geschehen wird, wird geschehen, Ihr könnt es nicht beschleunigen, Ihr könnt es nicht aufhalten. Es wird Tag, es wird Nacht, der Herbst kommt, der Winter kommt, Ihr könnt es nicht beschleunigen, und Ihr könnt es nicht aufhalten«, sagte er aus weiter Ferne. »Ich fordere Qin heraus, ich allein, Ritter Herbstherz allein fordert das mächtige Qin heraus, mit nichts in der Hand als einem Dolch.«

Noch am selben Tag brach er auf.

Der Prinz von Yan und die wenigen in den Plan eingeweihten Gefolgsleute geleiteten ihn zum Fluss Yi, wo sie dem Gott der Straßen und der Reisenden ein Opfer brachten. Sie waren in weiße Klagegewänder gehüllt. Gao, Jing Kes Freund, schlug die Zhu, und er selbst sang noch einmal das schmerzliche Lied vom Marktplatz – es klang wie das Echo einer vergangenen oder einer zukünftigen Zeit:

»Des Einhorns Horn, des Einhorns Horn
Königs Zeichen, Königs Dorn
Des Einhorns Horn, des Einhorns Horn«

Bei der Zeile »Königs Zeichen, Königs Dorn« hielt er Königsdorn in die Höhe und sagte: »Schaut, das ist Königsdorn!« Der Dolch strahlte wie ein Stern. »Er wird erst wieder das Licht des Tages sehen, wenn er sein Ziel erreicht hat: das Herz des Wolfes!«

Das Licht, das von Königsdorn ausging, färbte sich rot und erlosch. Jing Ke ließ den Arm sinken. Alle, die seinen Gesang gehört und ihn sprechen gesehen hatten, weinten. Aber sie erreichten ihn nicht mehr.

Er war bereits in einer anderen Welt, in der es nur noch ihn und den Wolf gab.

Noch einmal erhob er die Stimme für ein Lied, das seither nicht aufgehört hat, von den Bergen der Jahrhunderte und Jahrtausende widerzuklingen:

»Der Wind, er weht
Kalt ist der Yi
Der Held, er geht
Heim kehrt er nie.«

Damit bestieg er seinen Wagen und verließ Yan. Er sollte nicht wiederkommen.

*

Als Anja in den Stall kam, stellte sie fest, dass er leer war, obwohl sie hätte schwören können, dass sie von draußen ein Wiehern und Hufescharren gehört hatte. So weit war es schon!

Sie setzte sich ins Stroh, das in der hintersten Ecke auf dem Boden lag, und wusste nicht, ob sie lachen oder weinen sollte. Das war doch alles gar nicht wahr. Nein, die Geschichte, in die sie da hineingeraten war, war nicht wahr! Aber wenn sie sich in den Arm kniff, was sie jetzt tat, musste sie feststellen, dass, wie ihr Gelber Ritter und die Weichen gesagt hätten, die Geschichte vielleicht nicht wahr war, aber stimmte. Leider! Und doch war sie unglaublich fasziniert davon und wollte eigentlich nicht wirklich weg. Zumindest noch nicht.

Sie saß in einem leeren Stall und achtete auf ein Pferd, das es nicht gab, sie war Knappe eines Ritters in einer Gegend, die China war, es aber nicht wusste. Und jetzt, wo sie zum ersten Mal allein war, hatte sie Heimweh und Angst und Angst und Heimweh vor all diesem Fremden, dieser fremden Welt, die so voll von Geschichte war und Geschichten, von Vorstellungen und Gedanken und Kämpfen um irgendwelche Vorstellungen und Ideen, die ihr fremd waren, und von Gefahren, die ihr genauso fremd und unbekannt waren.

Was hatte sie mit all dem zu tun?

Sie saß da und tat sich leid.

Ein bisschen.

Denn eigentlich war sie nicht so.

Eine schwarze Woge von Verlassenheit brandete gegen die Deiche ihres Herzens, überspülte sie, und dieses Mal lief auch ein wenig davon aus den Augen hinaus.

Aber da geschah etwas Seltsames: Sie trat aus sich heraus. Sie trat aus sich heraus! Sie sah sich von außen, genauer: von links oben hinten. Sie sah sich von links oben hinten und schaute entgeistert auf ihre Erlebnisse seit der Abfahrt von zu Hause, seit dem Abflug in Frankfurt, der Landung in Peking, dem Absturz des Sportfliegers, dem Fallschirmsprung mit Lu Dao (wo mochte er abgeblieben sein?), sie sah die seltsame Höhle und die noch seltsameren Erscheinungen, die sie dort gehabt hatte, ihre Begegnung mit dem Ritter Gelber vom Ei, ihre von zu Hause aus gesehen vollkommen unwahrscheinlichen Lektionen in den Lebensvorstellungen der Weichen und – sie musste lachen!

Sie lachte sogar ziemlich sehr heftig, wie der Ritter Gelber vom Ei gesagt hätte, so heftig, dass sie die Stimme, die sich im Stall vernehmen ließ, erst gar nicht wahrnahm.

»Soso, haben wir ein Späßchen! Oho, ein Späßchen ist hübsch! Hier bleiben wir! Beim Späßchen, hihi! Wir wollen mitlachen!«

Sie hatte sich ganz tief in die Scheune zurückgezogen, in die hinterste Ecke, wo das Stroh lag, und bei all dem, was sie denken, überlegen und wovor sie Angst haben musste, überhaupt nicht bemerkt, dass jemand den Stall betreten hatte. Was heißt betreten!

Kaum hatte das dicke Männchen, das so gerne ein Späßchen wollte, die Scheune betreten, als es auch schon kehrtmachte und durch die Tür im Scheunentor nach draußen verschwand. Gleich darauf ging das große Tor auf, und das dicke Männchen zog einen gewaltigen, augenscheinlich sehr schweren zweirädrigen Karren mit sehr hohen Wänden an einer langen Deichsel heran.

»Oh, oh«, stöhnte das Männchen, »ich wollte, ich wäre ein Ochse. Oder ich hätte einen, hihi. Aber wenn ich einer wäre, dann hätte ich auch einen, klaromingbai!? Oder ich hätte und wäre ein Pferdchen. Aber Pferdchen sind rar. Es herrscht Chaos im Land. Jaja, Pferdchen sind rar. Muss mein Geldchen selber ziehen und schleppen. Kein Geldchen, schwere Tage, viel Geldchen, schlimme Plage! Jaja. Nur wer reich ist, weiß, wie sehr ich leide, hihi!«

Das dicke Männchen trug um den Hals lange Schnüre, an denen Gegenstände baumelten, die im Licht der Stalllaterne, die es in der Hand hielt, bronzen schimmerten und schepperten wie Besteck im Besteckfach, wann immer es sich bewegte. Als es näher kam, konnte Anja erkennen, dass diese Dinge die Form von langen stumpfen Messern und kleinen Spaten hatten.

»Was habt Ihr denn da um den Hals?«, fragte Anja neugierig.

Das dicke Männchen schaute sie an: »Na, was schon? Das ist Geldchen! Spatengeldchen aus dem Reich Qi, hihi. Und das«, es nahm einen der messerförmigen Gegenstände in die Hand, »das ist Messergeldchen, das ist gültig in vielen Reichen, richtig internationale Währung das, aber schwer! Und das hier, hihi, das sind Ameisennasen, hihi«, er zog eine Kette mit Kaurimuscheln durch die Hand, »Ameisennasen aus dem Süden, aus Chu. Die heißen wirklich so, hihi, sind halt noch sehr rückständig in Chu«, das Männchen seufzte, »achja, der Süden!« Dabei verdrehte es die Augen: »Im Süden ist es immer warmchen, da muss man nicht für das Winterchen sorgen, weil es kein Winterchen gibt, hihi. Wo man geht und steht und setzt, im Süden ist Immerhier und Immerjetzt.

Im Norden, oh, da geht das nicht, neinneinchen, wenn da die Sonne scheint, da kann man sich nicht einfach setzen, stellen, legen. Ohneinchen! Da muss man die Zeit nutzen, weil der Grimme kommt, Weißbart Winter kommt, der Heulefürst, und Vorrat schaffen in den Kammern, sonst gibt es Nagelbiss und Magenjammern ... Aber der Süden!«

Das Männchen war stehen geblieben, an sie herangetreten und hüpfte zweimal in die Höhe, um die Geldschnüre, die ihm um Hals, Brust und Bauch gingen und hingen, noch einmal richtig scheppern zu lassen.

»Jaja, mein Geldchen. Die letzte Erfindung ist das nicht! Nein und Neinchen. Der ganze Karren, mein Herr«, er verbeugte sich übertrieben, »der ganze Karren ist voller Geldchen. Schöne Sache, so ein Haufen Geldchen. Aber schwer, sehr schwer und schleppig, wenn ich so sagen darf, sehr schwer und schleppig.«

Das schwer behangene Männchen hielt die Laterne hoch, blinzelte Anja an und fuhr mit hoch erhobener Stimme fort: »Ich bin *schwer* reich! Im wahrsten Worte des Sinnes! Hihi, ein Späßchen, ein Wortspiel! Ich mag Spielchen! Vor allem Wortspielchen! Wortverdreher!«

Anja war ganz fasziniert von diesem Auftritt und sagte nur: »Das merkt man!«

Das Männchen tippelte zu seinem gut zwei Meter hohen Karren zurück, stieg auf die Deichsel, beugte sich über die hohe Vorderwand des Karrens und plapperte:

»Geldchen, Geldchen,
kaufst du mir ein Wäldchen,
kaufst du mir ein Feldchen,
erobre mir ein Weltchen,
denn ich bin kein Heldchen,
Geldchen, Geldchen …

Hihi, noch alles da.«

Damit sprang das Männchen kleppernd und scheppernd, aber sehr behände von der Deichsel, tippelte auf Anja zu, zog sich die Hosen bis unter die Arme über den Bauch und sagte mit ernster Stimme: »Wo liegt das Problem?!«, und ließ sich rückwärts auf den Hintern ins Stroh plumpsen.

Da saß es nun. Flopp! Wie ein Stück Knete, das auf den Boden fällt und sich nicht mehr von der Stelle rührt. So saß das Männchen da und rührte sich nicht mehr. Die Beine von sich gestreckt, die Hände auf den Oberschenkeln, schaute es vor sich hin.

Nach einer Weile sprang es plötzlich wieder kleppernd und scheppernd auf die Füße, hastete zu seinem Karren, sprang auf die Deichsel und singsangte: »Ach, Geldchen! Schöner Dreck! Behalt es gut im Auge, sonst ist das Geldchen weg!«

Das wiederholte sich ein paar Male, wobei das Männchen immer andere drollige Verse von sich gab, wenn es sich vergewisserte, dass sein »Geldchen« noch da war.

Der Auftritt war so seltsam, dass Anja ihre Sorgen und ihre Angst und ihr Heimweh und alles vergaß. Jedenfalls beinahe. So seltsam war der Auftritt!

Gerade stand das Männchen wieder vor ihr. Doch diesmal ließ es sich nicht sofort knetemäßig ins Stroh fallen, sondern beugte sich zu ihr herab, schaute ihr, wobei es den Kopf hin und her wiegte, direkt in die Augen und griff nach ihrem Haar: »Feines Fellchen, das Ihr da habt, meiner Seel! Ist sicher einiges wert. Und nicht so schwer wie mein Geldchen. Wollen wir tauschen?«

Damit zog er an ihrem Haar.

»Autsch!« Sie machte sich los und protestierte: »Ihr spinnt wohl!« Sie schüttelte den Kopf, dass ihr Haar nur so knisterte und funkte.

»Artig! Artig! Aber seid vorsichtig, sonst setzt ihr das Stroh in Brand mit den Funken, die Euer Haar schlägt!« Er hielt inne, mit sperrangelweit offenem Mund: »Das Fellchen ist aber stau..., stau...«, das Männchen hob mit jedem »stau...« den Kopf ein wenig und nieste prustend und mit lautem Getöse: »Stau... big, hihi, wollte ich sagen. Wenn es so staubig ist, müsst Ihr mit dem Preis heruntergehen, hihi!«

»Ich will es gar nicht verkaufen!«, sagte Anja entschieden. Jedenfalls sollte es so klingen.

»Oh, oh! Nicht verkaufen?«, echote das Männchen. »Ihr

seid aber von oben herab! Als Knappe eines armen Ritters soll man nicht so von oben herab sein! Hat kein Pferd und sitzt auf dem hohen Ross! Was sagt man dazu, hihi?«

»Woher wisst Ihr ...« Weiter kam sie nicht.

»Kunststück!«, gab das Männchen zurück und ließ sich wieder neben sie ins Stroh fallen. »Wo sind wir denn hier, wie? Jaja, wir sind im Stall. Ihr sitzt also in einem Stall, so, und seid staubig, noch mal so, wie eine Landstraße. Aber Ihr seid stolz wie ein Truthahn und habt ein so goldenes Fellchen und wollt es nicht verkaufen, das passt nicht zu einem Stallburschen, sondern nur zu einem Knappen! Kaum mehr als logisch!«

»Und wieso meint Ihr, ich sei der Knappe von einem armen Ritter?« Anja fand Spaß an diesem Gespräch.

»Kunststück!«, trompetete es zurück. »Seht Ihr hier etwa ein Pferd? Ihr seht kein Pferd! Seid Ihr ein Pferd? Ihr seid kein Pferd! Eben, hihi. Also seid Ihr der Knappe von einem armen Ritter, klaromingbai!« Er klatschte sich den Staub von den Händen.

»Logisch ist das aber nicht!« Sie konnte es nicht lassen.

»Nö!«, sagte das Männchen gutmütig und ruckelte sich auf seinem Platz im Stroh zurecht. »Logisch ist das nicht, aber es stimmt!«

Und dann war kein Halten mehr. Das Männchen schlug sich auf die Schenkel und lachte sich tot. Und zwischen Schenkelklopfen und dem Rasseln von Messer- und Spaten- und Ameisennasengeld jubelte es immer wieder: »Nö! Logisch ist das nicht! Juhu! Absolut nicht! Sehr klug, der Herr Knappe, klaromingbai, hihi!« Und dann äffte er Anjas Entrüstung nach, als er in ihr »Fellchen« gegriffen hatte: »Aaach, spinnt Ihr? Nö! Absolut nicht!«

Endlich kam er mit einem langgezogenen »Haaaach« wieder zu sich, schaute sie von der Seite an, wobei er sich die Tränen aus den Augen wischte: »Goldfellchen (ab sofort nannte er sie Goldfellchen), Goldfellchen«, kicherte er, »nichts für ungut! Ein Späßchen! Hihi, nur ein Späßchen! Unbezahlbar, so ein Späßchen. Im Ernst, hihi, der Hausherr hat mir gesagt, wer Ihr seid. Also nichts für ungut. Der Hausherr gehört zu den *Weichen*, zu den 儒家 *rujia*. Er will mein Geldchen nicht, ist ein Umsonstmensch, will mein Geldchen nicht. Traurig, traurig, hihi!« Er richtete sich auf, hob den rechten Arm und schrie: »Was es umsonst gibt, kann man nicht kaufen! Sehr interessant das, hihi!« Und dann, in gespielter Entrüstung, zu Anja: »Er will mein Geldchen nicht nehmen! Er verachtet mein Geldchen! Und die Verachtung nennt er Gastfreundschaft! Aber wofür man nicht zahlt, das ist auch nichts wert! Oder?«

Er schaute Anja bei dieser Frage nicht an, und sie wusste nicht, ob er überhaupt eine Antwort erwartete.

Er erwartete keine Antwort, sondern fuhr unbeirrt fort: »Wo das Geld nichts zählt, ist alles umsonst!« Er stutzte, als habe ihn dieser Satz auf einen Gedanken gebracht, rief: »Ich liebe Wortspiele!«, und schlug ihr kräftig und gemütlich auf die Schulter.

Anja schaute von dem Hieb etwas verwackelt, also erklärte er: »Umsonst und umsonst, versteht Ihr nicht, Mann, Knappe und Mitmensch? Wo das Geld nichts zählt, ist alles umsonst. Das heißt: Wo man auf Geld nichts gibt, bekommt man alles geschenkt. Wie bei diesen Weicheiern von Rujia. Hier kann man acht Ameisennasen und fünf Messer auf der Straße verlieren, das hebt kein Mensch auf! Das bleibt liegen! Sagt selbst, was sind denn das für Menschen? Unanständig anständig. Jüngst habe ich sie auf die Probe gestellt und meinen ganzen Karren randvoll mit Geldchen mitten auf der Straße stehen lassen. Und bin abgereist. Nur zum Schein natürlich. In Wirklichkeit habe ich sie von hinter dem Gebüsch her beobachtet. Sie haben mein Geldchen nicht eines Blickes gewürdigt! Einen ganzen Tag und eine ganze Nacht nicht! Ich hätte für ein Jahr weggehen können. Mein armes Geldchen. Sie haben es keines Blickes gewürdigt. Was ist ein Geldchen wert, wenn man dafür nichts kaufen kann? Nichts nämlich, versteht Ihr, Goldfellchen!? Sind gute Menschen hier, schlimm gute Menschen!« Er wandte sich Anja zu und schloss treuherzig: »Bei so guten Menschen fühle ich mich immer ganz schlecht, Knappe, Mann und Mitmensch, hihi, das ist wie mit den Münzen. Wenn ich eine Seite einer Münze in die Sonne halte, liegt die andere im Schatten. Und wie es mit dem Geld ist, ist es auch mit den Worten: Wenn ich gut sage, ist das Böse schon im Raum, auf der anderen Seite des Wortes …«

Den letzten Satz hatte er nur noch geflüstert.

»Licht!«, raunte er und hielt die Stalllaterne hoch. Sofort huschten dunkle Schatten in die Ecken, hinter die Dachbalken, unter den Karren. Und dann raunte er: »Gut!«, und wie das Licht der Stalllaterne schien das Wort Schatten zu werfen, schlechte, böse Schatten. Die Balken stöhnten.

»Wer das Gute setzt, schafft das Böse«, sagte er. »Wenn die Weichen sich besser mit Geld und den beiden Seiten einer Münze auskennen würden, wüssten sie das. Aber sie sind Einseiter, keine Zweiseiter.«

Anja fiel ihre Tiefseichte ein und das Wort Dialektik, das ihr Vater ihr auf ihren Spaß gepappt hatte. »Das könnte von meinem Ritter sein«, fand sie.

»Hihi, ein Späßchen. Es *ist* von Eurem Ritter. Besser, es ist von einem der Dao-Meister, Laozi, dem alten Langohr, in dessen Fußstapfen Euer Ritter herumstolpert. Jedes Ding hat zwei Seiten. Und da Worte auch Dinge sind, haben auch Worte zwei Seiten. Wie Münzen. Die Weichen wollen sich waschen, ohne nass zu werden, könnte man sagen, hihi. Sie wollen nur eine Seite der Medaille, der Worte, der Werte, der Namen. Die mit ihren Tugenden, mit ihrem Edelmut, mit ihrer Etikette. Sie wollen den Schatten nicht sehen, den Schatten der Dinge, den Schatten der Worte.«

»Mir hat das aber schon eingeleuchtet«, widersprach Anja, »was der Herr Frühling-und-Herbst erklärt hat. Wenn alle sich an das System halten, wie ja anscheinend hier in dieser Stadt, dann sind alle glücklich und zufrieden.«

»Eingeleuchtet hat es Euch, hoho, Knappe, Mann und Mitmensch, das ist aber schön hell in Eurem Kopf! Und welches Licht leuchtet da, he? Welches Licht hat Euch da wo hineingeleuchtet? Habt ihr ein Licht im Kopf, das keine Schatten wirft?« Er schwenkte seine Stalllaterne.

»Ich will Euch mal eine Geschichte erzählen, damit Ihr versteht, was ich meine, eine Geschichte, die mir und meinem Geldchen vor langer Zeit widerfahren ist. Also. Wir, mein Geldchen und ich, waren allein und vergnügt auf der Landstraße unterwegs, als wir, hast du nicht gesehen, unter die Räuber fielen. Sie haben sehr gejubelt, als sie die Schnüre um meinen Bauch zählten und in meinen Karren sahen. Abends saßen sie um das Lagerfeuer herum und hielten einen Festschmaus. So war das. Und ich war festgebunden an der Deichsel meines Karrens und musste zusehen. Und wie sie so feiern, lassen sie ihren Räuberhauptmann hochleben, von wegen was er alles kann und was für ein guter Mensch er doch sei. Da hättet Ihr mich sehen sollen, ha!

›Ein guter Mensch?‹, höhnte ich, ›als ob ein Räuberhauptmann so etwas wie ein guter Mensch sein könnte!‹

Es wurde ganz still, als das heraus war.

Da kommt der Räuberhauptmann zu mir herüber, tritt mir auf den Fuß, der, und sagt: ›Aber natürlich! Aber natürlich kann ein Räuber ein guter Mensch sein, so viel wie alle Weichen und Konfuziusse zusammen.‹

›Von wegen!‹, zische ich ihn an, und er geht und geht nicht von meinem Fuß herunter.

›Ja, von wegen!‹, gibt er zurück. ›Ich raube, damit ich Vater und Mutter ernähren kann, das ist meine Pflicht als Sohn. Ich sehe darauf, dass meine Kumpane keinen Schaden nehmen, das ist meine Fürsorge. Ich beraube nur Fett- und Geldsäcke wie Euch, das ist meine Gerechtigkeit. Und – ich teile brüderlich mit meinen Leuten, das ist meine Menschlichkeit.‹

Seine Kumpane lachten und johlten, er sei ein Wohltäter der Menschheit. ›Das will ich meinen!‹, höhnte er, ›Konfuzius wäre zufrieden mit mir!‹«

»Und wie seid Ihr da wieder herausgekommen?«, wollte Anja wissen.

»Herausgekommen, hihi? Ja, das ist eine andere Geschichte. Geldchen«, sagte er, »herausgeholfen hat mir mein Geldchen?! Ich habe viele Karren Geldchen, und ich habe ein Lösegeld bezahlt. Ich habe nach Eurem Ritter schicken lassen, er hat es für mich gebracht. Viel Geldchen. Und als sie uns trotzdem ans Leder wollten, hat Euer Ritter Gelber vom Ei sich in einen Gelben Ritter verwandelt – wusstet Ihr, dass er sich verwandeln kann? Und der Gelbe Ritter kann ungemütlich werden, sehr ungemütlich sogar! Und da haben die Kerle es vorgezogen, sich aus dem Staub zu machen. Mit drei Karren von meinem Geldchen!«

»Aber recht hatte der Räuberhauptmann nicht«, kam Anja auf seine Geschichte zurück.

»Nein?«, fragte das Männchen verblüfft.

»Nein! Das ist reine Wortverdreherei! Denn wenn die Ansicht des Räuberhauptmanns Schule machen würde, dann würden auch seine Eltern bestohlen, weil er nämlich andere Eltern bestiehlt, und dann wäre er kein guter Sohn mehr. Und seine Kumpane würden bestohlen, und überhaupt jeder würde jeden beklauen!«

Sie hatte sich in Rage geredet.

»Sieh mal einer an, hihi. Jetzt redet sich das in Rage, das

Goldfellchen. Ist nicht auf den Mund gefallen, das Goldfellchen, neinneinchen! Schöne Geschichte, die mit dem moralischen Räuber, nicht?«, lachte das Männchen. »Bevor die Welt in Unordnung geriet«, fuhr er fort, »unter den alten Königen der alten Zeit, waren die Weisen noch Ritter und hatten etwas Anständigeres zu tun, als weise zu sein. Sie waren Ritter. Die Knappen«, er zeigte vergnügt auf Anja, »die Knappen kümmerten sich um die Pferde, die sie damals tatsächlich noch besaßen, die Ritter um die Ritterlichkeit, die Ehre und den Schreibkram, der anfiel. Hihi«, er hatte einen Einfall, »ich habe einen Einfall! Man könnte sagen: Ein Weiser ist ein Ritter ohne reitbaren Untersatz! Hihi! Sehr schön! Aber dann«, er wurde wieder ernst, »dann kam das Eisen, und das Eisen war hart, viel härter als die Waffen aus Bronze. Mit einem Schwert aus Bronze konnte man nicht so oft zuhauen. Zwei, drei Mal, dann musste man es wieder geradebiegen. In der Schlacht waren die Ritter die meiste Zeit mit dem Geradebiegen ihrer Schwerter beschäftigt. Und in der Zeit, in der sie die Schwerter geradebogen, in der Zeit hielten sie ein Schwätzchen, alle zusammen, Freunde und Feinde, Katz und Maus, hihi. So lernte man sich kennen, und es wurde einfach, sich zu verständigen und Frieden zu schließen. Schwerter aus Eisen und Stahl sind nicht zu verbiegen, die bleiben gerade, damit kann man stundenlang aufeinander einhauen. Viel zu haltbar, kein gutes Geschäft. Was nicht kaputtgeht, ist kein gutes Geschäft. Ja, und geredet wurde auch nicht mehr. Nur noch gehauen. Damit fing die Zeit der Kämpfenden Reiche an. Und dann kamen die großen Heere, zu Fuß wie die Ameisen – oder Flöhe, hihi, Ameisenflöhe. Und immer drauf, bis sich nichts mehr rührte. Nicht schön das! Und alles waren Fußsoldaten. Die Fußsoldaten waren Fußsoldaten, auch wenn sie auf Pferden saßen, wenn Ihr versteht, was ich meine, sie waren keine Ritter mehr, nicht mehr komisch, nicht mehr ehrenkäsig und ohne krumme

Schwerter, sondern Gemeine, Söldner, bezahlte Kämpfer und Krieger. Das Reich zerfiel. In einzelne Reiche, die seit fast dreihundert Jahren um die Vorherrschaft kämpfen. Und die Ritter sind arbeits- und pferdelos, hihi.«

Anja fand den Gedanken seltsam, sich den Ritter Gelber vom Ei als Arbeitslosen vorzustellen.

»Und als sie arbeitslos waren«, erzählte das Männchen weiter, »als sie arbeitslos waren, wurden aus ihren Pferden Steckenpferde, hihi, ein Wortspielchen, und das Wort für ›Ritter‹ bedeutete auf einmal ›Gelehrter‹, man kann auch sagen ›Spezialist‹. Und so ritten sie zu Fuß auf ihren Steckenpferden von Hof zu Hof, um dort als Spezialisten und Berater für Etikette, für Kriegsführung, für Staatsführung und für Geschichte eine Anstellung zu suchen und ein Amt zu ergattern. Manche hatten Erfolg. Andere hatten keinen. So. Und manche, vor allem die Erfolglosen, sammelten Schüler um sich und wurden Weltverbesserer und ließen sich Heilige nennen. Hihi, Konfuzius war einer von ihnen, das Schlitzohr! Aber sie haben ein Problem, sie binden sich an Worte. Sie tragen ihre Worte um den Hals und um den Bauch wie ich mein Geldchen. Worte und Geldchen haben viel gemeinsam! Und wenn man sich an sein Wort gebunden fühlt, dann ist man natürlich nicht sehr beweglich. Worte können schwerer sein als Geldchen, hihi.«

»Aber seine Lehre, die von Konfuzius, meine ich, scheint ziemlichen Erfolg zu haben?«, vermutete Anja.

Ohne dass die beiden es bemerkt hatten, war jetzt der Herr des Hauses in die Scheune getreten, oder hatte er ihnen schon eine Weile zugehört? Offenbar: »Ich wollte, bevor ich mich zur Ruhe begebe«, er verneigte sich, »nur nachsehen, ob Ihr noch etwas benötigt, und da finde ich Euch mitten in einer Diskussion! Meinherr Geldchen, ich kann Euch und Euren Karren ja einmal den Räubern überlassen. Wie wäre das? Hinaus in die Nacht, auf die finstere und dunkle Landstraße ...« Und um seinen Worten noch größeren Nachdruck zu verleihen, fügte er hinzu: »Der Gelbe Ritter und sein Knappe sind einem schwarzen Reiter begegnet, einem schwarzen Reiter von Qin!«

Die Stalllaterne flackerte, die Dachbalken stöhnten wie zuvor unter dem Wort »böse«. Ein kühler Luftzug ließ Anja frösteln. Meinherr Geldchen. So also hieß das seltsame Männchen. Meinherr Geldchen rief: »Himmel bewahre!«, und schlug beide Hände vor den Mund. Mit drei Sätzen war er bei seiner Karre, sprang hinauf und rief: »Wir schlafen bei unserem Geldchen, mein Herr!«

Der Hausherr verneigte sich noch einmal und verließ seine Scheune, nachdem Anja ihm zu verstehen gegeben hatte, dass auch sie nichts mehr benötigte.

»Das Gute«, sagte er beim Hinausgehen, »ist das Licht, das das Böse vertreibt, denn es versammelt die Menschen um sich wie Fliegen.«

»Oder Flöhe«, dachte Anja.

Der Hausherr hatte die Tür kaum hinter sich zugezogen, als Meinherr Geldchen schon wieder neben ihr ins Stroh sackte. Sie gähnte. Sie gähnte so sehr, dass sie keine Hand vor den Mund nahm. Und wie sie den Mund so aufriss, beugte der Meinherr sich über sie und schaute ihr anerkennend in den Rachen: »Alle Achtung, hihi! Das ist tiefer als die Yangzi-Schluchten!«

Wer schon einmal richtig gegähnt hat, weiß, dass man nicht gähnen kann, wenn einem jemand dabei aus nächster Nähe in den Hals schaut. Anja klappte den Mund zu und verschluckte den Gähner, was sie noch müder machte.

»Sagt einmal, Goldfellchen«, sagte der Meinherr mit einem misstrauischen Blick auf ihren nun geschlossenen Mund, »wo habt Ihr eigentlich Eure Mandeln gelassen?«

»Mandeln?«, sie schluckte.

»Ja, Mandeln. Ihr habt keine Mandeln. Wieso habt Ihr keine Mandeln?«

»Verkauft«, sagte sie, weil ihr nichts Besseres einfiel und weil es zur Zeit der Kämpfenden Reiche sicher noch keine Mandeloperationen gab.

»Verkauft? Mit Mandeln handeln? Mit gebrannten Mandeln, was?«, er lachte. »Auch ein Kalauer, warum nicht? Mit einem Kalauer kann man so manchem den Mund stopfen! Vor allem Schlaubergern wie mir, hihi!« Er schaute sie an.

Anja gähnte erneut, aber diesmal mit geschlossenem Mund. »Langkürze und Tiefseichte«, dachte sie, gähnte und war auf einmal selbst für Heimweh zu müde.

»Hihi«, lachte das Männchen, »Ihr seid wahrlich nicht auf den Kopf gefallen, klaromingbaichen. Knappe Goldfell. Neinnein, auf den Kopf gefallen ist er nicht. Ihr zahlt für die Übernachtung hier auch nichts, nehme ich an?«, kam er auf sein erstes Thema zurück.

»Ich habe nicht mal Geld«, antwortete Anja wahrheitsgemäß.

»Ach du grüne Neune!«, staunte das Männchen. »Ach du dunkelgrüne Neune! Dann seid Ihr hier ja richtig, hier bei diesen weichen Umsonstlingen!«

»Ist das denn wirklich alles Geld?« Anja zeigte auf die Gegenstände, die ihm um den Hals hingen und schloss mit einer Handbewegung auch seinen Karren ein.

»Jojo«, kicherte der Meinherr, »alles Geldchen. Alles mein!« Und dann mit erhobenem Zeigefinger: »Geld ist nur gut, wenn es dein ist!«

»Aber das ist doch total unpraktisch! Sein Geld in einem Karren hinter sich herzuziehen und es in Schnüren um den Bauch zu tragen!«

»Findet Ihr, ich habe einen Bauch?« Meinherr Geldchen drückte mit beiden Händen gegen seine Leibesfülle und hielt die Luft an. »Nicht sehr freundlich, mein Herr, hihi.« Er strich sich über seine sehr ziemliche Wölbung. »Aber wo Ihr recht habt … Obwohl, Bauch ist relativ, nicht wahr … Aber mit dem Geldchen habt Ihr recht! Nicht die letzte Erfindung das! Sehr umständlich! Neinneinchen!« Er schaute hilflos und bekümmert an sich herab: »Aber da Ihr nicht von hier zu sein scheint und dauernd recht habt: Habt Ihr eine bessere Idee?«

»Eine bessere Idee?«

»Mit dem Geldchen. Womit transportiert ihr euer Geld?«

»In der Brieftasche!«

»Unsinn, in einer Brieftasche transportiert man Briefe, sonst hieße sie ja Geldtasche!«

»Mein Gott, wieder so ein Uhr-Wort«, dachte sie, »er weiß nicht, was eine Brieftasche ist.«

Sie überlegte.

»Wir tragen unser Geld in der Hosentasche.«

»Juhu!«, jubelte der Meinherr. »Wer spinnt jetzt von uns beiden? Hihi, sagt selbst, Knappe, Mann und Mitmensch! Wie soll ich mir diesen Karren voll Ameisennasen, Messer- und Spatentalern in die Hosentasche schütten? Hihi, das macht mir mal vor, hihi! Schönes Späßchen!«

»Unser Geld ist aus …« Hier warnte sie etwas. Sie hatte zwar schon einmal gehört, dass die Chinesen das Papier erfunden hatten, aber ob das diese Chinesen waren, die noch gar nicht wussten, dass sie Chinesen waren …? Papier hatte der Hausherr bei den Erfindungskaisern nicht erwähnt. Also sagte sie: »Seide. Unser Geld ist aus Seide. Etwa so groß wie eine Handfläche. Wir drucken Zahlen und Bilder darauf, das gibt den Wert an.«

Meinherr Geldchen schaute sie entgeistert an: »Hihi, ich werde nicht aus Euch schlau! Und Ihr meint, *ich* spinne! Entweder das ist die hochwohlbescheuertste Idee, von der ich je gehört habe, oder Ihr seid ein Genie! Und wie viel ist so ein Schein wert?«

»Das kommt darauf an, welche Zahlen draufstehen. Aber

sicher, bei den ganz großen Scheinen, so viel wie Eure Karre. So viel wie ein Haus, wie ein Land!«

Sie dachte an Schecks und Banküberweisungen und fragte sich, ob das jetzt übertrieben war.

»WAAAS? So viel wie meine ganze Karre. So viel kann kein Fetzen Seide wert sein! Niemals!! Wie soll das gehen?«

Er schien sehr besorgt.

»Wie bei den Namen!«, konterte sie.

»Bei welchen Namen?«

»Bei den Namen der Weichen«, gab sie zurück. »Wenn sich alle an den Wert halten, der auf dem Schein steht, solange man für dieses Geld den entsprechenden Wert einlösen kann, also kaufen kann, solange funktioniert das System.«

»Aber«, wandte er ein, »das ist doch nicht – wahr! Nicht wirklich. So ein bisschen Seide ist doch nichts wert!«

»Muss es auch nicht!« Anja lief zur Hochform auf. »Geld muss nicht wahr sein, es muss nur stimmen. Es muss funktionieren! Es ist wie mit den Namen und den Worten. Solange alle einen ›Hund‹ als ›Hund‹ bezeichnen, solange kann man sich verständigen. Obwohl das Wort H-u-n-d mit dem Tier nichts zu tun hat. Es ist also nicht wahr, aber es stimmt! Solange alle es so benutzen. Schwierig wird es erst, wenn einer zu einem Hund ›Katze‹ sagt. Sonst könnte man ja ein Haus nur mit einem Haus, ein Land nur mit einem Land bezahlen …«

»Herr Knappe, Mann und Mitmensch, Ihr seid nicht auf den Kopf gefallen! Darüber muss ich mal eine Mütze voll nachdenken!«

Damit verzog sich Meinherr Geldchen auf seinen Karren und zu seinem Geld, und bald hörte Anja ihn schnarchen.

»Endlich«, dachte sie und war auch schon eingeschlafen.

*

Am nächsten Morgen wurde sie von einem Wiehern geweckt. Das heißt, sie hätte schwören können, dass sie von einem Wiehern geweckt wurde. Und jedenfalls erinnerte es sie daran, dass sie am Abend zuvor vergessen hatte, Weißhuf zu versorgen.

Sie schüttelte den Kopf und spuckte einen Strohhalm weg, der an ihrem Mund klebte. Sie stützte sich auf ihre Ellbogen und schaute sich in der Scheune um. Kein Pferd, kein Wiehern! Sie war wohl schon so sehr zum konfuzianischen Knappen geworden, dass sie ein Pferd wiehern hörte, wo keines war, und schuldbewusst ein Versäumnis spürte, das auch keines war.

Oder doch?

Sie spürte, wie diese fremde Welt von ihr Besitz ergriff, ganz unmerklich, und sie hatte ein wenig Angst davor. Sie wollte sich nicht ändern, und sie spürte doch, dass sie gar keine Wahl hatte. Dass sie schon dabei war!

»Die Störung der großen Harmonie beginnt im Kleinen«, dachte sie schon sehr chinesisch. Eigentlich wusste sie nicht recht, woher diese Gedanken kamen. Aber wusste sie überhaupt jemanden, der das wusste? Sie hätte jetzt gerne ihren Vater gefragt, aber eine Ahnung sagte ihr, dass auch er keine Antwort darauf haben würde.

Durch das mörtelverputzte Strohgeflecht der Scheunenwände zeigten Lichtstrahlen in den Raum wie verstaubte Finger. Vorn am Tor stand der Karren, aus dem ein tiefes Schnarchen kam. Der Meinherr schnarchte, dass die Wände wackelten – auch wenn sie zugeben musste, dass dieses Schnarchen sie beruhigte, sie war nicht allein.

Sie ließ sich ins Stroh zurückfallen. Es musste noch sehr früh am Morgen sein. Und schon war sie dabei, wieder in einem bleiernen Meer der Müdigkeit zu versinken und sich einer Flut von Bildern aus Bächen, Quellen, Drachenflügen, schwarzen Heeren und Reitern, Hühnerfüßen und seltsam geformten Münzen hinzugeben …

Sie fiel in einen Schlaf, der sich schwer und grau anfühlte wie ein Stück Blei. Die doppelte Zeitumstellung war nicht gerade spurlos an Anja vorbeigegangen: von Deutschland nach China, das waren schon sechs Stunden, und dann von zu Hause in den Staat Lu, das waren über zweitausend Jahre! In der Tat eine gewaltige Zeitumstellung!

Sie wusste nicht, wo ihre inneren Uhren gerade standen, besser, sie hatte den Eindruck, zwei bis drei Parallelzeiten oder Parallelwelten in sich zu haben. Da war das 21. Jahrhundert, zu Hause und in China, da war die Geschichte, in die sie da hineingeraten war, da war die Kindheit, die sie noch nicht ganz abgestreift, und das Erwachsensein, das sie sich noch nicht ganz übergestreift hatte. Sie saß zwischen allen Rollen, Stühlen und Zeiten! Der tiefe Schlaf war ihr wirklich zu gönnen. Wenn dieser Schlaf denn wenigstens das geblieben wäre, was er war: grau und schwer. Aber das blieb er nicht.

Das Erste, was sie sah, war ein Trommeln. Ein Pulsieren des Graus, das sofort auch hörbar wurde. Ein dunkles, entschlossenes Trommeln. Und aus der grauen Zeitlosigkeit und dem bleiernen Einfachnurdasein lösten sich immer mehr Bilder: Ein ferner Reiter durchzog das Grau, und seine Spur blieb lange im Grau des Nichts sichtbar wie ein schwarzer Kondensstreifen. Dann kam ein zweiter Reiter, ein dritter, ein vierter, die Spuren wurden zu einem Gitter, einem Netz, das manchmal nach Buchstaben, manchmal nach Schriftzeichen aussah. Und dieses Gitter, dieses Netz legte sich über die ganze Welt.

Dahinter wurden Bilder sichtbar, Bilder, die zu diesem Netz gehörten, die nur über dieses Netz zu erkennen waren, bunte Bilder von zu Hause. Sie sah ihren Vater, der verzweifelt auf der Suche nach ihr war, sie sah einen Pfirsichhain, in dem es Pfirsichblüten schneite, ein gelber Wirbel, aus dem ein schwarzer Reiter auf sie zukam und rasend schnell größer wurde, bis alles schwarz war und er über sie hinweg- und durch sie hindurchritt. Sie sah das grimmige Gesicht des Reiters, sah sich mit ihrem hell und rötlich schimmernden Haar, sie schien von Flammen umflossen, und da war ein blauer Teich, der kleiner wurde, den der schwarze Reiter mit gierigem Blick auszusaugen schien, er schien sie selbst auszusaugen, der Teich war ihr Auge, in das der schwarze Blick vorstieß wie ein Schwert, das Netz umschlang sie, es gab nichts mehr außerhalb des Netzes, das sie wohlig umhüllte, aber auch einschnürte, sich um sie zusammenzog. Bis sie aus sich heraustrat und sich befreite.

Das Netz wogte jetzt wie ein Meer, auf dem sie dahinglitt, auf dessen Wellen sie surfte, sie war ein gelber Ritter, und groß prangte das Zeichen 道 *dao* auf ihrer Brust, eine unglaubliche Leichtigkeit erfasste sie, als sie hinabsah, und das Gitter verschwand, Worte wie »Abgrund« und »Tod« gingen durch sie hindurch, ohne eine Spur zu hinterlassen, sie bedeuteten nichts mehr, sie surfte im Nichts und Nirgendwo.

An dieser Stelle hörte sie ein Geräusch, die Bilder verschwammen wieder im bleiernen Grau des Schlafs, in dem die Angst kauerte. Vor der Tür standen jetzt die Geister und Dämonen und versuchten, über die Schwelle zu treten, das Gitter, das zuvor sehr unregelmäßig gewesen war, wurde rechteckig, rechtwinklig, ganze Armeen böser Geister, die nicht um die Ecke gehen (oder denken) konnten, marschierten in quadratischen Formationen immer geradeaus, verschoben sich zackig und rechtwinklig, geradlinig, konsequent, ohne den Trost des Irrtums, ohne die Freude des Fehlers, sie walzten über das Land, sie rasierten es wie ein Rasenmäher. UND: Sie kamen näher!

Ein Palast erhob sich, weit im Westen, ein gewaltiger Palast, zu dem gewaltige Treppen hinaufführten, Treppen, Treppen, überall Treppen, und die letzten Stufen trugen einen Thron, auf dem ein unbeugsamer Wille saß, ein Wille zur Einheit und zur Herrschaft, ein Rudelwille, und dieser Wille war ein Wolf.

Sie sah einen schwarzen Reiter vor ihm knien, und dieser

Reiter drehte sich zu ihr um und deutete mit dem Finger auf sie, auf ihr Haar, ein Finger, der auf sie zukam, größer wurde und sie entdeckte.

Sie sah sich mit einer großen Schneide Messergeld einem riesigen schwarzen Reiter gegenüber, dessen Pferd sie mit einem bösen und übel riechenden Atem anschnaubte, er holte mit einem gewaltigen Schwert aus, der Hieb sauste nieder, sie wich aus und saß plötzlich in einer gläsernen Höhle, den kleinen Pang auf dem Schoß, und der Hausherr, der aussah wie Lu Dao, wurde von schwarzen Reitern gefangen und in eine Rüstung gesteckt. Sie saß in einem hohen hölzernen Karren und beobachtete die Szene durch das Astloch in einem der Bretter, da kam ein Paar stechend dunkler Augen auf sie zu, ein Blick wie ein Tunnel, sie war entdeckt, ihr blondes Haar flatterte, obwohl es nicht flattern sollte, warum war es so auffällig und blond, die dunklen Augen leuchteten gierig, sie hatte das Gefühl, verschlungen zu werden, zu ersticken, sie war vor Schreck gelähmt, sie konnte ihr Haar nicht hindern zu flattern, auffällig zu sein und sie zu verraten, sie rang nach Luft, versuchte zu schreien, doch das Einzige, was sie rühren konnte, war buchstäblich ein Finger. Mit ihm pochte sie gegen das Brett. Sie morste. Dreimal kurz, dreimal lang, dreimal kurz, SOS, ihr wurde immer enger um die Brust, sie saß in der Falle, gleich würde dieser Blick sie entdecken, sie würde verloren sein, sie morste immer schneller, es war schon ein Trommeln, immer dringlicher, kurzkurzkurz, langlanglang, kurzkurzkurz, jetzt war der Blick über ihr, sie schaute in diesen Blick wie in ein Kanonenrohr, der Blick war in ihr, höhlte sie aus …

Und wieder trat sie aus sich heraus und dachte: »Dummes Huhn! Was für eine Idee, im dritten Jahrhundert VOR im vorchinesischen Staat Lu SOS morsen zu wollen!«

Dann fuhr sie hoch. Es klopfte.

Es klopfte am Scheunentor.

Sie fasste sich und rief: »Herein!«

Die Tür ging auf, und der Gelbe Ritter erschien: Er sah FANTASTISCH aus! Das Haar, das er gestern in einem Knoten seitlich am Hinterkopf zusammengebunden getragen hatte, hing ihm bis auf den Gürtel des langen gelben Gewandes herunter, das auf der Brust ein in Rot gesticktes Zeichen zeigte, ein Schriftzeichen.

Als sie dem Gelben Ritter, der da wieder vor ihr stand, ins Gesicht sah, hatte sie den Eindruck, in eine große Ferne zu schauen. Oder Tiefe.

Der Ritter fing ihren Blick auf und sagte von weit her: »Das ist das Schriftzeichen 道 *dao* – und 道, das bedeutet WEG, *der* WEG, der Weg aller Wege. Das ist das Wort, von dem alle reden, das ist der Weg, den alle suchen. DAO, das heißt der Weg und das Sagen. Denn das Ding ist ein Wort, und das Wort ist ein Ding – jedenfalls für uns.«

Sie rieb sich die Augen und war wach. Natürlich! Das war das Schriftzeichen aus ihrem Traum! Das ging ja schon in Allerherrgottsfrühe sehr ziemlich chinesisch los, fand sie: »Wieso habt Ihr geklopft?«, wollte sie wissen. »Muss ein Ritter klopfen, wenn er zu seinem Knappen in den Stall geht?«

Sie konnte ihre Sticheleien nicht lassen.

Der Ritter allerdings schwebte in vollkommen anderen Welten, sie konnte regelrecht sehen, wie ihre kleinen Wortpfeile herabfielen, ohne ihn zu treffen. Er war zu weit weg. »Entrückt« war das Wort, was ihr dazu einfiel, und sie fragte sich, wo sie das herhatte.

»Knappe?«, wiederholte er. Und erst jetzt schien er richtig wahrzunehmen, wo er war. Seine Augen füllten sich mit Blick, mit den Gegenständen in der Scheune, erfassten den Karren, die Finger aus Licht und schließlich Anja, wie sie im Stroh saß und sich die Augen rieb.

»Vor dem 道 *dao* sind alle gleich«, sagte er und fügte hinzu:

»Dem würde sogar der Herr Frühling-und-Herbst zustimmen, schätze ich, wenn er sich um derartige Fragen kümmern würde. Sie kümmern sich nur um Politik und weltliche Dinge, diese Weichen.«

Und dann klang es wieder ganz versonnen und wie eine Erinnerung, als er sagte: »Es ist ganz einfach!« Das Zeichen auf seiner Brust leuchtete. »Wir alle suchen nach dem richtigen Weg, nach dem Weg ins Paradies, in die Harmonie. Jeder will in Harmonie leben, mit der Welt, mit den anderen, mit sich.«

Ihr fiel auf, dass er nicht Glück sagte. Er sagte nicht Glück, wie sie erwartet hatte, er sagte Harmonie. Ob das etwas anderes war?

»Wie dort, wo die Kinder mit den Schlangen spielen und die Drachen im Dorfteich baden?«, unterbrach sie ihn etwas ungläubig. Sie stammte aus dem 21. Jahrhundert und war Realistin.

»Ja! Wir suchen die Zeit vor der Zeit, wir suchen den Ort der Harmonie und des Friedens und der Einheit mit der Welt. Wir suchen die Quelle.«

Ein Wort, das sie hellhörig machte!

»Die Weichen suchen diesen Ort so gut wie wir Daoisten, aber wir gehen sehr verschiedene Wege zum WEG und zum DAO.«

»Habe ich auch schon mitbekommen«, sagte Anja und streckte sich, wobei ihr Magen unanständig laut knurrte. Sie hoffte dennoch, dass der Herr Ritter davon Notiz nehmen und ihr etwas zu essen besorgen würde. Wenn sie ihm schon als Knappe diente, musste er sich auch um sie kümmern. Sie fand, dass Konfuzius recht hatte. Jedenfalls, solange es um die Mahlzeiten ging. Kümmern schloss frühstücken unbedingt mit ein! So jedenfalls hatte sie den Weichen und Hausherren verstanden, und so fand sie es auch nicht gerade verkehrt. Angenehm sogar. Wie in einer Familie. Man wusste so schön, woran man war und was man zu tun hatte! Jeder hatte seine festen Aufgaben, die bestimmt wurden durch seine Stellung, seinen Namen in diesem System, und wenn er sich dann auch noch so verhielt, war alles paletti. Man konnte sich auf alles und alle verlassen.

Irgendwie wurde sie allerdings den Eindruck nicht los, dass ihr Herr Ritter ein weitaus unbequemeres Weltbild hatte als der Herr Hausherr. Wenn es auch irgendwie witziger schien. Und sie hatte das Gefühl, es gab Fragen, auf die solche Leute, wie die Weichen es waren, keine Antwort wussten.

Sie dachte an ihre Mutter. Solange sie ihre Mutter gehabt hatte, war alles Antwort gewesen. Die ganze Welt war eine einzige Antwort und Beruhigung und Trost gewesen. Das wollten die Weichen wiederherstellen, für alle. Es sollte sein, als ob man noch seine Eltern hätte, als ob man noch Trost hätte für alles, wenn man einmal traurig war, ängstlich oder etwas nicht verstand.

Seit ihre Mutter nicht mehr da war, gab es für Anja fast nur noch Fragen, alles stand infrage. Sie hatte den Verdacht, dass ihr Herr Ritter die Welt so sah, als hätte er seine Mutter verloren, sozusagen. Er stellte alles infrage, vor allem die Antworten. Vor allem die Antworten der Weichen.

Von ihren Freunden und Freundinnen allerdings wusste Anja, dass das mit den Fragen und Infragestellungen, der Unsicherheit und der Verlorenheit auch kam, wenn man seine Eltern noch hatte. Bei ihr war alles nur früher, stärker, heftiger, richtig verschärft. Es kam, wenn man erwachsen wurde. Zumindest bei manchen.

Die anderen waren eher wie die Konfuzianer und blieben im System der Traditionen und Gewohnheiten und versuchten dort, ihre Aufgaben und Verpflichtungen zu schultern. Gar kein so schlechter Gedanke eigentlich!

Und Leute wie ihr Herr Ritter, die standen außerhalb des Systems, jedenfalls meinten sie es.

Eigentlich fand sie diese Konfuzianer, die immer so langweilig klangen, und den Konfuzius und den Herrn Frühling-und-Herbst nicht unklasse. Was für ein Versprechen! Zu Hause zu sein in der Welt!

Aber was taten sie, wenn das System nicht mehr klappte, weil keiner sich mehr daran hielt? Wenn nicht jeder seinem Namen und seiner Aufgabe gerecht wurde und lieber rumhing oder in Urlaub fuhr? Oder Geld verdiente?

Sie kannte Familien, in denen die Eltern nie Zeit für ihre Kinder hatten, weil sie dem Geld oder dem Erfolg oder ihrer Selbstverwirklichung oder sonst einem Popanz hinterherrannten.

»Wo liegt das Problem? Warum sind die Weichen so anders als Ihr, Herr Ritter?« Für einen Augenblick vergaß sie sogar ihren knurrenden Magen.

Der Gelbe Ritter wurde wieder zum komischen Ritter Gelber vom Ei, knotete sich mit einer paar Handgriffen die Haare zusammen und meinte dabei: »Achje, ihr seid nicht auf den Kopf gefallen, mein lieber Herr Knappe!«

»Ich kann das langsam nicht mehr hören!« Sie war auf einmal stinksauer. »Das ist wie mit den zwei Seiten der Münze. Immer wenn Erwachsene so etwas zu Jüngeren sagen wie ›nicht auf den Kopf gefallen‹, behandeln sie einen nämlich, als sei man nicht nur einmal, sondern gleich serienmäßig auf den Kopf gefallen! Kein Erwachsener sagt so etwas zu einem Erwachsenen. Diese Anerkennung ist die reine Herablassung. Sie macht klein. Und den Anerkenner macht sie groß, verdammt!«

Der Ritter sah sie ganz betreten an und sagte zu ihrer Überraschung: »Ihr habt recht, es tut mir leid! Ich sollte es eigentlich wissen, es gibt nämlich ein Sprichwort bei uns, das heißt: ›Wer einen anderen erhöht, will ihn erniedrigen.‹ Das wollte ich nicht!«

Er trat näher.

»Aber zu Eurer Frage zurück, warum wir verschiedene

Wege gehen. Das ist nämlich eine ziemlich sehr gute Frage!«, kam er auf ihre Frage zurück. »Manchmal weiß nicht einmal der Hausherr, wo das Problem liegt. Dabei ist es ganz einfach: Wenn sie einen Weisen brauchen, der ihnen die Worte der alten Könige erklärt, dann bleibt die Frage, wer ihnen die Erklärungen des Weisen erklärt. Versteht Ihr? Nicht einmal die Rujia sind sich da einig. Die einen verstehen ihn so, die anderen so. Und wenn Ihr, Herr Knappe vom knurrenden Magen, fragt, warum das so ist, dann sage ich, was ich immer sage: Besser als jedem Nein ein Ja und jedem Ja ein Nein entgegenzuhalten, also besser als die Rumstreiterei der Politiker zwischen dieser und jener Meinung ist der Weg der Erleuchtung.«

»Und den geht der Hausherr nicht?«

Anja wollte es nicht glauben.

»Nein. Er geht den Weg der Worte. Worte, Worte, Worte, nichts als Worte. Und Riten und äußere Formen. Ein System von Worten, Gesetzen, Bestimmungen. Aber dem einen bedeutet ein Wort dies und er ist dafür und dem anderen bedeutet es das und er ist dagegen. Man muss die Worte vergessen! Und nicht nur das!«

»Hihi«, kam es aus dem Karren.

Es rumpelte, schepperte, zwei Hände erschienen am Oberrand des Karrenaufbaus und dann ein rundes, gutmütiges Gesicht.

»Hihi, wenn das nicht der Graf Dotter ist!«, schrie Meinherr Geldchen. »Und schon wieder mitten am Erleuchten! Schämt Ihr Euch nicht? Eurem Knappen knurrt der Magen, dass anständige Leute aus dem Schlaf fahren, als sei ein Tiger in der guten Stube, hihi, man könnte direkt Angst bekommen, so ein Geknurre ist das! Und Ihr erleuchtet hier herum!«

»Achje«, seufzte der Ritter und ließ die Arme hängen, »der Meinherr!«

»Hihi! Jaja, ich bin's! Meinherr Geldchen, wie er leibt und

lebt!« Er strich sich über den Bauch und lachte: »Vor allem: leibt! Schön, dass Ihr Euch so freut! Huch!«

Anscheinend hatte das Geldgerümpel unter ihm nachgegeben, Kopf und Hände verschwanden, man hörte ein dramatisches Klirren und Scheppern und dazwischen ein »Hihi« und ein »Geldchen, benimm dich!«

Schließlich kam das kugelrunde Männchen behänder, als man es ihm zugetraut hätte, über die Karrenwand geflogen, landete direkt vor dem Ritter in den sicheren Stand und schob mit einem erneuten »Hihi« die Hände bis zu den Ellenbogen in die Hosentaschen. Da standen sie nun, der Ritter und der Meinherr, und starrten sich schweigend an.

»Ich muss euch nicht vorstellen, ich denke, ihr kennt euch«, sagte Anja.

Wenn der Meinherr es nicht vorher schon erwähnt hätte, sie hätte nicht gedacht, dass ihr Ritter jemanden wie den Meinherr kennen könnte.

»Kennen?«, fragte der Ritter komisch. »Achje, man kann ihm nicht entgehen. Weder dem Geld noch dem Meinherr Geldchen. Außerdem habe ich ihm mal aus der Patsche geholfen.«

Da knurrte Anjas Magen erneut, und der Meinherr schrie: »Hilfe!«, als von draußen ein Gong zu hören war.

»Ist das das Zeichen zum Frühstück?«, frohlockte Anja.

»Hihi, Frühstück, was ist denn das für ein seltsames Wort? Bringt Ihr ihm solche Worte bei, Baron Eigelb? Schämt Ihr Euch nicht?«

»Achje, Meinherr«, sagte der Ritter und beließ es dabei. »In der Tat, mein Knappe, wollte ich Euch zur Morgenmahlzeit abholen. Auch wenn Ihr Weißhuf nicht versorgt habt ... Ihr müsst noch viel lernen. Nun kommt!«

Die beiden gingen hinaus, wobei Meinherr Geldchen brummelte: »Weißhuf? Von wegen Weißhuf! Jetzt zieht er wieder die Nummer mit dem Pferd ab, das nicht da ist. Aber ich komme mit!« Und zu sich selbst sagte er: »Man kann gegen die Weichen sagen, was man will, aber woanders könnte ich mein Geldchen nicht allein lassen. Hat auch sein Gutes. Vielleicht sollte ich mein Geld hier aufbewahren, wo es den Leuten nichts bedeutet. Aber was soll ich dann mit meinem Geld? Hmhmhm, nicht auszudenken!«

Bei dem Gedanken an Frühstück dachte Anja natürlich an frische Brötchen – frische Brötchen, Marmelade, Käse, Kakao oder Milch und dergleichen. Allerdings schwante ihr schon, als der Meinherr das Wort »Frühstück« nicht gekannt hatte, nichts Gutes.

Und eine Menge von dem, was ihr an nicht Gutem geschwant hatte, stand auf dem Tisch, der im »Brunnen des Himmels« im Freien gedeckt war.

»Manman chi [tche]«, sagte der Hausherr, nachdem alle Platz genommen hatten, »esst langsam«, was so viel bedeutete wie »Lasst es euch schmecken!« und »Guten Appetit!« in einem.

Aber – das war leichter gesagt als getan! Denn allein der Anblick von dem, was sich da auf dem Tisch fand, war für einen europäischen Magen, vor allem für einen gerade erst aufgestandenen europäischen Magen, schwer zu verdauen.

»Lecker«, sagte der Meinherr und hatte die Situation am schnellsten erfasst. Er war viel herumgekommen und hatte schnell begriffen, dass der Knappe des Herrn Ritters mit den angebotenen Speisen ein wenig überfordert war.

»Das sind Mantous«, übernahm er die Erklärung und reichte ihr ein herrlich weißes, weiches und nach Hefe duftendes rundes Etwas, das wundervoll frisch dampfte. »Das ist ein Mantou«, sagte er wieder und hielt es ihr auffordernd hin, und Anja fand (und sagte), dass es sich anfühle wie eine Dampfnudel.

»Dampfnudel«, schrie der Meinherr begeistert, »was für

ein schönes Wort! Und so treffend! Das müsst Ihr zugeben, Herr Frühling-und-Herbst! Es ist treffend!«

Er schaute Anja interessiert zu, als diese in das Mantou hineinbiss. Es schmeckte auch wie eine Dampfnudel, nur ein wenig mehr nach Nichts.

»Ich finde, es sieht aus wie ein Schneeball«, krähte der kleine Pang, der ihr sofort wieder auf den Schoß geklettert war.

Wie schon am Abend zuvor überboten sich der Hausherr und seine Kinder darin, ihren Gästen die leckersten Leckerbissen auf den Teller und in die Reisschale zu legen. Das schien hier Sitte zu sein. Anja hatte manchmal das Gefühl, am liebsten hätte man ihr die vermeintlichen Leckerbissen in den Mund geschoben. Der Meinherr hatte recht, alle Dinge hatten zwei Seiten. Das Versorgtwerden war ja ganz schön, aber es engte auch ein. Sie kam sich ein wenig wie ein Säugling vor, der gefüttert wurde. Auch wenn es nicht so gemeint war. Und: Wenn so ein Hausherr einem etwas in die Schale packte, war es praktisch unmöglich, es nicht zu essen!

Irgendwie schien der Meinherr auch das zu spüren, er war ein weitgereister Mann und Händler, und er nahm die Erklärung der Speisen wieder auf: »Mantous, werter Knappe, Mann und Mitmensch«, er zeigte auf einen Teller, »werden mit den verschiedenen Leckereien gefüllt, die Ihr hier seht. Hier haben wir zum Beispiel scharf angebratenen und sehr scharf gewürzten Schweinebauch mit fein Knoblauch, Zwiebeln und Lajiao [ladsiao], das ist scharfe rote Paste.«

Er packte sich eine ordentliche Ladung auf einen Fladen, klappte ihn genüsslich zu und biss sich ein ungeheures Stück aus diesem Döner nach Art des Reiches Lu ab. Anja schluckte nur trocken, als sie ihm zusah. Der Bissen war so groß, dass dem Meinherr der Mund weit offen stand. Er machte große Augen, und der kleine Pang schaute gebannt zu, wie sich der Mund des Meinherrn wie ein Garagentor schloss.

»Boah!«, entfuhr es dem Kleinen. Schon wollte er sich ebenfalls einen Fladen schnappen und es dem Meinherr nachtun, als ihn ein strenger Blick seines Vaters traf und er es bleiben ließ.

Der Meinherr schnappte geräuschvoll nach Luft, legte den angebissenen Fladen auf den Teller und spuckte ein paar Knorpelchen auf den Tisch. »Das ist wohl nichts für einen fremdländischen Knappenmagen, wie? Nun, dann hätten wir da noch sauer eingelegtes Gemüse und ganz lecker Fischsuppe.« Damit schob er Anja eine Schale mit einer grauen Flüssigkeit zu, in der kopfüber ein kleinerer Fisch steckte und mit dem Schwanz über den Schalenrand schaute. Anja kaute auf ihrem Mantou herum und konnte sich nicht entschließen zuzugreifen. Auch nicht, als der kleine Pang ihr einen Teller mit sehr flüssigem Reisbrei zuschob, in den er mit Stäbchen Büschel in schmale Streifen geschnittener schwarzer Algen gestreut hatte.

»Das mag ich«, erklärte er pausbackig, »das ist Zhou [dschou].«

Sie probierte. Der Reisbrei war weder gesalzen noch gezuckert, und die Algen schmeckten, wie wenn man beim Schwimmen im Meer von einer Welle überrascht wird und Salzwasser schluckt. Es ging gar nicht, dabei war sie überhaupt nicht zimperlich, was das Essen anging. Eigentlich. Aber solch einer Herausforderung hatte sie sich bisher auch noch nie gegenübergesehen.

Schließlich versuchte es der Meinherr, der an der ganzen Situation seinen Spaß hatte, ein letztes Mal. Diesmal mit Ölgebäckstangen, zu denen es eine schleimige Brühe gab, die nicht sehr appetitliche lange Schlierfäden zog. Auch diese Brühe probierte Anja, obwohl schon der Geruch nicht unbedingt ihr Vertrauen geweckt hatte. Als sie den Löffel in den Mund schob, hätte sie die Suppe beinahe wieder ausgespuckt: Das schmeckte sauer wie sauer aufgestoßen! Anja wurde leicht grün im Gesicht und schob schnell ein Stück Mantou hinterher, um den Geschmack loszuwerden.

»Das ist auch nichts für unseren Herrn Knappen, hihi! Ihr habt, mit Verlaub, einen Gaumen wie ein Mädchen!«, kicherte Meinherr Geldchen.

Der Hausherr war bemüht, ihr aus der peinlichen Situation herauszuhelfen, und meinte, indem er auf die Mengen anspielte, die sie am Abend zuvor verdrückt hatte: »Vielleicht ist er ja noch satt!«

Der Meinherr wollte schon loslegen, von wegen da hätte er einmal den Magen des Herrn Knappen knurren hören müssen, da sei das Gebrüll eines ausgewachsenen Tigers nichts dagegen, aber der Hausherr tadelte: »›Die Wahrheit zu sagen ohne Taktgefühl führt zur Grobheit‹, sagt der Weise.«

»Hoho, ich bin also grob?«, regte der Meinherr sich künstlich auf, aber der Herr Frühling-und-Herbst beachtete ihn nicht.

Der Ritter hatte dem Ganzen nur schweigend zugesehen und schien sich seine eigenen Gedanken zu machen. Vielleicht überlegte er, was ja naheliegend gewesen wäre, aus welchem fernen Land sein Knappe wohl kommen musste, dass er all die Leckereien nicht goutieren konnte. Vielleicht ahnte er das eine oder andere, aber Anja konnte es in seinem Gesicht nicht lesen.

Der kleine Pang schien einen ähnlichen Gedanken zu verfolgen und fragte sie: »Was isst man denn morgens bei euch daheim?« Sagte es und schob sich ein Büschel Algen in den Mund, das so groß war, dass die schwarzen Streifen wie Kraut und Rüben aus ihm heraushingen. Na, vielleicht eher wie Kraut. Er versuchte, der Herausforderung gerecht zu werden, mummelte tapfer und meinte zwischendrin: »Erpfähl doch ma!«

Selbst der Hausherr, der ja sonst eher ein wenig steif war,

musste bei diesem drolligen Anblick lächeln, und Anja war froh und erleichtert, dass sie etwas erzählen und von ihrer blamablen Vorstellung mit dem Essen ablenken konnte.

»Ja, kleiner Pang«, legte sie los, »bei uns trinken die Kinder morgens zum Beispiel Milch.«

Dem Kleinen klappte der Mund auf, und man konnte unter dem Algenkraut seine eingefärbte Zunge sehen: »Milff? Waff für Milff?«

»Kuhmilch natürlich«, antwortete Anja erstaunt, »wieso?«

»Kuhmilch!«, schrie der Meinherr, und auch der Ritter Gelber vom Ei konnte sich ein »Achje!« nicht verkneifen.

»Natürlich Kuhmilch«, Anja nahm Fahrt auf, »und Marmelade, das ist so eine Art Gelee aus Früchten, und Käse.«

»Waff ifft ›Köse‹?« Der Mund des kleinen Pang stand noch immer offen.

»Na ja«, überlegte Anja, und ihr wurde seltsam mulmig, »nun ja, man lässt Milch, Kuhmilch, dick werden, schimmeln und reifen, schneidet das dann in Ecken oder Scheiben und legt es aufs Brot.« Sie überlegte kurz und fügte hinzu: »Brot, das sind so eine Art Fladen aus Weizenmehl, Wasser und Hefe oder so ähnlich.« Sie wusste nicht, wie sie es besser erklären sollte.

Und weil sie überlegen musste, wie sie »Brot« erklären sollte, bekam sie erst gar nicht mit, wie die Chinesen um sie herum, die noch nicht wussten, dass sie Chinesen waren, bei dem Wort »Schimmel« die Stäbchen hinlegten und viel grüner im Gesicht wurden als sie vorher bei der sauren Suppe.

»Ihr esst Schimmel? Verschimmelte Milch?«, brachte der Meinherr mit Mühe hervor, und das »Hihi«, das er anschloss, klang ziemlich nach einem Würgen im Hals. Ihm fiel es schon schwer, die Worte in den Mund zu nehmen – ein echtes Stück von diesem »Käse« im Mund zu haben, durfte er sich gar nicht vorstellen, das sah man ihm an.

Selbst der sonst so beherrschte Herr des Hauses hatte einen leicht grünen Schimmer im Gesicht, als er mit einem längeren Zitat seines Meisters die innere Haltung wiederzugewinnen versuchte: »Reis, der verdorben war und schlecht, Fisch, der alt, und Fleisch, das nicht mehr frisch war, aß er nicht. Was eine schlechte Farbe hatte, aß er nicht. Was einen schlechten Geruch hatte, aß er nicht.«

Der kleine Pang plapperte dazwischen: »Knappe! Knappe! Wie riecht denn dieser Köse?« Er sagte immer »Köse«, weil er sich das Wort nicht merken konnte und weil er auch im Chinesischen das »ä« wie ein »ö« aussprach.

»Der Käse, mein Kleiner«, antwortete Anja, »der Käse, nun ja, ähm«, sie zögerte, sie zögerte und stotterte so herum, dass es am Tisch ganz still wurde. Es war so ein Gestotter, auf das jeder aufmerksam wird. »Nun ja, manchmal ganz fein mild, manchmal auch etwas streng«, da kam ihr ein rettender Einfall: »ungefähr wie euer stinkender Tofu!«

»Auweia!«, kam es von dem kleinen Pang, den der Hausherr noch einmal streng ansah.

»Und was hat der Weise noch zum Essen gesagt?«, fragte Meinherr Geldchen und zeigte mit den Stäbchen ganz ungehörig und respektlos auf den Herrn Frühling-und-Herbst.

»Der Meister sagte, und das ist vielleicht das Wichtigste, das wir uns merken müssen: ›Was über drei Tage alt ist, das wird nicht gegessen‹«, gab der Hausherr mit einem Grollen zu verstehen.

»Drei Tage, ja?« Der Meinherr ließ nicht locker, überlegte einen Augenblick und verkündete: »Ich komme von der Küste, meine A-Yi, was meine Amme war, sagte immer: ›Besuch ist wie Fisch und stinkt nach drei Tagen!‹ Hihi!« Ohne auf den Hausherrn zu achten, der etwas Gewichtiges erwidern wollte, klopfte er Anja wohlwollend und krachend auf den Rücken, dass sie fast mit der Nase in die saure Suppe getaucht wäre, und schrie weiter gemütlich: »Na, drei Tage, Knappe, Mann und Mitmensch, und wie lange lasst ihr eure Milch verschimmeln, bis sie«, er gab dem kleinen Pang einen Klaps, »bis sie zu ›Köse‹ wird?«

»Der Köse, also der Käse«, stotterte Anja weiter, »der Käse, nun ja, wenn es ein guter Käse werden soll, ein paar Monate. Bis ein halbes Jahr.«

»Ein halbes Jahr!« Der Meinherr war sprachlos, und die anderen legten ihre Stäbchen endgültig aus der Hand. Ihnen war der Appetit vergangen. Selbst der kleine Pang kaute mit einem zweifelnden Gesichtsausdruck und offenem Mund auf seinen Algen herum.

Er überlegte: »Welche Farbe hat denn euer Köse?«

»Gelb, meistens«, antwortete Anja wahrheitsgetreu, »gelb, goldgelb, rotgelb. So was.«

Alle schauten auf und schwiegen. Alle dachten dasselbe. Das heißt, alle dachten es, außer dem Ritter, dem aber recht zu sein schien, was die anderen mutmaßten. Und der kleine Pang sprach aus, was alle bis auf den Ritter dachten: »Und davon bekommt man so gelbe Haare? Dann will ich auch Köse haben!«

Der Hausherr machte dem, nicht ohne ein kleines Lächeln zu unterdrücken, ein Ende: »Über den großen Weisen und seine Essgewohnheiten wird noch mehr berichtet. Es heißt, er habe beim Essen nicht diskutiert!«

Das war deutlich. Und endgültig.

Insgeheim hatte Anja das Gefühl, sämtliche Erwachsenen seien bei diesem Konfuzius in die Lehre gegangen. »Beim Essen diskutiert man nicht«, das klang schon verdammt nach »mit vollem Mund spricht man nicht« – wobei sie zugeben musste, dass sie es auch nicht mochte, wenn der blöde hochnäsige Berufssohn aus ihrem Chinesischkurs mit einem halben Leberkäswecken im Hals die Kiemen aufriss und

»Boah!« schrie und dabei seine halb eingeschleimte Stulle freilegte.

Bevor die peinliche Tafel aufgehoben wurde, ergriff der Hausherr noch einmal das Wort, wünschte allen einen guten Tag und fragte schließlich, ob alle satt geworden seien. Zu Anjas maßlosen Verwunderung machten, der kleine Pang eingeschlossen, der Meinherr wie der Ritter seltsame Bewegungen mit dem Mund. Sie sahen aus wie Fische, die auf dem Trockenen nach Luft schnappten und dann trocken schluckten … Das hatte sie doch schon einmal gesehen! Unwillkürlich machte sie mit den anderen den Mund auf und zu, so fasziniert war sie von dem Anblick. Sie schluckte wie die anderen trocken – da begriff sie: Die schluckten Luft!

Anja hatte jetzt schon so lange am Stück erwachsen und vorsichtig und auf der Hut sein müssen, dass sie diese Kinderei, und das war es natürlich, eine Kinderei, regelrecht genoss! Außerdem wusste sie von ihrem Vater, der auch manchmal hochnotpeinlich albern sein konnte, dass auch sogenannte Erwachsene das Erwachsensein auf Dauer nicht durchhielten.

Doch bevor sie noch fragen konnte, was das Ganze solle, machte ihr Ritter kugelrunde Augen, spitzte ein wenig die Lippen und: »Ürpss!«

Er machte ein Bäuerchen!

Das ließ sich der Meinherr nicht zweimal sagen und ließ dem ein breites öliges »Ööörpss!« folgen.

Das Seltsamste aber war: Keiner lachte! Nicht einmal der kleine Pang, der noch immer vergeblich versuchte, Luft zu schlucken. Im Gegenteil! Der Herr Frühling-und-Herbst nickte zufrieden mit dem Kopf, als habe er gehört, was er hatte hören wollen, und schaute Anja auffordernd an.

Jetzt weiß ja jeder, dass alles, was sich nicht gehört, einen Heidenspaß macht! Aber eben auch nur so lange, wie es sich nicht gehört und – man es nicht auf Kommando machen muss!

Wenn man es auf Kommando machen muss und dann auch noch alle zuschauen, dann wird etwas zu einem Problem, das sonst überhaupt kein Problem ist. Zu einem Riesenproblem!

Anja brach der Schweiß aus.

Natürlich hatte sie sofort begriffen, dass es hier zum guten Ton gehörte, wenn man dem Gastgeber durch ein leises Aufstossen zu verstehen gab, dass es geschmeckt hatte und dass man satt war. Und nachdem sie schon mit ihrer Geschichte vom Käse beinahe allen den Appetit verdorben hatte, wollte sie diesen Fettnapf tunlichst auslassen. Sie schluckte und schluckte, druckste und presste, aber mehr als ein klägliches »Hicks« brachte sie nicht zustande.

Dem Hausherrn schien das freilich zu genügen. Er klatschte in die Hände und hob die Tafel auf.

Anja sah in Richtung ihres Ritters und fing einen nachdenklichen Blick auf. Sie fasste sich an den Kopf – ihr Haar juckte, sie brauchte unbedingt eine Dusche!

*

Der Ritter Gelber vom Ei hatte sich nicht geirrt. Dem schwarzen Reiter von Qin, dem sie auf der Landstraße begegnet waren, war Anja durchaus aufgefallen! Vor allem ihre blauen Augen und das rötliche Auflodern ihres langen blonden Haares im Schein der untergehenden Sonne. Auch war ihm nicht entgangen, dass der Ritter bei dem Wirbel, den er veranstaltete, die helle Haut, die für hiesige Verhältnisse lange Nase und vor allem das rotgoldene Haar in einer Staubwolke zu verbergen versuchte.

Der schwarze Reiter war kein großer Denker, aber seine Augen waren scharf wie die Augen eines Phönix.

Da er kein Denker war und auch die alten Schriften, Sagen und Dokumente der alten und noch älteren Könige und Weisen nicht kannte (wenn er ehrlich war, beherrschte er kaum mehr Schriftzeichen, als zum Schreiben seines Namens und zum Lesen seiner Rottenstandarte notwendig waren), war er auf das angewiesen, was der Wind von Mund zu Mund trieb. Das und sein Instinkt hatten ihn am Leben gehalten in all diesen Jahren, in all diesen Kämpfen und Schlachten. Der Dienst war hart, der Krieg hörte nicht auf, er ahnte, dass er nie wirklichen Frieden erleben würde. Aber das machte nichts. Er war kein Ritter. Er war Soldat. Ritter waren Hochwohlgeborene, hatten Bildung, Familie, Ehre, all dieses vergessene Zeug. Vergessene Könige, vergessene Dynastien, vergessene Riten. Er hatte und war das alles nicht. Er war Soldat.

Er hatte klare Befehle, daran konnte man sich halten! Wenn er seine Befehle befolgte, wenn er die Feinde seines Königs, des Königs von Qin, erschlug, konnte aus ihm etwas werden. Also waren es auch seine Feinde. Das gab es in den alten Heeren der alten Könige nicht. Das waren alles so hochgekotzte Herren, die konnte man nicht entlassen, Adel konnte man nicht entlassen, ob er etwas taugte oder nicht. Da wäre er nie etwas geworden.

Er war nicht von Adel, kein Edler. Er war ein 小人 *xiaoren* [chsiaoren], ein gemeiner Mann, ein Untertan, Fußvolk.

Aber er war groß gewachsen. Er konnte zuhauen. Mit seinem Kurzschwert hatte er schon manchem einen Scheitel gezogen. Wie vor ein paar Jahren, bei der Eroberung von Han, da hatte er einem dieser Hochkotze einen Scheitel gezogen. »Einen Scheitel, sage ich euch«, prahlte er immer, wenn er seinen Kameraden davon erzählte, und das tat er oft, wenn ihnen der Dienst ein wenig Luft ließ und sie ein paar Hirseschnäpse trinken konnten, »einen Scheitel von der Helmspitze bis auf den Sattelknopf.«

»Bis auf den Sattelknopf«, echoten dann seine Zuhörer, allesamt erfahrene und altgediente Kämpfer. So etwas imponierte ihnen. Bis auf den Sattelknopf! Und während sie noch staunten, erzählte er weiter, wie der Ritter in zwei Teilen vom Pferd gesackt war. Ein Teil links, ein Teil rechts. Danach war er Unteroffizier geworden und hatte das Pferd behalten dürfen.

»Aber ein Ritter, ein Ritter«, habe er sich geschworen und damit beendete er immer seine Geschichte, »ein Ritter will ich nicht sein! Ich bin ein schwarzer Reiter. Ein schwarzer Reiter in den schwarzen Heeren von Qin!«

Und er wusste, warum er seinem Herrn unbedingt und ohne Frage gehorchte. Im Heer seines Herrn konnte man aufsteigen, jeder konnte jede Position erreichen. Wenn er gut war. Es gab ein ehernes Gesetz: Wer versagte, bezahlte mit seinen Gliedmaßen oder mit seinem Kopf. Das war hart, aber klar. Keine Diskussionen. Die mochte er nicht. Klar und übersichtlich wie eine Gefechtsformation. Wer sich bewährte, wurde befördert.

Bisher war er in diesem System gut gefahren. Es war ein System aus Belohnungen und Strafen, vor allem aus Strafen. Das Reich war ein Steckkasten, jeder und alles konnte ersetzt werden. Das System, die Regel, die Vorschrift, der Befehl, das war den 法家 *fajia* [fa-dsia], den Legisten, so hießen die Politiker, die das Reich Qin in dieser Weise organisiert hatten, das Wichtigste.

Er verließ sich ganz auf seinen Instinkt. Wie hier, bei diesem seltsamen menschenähnlichen Wesen, das aussah wie aus Sojabohnenkäse gemacht und das Haare aus rotem Gold hatte und Augen blau und kalt wie eine in weißem Eis eingeschlossene Jadeperle.

Er wusste zwar nicht, *was* er entdeckt hatte. Aber sein Instinkt sagte ihm, *dass* er etwas entdeckt hatte. Er war ein Späher seines Herren. Ihm war aufgetragen, den Feind auszukundschaften. Aber das war nicht alles!

Sein Herr suchte nach dem Elixier der Unsterblichkeit, er suchte nach den Inseln der Glückseligen. Er suchte nach

Zeichen. Deshalb war er an der Küste von Qi gewesen. Von dort aus, so erzählte eine Sage der Fischer, konnte man die Inseln der Glückseligen sehen. An manchen Tagen zumindest. Deshalb war er ausgeschickt worden. Er hatte die Fischer gefunden. Er hatte sich die Sage erzählen lassen. Und: Er hatte die Inseln gesehen! Fern am Horizont erhoben sie sich, majestätisch und unwirklich wie eine Wolke über dem Meer.

Und dann auf dem Rückweg auch noch die Begegnung mit dem Ritter und seinem seltsamen Knappen. Allein das eigenartige Verhalten des Gelben Ritters hätte genügt, um ihn hellhörig zu machen.

Jetzt saß er schon einen Tag, eine Nacht und einen weiteren halben Tag im Sattel. Er war durchgeritten bis zur Hauptstadt des Staates Lu. Dort traf er zu dem Zeitpunkt ein, als in dem kleinen konfuzianischen Städtchen das Frühstück längst abgeräumt war.

In der Hauptstadt wechselte er das Pferd. So groß war die Macht seines Herrn bereits und so groß die Angst, die die schwarze Rüstung seines Reiters auslöste, dass niemand in der Hauptstadt von Lu es wagte, ihm den Wunsch nach einem frischen Pferd abzuschlagen.

Zwar versuchte man, ihn zu behindern, ihn aufzuhalten, um herauszufinden, in welchem Auftrag er unterwegs war, von wegen es seien keine frischen Pferde da, die ganze Hofgesellschaft sei mit dem König zur Jagd ausgeritten ... Als das nichts fruchtete, versuchten sie, ihm eine lahme Schindmähre anzudrehen, aber da waren sie an den Richtigen gekommen!

»Nicht einmal einen Begrüßungsschluck, Herr Ritter?«, versuchte es der Marschall der königlichen Ställe, ein vierschrötiger Kerl mit einer Stimme wie eine Kröte und einem Gesicht wie eine faulige Aubergine.

»Ich bin kein Ritter«, herrschte er ihn an, »und nein, kein Begrüßungsschluck! Ich habe Befehle.«

»Auch kein Spielchen? Es wäre mir eine Ehre, den Herrn Ritter von Qin in meinem Hause zu empfangen!«

Der Kerl würde irgendwann auf seiner eigenen Schleimspur ausrutschen und sich den Hals brechen! Trotzdem, eine derart höfliche Einladung war schon fast nicht mehr abzulehnen. Das wäre eine Beleidigung sondergleichen gewesen. Zumindest nach den alten Regeln von Sitte und Anstand, von denen auch ein schwarzer Reiter noch nicht ganz frei war. Aber letztlich, er hatte Befehle und sagte nur herrisch: »Wird's bald!«, und schlug zur Bekräftigung seiner Forderung mit der Reitgerte in die Luft.

Da fielen aus dem Dunkel der königlichen Stallung von Lu drei Gestalten über ihn her. Das heißt, sie versuchten es! Er war nicht umsonst in der härtesten und schlagkräftigsten Truppe innerhalb der vier Meere ausgebildet worden! Er beherrschte Kampftechniken, von denen diese Stallknechte und Höflinge nicht einmal den Namen kannten. Mit einer sausenden Bewegung schoss das Schwert aus seinem Rückenhalfter und fuhr mit einem Schwung dem Kerl hinter ihm in den Wanst, er wirbelte mit dem Mann herum und spießte den zweiten Spießgesellen auf das gleiche Schwert, auf dem der erste schon steckte. Der dritte nahm Reißaus.

Der vierschrötige Marschall warf sich zu Boden, schlug seine Stirn tief in einen Pferdeapfel und stammelte: »Gnade, Herr! Gnade!«

Wenn der schwarze Reiter etwas verachtete, dann war es Unterwürfigkeit. Und Feigheit. Für solch einen Kerl war ihm sein Schwert zu schade.

»Wo steht dein Pferd?«, herrschte er den Kerl auf dem Boden mit einem angewiderten Gesichtsausdruck an.

Jetzt bekam er ein frisches Pferd, ein gutes, ein schnelles Pferd, denn es war das Pferd des Marschalls.

Bis nach Handan, der Hauptstadt von Zhao, war es nicht

sehr weit. Wenn er sein Pferd laufen ließ, konnte er in einer Woche dort sein. Seine Armee würde die Stadt bis dahin erobert haben. Dort würde er auf seinen König warten.

Wenn er sein Pferd zu äußerster Eile antrieb, dann in drei oder vier Tagen. Und er trieb es zu äußerster Eile an, denn er war beunruhigt. Nicht über den Überfall, den er gerade erlebt hatte, das war ein Nichts. Die Soldaten des Wolfes von Qin waren nicht beliebt. Mehr noch, sie waren gefürchtet. Er war das gewohnt. Und stolz darauf! Beliebt wollte er gar nicht sein.

Was ihn beunruhigte, war vielmehr, dass diese Kerle es überhaupt gewagt hatten! Dass sie anscheinend nicht mehr genug Furcht hatten. Das beunruhigte ihn! Sein Instinkt sagte ihm, dass etwas nicht stimmte, dass etwas heraufzog, dass sich etwas zusammenbraute. Und dann dieses Zeichen! Er meinte Anja. Sein Instinkt hatte ihn noch nie getäuscht. Es zog etwas herauf.

Er gab seinem Pferd die Zügel frei, und es schoss wie ein Pfeil davon.

Er musste zu seinem König. Er liebte ihn nicht, er verstand ihn auch nicht. Er fürchtete ihn. Und das imponierte ihm. Dass sein König ihn das Fürchten gelehrt hatte, das imponierte ihm. Sonst fürchtete er nichts. Er fürchtete nichts außer seinen Ahnen und dass sie wiederkommen könnten, um ihn an seine Pflichten zu erinnern. Geister, das Unsichtbare, das fürchtete er. Sonst nur seinen Herrn.

Aber dieser Herr belohnte auch. Er würde belohnt werden, dachte er, und flog über die alte Landstraße dahin. Die Landstraße, über die schon vor den alten Königen die alten Kaiser der altalten Zeit gezogen waren. Die Landstraße, die sich noch an die alten Lieder erinnern konnte, die Lieder der Könige, die Lieder der Steine.

Zu dem Trommeln der Hufe hörte er plötzlich leise Stimmen, es waren die Stimmen der alten Steine, der uralten Bäume und Felsen, die raunten und summten:

»Des Einhorns Huf, des Einhorns Huf
Bringt mit sich des Königs Ruf
Des Einhorns Huf, des Einhorns Huf

Des Einhorns Herz, des Einhorns Herz,
Der König lindert unsern Schmerz
Des Einhorns Herz, des Einhorns Herz

Des Einhorns Horn, des Einhorns Horn
Königs Zeichen, Königs Dorn
Des Einhorns Horn, des Einhorns Horn«

Normalerweise hörte er so etwas nicht! Das hörten nur Ohren, die hören konnten. Das war noch aus den Zeiten der Kindheit der Welt. Damals hatte die Erde noch gesungen. Und den Liedern wurde geglaubt. Wenn in einem Menschen etwas zu singen begann, hörte man zu, denn man wusste, dass das eine Botschaft war. Gesang kam nicht einfach so. Gesang war immer der Gesang der Harmonie.

Aber die Zeiten waren erwachsener geworden, nüchterner. Ein Soldat von Qin hörte das nicht. Sonst. Heute hörte er es. Und es jagte ihm einen Schauer über den Rücken. Er wusste wenig von den alten Königen. Das war nicht wichtig. Wichtig war sein Herr, sein Befehl. Das war, was er sonst hörte. Das war, was er sah. Die Stimme und die Augen des Wolfes.

Es zog etwas herauf!

Er musste seinem Herrn von dem Zeichen berichten. Auf schnellstem Wege. Die große Heerschau stand bevor. Die Heerschau, die sein Herr seit Jahren vorbereitete, die Heerschau, die der Anfang vom Ende sein würde der alten Zeit.

Eine Heerschau, so gewaltig, so furchterregend, dass selbst ihm, der schon einige Heerschauen erlebt hatte, allein der Gedanke daran das Blut in den Adern gefrieren ließ – und ihn gleichzeitig mit einer kalten, blau schimmernden Begeisterung erfüllte, blau schimmernd wie eine Schwertschneide. Er war geblendet von der Macht, die sein Herr zusammengezogen hatte. Dazu die neuen Waffen aus Eisen und Stahl, die Streitwagen, die Bögen und Armbrüste mit ihrer großen Reichweite, die alles durchschlugen, die Wände der Streitwagen, die Brustpanzer, die Helme, die Schilde ihrer Feinde.

Ihn schauderte, wenn er an die Größe und Dunkelheit der Macht dachte, die sein Herr in der Hand hielt, und er war froh, dass er sich auf der richtigen Seite befand! Sich diesem Moloch, dieser Walze, die sich da aufbaute, entgegenstellen zu müssen, wäre selbst für den ledernen und schwieligen und vernarbten Mut eines alten Haudegens, wie er einer war, zu viel gewesen.

Außerdem war er seinem Herrn dankbar! Ohne ihn wäre er der Niemand geblieben, als den ihn seine Eltern geboren hatten. In der alten Zeit, bei den alten Aristokraten, unter den alten Privilegien hätte er keinen Stich gemacht.

Diese Gedanken gingen in seinem Kopf um wie ein Mühlrad. Deshalb war er nur zu gerne bereit, sein Schwert für das Schwert zu heben, das dieser alten Zeit den Todesstoß versetzen würde. Er trieb sein Pferd weiter zur Eile an und schrie gegen das Murmeln und Singen an: »Kuai! Kuai! Schnell! Schnell!«

*

Bevor irgendjemand etwas sagen konnte, hob der Herr Frühling-und-Herbst beide Arme und verkündete feierlich: »Nun, meine Freunde, da es hell ist und Tag und die Schatten der

Nacht mit ihren Geistern und Dämonen uns nicht mehr beunruhigen, wollen wir zu fasten beginnen. Wir müssen über die Lage sprechen und darüber, was wir tun sollen, aber zuvor wollen wir ein paar Tage fasten und uns selbst prüfen. Meinherr Geldchen und der Gelbe Ritter sind schon anwesend, aber wir warten noch auf einen Gast aus einem fernen Land – wobei«, er schaute zu Anja hinüber, »wobei ein unerwarteter Gast aus einem anscheinend *sehr* fernen Land uns schon vom Ritter gebracht worden ist.« Und zum Gelben Ritter gewandt fuhr er fort: »Der Meister sagt: ›Träfe man einen, mit dem zu reden es sich lohnte, und redete nicht mit ihm, dann hätte man einen Menschen verloren. Träfe man einen, mit dem zu reden sich nicht lohnt, und redete doch mit ihm‹«, hierbei warf er kurz einen ironischen Seitenblick auf den Meinherr, »›so hat man seine Worte verloren. Der Weise aber verliert weder einen Menschen noch seine Worte.‹« Und wieder zu Anja gewandt: »Der Meister sagt: ›Beim Lehren gibt es keine Standesunterschiede.‹ Und heute müssen wir wohl hinzufügen: Auch nicht in der Gefahr! Aber zuvor«, und dabei blitzte sein Auge wieder ein wenig ironisch, »zuvor wollen wir uns reinigen und fasten, damit unsere Gedanken rein und hilfreich sein werden.«

»Fasten!«, brummelte der Meinherr. »Und dann immer diese Andeutung, als sei ich keinen Winterpilz wert!« Und nach einer Pause: »Hihi, ich muss nach meinem Geldchen sehen!«

Anja fand den Gedanken, dass man sich zum Denken und zum Entscheidung-Treffen waschen und fasten, sich innerlich und äußerlich reinigen sollte, schon ziemlich ungewöhnlich. Wenn sie daran dachte, dass sie immer wieder gehört hatte, wie sich die Politiker und Manager ihrer Zeit zu Arbeitsessen zusammensetzten. Nicht zum Arbeitsfasten!

Aber Indianer fasteten und reinigten sich auch, wenn sie mit den Geistern ihrer Ahnen in Kontakt treten und etwas Wichtiges in Erfahrung bringen wollten, das wusste sie. Und die Christen fasteten ja auch und die Moslems. Ihr war gar nicht bewusst gewesen, wie viel auch in ihrer Zeit noch gefastet wurde. Wobei sie eigentlich keinen Christen kannte, der noch wirklich fastete (und auch die Moslems fasteten nur tagsüber und aßen dann nachts). Dafür hatte sie jede Menge Freundinnen (und ihre Mutter hatte die auch gehabt), die fasteten, was das Zeug hielt, aber das hatte weniger mit innerer Reinigung als mit zu eng gewordenen Hosen und Röcken zu tun.

»Ich brauche dringend eine Dusche!«, sagte sie.

Der Ritter, der bei der Ansprache des Hausherrn neben Anja gestanden hatte, beugte sich zu ihr herab und grollte: »Was meint Ihr mit ›Dusche‹? Müsst Ihr immer diese Worte benutzen, die niemand kennt? Wollt Ihr Euch unbedingt in Gefahr bringen?«

Er ahnte etwas! Er musste etwas ahnen, sonst könnte er so etwas nicht sagen! Aber sie konnte ihn schlecht fragen. Dann hätte sie ihm gleich alles erzählen müssen.

»Waschen«, sagte sie stattdessen, »›duschen‹ ist ein anderes Wort für ›waschen‹.«

»Achje! Nichts da! Ihr bleibt, wie Ihr seid, verstanden?!«

Das klang streng und duldete keine Widerrede. Und das musste sie sich nicht gefallenlassen, fand sie. Sie fuhr herum, wollte schon loslegen, von wegen was er sich denn denke, wer er sei, und wenn er nicht wisse, was eine Dusche sei, dann sei das ja wohl nicht ihr Fehler! Und sie hatte noch eine ganze Menge mehr auf der Pfanne, sie war dieses ewige Knappenspielen leid und diese dauernde Vorsicht mit den eigenen Vorstellungen und Meinungen und die dauernden Andeutungen von wegen sie sei in Gefahr – aber als sie ihm in die Augen blickte, war sie augenblicklich still.

»Kommt mit«, sagte er, »wichtiger als die Reinigung des Körpers ist eine andere Reinigung!«

»Also gut!«, maulte Anja. »Ich habe sowieso nichts anderes zu tun. Wie lange soll die Fasterei denn gehen?«

»Manchmal seid Ihr schon ein sehr flapsiger Knappe, achje!«, sagte der Ritter. »Wir werden etwa acht Tage fasten. Und warten.«

»Warten?«

»Ja, warten. Das wird für Euch eine ungewohnte Übung, nicht wahr? Ihr solltet ›Knappe von der Ungeduld‹ heißen! Der Hausherr wartet noch auf einen Boten – und Nachricht. Es geht etwas vor, aber er will nicht sagen, was. Er ist, wie ich Euch ja schon erzählte, Hofschreiber am Hofe von Lu. Hier in unserem kleinen Städtchen verbringt er nur die Sommermonate. Er ist ein wichtiger Mann mit den besten Verbindungen zu den anderen Reichen und Höfen. Wenn etwas vorgeht, erfährt er es als Erster.«

Der Schluss war so bestimmt gesagt, dass Anja wusste, es war sinnlos, weiterzufragen. Mehr Auskunft war aus ihm nicht herauszuholen.

*

So gingen die nächsten Tage hin. Jeder war mit sich beschäftigt. Der Hausherr ließ sich nicht sehen, seine Söhne, von denen sie, außer dem kleinen Pang, noch mit keinem auch nur ein Wort gesprochen hatte, ließen sich nicht sehen. Also schlenderte sie durch dieses aufgeräumte Städtchen und schaute sich um.

Von zu Hause her gesehen, überhaupt von einer westlichen Stadt her gesehen, war nicht viel los. Es gab keine Geschäfte, wie sie sie kannte, keine Schaufenster, keine Autos, natürlich nicht. Aber sie konnte nicht sagen, dass sie etwas vermisste. Sie schaute den Handwerkern, deren Werkstätten zur Straße hin offen waren, bei der Arbeit zu, sie kam auf den Markt, wo es die unglaublichsten Dinge zu bestaunen gab: Schlangen wurden angeboten und Skorpione, nicht zu reden von all den anderen Dingen, die sie nicht mit Namen nennen konnte. Die Schlangen schienen zum Essen zu sein, und es gab sie eingelegt in Krügen, wie Gurken. Sie fragte, wofür das sei, und der Händler klärte sie auf, das sei Medizin für ein langes Leben und ein langes Funktionieren. Dabei lachte er ein Drittel gutmütig und zwei Drittel schäbig. Sie kannte diese Lache. Sie verstand zwar nicht, was er meinte, aber sie verstand, dass es nicht anständig war.

Am nächsten Stand gab es kandierte Wasserkastanien und am nächsten – Hälse! Tatsächlich wurden hier Hälse gegrillt, Hühnerhälse, Entenhälse, und dann entdeckte sie etwas, kleine knusprige Fleischstückchen, etwa je zehn Stück, auf dünnen Holzspießchen, sie sahen ein wenig nach Chicken McNuggets aus. Sie sah genauer hin, die Form kam ihr irgendwie bekannt vor …

Der Grillmeister, ein freundlicher Mann mit Händen, die aussahen wie knollige Schaufeln, bemerkte ihr Interesse, verbeugte sich ungelenk und sagte: »Herr Knappe, ein Spießchen Ärschlein gefällig? Ganz frisch und saftig!« Und dann lauter: »Frisch gegrillte Hühnerärsche! Entenhälse, Hühnerhälse, die haben heute morgen noch gegackert und geschnattert!«

Die vornehmeren Herrschaften, die man daran erkannte, dass sie nichts selbst trugen, dazu hatten sie viel zu lange Ärmel, die ihnen über die Hände hinaushingen (man konnte auch sagen, sie hatten so lange Ärmel, um zu zeigen, dass sie nichts tragen, nicht mit ihren Händen arbeiten mussten), die vornehmeren Herrschaften also lächelten über den derben Mann. Aber seine Ware schien bekannt, manch eine Herrschaft deutete dann doch auf den Grill, und ein Diener sprang hinzu und ließ sich vom Grillmeister ein, zwei Spießchen auf ein Bananenblatt legen oder es darin einwickeln.

Aber alle diese Dinge konnten Anja nicht richtig ablenken. Sie fühlte sich einsam. Und sie machte sich Sorgen. Wie sollte sie hier wieder wegkommen? Wieso sollte sie in Gefahr sein? Über allem lag eine düstere Vorahnung.

Denn obwohl sich im Hause des Herrn Frühling-und-Herbst alles auf den großen Rat vorbereitete, war doch die Spannung, die in der Luft lag, nicht zu übersehen. Es war nichts Greifbares, es war eher die Art und Weise, wie man versuchte, sich normal zu geben, die auffiel, die stutzig machte.

*

Nach ein paar Tagen hatte Anja das ganze Städtchen erkundet und setzte sich am Rande des Weihers unter einen Baum. Dort hing sie ihren Gedanken nach, und es waren keine erfreulichen Gedanken, als plötzlich der Gelbe Ritter vor ihr stand. Sie hatte ihn nicht kommen hören. Und sie sagte das auch: »Ich habe Euch gar nicht kommen hören!«

»Wenn ich nicht gehört werden will, dann hört man mich auch nicht«, gab er zurück.

»Wie ein Indianer«, rutschte ihr heraus, was sie sofort wieder bereute. Sie hob schon die Hand für eine Erklärung, aber der Ritter winkte ab.

»Wir haben Wichtigeres zu besprechen!«

Er setzte sich neben sie. Was heißt, er setzte sich. Er schlug die Beine so eigenartig über- und untereinander, dass sie schon befürchtete, er hätte sich einen Knoten hineingemacht.

»Es gehen Dinge vor sich. Wir müssen auf den Taishan, wir müssen nachsehen!«

»Taishan?«

»Erinnert Ihr Euch nicht, das war der Berg, den wir am Horizont sahen, als wir dem schwarzen Reiter begegneten.«

»Und dort müssen wir hin?«

»Dort müssen wir hin!«

»Nun gut, hier habe ich ohnehin alles gesehen«, sie war in keiner guten Stimmung, »lasst uns gehen.«

Damit wollte sie aufstehen, aber er legte fast unspürbar seine Hand auf ihre Schulter. Sie blieb sitzen.

Und dabei hatte sie das eigentümlichste Gefühl, das sie je gehabt hatte. Die Berührung durch diesen Menschen war so leicht, so behutsam, dass sie tatsächlich in ihrem Innersten *berührt* war. Sie hätte gar nicht gewusst, wie sie das nennen sollte.

Der Ritter schaute sie an und zeigte auf den Teich. Dort flirrte eine Drachenfliege, wie hier die Libellen hießen, durch die Luft, blieb in der Luft stehen, zog eine weite Kurve und flog dann zu der Wasseroberfläche hinunter und berührte sie, berührte sie in dem kleinsten denkbaren Punkt, eine Winzigkeit von einer Berührung. Anja begriff sofort, aber sie begriff in einer Art, die ihr neu war.

Eigenartige Gedanken gingen ihr durch den Kopf. Wenn sie ein Teich wäre, hätte sie sich unter der Berührung der Drachenfliege gefühlt wie unter der Berührung des Ritters.

Der Ritter hatte sie berührt. Und er war ihr damit so nahe gekommen wie noch nie jemand zuvor, außer ihrer Mutter vielleicht, aber das war anders gewesen, weniger klar. Es war eine vollkommen neue Form der Nähe. Es war eine Nähe, die die Fremdheit überwand! Es war eine Nähe, die die Fremdheit dieser Zeit und dieses Landes überwand. Und es war eine Nähe, die die Fremdheit der Welt und des Erwachsenseins, diese fremdeste aller Fremdheiten überwand.

Es war aber nicht die Berührung eines Meisters, es war, als habe er mit dieser so behutsamen Berührung sagen wollen, es gehe ihm nicht anders und er sei bei ihr. Aber nicht bei ihr, wie das die Erwachsenen immer sagten und damit nur meinten, sie wüssten es besser, es sei alles nicht so schlimm. Diese Berührung sagte, es sei alles so schlimm, er wisse nichts besser, aber er sei bei ihr. In diesem leisen Punkt berührten sie einander tatsächlich. Und wie sie schon von Pan Gu gelernt hatte: Das ganz Große war leise, unhörbar wie die Drehung der Erde. Und an diesem leichtesten und einzigen Berührungspunkt sagte er das erste Mal ›du‹ zu ihr.

»Hast du gefastet?«

»Nun ja«, zögerte Anja, »ich weiß nicht richtig, wie man das macht. Aber viel gegessen habe ich nicht. Und ich brauche ein Bad.«

»Du betonst zu sehr die Sauberkeit des Körpers. Der Körper ist aus Staub, was macht es ihm, wenn er mit Staub in Berührung kommt? Wichtiger ist das Fasten des Herzens!«

»Fasten des Herzens?« Sie konnte nicht behaupten, dass sie das verstand.

»Ja, Fasten des Herzens!«

»Hat man dann keine Gefühle mehr, oder wie?« Sie wollte sich das nicht vorstellen, Gefühle fand sie wichtig, und nicht nur sie.

»Gefühle? Was haben Gefühle mit dem Herzen zu tun?«

Anja begriff nicht sofort, aber nach den vielen Gesprächen und Missverständnissen der letzten Zeit kam sie schnell darauf, dass es zu dieser Zeit und unter diesen Menschen vielleicht wieder einmal etwas anders zuging, als sie es gewohnt war. Also erklärte sie: »Bei uns sagt man, dass die Gefühle im Herzen sitzen und der Verstand im Kopf.«

»Gefühle im Herzen und der Verstand im Kopf? Seltsame Idee!«

»Ist das hier anders?«

»Ja, das Herz ist bei uns vor allem der Sitz des Geistes, das Herz ist der Mittelpunkt, und der Mittelpunkt ist das Herz einer Sache. Das Herz des Menschen ist sein Mittelpunkt, das, was ihn ausmacht. Und dieses Herz sollte leer sein. Wie ein Krug. Denn ein Krug, der nicht leer ist, wozu ist der gut! Zu nichts. Nur ein leerer Krug kann sich füllen. Deshalb üben wir uns im Fasten des Herzens.«

»Das Herz sollte leer sein? Wie denn das? Leer wovon? Was ist denn da drin?«

»Die Zehntausend Dinge, die Wünsche, die Ablenkungen, auch die Gefühle, das Durcheinander der Verstrickungen, der Abhängigkeiten, die Gier, all das trübt den Spiegel. Das Herz sollte leer sein wie ein Spiegel, wie die Wasseroberfläche dieses Teichs. Dann kann es, manchmal, zu einer besonderen Berührung kommen, wir nennen das ›Erleuchtung‹.«

Sie dachte nach. Auf manches konnte man ja verzichten, aber auf Gefühle, auf Wünsche? Er schien zu begreifen, was sie dachte.

»Faste mit dem Herzen«, sagte er und klang dabei sehr feierlich, »faste mit dem Herzen, und du bist sorgenfrei!«

Sorgenfrei? Das klang schon besser.

»Faste mit dem Herzen, und du erfährst, was dein Herz wirklich will, was es von selbst will, ohne Beeinflussung von außen. Bei uns«, sagte er nachdenklich, »werden Dinge hergestellt, die niemand braucht. Diese Dinge haben nur einen Sinn: Man soll sie haben wollen. Aber es ist nicht die Schuld der Dinge, die Dinge sind einfach, was sie sind. Es liegt am Herzen. Wenn es nicht leer ist, weiß es nicht mehr ein noch aus vor lauter Wünschen.«

»Ich finde das mit den Wünschen eigentlich nicht so schlimm. Wenn man sich nichts mehr wünscht, kein Ziel mehr hat, was soll dann das Ganze? Wer bin ich denn dann noch?«

»Achje!«, seufzte der Ritter, »viel Arbeit! Viel Arbeit! Eine wahrhaft eigenartige Welt, aus der du zu kommen scheinst. Das Ich ist die Quelle aller Wünsche und Verirrungen. Wenn du das Fasten des Herzens üben willst, musst du alles vergessen, du musst die Wünsche vergessen, die Welt vergessen und am meisten dich selbst! Das ist das Schwierigste, sich selbst zu vergessen. Erst wenn du dich selbst vergessen hast, wirst du das entdecken, was in dir von selbst so ist, wie es ist.«

»Aber das bin doch ich!« Sie war ganz die Tochter ihres Vaters und durch die Auseinandersetzungen mit ihm auch geübt. »Wenn ich in den Spiegel schaue, und wenn es der Spiegel meines Herzens ist, was soll ich denn da anderes sehen als mich?«

»Du siehst nur dich selbst, weil dein Ich sich dick und fett vor den Spiegel setzt. Dein Herzspiegel zeigt dir nur noch dich selbst.«

»Ja und?!« Sie ließ die Arme in den Schoß fallen. Sollten diese komischen ollen Chinesen doch denken, was sie wollten. Das war ihr zu hoch! Wozu brauchte sie das alles? Sie wollte nach Hause!

»Beuge dich über den Teich!«

Die Stimme des Ritters war auf einmal ganz weich und voller Nachsicht. Sie schaute ihn an. Da war kein Spott, keine Ironie in seinem Gesicht, nicht einmal ein Achje. Er war kein Erwachsener mehr. Er war genauso alt wie sie selbst. Uralt. Und ganz jung.

Also beugte sie sich über den Teich. Er war vollkommen ruhig, das fiel ihr auf, und wieder kamen Gedanken auf, die neu waren, die mit dieser Drachenfliegenberührung zu tun hatten, mit diesem Trost. Und sie sprachen eine ganz andere Sprache. Diese Gedanken redeten, wie man in Liedern redete, in Gedichten. Sie hätte zu sich selbst Teich sagen können oder Spiegel, es hätte ihr etwas bedeutet.

»Was siehst du?«

Er ließ nicht locker. Sie sah hin. Und war enttäuscht. »Ich habe es schon gesagt, ich sehe mich, sonst nichts.«

»Sieh genau hin, du siehst nicht genau hin! Mach die Augen auf!«

»Ach, ich sehe nichts! Nichts als mich und ein paar Schilfgräser«, sie wurde ungeduldig, »die aussehen wie Speere, und die paar Wolken, die die Sonne verdecken. Wahrscheinlich gibt es Regen!«

»Und was würdest du sehen, wenn jetzt Nacht wäre?«

»Dasselbe, nur nachts!«

Sie zögerte. Ganz stimmte das nicht.

»Na ja, fast«, gab sie zu, »ich würde mich sehen, nur anders, und die Wolken, die sich vor den Mond schieben, und die Sterne.«

»Was siehst du also, wenn du in den leeren Spiegel deines Herzens schaust?«

»Nun ja, mich und, und – die Welt! Aber was soll das? Ich will nach Hause!«

»Wer will das nicht?«, sagte er zu ihrer Überraschung mit einem sehnsüchtigen Unterton. Wieder war da dieses neue Gefühl der Nähe, die die Fremdheit in sich einschloss. »Aber für uns Daoisten gibt es nur diesen Weg. Wenn dein Herz leer ist, siehst du dich in der Welt, in deiner Heimat. Dann bist du immer zu Hause. Das heißt, wenn es gelingt. Es gelingt nicht immer. Mir auch nicht. Aber manchmal gelingt es. Wenn du vergisst, wenn du nicht an den Dingen festhältst. Was du gehen lässt, kann wiederkommen. Das Wiederkommen ist die Bewegung des Dao.«

»Mei you banfa«, sagte sie, was so ähnlich klang wie »keine Bahnfahrt« oder »Bahnhof«, und ungefähr so wenig verstand sie. Das heißt, fast so wenig. Einen ersten Faden hatte sie in der Hand.

»Warst du schon einmal traurig?«

»Als meine Mutter gestorben ist.« Sie sagte das sehr leise.

Er schwieg einen langen Augenblick.

»Wann hast du das erste Mal wieder gelacht?«

»Ich weiß nicht mehr, aber es war schlimm, ich hatte das Gefühl, meine Mutter verraten, sie vergessen zu haben.«

»Hast du sie vergessen?«

»Nein, eigentlich nicht.«

»Und was hast du dann vergessen?«

»Das Traurigsein. Manchmal, wenn ich mich freue, ist mir meine Mutter ganz nah, näher, als wenn ich traurig bin …«

Sie schwiegen eine Weile und sahen dem Teich zu, wie er die große Welt spiegelte und die kleinen Mücken, die Schilfspeere am Rand, und sie hätte gerne gehabt, dass ein Drache in ihm gebadet hätte. Aber vielleicht tat es eine Drachenfliege ja auch. Aus dem Blickwinkel eines Staubkorns war eine Drachenfliege mindestens so groß wie ein Drache. Ein Elefantenrüsselinsekt.

Sie lächelte.

Ihre Gedanken wanderten, sie überflog die vergangenen Tage, Wochen, Monate, sie sah ihre Freundinnen zu Hause, ihren Vater, ihre Mutter, ihr Zimmer, sie sah auf einmal den Ritter Gelber vom Ei auf dem Marktplatz ihrer Heimatstadt, wo er mehr bestaunt wurde als der schiefe Turm von Pisa.

»Halt!«, rief der Ritter.

Sie fuhr hoch.

»So weit sind wir noch nicht! Du bist begabt, aber so weit sind wir noch nicht. Die Geistreise, den Flug auf dem Drachen musst du noch lernen. Obwohl ich den Verdacht habe, schon hatte, als wir uns kennenlernten, dass du ein Geistreisender bist, dass du als Geistreisender hier bist, als Drachenreiter. Wider Willen sozusagen. Aber ich respektiere, dass du das nicht erzählen willst!«

»Und was hat das alles mit unserer Reise zum Berg Tai zu tun? Muss ich mein Herz leeren, um zum Berg Tai zu kommen?«

»Genau! Woher weißt du das?«

Der Ritter schien tatsächlich erstaunt, was wiederum seinen Knappen verwirrte.

»Du musst lernen, aus dir selbst heraus zu handeln, ohne Ziel! Du musst lernen, mit dem Schwert blind zu reagieren, auf einen Feind, den du nicht einmal siehst! Es ist ein Kampf mit den Schatten ...«

Er nannte das *wuwei*, das *-ei-* sprach sich wie in »Hej, komm mal her!« und bedeutete so viel wie »nichts *wegen* etwas tun«, sondern rein, wie ein Apfel vom Baum fällt.

Ohne Wollen.

Anja war mal fasziniert von dem, was der Gelbe da erzählte, mal genervt. Es war zu verwirrend und widersprach so ziemlich allem, was sie bisher gelernt hatte. Oder besser gesagt, es betonte es anders. Sie erhob sich vom Ufer des Weihers und sah ihn an: »Etwas tun, ohne es zu wollen, mach mir das ...«

Sie war gerade erst bis »mach mir das ...« gekommen, als ihr der Ritter eine Münze zuwarf, die sie mit der linken Hand auffing und dann den Satz vollendete: »... mal vor!«

Sie betrachtete die Münze, sie war rund und hatte ein Loch, kein Spaten, kein Messer, keine Ameisennase. Eigentlich ganz praktisch! Sie ging zum Gelben, gab ihm die Münze zurück und meinte: »Nicht schlecht, die Idee mit dem Loch! Die solltest du mal dem Meinherr Geldchen zeigen, der sucht nach solchen Ideen! Sicher besser zu transportieren als das andere Geld!«

Damit setzte sie sich.

»Du hast nichts gemerkt, nicht!?«, fragte der Ritter.

»Ich, nein, was soll ich denn gemerkt haben?«

»Was hast du als Letztes gesagt?«

»Ach, komm, ich habe gesagt, du sollst mir das mal vormachen, etwas zu machen, ohne es zu wollen ...!«

»Das habe ich längst getan, das heißt, eigentlich hast du es getan.« Er schmunzelte.

»Was soll ich getan haben?«

Statt einer Antwort stand er auf, ging drei Schritte weg, schwenkte den Arm und sagte: »Fang, aber mit der Linken!«

»Ich kann nicht mit links fangen.«

Sie war überhaupt keine große Fängerin, auch nicht mit rechts, und prompt landete die Münze im Gras.

»Aber eben hast du es gekonnt!«

»Eben? – Ach so, ja, aber das war Zufall!«

»Zufall? Du glaubst an den Zufall? Da hätte der arme Zufall ja viel zu tun, wenn er sich um Münzen fangende Knappen kümmern wollte. Es gibt keinen Zufall. *Du* warst das. Du hast das gekonnt, mit links, sozusagen. Und du hast es gekonnt, weil du es nicht gewollt hast! Du hast es einfach *gemacht*. Das ist *wuwei*. Und«, und hier machte er eine Betonungspause, »das kann man *üben*!«

Ihr fielen all die Suppentüten und Tütenpuddingtüten ein, die ihr aus dem ewig überfüllten Suppentüten- und Tütenpuddingtütenhängeschrank entgegengefallen waren und die sie einfach, mit links sozusagen, aufgefangen hatte. Da hatte sie auch nicht groß überlegt. Er hatte schon recht, manchmal war sie eine grandiose Fängerin. Wenn sie nicht daran dachte, wenn sie es nicht, ja, *wollte*. Und das sollte man üben können?

»Setz dich zu mir!«

Der Gelbe Ritter machte sich wieder einen Knoten in die Beine. Sie versuchte es auch, ließ es dann aber. Es schien auch nicht besonders wichtig zu sein, jedenfalls sagte er nichts.

»Versuch einfach, an nichts zu denken!«, sagte er und schloss die Augen.

Sie tat es ihm nach.

Nichts denken! Als ob das so einfach wäre!

Wenn man »Nichts« zu denken versuchte, fielen einem hunderttausend Sachen auf einmal ein. Es war dasselbe wie der Versuch, eine Idee zu haben. Nur umgekehrt. Wenn man nach einer Idee suchte, zum Beispiel für ein Lied oder eine Hausaufgabe oder für einen Brief, dann fiel einem garantiert »nichts« ein, und zwar massenhaft »nichts«, dann war es »einfach«. Aber wenn man versuchte, »nichts« zu denken, kamen die Ideen nur so aus ihren Löchern geschossen und wimmelten einem im Kopf herum.

»Loslassen«, hörte sie die Stimme des Ritters. Es klang wie ein Echo aus einer anderen Welt.

Sie entspannte sich und ließ die Bilder und Gedanken einfach fließen. Vielleicht lag es ja daran, dass man das Nichts oder die Ideen *suchte*, wenn man danach suchte?! Sie hatte immer schon gefunden, dass der Spruch »Wer suchet, der findet« nicht richtig stimmte. Das heißt, er stimmte vielleicht, wenn ein Paar Socken verschwunden waren (und auch da nicht immer, meistens fand man die nicht, meistens »tauchten« die »auf«, wie von selbst, *wuwei*-mäßig sozusagen – und meistens war es auch nur *eine* Socke), aber bei Ideen stimmte das garantiert nicht. Da war es umgekehrt, da fand man etwas nicht, *weil* man es suchte. Wenn man die Suche ließ, fiel einem meistens etwas ein. Man musste warten, bis die Dinge »auftauchten« oder einem »einfielen«. So war das.

»Verdrehte Welt«, dachte Anja.

Ihr fiel die gläserne Weltraumkapsel ein, in der sie mit Lu Dao gesessen hatte. Und die trug sie weg. Sie stieg auf, schaute von oben auf das kleine Städtchen, sah den Weiher, wo sie saß, sah neben sich den Gelben Ritter mit dem Knoten in den Beinen, sie wandte sich um und erblickte in weiter Ferne am Horizont plötzlich den Berg Tai.

»Zum Berg Tai!«

Sie wusste nicht, ob das ein Gedanke von ihr war oder ob das jemand gesagt hatte, jedenfalls schwebte sie mit diesem Gedanken schon über dem Gipfel des Berges und schaute über das Land, als sie plötzlich vom Gelben Ritter angestoßen wurde. Er war ganz blass im Gesicht und zischte nur: »Es ist etwas geschehen, ich habe etwas gesehen! Ein Bote kommt!«

*

Als Jing Ke das Königreich Qin und seine Hauptstadt erreichte, begab er sich unverzüglich zum Hof. Was heißt Hof? Er ging zum Palast! Dieser Palast war berühmt in allen Reichen, der Xianyang-Palast der Hauptstadt des Wolfes. Als er vor diesem Palast stand, verschlug es Jing Ke den Atem. Er hatte einige Paläste gesehen, aber dieser Palast zeigte, welches Ziel Qin verfolgte. Wie ein Wald stiegen die geschwungenen Dächer einen gigantischen, von Menschenhand geschaffenen Hügel hinauf, anmutig, schwerelos. Eine beeindruckende Anlage von noch beeindruckenderer Größe. Später einmal, als die Stadt und Qin untergingen, sollte man erzählen, dass der Palast ganze drei Monate lang lichterloh brannte! So groß war er! So traurig! Aber jetzt strahlte er noch, und Jing Ke überlegte, wie er die vielen Hundert Stufen hinaufkommen und wer ihm die Türen zum Hof öffnen sollte.

Da traf es sich, dass ein gewichtiger, schwabbeliger Herr in einer Sänfte herangetragen wurde. Er hatte den Fremdling sofort entdeckt, und seine gierigen Augen hatten durch die Vorhänge der Sänfte hindurch mit Freuden festgestellt, wie reich der Wagen des Fremden geschmückt, wie prachtvoll seine Rüstung war und wie stolz er das Haupt trug. Da war etwas zu holen! Das spürte er mit der Feinfühligkeit seiner überpflegten Finger, die sofort wenn sie Reichtum spürten, feucht wurden, und den in diesen Dingen sehr fein ausgebildeten Instinkten der Hofschranze. Er war der Kammerherr des Königs.

»Herr Ritter«, begann er, »ich sehe, Ihr hattet einen weiten Weg! Darf ich Euch in meine Gemächer einladen, damit Ihr ruhen könnt und Euch erquicken!«

Der Blick Jing Kes machte ihn frösteln. Früher wäre Jing Ke einer solchen Gestalt nur mit Verachtung begegnet. Aber mit den überhellen Augen des Attentäters erkannte er sofort, dass er nur dieser Schranze folgen musste, um zu seinem Ziel zu gelangen. Aber er hatte noch genug Verachtung in sich, um gar nicht erst Anstalten zu machen, seinen Bestechungsversuch hinter einem Mantel von Andeutungen zu verbergen. Kaum hatte er die Gemächer des Kammerherrn betreten, als er einfach Geld und Geschenke im Wert von gut tausend Goldstücken auf den Tisch legte. Der Kammerherr schlug die feuchten Hände zusammen wie ein Kind und staunte die Schätze an. Das sollte jetzt alles ihm gehören?

»Alles für mich?« Er sah den stolzen Ritter fragend an. Der nickte nur verächtlich.

»Alles für mich!« Der Kammerherr bewunderte mal dieses Goldstück, mal jenen Edelstein und war ganz überwältigt und mit allem einverstanden.

Ja, ja, ach, diese Becher, herrlich! Kammerherren hatten für so etwas einen Sinn, schließlich mussten sie sich auch um die Garderobe ihres Königs kümmern, nein, und die Stoffe, er war ganz außer sich, und ja, ja, er werde das Anliegen des Herrn Ritter vortragen, aber sicher, die Geschenke waren so schön, das war die Übermittlung eines kleinen Anliegens schon wert, und wenn es ein so artiges Anliegen war, ja, ja, er werde es weitergeben.

»Ob Er sich wohl ein wenig beeilen könnte?«, drängte Jing Ke, »meine Zeit ist kostbar!« Er war auf Eile bedacht. In diesen Zeiten war man nie sicher. Vielleicht war der Plan mittlerweile verraten worden, vielleicht war der Verräter bereits unterwegs. Er musste sich sputen. Er musste jedem Verrat zuvorkommen.

»Ja, ja«, beeilte sich der Kammerherr zu versichern. »Oh ja, kostbar, die Zeit ist kostbar, selbstverständlich! Wer so kostbare Geschenke bei sich trägt, dessen Zeit ist gewiss kostbar!« Er ließ die Seide und die Münzen begeistert durch die Finger gleiten, machte aber keine Anstalten, seine weiche Figur in Gang zu setzen. Da trat der junge Begleiter Jing Kes auf ihn zu. Der Kammerherr schaute auf und gefror. »Ja, ja, ja, ja, nur mit der Ruhe«, beschwichtigte er und hielt sich die Hand vor die Augen, als habe ihn etwas geblendet, »ich gehe ja schon.«

Und er erhob sich in der Tat und verließ den Raum, nicht ohne sich in der Tür noch einmal nach den Schätzen umzudrehen, die nun ihm gehörten. Er berichtete seinem König wortgetreu, was ihm der Ritter mit dem Herbst im Herzen aufgetragen hatte. Und er tat es gern, es war sehr artig und würde seinen Herrn sicher freuen. Auch ihm selbst war das Herz im Leibe gehüpft, als der Ritter sprach. Krieg war seine Sache nicht. Er liebte den Verrat. Sonst umgab sich der König nur mit Kriegern. Aber er war Verwandtschaft, weitläufig, also hatte er den schönen Posten eines Kammerherrn ergattert.

Ja, ja, erzählte er, ein Ritter aus Yan begehre eine Audienz und er bringe schöne Geschenke (hierbei bekam er feuchte Augen) und noch schönere Nachricht. Der König von Yan zittere vor der Macht von Qin und Eurer Majestät und wage es nicht, sich Euren Truppen zu widersetzen. Er bittet um die Gnade, Euer Untertan werden zu dürfen wie die anderen Prinzen. Sein Reich solle zu Eurem Reich gehören, er wolle Tribute zahlen, solange er nur den Dienst in den Tempeln seiner Ahnen fortsetzen dürfe. Er habe es nicht gewagt, sich dem Licht Eurer Majestät höchstselbst zu nähern, deshalb schicke er einen seiner stolzesten und treuesten Ritter. Er bringe unter anderen Geschenken eine strategische Karte von Yan und: den Kopf Eures abtrünnigen Generals Fan. Er bitte um eine Audienz.

Das waren Dinge, die dem König gefielen, das wusste der Kammerherr. Sofort wurde der größte Empfang vorbereitet, den es für ausländische Gesandte und Gäste gab, so sehr freute sich der Wolf! Vor der großen Audienzhalle ließ er die Garde antreten, und neun hohe Beamte erwarteten seinen ritterlichen Gast und sollten ihn zu ihm bringen.

So ein Hof war eine Schlangengrube, und der König von Qin hatte lange um die Macht kämpfen müssen. Vor nicht allzu langer Zeit hatte es ein großes Komplott gegen ihn gegeben, in das sogar seine Mutter verwickelt war. Er hatte die Oberhand behalten, er hatte das Komplott niedergeschlagen, er hatte alle töten, hinrichten, vierteilen, ihnen die Haut abziehen lassen, samt ihrer Familien und Verwandten! Bis ins siebte Glied. Nur seine Mutter hatte er verschont.

Aber er würde sich nie sicher fühlen. Die einzige Sicherheit, die er haben konnte, war Macht. Und Erfolg. Solange er erfolgreich war, würde er am Hof keine Gegner zu fürchten haben – und wenn *das* hier kein Erfolg war!

Mittlerweile zitterten die Könige der alten Reiche so vor ihm, dass sie ihm ihre Reiche und die Köpfe derer, die ihn verrieten, freiwillig zu Füßen legten!

Das sollten ruhig alle sehen!

Sollten sie sehen, wie sie vor ihm zitterten!

Solange sie zitterten, war alles gut!

*

Jing Ke betrat als Erster die große Empfangshalle – und war überwältigt. Die Pracht, die Größe der Halle, die Höhe der Säulen – und in ihrem Zentrum: der Wolf!

Er sah ihn nur kurz und schlug dann, wie es sich gehörte, die Augen nieder. Einem König schaute man so wenig direkt in die Augen wie einem wirklichen Wolf. Beide konnten das als Herausforderung werten, als Angriff.

Er hatte, wie auch sein junger Begleiter, alle Waffen abgeben müssen. Die Empfangshalle des Königs durfte ohne speziellen Befehl niemand mit Waffen betreten, die Generäle nicht, die Minister nicht, nicht einmal die königliche Garde. Der Einzige, der eine Waffe trug, war der Wolf selbst.

Als sie ihre Schwerter abgaben und die Halle betraten, geschah etwas Unerwartetes: Der kleine böse Junge, den der

Prinz von Yan ihm mitgegeben hatte, dieser eiskalte Mörder mit einem Blick, der die Menschen mehr in Angst und Schrecken versetzte als anderer Leute Waffen, dieser Junge verlor ohne Waffe in greifbarer Nähe völlig die Fassung. Er wurde totenblass und zitterte am ganzen Körper, er bebte regelrecht und konnte kaum einen Fuß vor den anderen setzen.

Normalerweise hätte das genügt, nicht nur den Wolf, sondern den ganzen Hof nicht nur misstrauisch zu machen, sondern in höchsten Alarm zu versetzen. Es war die Selbstgefälligkeit, die sich unter den Mächtigen nur zu gerne breitmacht, die das verhinderte. Zwar waren einige der Anwesenden argwöhnisch, aber Jing Ke war selbstsicher wie eine Katze. Er hatte jahrzehntelang seine Kampfkunst geübt und hatte manches Mal erlebt, dass er an bestimmten Tagen, manchmal waren es auch nur Momente, so eins war mit dem Dao, dass er wusste, er konnte tun, was er wollte, er würde richtig reagieren. In solchen Augenblicken war er unbesiegbar, er hätte in einem finsteren Raum mit einem Bogen einer Fliege ein Auge wegschießen können.

In solchen Augenblicken hatte er buchstäblich überall Augen, er sah jeden Angriff, er sah jedes Schwert, jedes Messer, jeden Pfeil kommen und konnte ausweichen oder parieren. In solchen Augenblicken, und das war das Geheimnis, wurde er selbst so schnell, dass die Welt um ihn herum sehr, sehr langsam erschien. In solchen Augenblicken war ein von der großen Armbrust abgeschossener Pfeil für ihn so langsam, dass er ihn aus der Luft pflücken konnte wie einen Apfel vom Baum.

Und das, so wusste er von seinem Freund Gao, dem Zitherspieler, gab es nicht nur bei der Kampfkunst. Das gab es auch bei den anderen Künsten. Beim Kalligraphieren oder beim Malen oder beim Spielen eines Instruments. Solange man eins blieb mit dem Dao. Solange man nicht nachdachte, solange man nicht versuchte, etwas zu wollen, solange man sein Ich vergaß mit seinen Überlegungen, Wünschen und Dazwischenredereien.

Auch jetzt war so ein Augenblick der Einheit mit dem Dao. Jing Ke war ganz eins mit seinem Ziel. Er war nicht mehr nur der Pfeil, sondern gesammelt das, was den Pfeil lenkte und führte. Er spürte die Kraft des toten Tian Guang und wuchs über sich hinaus. Und obwohl er sonst nicht der Schlagfertigste war, hatte er sich so vollständig seiner Aufgabe überlassen, dass er den Argwohn zerstreuen konnte, bevor er richtig aufkam: Er gab dem Jungen einen Klaps und wandte sich, vollkommen ruhig, vollkommen gelassen an den König: »Ach, der dumme Junge! Er ist ein Bauerntölpel, aus dem Norden, treu, aber nicht sehr helle, und jetzt ist er so überwältigt von Eurer Majestät, dass ihm die Knie schlottern!«

Keine andere Ausrede hätte der König so bereitwillig angenommen wie diese. Jing Ke hatte sein Selbstbild bestätigt. So sah er sich selbst gern, als mächtigen, Furcht einflößenden Herrscher, der allein durch seinen Anblick die Feinde in die Knie zwang. Er fühlte sich geschmeichelt. Das war eine Gesandtschaft nach seinem Herzen! Erst brachten sie ihm den Kopf dieses elenden Verräters Fan, und dann zeigten sie auch den gebührenden Respekt. Ihm gefiel das!

Nur einen Sekundenbruchteil blitzte helles Misstrauen durch seinen Kopf: War dieser, wie hieß er, dieser Jing Ke, war der nicht ein wenig *zu* ruhig? Wieso blieb der so gelassen?

Aber die Dinge gingen zu schnell. Der Gedankenblitz war zu schnell, er konnte ihn nicht festhalten. Und er wollte es auch nicht.

Außerdem hatten sie, wie sein Kammerherr ihm gesagt hatte, noch ein zweites Geschenk dabei, das ihn mindestens so freute wie der Kopf dieses Fan: eine Karte. Eine strategische Karte von Yan. Das war hervorragend!

Der Kopf von Fan, das war eine Genugtuung, mehr noch,

es zeigte, wie das kleine Prinzlein zu Kreuze kroch, aber die Karte von Yan! Damit gab er sich praktisch schon in die Hände der Armeen von Qin. Mit dieser Karte würden seine Truppen die militärisch wichtigsten Punkte kennen, die Verteidigung von Yan, schlicht alles. Mit dieser Karte war Yan bereits erobert!

Und das war es, was ihn unvorsichtig machte. Er war sich seiner Sache *zu* sicher. Das geschah ihm nicht oft. Sein Leben hatte ihn anderes gelehrt. Das Aufwachsen an einem Königshof war kein Vergnügen. Er vertraute niemandem. Aber er hätte in diesem Augenblick vor allem sich selbst ein wenig misstrauen sollen. Das tat er nicht. Kein Mensch kann immer auf der Hut sein, auch nicht vor sich selbst.

Also schaute er belustigt auf den schlotternden Bengel und widmete sich dann dem unerschrockenen Ritter. Der näherte sich mit gesenktem Haupt und ging vor den beiden Stufen, die zum Thron des Königs von Qin führten, auf die Knie.

Zunächst öffnete er die große viereckige Schatulle mit dem Kopf von General Fan. Der König würdigte ihn keines Blickes. Er schaute auf die längliche Schachtel, in der die Karte sein musste. Jing Ke nahm langsam den Deckel ab und die Karte heraus. Sie war zusammengerollt, quer, um einen runden Holzstab. Was der König nicht wusste und was seinen übereifrigen Höflingen bei der Untersuchung von Jing Ke entgangen war: Im Innern der Rolle lag Königsdorn.

Der König ließ sich die Rolle reichen und rollte sie auf. Als Königsdorn sichtbar wurde, sprang Jing Ke hoch, griff mit seiner Linken den Ärmel des Königs, riss mit seiner Rechten den Dolch hoch und – und dieser Augenblick wurde ihm zum Verhängnis! In diesem Augen-Blick trafen sich sein Blick und der Blick des Königs.

Und: Er sah Angst!

Der König, der Menschenwolf, fürchtete sich!

Das war kein Wolf, das war ein Mensch!

Ein Mensch wie jeder andere!

Ein Gefühl ungeheuren Triumphs durchschoss Jing Ke. Er war größer als der größte Herrscher und Krieger seiner Zeit! »*Ich* könnte selbst König werden, *ich* könnte die Reiche einen, *ich* könnte, *ich*, *ich*«, tönte es in ihm – das war sein Verderben! Er fiel aus der Einheit mit dem Dao, er fiel aus seiner Unbesiegbarkeit heraus und – er wurde langsam!

Das alles dauerte nur einen Sekundenbruchteil, aber der Triumph und sein Ich machten ihn genau diesen Bruchteil zu langsam.

Der König fuhr hoch, riss sich los und griff nach seinem Langschwert, das er in der Hast des Augenblicks und mit seinen zitternden Händen nicht aus der Scheide bekam. Da sprang er hinter eine Säule.

Jing Ke setzte ihm nach, es erhob sich ein elendes Geschrei, die Hofschranzen sprangen sinn- und kopflos durcheinander, einer rief nach den Wachen, die Beherzteren warfen sich Jing Ke mit bloßen Händen entgegen, der Arzt des Königs ging sogar mit seinem Kräuterbeutel auf ihn los. Der König, der immer noch sehr unköniglich um die Säulen herumgejagt wurde, hatte mittlerweile sein Schwert aus der Scheide bekommen und versetzte Jing Ke einen heftigen Hieb gegen das linke Bein. Er zerschmetterte es.

Der König geriet völlig außer sich. Er hieb weiter auf den am Boden Liegenden ein und brachte ihm acht weitere Wunden bei. Jing Ke warf mit letzter Kraft den Dolch nach dem König, verfehlte ihn, und Königsdorn brach an einer der bronzenen Säulen entzwei. Mit ihm zerbrach die letzte Hoffnung der alten Zeit.

*

Der Gelbe Ritter hastete mit seinem Knappen zum Haus des Herrn Frühling-und-Herbst. Als er durch die Tür im Tor hineinstürmte, war der Bote, auf den man gewartet hatte, bereits angekommen.

Die Tische bildeten einen Kreis. Sie waren in aller Eile herausgestellt worden. Es war etwas geschehen.

Das Rechteck des Himmelsbrunnens, wenn man das so sagen konnte, war eine Parallele zu der rechteckigen Ausrichtung der Stadtmauer und zu dem Rechteck, das nach der Ansicht der Zeit der Kämpfenden Reiche die Erde bildete. Alles in Harmonie mit dem Gesetz des Himmels, das man in den Bauten und im Verhalten auf Erden spiegelte.

Genau in der Mitte des Kreises aus Tischen war das kleine, kreisrunde Teichbecken, kaum einen Meter breit. Es war rund, weil der Himmel rund war, wie der Gelbe Anja einmal erklärt hatte, und Himmel und Erde, das war ein Kreis und ein Viereck, Harmonie dazwischen herstellen hieß, Harmonie herstellen zwischen dem Runden und dem Eckigen, dem Weichen und dem Harten, kurz: Harmonie herstellen zwischen den Gegensätzen und einen Ausgleich zwischen den verschiedenen Meinungen – und das war auch eigentlich das Ziel des Treffens zwischen dem Hausherrn, dem Meinherr und ihrem Ritter gewesen. Aber durch die neuen Nachrichten war alles anders geworden.

Der Hausherr und Vorsitzende der Versammlung nahm in aller Hast am Nordende des Kreises Platz, Meinherr Geldchen im Süden, Anja mit ihrem Ritter im Westen und der Bote im Osten. Die Söhne standen im Hintergrund.

Der Herr Frühling-und-Herbst ließ sich bei aller Eile die Würde nicht nehmen. Und Würde hieß, man ließ sich Zeit. In aller Eile ließ man sich Zeit.

Er ergriff das Wort: »Wir sind an einem Wendepunkt. Wir sind alle in der absurden Situation, an etwas festzuhalten, das untergeht. Das Alte geht unter. Mein Meister war der, der an dem Alten, Richtigen und Guten festhielt, obwohl er wusste, dass alles dagegen sprach. Gegen diese Einschätzung meines Meisters wird, so nehme ich an«, sagte der Hausherr, »niemand der Anwesenden Einspruch erheben …«

Er schaute fragend in die Runde.

»Selbstironie ist eine feine Sache, hihi. Das könnte von mir sein«, brümmelte der Meinherr und klapperte mit dem Geld um seine Brust.

Der Gelbe Ritter nickte nur lautlos, und Anja nickte ebenfalls eifrig, was der Hausherr mit einer unerwartet ernsten und zufriedenen Miene quittierte – Anja hatte sich noch selten in ihrem Leben so wichtig gefühlt. Nicht ohne vom Meinherr einen Dämpfer verpasst zu bekommen: »Nickt der Ritter, nickt der Knappe, wenn jener schweigt, hält er die Klappe.«

Der Hausherr beachtete ihn nicht und fuhr fort: »Wir hatten Hoffnung. Bis die neuesten Nachrichten kamen, hatten wir Hoffnung. Jetzt haben wir keine mehr. Aber in der Einschätzung der Lage übereinzustimmen, ist dennoch wichtig! Der Weise sagt: ›Wenn man in den Grundsätzen nicht übereinstimmt, kann man einander keine Ratschläge geben.‹«

»Das wird sich noch herausstellen, hihi!« Meinherr Geldchen musste ein Ansehen genießen, das über sein Benehmen und Aussehen weit hinausging.

»Bevor ich Meinherr Geldchen, der weit in den Reichen herumkommt, weiter als wir alle, die wir uns allzu lange nur um unsere eigenen Belange gekümmert haben, bitte, uns die Lage zu schildern«, sagte der Hausherr und bestätigte damit die Vermutung von Anja über die Wichtigkeit des Meinherr auf der Stelle, »wollen wir hören, was der gerade eingetroffene Bote, auf den wir gewartet haben, zu berichten hat!«

Der neue Gast erhob sich, verneigte sich. Er war groß, sogar größer als der Gelbe Ritter, aber kräftiger, gröber, und er sprach langsam und schwer, als sei er es nicht gewohnt, viele Worte zu machen. Und: Er sprach von sich in der dritten Person, er sagte nicht »ich«!

»Er kommt aus dem Land jenseits. Im Süden. Das Land Guan Xiong [chsiung], das Land der Fenstermenschen.«

Zur Erklärung öffnete er seinen erdbraunen schweren Umhang. Den Anwesenden stockte der Atem: Er hatte ein großes viereckiges Loch in der Brust! In jeder Richtung gute zwanzig Zentimeter! Man konnte durch ihn hindurchsehen! Alle starrten ihn an, was ihn aber nicht zu irritieren schien.

Er war, so berichtete er, aus dem Süden gekommen, um zu beraten. Sein Volk sah die große Einigung des Reiches kommen und fürchtete sie. Ein so großes Reich sei immer hungrig, sagte er, deshalb habe man ihn geschickt, um zu beraten. Aber unterwegs habe er schwarze Reiter getroffen. Sie seien aufgewühlt gewesen, es habe ein Attentat gegeben, ein Attentat auf den König, den Wolf von Qin.

Bei dieser Nachricht hielt es niemanden mehr auf seinem Sitz, alles sprang auf und redete durcheinander.

Nur der Hausherr blieb ruhig.

»Habt Ihr davon gewusst?«, fragte der Ritter scharf. Er mochte es nicht, wenn er nicht informiert wurde.

»Ja«, gab der Herr Frühling-und-Herbst zu. »Zuerst waren es nur Gerüchte, Gerüchte, wie sie immer wieder von Mund zu Mund fliegen und genauso schnell wieder verschwinden. Aber am Hof von Yan leben, wie Ihr wisst, Geiseln aus Lu. Sie haben von einer seltsamen Abschieds-Zeremonie am Fluss Yi erfahren und von einem Lied, das dort gesungen wurde, ein Ritter hat es gesungen, der von einigen Eingeweihten des Hofes begleitet wurde:

›Der Wind, er weht
Kalt ist der Yi

Der Held, er geht
Heim kehrt er nie.‹

Das ist es, was mir gemeldet wurde. Ich habe geahnt, was es zu bedeuten hatte. Aber jetzt sprecht, Fenstermensch, ist er tot? Ist der König von Qin tot? Sind wir gerettet?«

Der Fenstermensch sagte mit tonloser Stimme: »Der Wolf lebt!«

Bestürztes Schweigen war die Antwort.

»Der Wolf lebt! Große Herrschau, in Zhao. Viel Zorn, viel Hass, er schaut nach Lu!«

Während er redete, sah der Fenstermensch Anja unverwandt ins Gesicht. Die anderen schwiegen weiter und sahen vor sich hin. Keiner sagte etwas.

Da brach Meinherr Geldchen das Schweigen. »Das habt ihr nun davon, hihi!«, begann der Meinherr, dessen Respektlosigkeit Anja wütend machte. »Wie ihr alle wisst, gehöre ich keinem eurer Denk- und Meisterclubs an, ich will kein Reich retten und keins erobern. Ich hänge mich an gar nichts. Deshalb gibt es mich schon immer. Deshalb wird es solche wie mich immer geben. Ich bin ein Wechsler, ein Über-Setzer zwischen den Welten und Zeiten, meine Art ist älter als ihr alle. Nicht einmal an meinem Geldchen hänge ich, es hängt, wie ihr gut sehen könnt, an mir, hihi!« Er klimperte mit den Ameisennasen, den Spaten- und Messermünzen über seinem Bauch. »Vielleicht weil ich ein Wechsler bin, zwischen den Welten und Zeiten, den Währungen, den Worten und den Weltanschauungen. Ich bin der Irrtum, das Einzige, was euch alle verbindet, der Wahn, hihi, das Absurde, das euch allen zugrunde liegt.«

Es war mucksmäuschenstill geworden. Die Angesprochenen, selbst der Gelbe Ritter, zogen die Ohren ein vor dieser Schelte, die so überraschend kam, dass selbst der kleine Pang, der unter den Tisch gekrabbelt war, zwischen Anjas Beinen hochkam, um sich den Absender dieser strengen Worte anzusehen. So hatte ja noch niemand mit seinem Vater geredet!

Womit der Kleine sehr recht hatte. Mehr sollte er an diesem Tag allerdings darüber nicht mehr in Erfahrung bringen, denn er wurde sofort von einem älteren Bruder unter dem Tisch hervor- und aus dem Verkehr gezogen.

»Ihr habt es vermasselt!«, fuhr der Meinherr fort. »Seit Hunderten von Jahren vermasselt ihr es, ihr alle. Ihr träumt von der Einheit und streitet euch unentwegt, was denn Einheit und Harmonie und der ganze Kram bedeuten. Aber ihr wollt nicht einig *sein*, ihr wollt die andern mit euch einig *machen*. Die anderen sollen werden wie ihr. Das versteht ihr unter Einheit. Seit Jahrhunderten kämpfen die verschiedenen Staaten und Reiche um die Vorherrschaft. In verschiedenen Koalitionen und Bündnissen. Und damit habt ihr alle, ihr Jünger des Konfuzius und des Laozi und wie sie alle heißen, immer mehr vergessen, was ihr eigentlich lehrt. Und jetzt kommt der Eine, der alles eint. Und das mit dem banalsten Mittel, das sich denken lässt: mit Gewalt. Es hat sich ausdiskutiert. Das kommt von so was! Die Armeen von Qin haben in den letzten sieben Jahren die Reiche der Han, der Zhao, der Wei und der Chu ganz oder teilweise erobert und ihrem Reich eingegliedert. Sie stehen vor Yan, und dann seid ihr an der Reihe, und der ganze Süden wird fallen. Der König von Qin, der Wolf der schwarzen Armeen, hat keine Angst mehr. Fast keine Angst mehr, hihi. Aber Machtmenschen, hihi, Machtmenschen wie er, die keine Macht auf der Welt anerkennen als die ihrer Armeen, haben immer nur eine Angst, sie haben Angst vor den Dingen, über die sie keine Macht haben. Sie haben Angst vor den Herzen der Menschen, sie haben Angst vor den Geistern, und sie haben Angst vor den Schatten, die unser Leben umgeben, sie haben Angst vor dem Tod, hihi! Und wer Angst hat vor dem großen Schatten, bekommt auch Angst vor den kleinen Schatten. Er wird abergläubisch. Deshalb ist er wachsam. Deshalb ist er misstrauisch. Und jetzt, nach dem Attentat, erst recht. Er hat seine Augen und Späher überall. Vielleicht weiß er es schon, denkt an den schwarzen Reiter auf der Landstraße! Wenn nicht, sollte er es nicht erfahren, hihi.«

Der Gelbe Ritter seufzte: »Achje!«

Der Hausherr besah sich angelegentlich seine Fingernägel.

Anscheinend wusste hier jeder, was gespielt wurde und was der Meinherr meinte. Nur Anja nicht!

Klar, ein Knappe musste nicht alles erfahren, war ja auch nur ein Knappe, schlief ja auch nur im Stall. Aber jetzt reichte es ihr: »Was sollen diese ganzen Andeutungen? Warum sagt mir niemand, was los ist?« Sie wandte sich abwechselnd an den Ritter, den Meinherrn und den Hofgeschichtsschreiber: »Wieso bin ich in Gefahr? Wer will etwas von mir? Verdammt, so sagt doch endlich etwas!!«

Alle wichen ihren Blicken aus, niemand wagte, ihr in die Augen zu sehen.

Jetzt weiß jeder, dass es zwei Arten gibt, jemanden anzustarren. Bei der einen, unhöflichen Art sieht man sich den neugierigen Blicken direkt und schamlos ausgesetzt. Bei der feineren Art der Weichen, der Daoisten und sonstwie Höflichen, schaut niemand einen an, das war eine Art indirektes Anstarren und fast noch peinlicher.

Der Meinherr begann leise ein Lied zu singen:

»Des Einhorns Huf, des Einhorns Huf
Bringt mit sich des Königs Ruf
Des Einhorns Huf, des Einhorns Huf

Des Einhorns Herz, des Einhorns Herz,
Der König lindert unsern Schmerz
Des Einhorns Herz, des Einhorns Herz

Des Einhorns Horn, des Einhorns Horn
Königs Zeichen, Königs Dorn
Des Einhorns Horn, des Einhorns Horn«

Als er geendet hatte, blieb eine Weile alles still.

Dann sagte er ganz leise und wie für sie alle: »Wenn Er es noch nicht weiß, sollte Er es nicht erfahren – das Einhorn ist bei uns!«

Teil II

DIE FLUCHT ZUR QUELLE

Der Blick des Wolfes flackerte. »Das Einhorn?«

Er schaute hinab auf den schwarzen Reiter, der ausgestreckt vor ihm auf dem Boden lag und unterwürfig mit der Stirn den Boden berührte.

»Das Einhorn?«, wiederholte er. »Was hat das zu bedeuten?«

Hastig sprangen ihm seine Berater und Spezialisten in Sagen und alten Überlieferungen zur Seite.

Es war eine Zeit, in der das Sagenhafte noch nicht in den Büchern stand, sondern in den Köpfen und Herzen der Menschen lebendig war. Alles, was gesagt, erzählt und überliefert wurde, Geister, Gespenster, Feen und Zauberer, Drachen, Phönixe und Einhörner, war nicht weniger wahr und wirklich wie die Dinge, die man anfassen konnte und die vor den Augen geschahen. Und ebenso wirklich und wahr wie die Geister und Gespenster waren die Gedanken, Gefühle und Ahnungen, die die Menschen durchfluteten. Alles traf sich in dem Organ, das die Menschen »Herz« nannten: Gedanken, Gefühle, Ideen, Visionen, Träume, Wirklichkeit.

Nicht so beim Wolf. Hatte er zuvor noch eine weiche Seite in seinem Herzen gepflegt, seit dem Komplott, an dem auch seine Mutter beteiligt war, tat er das nicht mehr. Er lebte nicht mehr in der menschlichen Gesellschaft, sein Herz lebte allein und verlassen in der Wildnis, ohne Menschen, er war ein Wolf unter Wölfen.

Jetzt war er so weit: Er konnte Kaiser werden!

Doch in dem Maße, in dem er sich vor seinen Mitmenschen verschloss, wuchs in ihm eine unerklärliche Angst. Dieser bald mächtigste Mann der Welt hatte Angst, eine übermächtige Angst vor dem Tod!

Sie bestimmte sein Leben. Sie ließ ihm keine Ruhe. Sie trieb ihn voran, durch die vielen Schlachten und Kriege. Durch sein Leben. Er war ständig auf der Flucht.

Und weil er niemandem vertraute und nicht alles unter dem Himmel, das er bald erobert haben würde, kontrollieren konnte, wurde er misstrauisch und abergläubisch.

Er beschäftigte Hunderte von Zauberern und Alchimisten, die ihm die zinnoberrote Pille herstellen sollten, das Elixier der Unsterblichkeit. Er schickte Boten aus, die nach den Inseln der Unsterblichkeit suchen und die seltenen Zutaten beschaffen sollten, die seine Zauberer für ihre immer neuen Rezepte verlangten. Er schickte Boten aus in die alten Geschichten und in die alten Lande von vor der Zeit, er sammelte die alten und ganz alten Schriften in einem Turm, er ließ nach Weisen, Eremiten und vergessenen Zauberern und Hexen suchen und sie an den Hof bringen, um sie zu verhören.

Aber er glaubte seinen Boten nur halb. Und der Erfolg ließ auf sich warten. Immer wieder wurde er von seinen Zauberern und Alchimisten vertröstet. Er wurde sich klar, dass er selbst einmal dorthin musste, an die Küsten im Osten, von wo aus man die Inseln der Unsterblichen sehen konnte. Er würde ein Schiff ausrüsten, ein Schiff voller unberührter Jungen und Mädchen, das würde er zu den Unsterblichen schicken. Sie sollten wissen, wer er war, die Unberührten sollten für ihn sprechen und ihm den Weg ins Jenseits bereiten. Seinen Boten vertraute er schon lange nicht mehr. Aber er brauchte sie.

Und einer dieser Boten lag nun vor ihm, machte Kotau und erzählte, er habe das Einhorn getroffen, das Einhorn in Menschengestalt! Und von einem Lied erzählte er, das ihm die Steine, die Felsen und die Bäume vorgesungen hätten.

Konnte man das glauben? War das eine List des Feindes? Des Himmels? Des Schicksals? Oder sollte das ein Zeichen sein?

»Steh auf!«, herrschte er den Reiter an.

Er kannte seine Leute. Sie waren so unpoetisch wie eine Schuhsohle; um Steine, Bäume, Flüsse und Bäche singen zu hören, fehlte ihnen die Fantasie. Er hatte sie zu Befehlsmaschinen gemacht und ihre Gedanken rechtwinklig wie die Schlachtordnung seiner Heere. Ihre Köpfe waren genormt wie die Löcher in den kleinen runden Münzen seines Reiches. Wenn also einer von seinen Leuten die Steine singen hörte, dann war er besoffen oder die Steine *hatten* gesungen.

»Wiederhole, was du gesagt hast!«

Er starrte dem schwarzen Reiter mit seinem schmalen Raubtierblick in die Augen. Er konnte das Flackern der Lüge erkennen, wenn er es sah. In jedem Blick. Aber er sah nichts, hier war es nicht!

Sein Reiter wiederholte das Lied:

»Des Einhorns Huf, des Einhorns Huf
Bringt mit sich des Königs Ruf
Des Einhorns Huf, des Einhorns Huf

Des Einhorns Herz, des Einhorns Herz,
Der König lindert unsern Schmerz
Des Einhorns Herz, des Einhorns Herz

Des Einhorns Horn, des Einhorns Horn
Königs Zeichen, Königs Dorn
Des Einhorns Horn, des Einhorns Horn«

»Des Königs Dorn!«, wiederholte der König von Qin.

Einer der Generäle warf ein: »Als der fremde Ritter aus Yan Eure Majestät angriff, als er die Klinge nach Euch warf, die Euch nach dem Willen des Himmels verfehlte, und sie an der Säule zerschellte, hat er da nicht ›Königsdorn‹ geschrien, der Halunke?«

Ja, das hatte er, der König hatte es nicht vergessen. So etwas vergaß man nicht. Aber woher kannte der Reiter dieses Lied? War es eine Prophezeiung, die jetzt in Erfüllung gegangen war?

Doch wenn das Lied sich auf das Attentat bezog, dann war die Prophezeiung falsch, das Attentat war fehlgeschlagen, er lebte noch! Der Königsdorn war zerbrochen, der Attentäter tot.

Und hieß es in dem Lied nicht, das Einhorn sei des Königs Dorn? War das also doch so zu verstehen, dass es auf seiner Seite war?

Der Wolf war nicht gut in den alten Überlieferungen. Seine Lehrmeister und allen voran sein jetziger Kanzler waren harte Männer des Zwecks und der Macht. Sie gaben nicht viel auf Lieder. Zwar gab es auch im Reich Qin Musik, aber meistens waren es Trommeln und laute Schalmeien, die den Soldaten das Blut aufpeitschten und sie in die richtige Kampfstimmung brachten.

Er ließ seinen Kanzler rufen.

Sein Kanzler Li Si [sse] war zwar Schüler eines der letzten großen Meister der Weichen, des Xünzi [chsündse], gewesen, aber auch dieser Meister der Weichen hatte der Wirklichkeit und den Erfordernissen der Machtpolitik nachgegeben.

Nicht jeder konnte leben wie der König. Das war ein einfaches Rechenexempel. Nicht jeder konnte in einem Palast wohnen. Wer das versprach, würde erst das Reich und dann die Welt zerstören. Dennoch war der Mensch gierig und wollte alles. Also war er schlecht. Schlecht für das Reich, schlecht für die Welt.

Und deshalb musste man ihn in einen Käfig sperren. In einen Käfig aus Strafen und Belohnungen. Man musste ihn kurz halten und ihm die Richtung weisen. Denn die Gier des Menschen, das wusste der König nur zu gut, die Gier des Menschen war eine ungeheure Kraft, mit der man Berge versetzen konnte – wenn man sie kanalisierte und für das Reich nutzte. Man musste ihr ein Ziel geben und sie belohnen, wenn das Ziel erreicht war, bzw. bestrafen, wenn sie versagte.

Der König dachte gerne an derlei Dinge. Sie waren folgerichtig und überschaubar. Und er fand seine Vorstellungen Tag für Tag bestätigt.

Er schaute auf den Reiter, der mittlerweile mit gesenktem Haupt vor ihm stand. Der Kaiser zweifelte keinen Augenblick an seinem Bericht, denn keiner seiner Männer, schon gar nicht einer aus den unteren Rängen, würde es wagen, ihn hinters Licht zu führen. Wenn sein Bericht also stimmte, musste der Reiter geritten sein, als seien alle Dämonen und Gespenster hinter ihm her.

Darin irrte der König nicht.

Der Reiter war von Ahnungen und Befürchtungen vorangepeitscht worden, die das seltsame Lied, das ihm unentwegt in den Ohren hallte, noch vertiefte. Und wie er sich dem Reich Zhao, das die Heere seines Herrn gerade erobert hatten, näherte, flogen ihm mit dem Wind Gerüchte zu. Vom Mord an seinem König war die Rede, und die Gesichter der schwarzen Soldaten, die er traf, waren verstört. Aber auch ohne den großen Willen, der sie alle steuerte und trieb, liefen sie nicht kopflos durcheinander. Die Hauptleute und Rittmeister hatten keine Mühe, Disziplin und Ordnung aufrechtzuerhalten.

Gerüchte waren schneller als der Wind und vor allem schneller als die Boten, die der umsichtige Kanzler des Wolfes sofort in die Nacht hinausgejagt hatte. Ohne die harte Hand seines Herrn würde jeder auf sich selbst zurückfallen, auf seine Zweifel und seine Angst, und die Gier würde aus ihrem Käfig ausbrechen. Das konnte das ganze Reich auseinanderreißen. So jedenfalls dachten die Auftraggeber des Attentäters, das war ihre Absicht.

Er hatte den Plan sofort durchschaut. Er hätte nicht funktioniert. Sie verstanden Qin nicht. Zwar war alles auf den König ausgerichtet, aber der König war nicht alles. Das *System* war alles. Wenn der König fehlte, das *System* würde weiter funktionieren. Könige konnte man ersetzen, die Armeen hätten sich schnell wieder beruhigt.

*

Als Prinz Dan von Yan die Nachricht vom Misserfolg Jing Kes erreichte, war er entsetzt. Die Meldungen überschlugen sich. In Zhao formierte Qin eine Armee von über 100 000 Mann, sie würden nicht mehr lange auf sich warten lassen.

Die Untere Hauptstadt von Yan glich einem Flüchtlings- und Heerlager. Unentwegt strömten Kämpfer der geschlagenen Heermacht von Zhao ins Land und in die Stadt. Sie suchten Schutz. Zhao und Yan waren alte Waffenbrüder, wenn es das in dieser Zeit überhaupt noch gab, Brüder. Es war erst ein paar Jahrzehnte her, da hatte Yan mit Zhao und einigen anderen Reichen gegen das große Reich Qi im Südosten gekämpft, das die Vormacht an sich reißen wollte.

Jetzt, da der Anschlag auf den Wolf fehlgeschlagen war, bereute es der Prinz von Yan zutiefst, dass er sich nicht früher um Verbündete bemüht hatte. Jetzt war es zu spät. Die Einzigen, die jetzt noch hätten helfen können und mit Yan zusammen stark genug gewesen wären, um Qin aufzuhalten, das war das Reich Chu im Süden. Aber Chu war zu weit weg. Bis seine Truppen kommen konnten, würde es Yan nicht mehr geben.

Kaum war die Nachricht eingetroffen, ließ König Xi, der Vater des Prinzen von Yan, ihn auf den Turm rufen. Dort hielt er sich in diesen Tagen oft auf und schaute nach Westen, als könne er bannen, was von dort kommen würde. Sein Vater hatte erst jetzt von den Plänen des Prinzen erfahren. Er war untätig geblieben, in der Hoffnung, Qin werde Yan vielleicht vergessen, wenn es sich still verhielt. Jetzt konnte er nicht mehr untätig bleiben.

»Was hast du getan?«, herrschte der König seinen Sohn an. »Hast du keinen Funken Verstand im Leib? Hat dir niemand gesagt, dass man ein Raubtier nicht reizen darf? Ich sollte dich töten lassen und dem Wolf deinen Kopf schicken, du Unglücksmensch!«

»Besser, als untätig zu sein!« Prinz Yan war nicht gewillt, klein beizugeben. »Ich habe wenigstens etwas unternommen!«

»Etwas unternommen? Weißt du, wie du mir vorkommst? Wie jemand, dem das Boot voller Wasser geschlagen ist und der dann auf hoher See ein Loch in den Schiffsboden bohrt, damit es ablaufen kann. Du hast etwas unternommen? Was hast du dir denn gedacht? Was denkst du, was jetzt geschieht?«

Der König schaute von seinem Palast über die Stadt.

»Wenn der Anschlag geglückt wäre«, beharrte der Prinz, »wäre Qin ohne Kopf, und wir wären mit Chu und Zhao und allen anderen Qin gewachsen!«

»Qin gewachsen?!« Der König stierte seinen Sohn an, als sei er wahnsinnig geworden. »Qin gewachsen???«, brüllte er. »Qin ohne Kopf? Du warst doch dort! Du kennst die Kriegsmaschine von Qin. Wie kannst du dann so etwas auch nur denken? Die Kriegsmaschine von Qin läuft von selbst! Sie ist so aufgebaut, dass jeder ersetzt werden kann, und sie können jeden ersetzen! Auch den König!«

»Zur Rettung von Yan…«, begann Prinz Dan, aber der König ließ ihn nicht ausreden.

»Halt den Mund, Heuchler! Du hast nicht an Yan, du hast an deine gekränkte Eitelkeit gedacht! Dir ging es um deine persönliche Rache. Sonst hättest du Vorkehrungen getroffen. Wenn das Attentat gelungen wäre, was hättest du denn getan? Hast du Verhandlungen geführt, hast du Bündnisse geknüpft?

Nein? Wann wolltest du denn damit anfangen? Beim nächsten Frühlingsfest? Weißt du, was jetzt geschieht?«

Bevor der Prinz antworten konnte, stürzte ein Bote den Turm herauf, ein hoher Offizier, der als Späher nach Zhao geschickt worden war. Er warf sich zu Boden und berührte mit der Stirn den Fuß seines Königs.

»Was bringst du?«

Der Späher erhob sich.

»Schlechte Nachrichten, Herr. Die Heerschau ist vorüber. Der Wolf marschiert. Er kommt von Handan, der Hauptstadt von Zhao. Er kommt. Der Wolf kommt.«

Der König schaute mit starrem Blick Richtung Westen, drehte sich dann um und schaute auf seine Stadt.

Das Königreich Yan hatte zwei Hauptstädte. Die Obere Hauptstadt, Ji, war für die Sicherung der Grenze im Norden zuständig. Sie war der eigentliche Regierungssitz. Aber die neuere, modernere und größere war die Untere Hauptstadt. Von hier aus wurde der Grenzverkehr zu den anderen Reichen, nach Qi, Zhao und Lu abgewickelt, von hier aus waren die Truppen im Krieg gegen Qi marschiert.

Der König dachte zurück. Was für einen Fehler sie damals gemacht hatten! Yan hatte eine Allianz zustande gebracht, das war gerade einmal sechzig Jahre her, eine Allianz unter anderen auch mit Zhao und – Qin! Gegen Qi! Diese Allianz, dieser Feldzug hatte Qin geholfen, groß zu werden! Aber was hätten sie tun sollen? Wenn es nicht Qin gewesen wäre, dann wäre es Qi gewesen oder Chu. Es blieb ihnen keine Wahl.

Er war der König und herrschte seit 28 Jahren über eines der mächtigsten Reiche seiner Zeit. Und das war die bitterste Erkenntnis seiner Regentschaft: Ganz oben, auf dem Gipfel der Macht, wo scheinbar alle Fäden zusammenliefen, war man machtlos. Wer ganz oben war, konnte spüren, dass er die

Fäden nicht in Händen hielt, die Fäden waren an den eigenen Händen festgemacht. Man war eine Marionette. Eine Marionette unsichtbarer Mächte.

Aber im Nachhinein war man immer klüger.

Natürlich hätte man Qin nicht groß werden lassen und hätte vor allem Zhao nicht schwächen dürfen. Zhao war der Puffer, den Qin erst überwinden musste, um nach Yan zu gelangen. Aber Yan hatte Zhao so lange geschwächt, bis das kein Problem mehr war.

Doch was hätte man tun sollen?

In den Jahrhunderten der Kämpfenden Reiche war etwas Neues in die Welt gekommen, etwas Kaltes. Das alte Dao spiegelte sich nicht mehr beruhigend und friedvoll in den Flüssen, Seen und Teichen der alten Zhou-Dynastie, in der so viele Jahrhunderte Ruhe und Ordnung geherrscht hatte, das Dao der Zeit spiegelte sich in den tödlich glänzenden Klingen ihrer Schwerter und Äxte aus Stahl.

Damals hatte die Allianz von Yan das Reich Qi überrannt, Qi war fast ganz ausgelöscht. Aber eben nur fast.

Und dann fing eine Kette unverzeihlicher Fehler an, die nun zu diesem Desaster geführt hatten.

General Le Yi, der im Auftrag des Königs nicht nur die Allianz mit den anderen geschmiedet, sondern auch den erfolgreichen Feldzug gegen Qi geleitet hatte, wurde durch Intrigen am Hof entmachtet und durch einen unfähigen Mann ersetzt.

Neue Besen kehren gut, dachte sich der neue Mann. Und ein neuer Mann setzt alles daran, sich von einem großen Vorgänger abzuheben, vor allem, wenn er schwach ist und mit seinem Posten überfordert. Also macht er alles anders. Und wenn der Vorgänger alles richtig gemacht hat, macht er folglich alles falsch.

General Le Yi hatte darauf verzichtet, den letzten Rückzugsort des Herrschers von Qi einzunehmen, um die Bevölkerung nicht gegen die Herrschaft der Yan aufzubringen. Er wusste, dass der Sieg auf dem Schlachtfeld keinen Wert hatte, wenn man die Herzen der Menschen, die man beherrschen wollte, nicht für sich gewann. Wenn das nicht gelang, würden sie dem alten Herrscherhaus die Treue halten.

Dem neuen Mann an der Spitze der Truppen von Yan waren solche Überlegungen fremd. Er hätte sie nicht einmal verstanden, wenn man sie ihm erklärt hätte. Er hätte das nicht gekonnt und nicht gewollt. Er hatte nur eine Leitlinie, seinen Ehrgeiz.

Also ließ er die letzte noch freie Stadt des Reiches Qi belagern.

Als der Ring geschlossen war, versammelte er seine Offiziere zu einer Beratung. Sie mauerten, sie konnten ihn nicht leiden. Deshalb musste er ihnen zeigen, wer hier das Sagen hatte.

»Ich werde hart durchgreifen!«, sagte er. »General Le Yi ist mit Flüchtlingen und Kriegsgefangenen und derlei Gesindel viel zu nachsichtig gewesen! Wer gegen uns das Schwert hob, musste keine Angst vor den Folgen haben. Das wird von heute an anders! Wir werden den Widerstand von Qi endgültig brechen! Ab sofort wird Flüchtlingen und Gefangenen die Nase abgeschnitten, und wir werden die Gräber ihrer Ahnen dem Erdboden gleichmachen, wenn sie sich nicht ergeben!«

Die Offiziere murrten innerlich, aber zu sagen wagte niemand etwas. Sie waren Soldaten, sie gehorchten.

Was der Neue nicht bedachte: General Le Yi war milde gewesen, nicht, damit Qi keine Angst hatte, gegen Yan zu kämpfen, sondern damit es keine Angst haben musste, sich zu ergeben. Jetzt hörten die Leute in der eingeschlossenen Stadt, dass sie ihre Gesichter und ihr Gesicht verlieren würden, ob sie sich ergaben oder nicht! Noch schlimmer war die schamlose Zerstörung der Ahnengräber! Das war es, was der neue Befehlshaber nicht bedacht hatte und nicht denken konnte: Diese sinnlose Grausamkeit würde Qi zu einer erbitterten Härte zwingen. Und einen Hass hervorrufen, der übermenschliche Kräfte freisetzte und zu übermenschlichen Taten befähigte. Wenn dieser Hass von einem fähigen Mann in die richtigen Bahnen gelenkt wurde, war er die gefährlichste Waffe, die sich denken ließ.

Und diesen fähigen Mann hatte Qi. Er hieß Tian Dan. Er konnte den Hass kanalisieren. Aber er reagierte auf den groben Klotz von Yan nicht mit einem groben Keil, er griff mit dem Florett an, einer List: Er schickte einige Bürger der Stadt, als reiche Pfeffersäcke verkleidet, mit Gold und Silber zu dem neuen Befehlshaber von Yan. Sie jammerten ihm die Ohren voll, wie nur Kaufleute jammern können, wenn es ihnen ans Herz, also an den Geldbeutel geht, die Stadt sei am Ende, die Getreidevorräte aufgebraucht, noch ein paar Tage, und Qi müsse sich kampflos ergeben. Und sie versprachen ihm all ihr Hab und Gut, wenn er bei der Einnahme der Stadt ihre Familien und Ahnengräber verschonte!

Damit hatte Tian Dan den Neuen an seiner empfindlichsten und schwächsten Stelle gepackt: seiner Eitelkeit. Er würde die Stadt erobern, schnell und ohne Verluste, er würde diesen vermaledeiten Le Yi überflügeln, er würde ihn auf Normalmaß zurechtstutzen, früher und schneller, als er es je zu hoffen gewagt hatte. In der Zwischenzeit war Tian Dan nicht untätig. Er ließ an gut einem Dutzend Stellen die Stadtmauer von innen so weit aushöhlen, dass man mit einer Hand den Rest der Wand zum Einsturz bringen konnte. Dann ließ er eintausend Rinder auf den Marktplatz treiben.

Die Bürger und die Besatzung der Stadt staunten nicht schlecht. Und sie staunten noch mehr, als sie sahen, was ihr Oberbefehlshaber vorhatte!

Auch wenn die Lage sehr ernst war, das Ganze war beinahe ein Spaß! Auf dem einen oder anderen Gesicht erschien sogar ein Lächeln. Aber mehr noch schimmerte in den Augen der Ritter, Soldaten und Bürger der zurückgenommene Glanz der List und fiebrige Vorfreude.

Große Decken wurden rot und grün mit großen bizarren Mustern bemalt und den Rindern übergeworfen. An ihren Hörner befestigte man kurze, sehr scharfe Schwerter und an ihren Flanken Lanzen, die weit über die Nasen der Tiere hinausragten. An den Schwanz wurden dem Vieh lange, aus Reetgras geflochtene Seile gebunden, die man zuvor in Öl tränkte.

In Windeseile und in aller Heimlichkeit wurden die Vorbereitungen abgeschlossen.

Draußen wartete der Neue auf die Kapitulation von Qi, drinnen wartete man auf den Einbruch der Dunkelheit. In dieser Nacht tat in der Stadt niemand ein Auge zu. Alles hing vom Gelingen des kühnen, ja wahnwitzigen Plans von Tian Dan ab. Manch einer zweifelte an seinem Verstand.

Ob das gut gehen konnte? Sollten die Yan so einfältig sein? Aber hatte Qi eine Wahl? Lieber gingen sie unter, als sich der angedrohten Verstümmelung auszusetzen! Der Tod, zumal ein ehrenvoller Tod, war zu akzeptieren, das, was der Neue ihnen antun wollte, auf keinen Fall! Manch einer hatte für Frau und Kinder einen scharfen Dolch, ein Schwert oder auch einen Becher mit Gift vorbereitet. Wenn es zum Äußersten kommen würde, wäre das allemal besser, als in die Hände dieses Unmenschen zu fallen! Aber erst musste er sie einmal schlagen!

Um Mitternacht, als die Finsternis am dunkelsten war, wurden die Breschen in der Stadtmauer in aller Stille aufgestoßen, man brachte die Rinderarmee, so nannte man sie ehrerbietig, leise hinaus und wartete auf das Zeichen.

Hinter der hohlen Hand oder hinter den Helmen der Kämpfer aber glommen Zunder und kleine Öllämpchen. Als das Zeichen kam, wurden die aus Reetgras geflochtenen Seile angezündet.

Zuerst merkten die Rinder – es waren nur die stärksten und wildesten Stiere und Bullen ausgewählt worden – nichts. Doch dann erreichte das Feuer die Schwanzhaare des ganz vorne postierten Leitbullen. Er hörte zunächst nur das Geräusch von verbrennenden Haaren, dann stank es danach. Er wandte den wuchtigen Kopf nach hinten, sah das Feuer, da spürte er auch schon, wie die Flammen ihn bissen. Ein entsetzliches Brüllen aus Angst, Schmerz und Wut kam aus seiner Kehle.

Dann brach die Hölle los.

Entsetzliches Geschrei und Getöse erhob sich auf der Stadtmauer. Dort war alles, was Beine hatte, versammelt und schrie und schlug und trommelte gegen alles, was Lärm machte: Becher, Töpfe, Wannen.

In heller Panik stürzte die Herde davon. Brüllend und mit vor Angst aufgerissenen Augen rasten über tausend Rinder in wilder Flucht auf das Lager der Yan-Truppen zu. Die hatten, gut versorgt und siegessicher wie sie waren, tief und fest geschlafen. Als sie, vom Lärm aufgeschreckt, vor den Zelten erschienen und sich die Augen rieben, hatten die Rinder das Lager schon erreicht.

Aber die Leute von Yan sahen in ihrer Verschlafenheit keine Rinder, sie sahen schnaubende, ihren schlimmsten Albträumen entsprungene Bestien mit riesigen Augen, die Schwerter hatten statt Hörner, die brannten und selbst alles in Brand steckten, was sie berührten.

Viele Soldaten von Yan verloren den Mut. Sie waren nicht feige, aber gegen Gespenster konnte man nicht an. Zumal hinter diesen Gespenstern die entschlossensten Kämpfer der Qi, die »Todesschwadron«, wie sie sich selbst nannte, auftauchten. Fünftausend Mann mit Langschwertern und meterlangen Hellebarden stürzten sich auf die verwirrten und verängstigten Yan-Truppen.

Der neue General von Yan, der sich auf einem Kampfwagen aus dem Staub machen wollte, wurde von Qi-Reitern eingekreist und niedergemacht.

Als die Meldung über diese verheerende Niederlage den damaligen König erreichte und er seinen Fehler bemerkte, war es zu spät. Er versuchte, Le Yi zurückzuholen, aber der hatte seine Lektion gelernt. Er sagte dazu in einem berühmt gewordenen Brief nur:

»Als Ihr, Herr, die Freundschaft bracht, kam kein böser Laut von mir; Euer treuer Diener verließ das Reich, aber sein Name ist nicht mehr unbefleckt.«

Das war deutlich. Er wollte nichts mehr mit ihm zu tun haben.

Diese Niederlage damals war der Auftakt gewesen. König Xi schaute wieder über die Stadt. Eine moderne Stadt und eine Garnisonsstadt.

Sie war gut gebaut – und imposant. Sie war schon vor dem Krieg mit Qi begonnen worden, und sie war die größte Stadt ihrer Zeit. Von dem Turm, auf dem er stand, konnte er alles gut überblicken: Die Stadt war fast ein Rechteck. Die Stadtmauer maß von Westen nach Osten sechzehn Meilen und von Norden nach Süden noch einmal acht Meilen. Sie war sechs bis acht Schritte hoch und entsprechend stark, es würde keinem Feind leichtfallen, sie einzunehmen.

In der Mitte war das Rechteck von Norden nach Süden noch einmal geteilt. In der Weststadt war die Garnison untergebracht, im Ostteil lagen das noch einmal eigens abgetrennte Palastviertel mit seinen imposanten Bauten, das Handwerkerviertel, der Friedhof, die Wohngebiete und der Fluss, der die Stadt mit Wasser versorgte und über den das Getreide herangeschafft wurde.

Im Westen war die Stadt geschützt durch die schroff aufragenden Felsen des Taixing-Gebirges. Wer hier durchmusste, war leicht aufzuhalten. Man musste nur die Talausgänge besetzen, dann konnte man mit einer Handvoll mutiger Männer eine ganze Armee aufhalten.

Im Osten war die große Ebene. Das war eigenes Land.

Im Norden war eigenes Land, und im Süden war der Fluss Yi, der Schutz bot.

Im Süden und Südwesten des Flusses, keine zwanzig Meilen entfernt, zog sich von Nordwesten nach Südosten über gut 240 Meilen eine Schutzmauer gegen alle Angreifer, die aus dieser Richtung kommen konnten.

Schon seit Jahrhunderten versuchten die verschiedenen Reiche, mit Mauern ihre offenen Flanken vor einem Angriff zu schützen. Und das Reich Yan hatte zwei offene Flanken: im Süden und Südwesten und im Norden, wo die Reiterstämme mit ihren schnellen Pferden hausten.

Die Stadt war also gut angelegt. Hier musste erst einer einmal durchbrechen. Die Untere Hauptstadt umgehen und die Obere Hauptstadt direkt angreifen, das konnte sich kein Feind leisten. Er hatte dann eine große Streitmacht im Rücken, und das konnte sich kein Feind leisten, nicht einmal der Wolf.

»Wenn wir uns ergeben hätten, wäre noch Hoffnung gewesen!«, sagte der König wie zu sich selbst. Er dachte an die Ahnenopfer. Die Opfer für die Ahnen mussten weitergehen. Wenn sie in Vergessenheit gerieten, würde alles in Vergessenheit geraten, seine Familie würde sein, als habe sie nie existiert. Er wandte sich mit leerem Blick und bitterem Ton an seinen Sohn: »Wie konntest du nur! Jetzt wird er kein Erbarmen kennen!«

Er schaute wieder nach Westen.

Der Späher sagte: »Herr, wir müssen unsere Truppen zusammenziehen, der Wolf wird bald hier sein. Wir dürfen ihn nicht zu tief in unser Land lassen! Habt Ihr nicht gehört, was die Flüchtlinge aus Zhao erzählen? Er hat in ihrer Hauptstadt gewütet wie eine Bestie. Wir müssen die Stadt schützen – und unsere Ahnentempel.«

Der König schaute seinen Offizier entgeistert an, dann erwachte er wie aus einem Traum: »Ihr habt recht!«

Er schaute noch einmal nach Westen, ein Ruck ging durch seine Gestalt, er hatte Abschied genommen. Wenn es zu Ende ging, dann sollte das Ende eines Königs und seiner Ahnen würdig sein!

»Ruft die Generäle in die große Halle der Harmonie, und alles, was unsere Freunde, die Dai, geschickt haben und was von Zhao noch übrig ist, soll kommen!«

Als die wichtigsten Befehlshaber der Truppen von Yan, der Hilfstruppen des Volksstammes der Dai und der versprengten Truppen von Zhao versammelt waren, ließ der König den Späher noch einmal berichten.

»Welche Stärke haben wir zu erwarten?«, fragte ein General.

»Nach dem, was ich gesehen habe«, gab der Späher zurück, »mindestens einhunderttausend Mann, eher mehr!«

»Es ist genauso schlimm, wie wir es immer vermutet haben!«, sagte der König. »Ich bitte um Vorschläge!«

Es erhob sich ein wildes Stimmengewirr, aber schnell war klar, dass man den Feind nicht bis vor die Hauptstadt kommen lassen wollte. Handan, die Hauptstadt von Zhao, war nicht weniger gut befestigt als Wuchang, die Untere Hauptstadt von Yan, und sie hatte nicht standgehalten. Wuchang würde vielleicht auch nicht standhalten. Außerdem war es nicht ritterlich, sich in einer Stadt zu verschanzen. Man würde dem Wolf in einer offenen Schlacht entgegentreten. Hier war die Hoffnung, wenn es denn irgendwelche Hoffnung gab, am größten.

»Nun gut. Wir werden dem Wolf die Stirn bieten!«, sagte

der König. »Wir werden das Gesetz des Handelns in unsere eigenen Hände nehmen. Der Wolf hat einen weiteren Weg zurückzulegen als wir. Wir werden vor ihm da sein, wir werden das Gelände aussuchen, wir werden den Ort und die Zeit bestimmen. Das ist unser Vorteil! Wir werden ihn auf dem Ostufer des Flusses Yi erwarten, er wird sich wundern!«

Damit war die Versammlung beendet. Jeder wusste, was er zu tun hatte. Der König ging in den Ahnentempel, um vor dem Kampf seinen Ahnen nahe zu sein. Gleichzeitig wurden Boten ins Land geschickt, alle Kämpfer und Ritter sollten sich mit der Streitmacht von Yan in der Unteren Hauptstadt vereinen.

»Er muss erst einmal durch die Schluchten der Taixing-Berge!«, sagte der König zu seinem Sohn, als die Generäle gegangen waren. »Und er kennt das Gelände nicht. Wir sind im Vorteil, wir kennen das Gelände. Wir werden uns teuer verkaufen!«

Prinz Dan schaute seinen Vater verlegen an und schwieg. Er mochte ihn nicht. In seinen Augen war er ein Schwächling. Er hätte ihn mit Freuden untergehen sehen, wenn der Untergang des Königs nicht auch sein eigener gewesen wäre. Nur deshalb brach er sein Schweigen.

»Der Wolf kennt das Gelände!«

»Er kennt das Gelände?!!« Das war fast ein Schrei.

»Er kennt das Gelände, er kennt unsere Nachschubwege, er kennt unsere Garnisonen.«

»Woher? Woher soll er das alles kennen?? Red schon, du Unglücksmensch!«

»Er hat eine Karte!«

»Er hat eine Karte? Hast du ihm etwa …« König Xi schwieg entsetzt!

Die Karte.

Als er die Geschichte über das von seinem Sohn geplante

Attentat gehört hatte, war immer von einer Karte die Rede gewesen, die dem Wolf als Geschenk überreicht werden sollte, um ihn zu ködern, um sein Vertrauen zu gewinnen.

»Hast du Unglücksmensch dem Wolf etwa eine echte Karte gegeben?«

Er musste seinem Sohn nur in die Augen schauen und wusste die Antwort.

»Du bist der Nagel zu unser aller Sarg!«

Der König wandte sich ab und ging.

*

»Berichte!«, sagte Kanzler Li Si, der auf Geheiß des Wolfes sofort in der Empfangshalle erschienen war, in leisem, fast bittendem Ton zu dem schwarzen Reiter.

Und der schwarze Reiter berichtete zum zweiten Mal. Nun dem Kanzler des Reichs: über die Inseln der Unsterblichen, den Ritter Gelber vom Ei, den Anschlag in den Ställen des Königs von Lu, vor allem aber über dieses menschenähnliche Wesen mit dem rotgolden schimmernden Haar, der hellen Haut und der großen Nase. Und über das Lied, das ihn so beunruhigt hatte.

»Sing Er es vor!«

Der Kanzler war leiser als die anderen hohen Herrn, fast hätte der schwarze Reiter Vertrauen zu ihm gefasst. Aber etwas warnte ihn. Hinter der leisen, entspannten Stimme verbarg sich etwas, das hart war wie ein Stein.

Lieder waren das genaue Gegenteil davon. Sie waren weich, wortreich, mehrdeutig. Man wusste nie, woran man mit Liedern war. Alles war voller Anspielungen, geheimem Sinn und doppeltem und dreifachem Boden. Deshalb mochte er keine Lieder. Und auch Singen war seine Sache nicht.

»Sing Er es vor! Oder soll man Ihm Beine machen?«

Die Stimme blieb weiter ruhig, hatte aber etwas Lauerndes bekommen.

»Wenn Ihr befehlt …«, sagte er.

Was sollte er machen? Na, die hohen Herren würden kein Vergnügen an ihm haben. Seine Stimme war vom ständigen Brüllen von Befehlen, von den vielen kalten Nächten unter freiem Himmel und nicht zuletzt durch die Unmengen Staub, die er auf seinem Gewaltritt gefressen hatte, rau und borstig wie ein Schleifstein. Dachte er. Und das dachten auch der König und sein Kanzler. Als er den Mund öffnete, sah man an ihren Mundwinkeln, dass sie auf ein ziemliches Gekrächze gefasst waren.

Aber sie alle kannten die Kraft der alten Lieder nicht!

Als er die Stimme erhob und zu singen begann, schien das Lied sich selbst zu singen. Aus ihm klang die Stimme eines anderen Ich, ein Ich, das er nicht kannte, eine Stimme, die davon erzählte, wie er vielleicht geworden wäre, wenn er nicht der geworden wäre, der er war. Dieses andere Ich, an das er sich kaum noch erinnerte, war jung, weich und freundlich. Er erschrak, wagte aber nicht aufzuhören.

»Das ist aus dem Buch der Lieder!«, sagte Kanzler Li Si bestimmt. Er war ein gebildeter Mann und kannte die alten Überlieferungen, auch wenn seine Politik auf ihre Zerstörung hinarbeitete. »Aber der Text ist etwas geändert. Worte gehen von Mund zu Ohr, von Ohr zu Mund, das Ende tut nicht mehr den Anfang kund«, sagte er. »Die Worte verändern sich, aber niemand weiß, nach welcher Regel sie sich verändern. Worte sind wie das Wetter.«

»Was wisst Ihr über das Einhorn, Kanzler?«, fragte der Wolf, in dem die alte Ungeduld sich mit dunklen Befürchtungen verband.

»Das Einhorn ist ein Zeichen«, gab der zurück, »ein Omen!«

Der Kanzler, der den König seine eigene Überlegenheit immer ein klein wenig spüren ließ, wusste, dass diese Worte ihn beunruhigen würden. Er wusste, dass dieser ganz auf den Zweck und die Macht gerichtete Mensch auch eine andere Seite hatte.

Er hatte sein Gesicht gesehen, als ihm gemeldet wurde, dass seine Mutter an einer Verschwörung gegen ihn beteiligt war.

Jedes Ding hatte zwei Seiten.

Die andere, schattenerfüllte Seite der Macht war das Entsetzen vor den Dingen, die sie nicht beherrschen konnte. Und es waren vor allem drei Dinge, die nicht zu beherrschen waren: der Tod, der am Ende von allem lag, die Herzen der Menschen und das Wetter.

Dafür gab es an den Höfen der Reiche Wahrsager, die aus Ochsen- und Schildkrötenknochen alles Zukünftige vorhersagen wollten. Oder sie warfen Schafgarbenstängel und befragten das Buch der Wandlungen.

»Was soll das für ein Zeichen sein? Manchmal sprecht Ihr, Kanzler, noch immer wie ein Weicher! Geht es etwas genauer?«

Der Kanzler kannte sich aus in den alten Schriften. Und sich auskennen hieß, er konnte sie auswendig. Er überlegte kurz und zitierte: »Das Einhorn ist ein Lebewesen, das normalerweise einen runden Kopf hat und einen Schwanz wie ein Rind.«

Die Antwort war ehrerbietig und klang wie einstudiert.

»Einen Schwanz? Hat Er einen Schwanz gesehen?«, wandte der König sich an den schwarzen Reiter.

»Es trug sein Haar hinter dem Kopf zusammengebunden, es sah aus wie ein Schwanz – könnte man sagen …«

Der Reiter versuchte, nichts Falsches zu sagen.

»Es hat einen Schwanz wie ein Rind«, wiederholte der Kanzler mit leiser Ungeduld, »und es hat nur ein Horn, dessen Spitze aus Fleisch ist.«

»Die Nase!«, rief der Reiter und vergaß für einen Augenblick, wo er war. Er hätte nicht gedacht, dass in den alten Schriften eine so präzise Beschreibung dessen zu finden sein würde, was er gesehen hatte.

»Das Einhorn hat Hufe, aber es gibt auch eine Überlieferung, die besagt, dass es fünf Zehen hat«, hier unterbrach sich der Kanzler und sagte in bedeutungsvollem Ton, »wie ein Mensch …«

Jetzt wurden Kanzler und König von der gleichen unheimlichen Stimmung erfasst wie der schwarze Reiter – es war unheimlich, wenn alte Prophezeiungen so genau mit der Wirklichkeit übereinstimmten.

»Seine Farbe ist *huang*, sagen die alten Schriften.« Der Kanzler schaute zu seinem König und dann zu dessen Reiter. Jeder verstand, was das bedeutete.

Huang, das war ein seltsames, schillerndes Wort, wie die Farbe, die es beschrieb.

Huang, das war hellstes, strahlendstes Löwenzahngelb, aber *huang* war auch die Farbe des Lößes, der dem *Huanghe*, dem Gelben Fluss, seinen Namen gab, der nicht gelb war, sondern *huang* und *landstraßenstaubgraubraun*.

Sich selbst und ihre Rasse bezeichneten sie mit *huang*, auch wenn sie nicht *gelb* und nicht *landstraßenstaubgraubraun* war, sie waren, was sie waren, und das in den südlichen Reichen anders als in denen im Norden. Und schließlich bezeichnete *huang* das Schillern all dieser Farben von strahlendem Gelb bis Rötlich-Braun.

Diesmal sagte der Reiter nichts.

Aber die hohen Herren verstanden auch so.

»Der Drache ist das Zeichen des Herrschers, das Einhorn ist das Zeichen des Volkes«, zitierte der Kanzler weiter. »Es ist freundlich, tut keinem Lebewesen etwas zuleide, und wenn es läuft, was es sehr behände tut, wird von seinen Füßen kein Grashalm geknickt.«

»Und was bedeutet dieses Zeichen? Was bedeutet das Omen – für Uns? Ist es gut? Ist es schlecht? So sprecht schon!«, drängte der König.

»Die Weichen haben es sich zu eigen gemacht. Die Weichen betonen, wie Ihr, Majestät, wisst, die Menschlichkeit. Das Einhorn ist ihr Tier. Die Mutter des Konfuzius soll von einem Einhorn geträumt haben, bevor sie ihren Sohn zur Welt brachte. Später, Konfuzius war schon über siebzig Jahre alt, so erzählt man, sei der damalige König von Lu am großen Moorsee auf die Jagd gegangen. Dort soll er auf ein seltsames Tier gestoßen sein, das sich auf der Flucht das linke Bein brach. Er nahm es mit, ließ es aber vor seiner Stadt zurück, weil er kein gutes Gefühl hatte. Er ließ den Konfuzius holen, um ihn nach seiner Meinung über das seltsame Tier zu fragen.

Der besah sich das Tier und sagte: ›Das ist ein Qilin [tsilin], ein Einhorn!‹

Und dann sagte er zu dem Tier: ›Was kommst du zur Unzeit?‹, und fing an zu weinen. Es verging kein Jahr mehr, und Konfuzius war tot.«

»Tot?«

Der König wurde blass. Wenn er ein Wort hasste, dann war es dieses! Er hatte die Pläne für sein gigantisches Grabmal schon im Kopf. Er würde es von einer ganzen Armee von lebensgroßen Soldaten aus Ton bewachen lassen. Er würde dem Tod nicht unvorbereitet entgegentreten, sondern bis an die Zähne bewaffnet und als Herr der Welt! Aber noch nicht! Noch nicht!

Noch hatte er die Hoffnung nicht aufgegeben, dass seine Zauberer, Hexen und Alchimisten ihm das Elixier oder die zinnoberrote Pille der Unsterblichkeit bringen würden. Er gab bereits jetzt Unsummen dafür aus.

»Kann das Einhorn Menschengestalt annehmen?«, drängte der König. Er wollte wissen, woran er war, und er wollte zu einem Entschluss kommen!

»Die fünf Zehen weisen darauf hin, dass es eine menschliche Seite hat, nur Menschen und Affen haben unter den zehntausend Lebewesen, die wir kennen, fünf Zehen«, sagte der Kanzler.

Der König sprang auf. Er hatte genug gehört!

Es war eine seltsame Sache mit den Zeichen und Omen, sie waren schwer zu deuten. Er hatte der Mehrdeutigkeit der Dinge stets die Eindeutigkeit des Schwertes vorgezogen. Hieb war Hieb, Schnitt war Schnitt. Es bewies zwar nichts, aber was gingen ihn Beweise an? Er erforschte die Tatsachen nicht, er schuf sie!

»Schafft das Vieh her!«, herrschte er den schwarzen Reiter an, der sofort von der Tatkraft seines Herrn angesteckt wurde. »Wenn es Glück bringt, muss ich es haben, und wenn es ein schlechtes Omen ist, werde ich es eigenhändig erschlagen!«

Dem schwarzen Reiter befahl er: »Stell eine Rotte zusammen und mach dich auf den Weg! Ab sofort bist du Hauptmann, Rittmeister und Rottenführer!«

Der Reiter stürzte aus der Halle. Er suchte sich die besten, schnellsten und unerschrockensten Reiter, Bogenschützen und Schwertkämpfer aus und ließ sofort satteln.

Ein Unterführer, ein alter Zechkumpan, trat zu ihm und verneigte sich:

»Glückwunsch zur Beförderung, Rottenführer, das ging aber schnell! Ich gratuliere Euch!«

»Seit wann sagst du ›Sie‹ zu mir?«

»Ihr seid jetzt ein bedeutender Mann! Ihr seid jetzt Offizier!«

»Ja und? Bin ich etwa einer von den Weichen? Von den Konfuzianern? Was? Bin ich nicht, also. Der einzige Unterschied ist, dass du mir jetzt gehorchen musst! Ansonsten hat sich nichts geändert!«

»Gut, Rottenführer! Euch, ähh, ich meine, dir steigt die

Beförderung nicht zu Kopf, das freut mich! Wie viel Männer brauchen wir?«

»Ich denke, zwanzig sollten genügen. Such zwanzig von unseren Leuten aus, auf die kann man sich wenigstens verlassen!«

»Und wo geht es hin?«

»Hast du Angst vor Einhörnern?«, fragte der Rottenführer und Hauptmann.

»Vor Einhörnern?«

»Ja, vor Einhörnern!«

»Gibt es die denn?«

»Ich bin einem begegnet!«

Und jetzt begann der frischgebackene Rottenführer zu erzählen, was er erlebt und was er vom Kanzler Li Si gerade über Einhörner erfahren hatte.

»Das Ganze muss geheim bleiben!«, sagte er und riss drohend die Augen auf. »Das ist ein Geheimauftrag, verstanden? Ab sofort bist du mein erster Unterführer, der zweite Mann in unserer Rotte. Du musst Bescheid wissen. Falls ich falle, musst du den Auftrag zu Ende führen, verstanden?«

»Jawohl, natürlich!«, gab der zurück und verneigte sich.

Als er sich verneigte, erblickte der Hauptmann einen jungen Krieger, der keine drei Schritte hinter dem Unterführer stand und sie beide mit glühenden Augen anstarrte.

»Wer bist du?«, herrschte er ihn an.

Der erste Unterführer drehte sich erschrocken um, aber dann lachte er.

»Ach, der! Den und seinen Kumpel haben wir vor ein paar Tagen hier aufgegriffen. Da war noch ein Dritter, aber den konnten wir nicht brauchen, der hatte einen kaputten Arm. Die drei sind in der Stadt herumgelungert, als wären sie nicht recht gescheit. Und er hier stellt ständig komische Fragen. Ich glaube, er ist nicht ganz richtig im Kopf. Kein Mensch kennt ihn und er will nicht sagen, wo er herkommt. Naja, vielleicht weiß er es selbst nicht. Aber er meldet sich freiwillig zu jedem Außeneinsatz und beherrscht eine Kampfkunst, das müsst Ihr gesehen haben! Auf dem Pferd allerdings sitzt er wie der Affe auf dem Schleifstein.« Und mit einem Grinsen setzte er hinzu: »Wenn wir ihn auf diesen Gewaltritt mitnehmen, dann hat er Zeit zu üben. Wie sagt das Sprichwort: ›Schlägt erst der Hintern Eiter, wird es ein guter Reiter!‹«

Beide lachten. Sie wussten, wovon sie redeten, sie hatten sich mehr als einmal den Hintern durchgeritten. Rotärsche nannten sie die Neulinge, und das nicht von ungefähr.

Der Rittmeister, der seinen Unterführer kannte und wusste, dass auf ihn Verlass war, überlegte nicht lange. Außerdem hielt er den Auftrag für nicht gefährlich, da konnten sie ruhig so jemanden mitnehmen, dann hatten sie unterwegs wenigstens etwas zu lachen.

Der Rittmeister ging um den jungen Krieger herum. Ohne Vorwarnung versetzte er ihm von hinten mit dem Ellenbogen einen kurzen Stoß in die Rippen.

Das heißt, er wollte es.

Denn in dem Moment, in dem er austeilen wollte, schnellte der junge Mann beide Arme nach hinten, erwischte den Ellenbogen des Hauptmanns, der gefährlich knackte, wirbelte herum und schlug ihm im Herumwirbeln die Beine unter dem Körper weg. Das Ganze war so schnell gegangen, dass der schwarze Reiter mehr verdutzt als ärgerlich auf seinen Hosenboden krachte.

Der Unterführer stand daneben und lachte aus vollem Hals. Der frisch beförderte Hauptmann schaute zunächst ein wenig verdrossen und lachte dann mit. Wenn er mitlachte, verlor er nicht das Gesicht, dann wurde der Zwischenfall im Nachhinein zum großen Spaß erklärt.

Der junge Mann stand mit eingeknickten Beinen und vor

Brust und Gesicht versetzt erhobenen Händen da und war auf einen neuen Angriff gefasst.

»Schon gut, schon gut«, sagte der Rottenführer, »entspann dich!«

Er erhob sich, und das Leder seiner Rüstung knirschte. Er trat an den Jungen heran und sah ihm aus nächster Nähe in die Augen. Der hielt der Prüfung stand und wich keine Handbreit zurück. Der schwarze Reiter entspannte sich ebenfalls und sagte: »Nicht schlecht, mein Junge, nicht schlecht! Das musst du mir bei Gelegenheit zeigen! Und du musst mir erzählen, wer dein Meister war! So etwas habe ich noch nicht gesehen! Aber wir müssen aufbrechen. Wenn du willst, kannst du mitkommen! Und dein Kamerad auch!«

Damit wandte er sich ab und ging zu den Pferden, die schon bereitstanden. Nach ein paar Schritten drehte er sich um und sagte: »Übrigens – wie ist dein Name?«

»Lu Dao.«

Als die schwarzen Reiter das Tal verließen, in dem Handan, die Hauptstadt von Zhao, lag, erhob sich plötzlich ein tiefes, dumpfes Grollen. Es klang wie ein fernes Gewitter. Aber das Grollen wurde schnell lauter, rhythmischer – es waren die Trommeln des Krieges. Dann hörte man das Schlagen von Schellen und Klangsteinen, mit denen die Ordnung gehalten und Befehle weitergegeben wurden.

Die Reiter hatten den Höhenzug, der die Hauptstadt umgab, erreicht. Sie hielten ihre Pferde an und schauten zurück. Ihnen stockte der Atem. Über hunderttausend Kämpfer waren in der Ebene vor der Stadt in den großen Karrees der Schlachtordnung angetreten, es sah aus wie ein Schachbrett ohne weiße Felder. Das ganze Tal war schwarz: in der ersten Reihe die Streitwagen, gefolgt von den Lanzenträgern, den Armbrust- und den Bogenschützen, an den Flanken die Reiterei.

Die Heerschau war vorüber. Der Feldzug hatte begonnen. Der Sturm brach los und würde nicht mehr aufhören. Bis alle Reiche hinweggefegt waren und es nur noch ein Reich unter dem Himmel gab – und einen Herrscher.

Der Kanzler war unterdessen in seine Gemächer gegangen. Er stand am Fenster und schaute hinaus auf das Heer seines Königs. Er hörte die Trommeln, hörte die begeisterten Wansui-Rufe der Krieger. Ja, der König sollte leben, zehntausend Jahre! Was jetzt kam, darauf hatte er als Kanzler lange Jahre hingearbeitet. Eine neue Zeit brach an. Doch im selben Augenblick ahnte er, dass er nicht in diese neue Zeit gehörte. Er gehörte zu der alten Welt. Er war ein Werkzeug des Wandels. Aber dieses Werkzeug war noch in der alten Zeit geschmiedet worden. Die Mittel, die er gebrauchte, gehörten zur neuen Zeit, aber er selbst nicht.

Er dachte an den König. Manchmal zweifelte er an ihm. Manchmal zweifelte er auch an sich. Was für eine Welt sollte das werden, deren König Reiter ausschickte, um ein Einhorn, also ein Zeichen des Schicksals, zu fangen und zu erschlagen?

Er wandte sich ab und sein Herz war voller Zweifel, Zweifel, wie man sie nur an einem entscheidenden Wendepunkt spüren kann. Da bemerkte er einen seltsamen Geruch.

Er hielt den Ärmel seines Gewandes an die Nase. Der Geruch, er kam von ihm selbst. Er roch nach Leiche. Sein Herz fing an, die Geier anzuziehen.

*

Anja war blass geworden.

Als Meinherr Geldchen gesagt hatte: »Das Einhorn ist bei uns!«, hatten alle vor sich hingeschaut. Keiner sah sie an. Die freundlich-höfliche Art des Anstarrens.

Nur der Fenstermensch blickte ihr direkt ins Gesicht: »Du bist das Einhorn?« Er war langsam, zu langsam, um so schnell überzeugt zu sein. Die anderen hoben ihre Köpfe.

Anja konnte nicht sagen, wer wie viel von ihr wusste, wer wie viel von ihr ahnte. Sie wusste ja selbst nicht, was das Ganze bedeutete. Bisher hatte sie nur Andeutungen gehört, von Gefahr war die Rede und von Einhörnern, und es hatte irgendetwas mit ihr zu tun.

Aber als immer noch niemand etwas sagte, wurde es ihr zu bunt. Jetzt würde sie diesen Chinesen, die keine Chinesen sein wollten, endlich einmal die Meinung sagen. Genug war genug! Sie würde denen zeigen, dass sie alles war, nur kein Einhorn. Sie kam langsam auf Betriebstemperatur, ein Wort, das die hier sicher wieder nicht kannten, aber das war ihr in diesem Augenblick vollkommen egal. Sie war wütend.

Sie machte schon den Mund auf, um gehörig Dampf abzulassen, von wegen was ihnen einfiele, von wegen …, doch bevor sie loslegen konnte, packte sie plötzlich jemand am Genick, sie flog über den Beratungstisch und wurde mit dem Kopf in den kleinen Brunnen in der Mitte des Hofes getaucht. Einmal, zweimal …, bis sie nicht mehr mitzählen konnte. Sie musste zu sehr darauf achten, im richtigen Moment, wenn ihr Kopf wieder einmal über Wasser war, zu atmen, sonst schluckte sie Wasser. Und bei dieser ganzen unsanften Prozedur schrubbten irgendwelche Hände an ihrem Haar herum. Es erschien ihr wie eine Ewigkeit, bis die Hände sie wieder am Genick packten und auf die Füße stellten.

Der Gelbe Ritter hatte ihr den Kopf gewaschen!

Da stand sie nun, mit klatschnassen Haaren. Aber es war noch nicht vorbei! Sie war noch nicht richtig zu sich gekommen, da warf ihr der Ritter ein Tuch über den Kopf und rubbelte, dass ihr die Tränen in die Augen stiegen und sie Zeter und Mordio schrie.

»Auaaaah!«, protestierte sie und hörte den Meinherr, der als Erster die Sprache wiedergefunden hatte: »Na, Daunenfürst, Ihr habt den Beruf verfehlt! Wenn man Euch so zusieht, aus Euch wäre ein guter Feldscher geworden! Könnt Ihr auch Zähne ziehen, wie die anderen Eures Berufsstandes? Und Schwertwunden behandeln? Blut stillen? Blasen aufstechen und verbinden …?«

Er hätte wohl noch weiter gespottet. Aber in diesem Augenblick nahm der Gelbe Ritter Anja das Tuch vom Kopf – und der Meinherr brachte nur noch ein erstauntes »Aaahh« und »Ooooh!« heraus. Und es war nicht das einzige »Ah« und »Oh«, das zu vernehmen war.

Als der Ritter das Tuch von Anjas Kopf zog, stand sie plötzlich im Schein der sich in den Abend neigenden Sonne. Ihren Kopf umgab ein unwirkliches Strahlen, und die blauen Augen in ihrem hellen Gesicht glänzten tief und kühl wie Jade im Schnee.

»Das Einhorn!«, stieß der Fenstermensch aus und verneigte sich. Und alle anderen taten es ihm nach. Nur der Meinherr und der Gelbe Ritter schauten einander an. Jeder wusste, was der andere dachte.

»Keine Zeit für Verbeugungen und Etikette. Wir müssen schnell zu einem Entschluss kommen!«, rief der Gelbe Ritter die Versammlung zur Ordnung.

Eilig fasste er zusammen, was er über Einhörner wusste, was in etwa dem entsprach, was Kanzler Li Si fast zur gleichen Zeit seinem König vortrug. Nur in einem Punkt ging er darüber hinaus.

Er trat zurück, fasste Anja fest ins Auge und sagte: »Das Einhorn kann ein paar Tausend Jahre alt werden. Kommst du, Knappe Einhorn, aus der Vergangenheit oder aus der Zukunft?«

»Seltsame Frage!«, sagte der Fenstermensch.

»Nicht so seltsam, wie es klingen mag«, fuhr der Ritter fort, »vor allem, wenn man bedenkt, dass in unserer Sprache und Schrift Vergangenheit und Zukunft keine eigene Form haben. Wenn man sagen will, dass etwas geschehen wird oder geschehen ist, dann sagt man: ›Morgen gehe ich‹ oder ›Gestern gehe ich‹. Oder man fügt ein Wörtchen hinzu, das anzeigt, dass etwas gestern war oder morgen sein wird. Die Gegenwart reicht bei uns weit in Vergangenheit und Zukunft hinein.«

Anja dachte nach. Sie wusste nicht, ob sie alles offenbaren sollte. Auch wenn ihre Gegenwart noch so weit reichte: Würden sie verstehen, dass sie aus der Zukunft kam? Überhaupt, was hieß das? Sie war sechzehn Jahre alt.

Aus der Sicht des Gelben Ritters, des Meinherrn und des Fenstermenschen allerdings hatte sie gleichzeitig gute 2200 Jahre auf dem Buckel. Sie war sechzehn plus gut 2200 Jahre alt!

»Woher kommst du?«, drängte der Ritter, »Vergangenheit oder Zukunft?«

»Ist das ein Unterschied?«, hörte sie sich sagen, als ihr der Meinherr zu Hilfe kam: »Hör auf zu philosophieren! Dafür ist keine Zeit! Wenn der Wolf weiß, was wir wissen, wenn er unser Goldfellchen hier für das Einhorn hält (ob es das nun ist oder nicht!), dann müssen wir machen, dass wir hier wegkommen! Der schwarze Reiter weiß, wo wir sind. Oder kann es sich denken, nachdem er Euch zu Fuß auf der Landstraße gesehen hat. Der Wolf wird Späher oder eine Rotte ausschicken. Die Heerschau des schwarzen Heeres ist vielleicht schon vorbei, der Sturm bricht los! Er wird nach Goldfellchen suchen lassen! Wir müssen hier weg!«

Anja war zu Tode erschrocken. Der Wolf würde sie suchen lassen! In was für einen Schlamassel war sie da geraten? Ein klein wenig beruhigte sie lediglich, dass der Meinherr »wir« gesagt hatte.

Aber der Gelbe Ritter hatte mit seiner Frage etwas angestoßen, was nicht so leicht vom Tisch zu wischen war. Der Hausherr nahm die Frage auf und wandte sich Anja zu: »Könntet Ihr, Herr Knappe oder was immer Ihr seid, könntet Ihr uns nicht ein wenig mehr sagen – auch wenn ich die Gründe für Euer Schweigen ahne …?«

Anja stand noch immer von der Abendsonne umstrahlt und mit zerzaustem Haar in der Mitte des Himmelsbrunnens.

Was sollte sie sagen? Würden sie sie verstehen? Oder würden sie sie für verrückt erklären? An ihrer Stelle würde sie sich selbst für übergeschnappt halten!

Andererseits kannten sie sich mit Drachenflügen und Geistreisen aus, und eigentlich war das die beste und einzige Erklärung für das, was sie gerade erlebte. Es musste eine Geistreise, ein Drachenflug sein. Nur dass diese Geistreise verflucht realistisch war! Aber waren Träume das nicht auch? Sie fand, sie könnte langsam mal aufwachen!

Aber als ihre Mutter damals von einem Tag auf den anderen nicht mehr da war, war ihr das genauso unwirklich vorgekommen wie dieses unchinesische China. Auch aus diesem Traum war es ihr bisher nicht gelungen aufzuwachen.

Noch während sie das dachte, hörte sich Anja plötzlich reden. Es war ein Reden, das so war, wie mit links eine Tütensuppentüte, die aus dem Schrank fiel, aufzufangen. Es geschah von selbst.

»Ich komme von weit her«, sagte ihr Mund, »mehr kann ich nicht sagen. Mehr darf ich, glaube ich, auch nicht sagen. Uns geht es gar nicht so viel anders wie Euch. Es hat sehr viele Kriege gegeben, sehr große Kriege, in den letzten paar Hundert Jahren, man kann fast sagen, es war unsere Zeit der Kämpfenden Reiche.«

»Und wie seid Ihr zu uns gekommen?«, fragte der Hausherr, der seine sonstige Zurückhaltung aufgab. »Verzeiht, dass ich in Euch dringe, aber wir müssen das wissen, damit wir die richtige Entscheidung treffen!«

»Es war eine Geistreise! Ich bin in ein Bild hineingegangen«, Anja redete in ihrer Erinnerung wie im Traum, »und plötzlich war ich hier.«

»Wo war das?«

»Vermutlich«, sagte Anja, »hätte das überall sein können, aber ich glaube, es war in der Nähe des Dongting-Sees, im Süden, bei einer Quelle, in einem Berg …«

Der Fenstermensch sagte: »Dongting-See? Das ist meine Richtung!«

Und der Meinherr respektlos: »Da seht Ihr, was so eine Geistreise anrichtet. Mit dem Geist hin und auf Schusters Rappen zurück, hihi. Das wird Blasen geben, klaromingbai! Mensch, Mann und Knappe, habt Ihr eine Ahnung, wie weit das ist?«

Auf einmal redeten alle durcheinander. Anja stand da und kam sich völlig fehl am Platze vor. Sie versuchte mehrmals, etwas zu sagen, aber niemand schenkte ihr Gehör.

So ging es eine Weile hin und her – dann wurde es still.

Anja merkte es zunächst gar nicht. Sie war mit Sauersein beschäftigt. Wieder war es der Meinherr, der die Situation rettete: »Goldfellchen, Einhorn und Mitmensch, wie auch immer, verzeiht, dass wir über Euren Kopf hinweg beraten haben – aber es ist unsere Welt, wir kennen uns hier aus. Ich mögt ja über zweitausend Jahre alt sein (ein Alter, für das Ihr Euch gut gehalten habt, wenn ich das so sagen darf, hihi), aber ein bisschen grün hinter den Einhornohren seid Ihr schon noch …«

»Meinherr, achje!«, unterbrach ihn der Ritter. »Ihr könnt es nicht lassen, wie?« Dann wandte er sich an Anja: »Wie die Dinge stehen, ist unsere Sache verloren. Was Euer Erscheinen, was das Erscheinen des Einhorns zu bedeuten hat, muss sich noch zeigen. Aber ER wird von Euch erfahren haben, seine

Reiter sind sicher schon unterwegs. Deshalb müsst Ihr hier weg! Ein Drachenflug, eine Geistreise wie die Eure, das ist etwas sehr Seltenes. Vor allem, wo Ihr anscheinend gar keine Übung habt. Ich denke, wir sollten die Quelle und die Höhle suchen, von der Ihr erzählt habt. Zumindest sollten wir es versuchen. Vielleicht gibt es dort einen Zauber. Wir werden Euch also zum Dongting-See bringen. Und das, so schnell es geht!«

»Aber man wird ihn überall erkennen, sein Haar, seine Augen, seine Nase, seine Haut«, gab der Hausherr zu bedenken.

»Dann verkleiden wir ihn«, sagte der Meinherr.

»Juhu! Verkleiden!«, krähte der kleine Pang, der es in der allgemeinen Aufregung wieder geschafft hatte, unter einen der Tische zu gelangen. Er kroch zu Anja in die Mitte des Himmelsbrunnens und krähte noch einmal: »Verkleiden ist toll!«

»Als was wollt Ihr mich denn verkleiden?« Anja war nicht gerade begeistert.

»Hihi!«, kam es vom Meinherrn, »wenn man Euch so von der Seite betrachtet, Knappe, Einhorn und Milchbart, Ihr könntet, von dem Hörnchen in Eurem Gesicht (Anja griff sich unwillkürlich an die Nase, die so groß gar nicht war) und Eurer vorlauten Klappe abgesehen, gut als Mädchen durchgehen!«

Der Ritter schaute überrascht und bedeutungsvoll vom Meinherrn zu Anja und wieder zurück. Er nahm den Gedanken auf: »Wo verbirgt man etwas am besten?« Er wartete keine Antwort ab, sondern gab sie sich selbst: »Am besten verbirgt man etwas dort, wo es für alle sichtbar ist!«

Er überlegte.

Der Fenstermensch, der so langsam nicht war, wie er zu sein schien, jedenfalls nicht im Kopf, sagte: »Braut! Braut ist auffällig unauffällig!«

Im Nu war das beschlossene Sache. Man würde Anja als Braut ausstaffieren, in eine Sänfte setzten und sie nach Süden bringen. Das würde zwar länger dauern als auf einem Pferd, aber Pferde waren zu auffällig. Sie würde in einer Sänfte sitzen, und die Sänfte würde ein Esel ziehen.

»Und die Blasen kriegen wir, klaromingbai!«, brümmelte der Meinherr, und sein Kichern klang schon sehr nach wehen Füßen.

Sofort wurde Anja in die Gemächer der Frauen und Mädchen gebracht.

Auch das zeigte, wie besorgt alle waren und wie die Zeit drängte. Denn in normalen Zeiten waren diese Gemächer absolut tabu. Hier wurde kaum der Hausherr geduldet, geschweige denn der Knappe eines fahrenden Ritters!

Anja wurde von der Hausherrin in Empfang genommen, der Frau Frühling-und-Herbst, einer würdigen älteren Dame, und einem jungen Mädchen, das so schön war, dass es Anja die Sprache verschlug. Sie wagte kaum, dieses Geschöpf anzusehen, so leicht und feenhaft schwebte es durch den Raum. Das Mädchen hatte wundervoll geschnittene Mandelaugen, Augenbrauen, fein und geschwungen wie Schwalbenflügel, und sprach mit einer überraschend tiefen und rauchigen Stimme. Ihr Name war Kleine Jade. Sie war die Zofe der Hausherrin. Eine an Kindes Statt angenommene Waise.

Anja steckte noch immer in ihren Klamotten aus dem 21. Jahrhundert, und trotz der heftigen Kopfwäsche gerade eben starrte sie vor Staub und Schweiß. Also sollte sie zuerst die Kleider abgeben und ein Bad nehmen.

Ein Bad!?

Alles würde herauskommen und sie in der Küche landen – aber dann beruhigte sie sich sofort wieder. Sie war ja ein Knappe. Es stand nicht zu erwarten, dass die Dame des Hauses oder Kleine Jade ihr, also einem Knappen und jungen Mann, den Rücken schrubben würden!

So kam es.

Anja genoss das lang ersehnte Bad in einem großen Zuber

und versuchte dann, in die fremde Kleidung zu kommen. Da ihr für die Reise auch Beinkleider ausgesucht worden waren, war das kein Problem. Als sie so weit angekleidet war, ging es an die Frisur. Die konnte aus mehreren Gründen nicht so bleiben.

Kleine Jade trocknete ihr Haar und kämmte es aus.

»Haben bei Euch alle jungen Männer so wundervolles Haar?«

Sie strich mit der Hand zart über Anjas Strähnen.

»Und die Mädchen auch?«

»Ja, schon, nicht alle, aber viele. Wir haben blonde Haare, schwarze Haare, wie ihr, und es gibt auch welche, die haben rotes Haar.« Anja versuchte, ihrer Stimme etwas Männliches zu geben.

»Rotes Haar?«

»Ja. Nicht sehr viele, aber doch.«

»Rotes Haar! Könnt Ihr Euch das vorstellen, Tante? Rotes Haar?«

Das konnte die Hausherrin, die das Hochzeitsgewand bereitlegte, in der Tat nicht, und sie war sich auch nicht sicher, ob dieser Knappe sich nicht einen Scherz mit ihnen erlaubte.

»Und die Augen? Eure Augen sind blau, wie, wie, ja, wie«, und dann schrieb sie ein Schriftzeichen in ihre Handfläche: »Das ist das Schriftzeichen碧 *bi*«, sagte Kleine Jade eifrig, »das ist mein absolutes Lieblingsschriftzeichen! Es besteht aus dem Zeichen 白 *bai* für *weiß*, dem Zeichen 玉 *yü* für *Jade* und dem Zeichen 石 *shi* für *Stein,* und es bezeichnet das besondere Blau eines Jadesteins, der von einem weißen Quarz eingeschlossen ist, das ist sehr tief, schön, und es leuchtet geheimnisvoll – wie Eure Augen!«

»Ja, blaue Augen gibt es häufig«, erwiderte Anja sachlich auf den schwärmerischen Blick der Kleinen Jade, »aber auch braune, schwarze und grüne.«

»Grüne Augen?«

Wieder staunte Kleine Jade.

»Grüne Augen und rote Haare! Das muss ja zum Fürchten aussehen! Grüne Haare habt Ihr keine? Oder rote Augen?«

Anja lachte, nein, grüne Haare gebe es nicht und rote Augen nur – beinahe hätte sie gesagt, nur bei Fotografien, die mit Blitzlicht gemacht werden. Sie besann sich aber und sagte, rote Augen nur beim Zwiebelschneiden und bei Schnupfen.

Kleine Jade kicherte, das verstand sie, auch bei ihnen stiegen einem die Zwiebeln in die Nase, und Schnupfen gab es auch.

»Euer Haar ist wundervoll!«, schwärmte sie weiter: »Ich hätte auch gern solches Haar. Der kleine Pang hat mir erzählt, dafür müsste man ganz viel«, sie kicherte, »›Köse‹ essen? Aber ich glaube, ich würde mich nicht trauen, so etwas zu essen!«

Sie kicherte wieder.

»Es muss schon sehr aufregend sein, Knappe eines berühmten Ritters zu sein! Wie ich Euch beneide!«

Damit strich sie Anja über die Wange, doch bevor die etwas sagen konnte, ging die Hausherrin dazwischen. Ihr waren die runden Blicke nicht entgangen, die Kleine Jade diesem Beinahe-Ritter zuwarf.

Da konnte es sein, wie es wollte, er war ein Fremder, und Fremde waren allesamt Barbaren! Er hatte augenscheinlich nichts auf der Naht und auch keinen wirklich anständigen Beruf. Knappe und Einhorn, das waren doch keine Berufe! Die Jungen schwärmten für so etwas, aber für eine verheiratete Frau aus Lu, für eine anständige Hausfrau und Mutter war das überhaupt nichts. Ganz zu schweigen davon, dass das Einhorn bei den Bauern und dem Landvolk in dem Ruf stand, Kinder zu bringen! Das hätte gerade noch gefehlt!

Und so etwas in ihrem Haus und in ihren Gemächern! Das konnte sie nun am allerwenigsten gebrauchen. Kleine Jade war fünfzehn, kein Kind mehr also. Außerdem war nicht klar, was für ein Geschlecht so ein Tier am Ende hatte und wie viel Anstand es besaß. Womöglich machte es am Ende die Kinder, die es bringen sollte, selbst!

Es waren keine freundlichen Gedanken, die Frau Frühling-und-Herbst Anja entgegenbrachte. Und die Blicke, mit denen sie sie bedachte, waren es auch nicht. Sie hielt diese ganze Verkleiderei und die Flucht für eine typisch männliche Schnapsidee.

Zwar sagte dieser junge Schüler von Konfuzius, dieser Mengzi [Mngdse], Essen und körperliche Liebe seien etwas Natürliches, aber das waren so neumodische Ansichten, die es sich sehr einfach machten. ›Natürlich‹, wenn sie das schon hörte!

Sie grummelte vor sich hin, während sie Anja frisierte und schminkte. Sie war nicht zufrieden mit der neuen Zeit, nicht mit den eigenen Leuten, nicht mit dem Wolf, mit überhaupt nichts. Es geht alles drunter und drüber, schimpfte sie schweigend weiter und zog an Anjas Haar, dass diese aufschrie. Von wegen ›natürlich‹! Das war derselbe Mengzi, der dem Volk das Recht auf Rebellion gegen einen schlechten König eingeräumt hatte. Da hörte sich doch alles auf! Da war ihr ja der Wolf sympathischer! Sie hatte königliches Blut in den Adern, nicht viel, sie stammte nur von einer Seitenlinie ab, aber immerhin. Und wenn sie sich überlegte, was für ein Gesindel auf den Straßen unterwegs war – und das sollte entscheiden, wann ein König gut war oder schlecht? Das ging doch nicht! Ihr waren diese Ansichten zu unordentlich und zu, zu – ihr wollte vor Ärger nicht das passende Wort einfallen!

Hatte dieser Mengzi nicht auch gesagt: »Das Gute liegt in der Natur des Menschen, wie es in der Natur des Wassers liegt, den Berg hinabzufließen?« Das mochte poetisch klingen, aber mehr auch nicht! Der Mensch war nicht gut! Man sah es doch am Wolf und an allen anderen. Nein, ihrer Lebenserfahrung entsprach das nicht. Und mit der Natur brauchte ihr auch niemand zu kommen! Immer wenn diese Weisen, die ja bezeichnenderweise alle Männer waren, von Natur sprachen, hatten sie nichts als ihr Vergnügen im Kopf! Oder sie wollten recht haben und an die Macht kommen! Und wer konnte das dann ausbaden?

Sie als Ehefrau war geschützt und hatte eine gewisse Absicherung – aber ein junges Mädchen, das ungewollt Besuch von einem Einhorn bekam sozusagen, das war am Ende!

Sie schaute zu Kleine Jade und sagte, was sie schon ein paar Mal gesagt hatte: »Du gehst mir da nicht mit!«

Ihr Mann hatte ihnen nämlich mitgeteilt, dass Kleine Jade als Zofe des als Braut verkleideten Knappen mit nach Süden ziehen solle, das werde die ganze Sache glaubwürdiger machen. Die hatte vor Begeisterung in die Hände geklatscht: »Dann kann ich nach meinen Verwandten, nach meinen Eltern suchen! Ach, bitte, Tante, lass mich gehen!«

Sie stammte aus dem Süden. Sie war als Kind von Räubern verschleppt worden, die mit ihr ein Lösegeld erpressen wollten. Aber das gelang nicht, sie hatten das falsche Mädchen erwischt, sie war nicht, wie sie dachten, eine Tochter aus reichem Hause, ihre Eltern waren Bauern. Trotzdem nahmen sie sie mit nach Norden, wo sie auf dem Markt einen guten Preis für sie herausholen wollten. Dort hatte die Frau Frühling-und-Herbst sie entdeckt, sich erbarmt, sie ausgelöst, mit nach Hause genommen und wie eine Tochter großgezogen. Das war nun gut zehn Jahre her. Jetzt kam Kleine Jade langsam in das Alter der runden Blicke. Man musste auf sie aufpassen wie ein Schießhund!

»Mir gefällt die ganze Idee nicht!«, sagte Frau Frühling-und-Herbst jetzt und piekte Anja mit einer Haarnadel. »Diese Verkleidung als Braut! Das ist ein heiliger Brauch, damit spielt man nicht!«

Aber sie sah natürlich ein, dass der Gedanke an sich nicht

dumm war. Vor allem, als sie mit dem Schminken und dem Frisieren fertig war und sich vor den Knappen stellte, um ihr Werk zu begutachten. Ein wenig grob für ein Mädchen, vor allem die Nase, nun ja, ein Einhorn eben, aber sonst ...

Als Anja den anderen vorgeführt wurde, mussten sich alle ein wenig das Lachen verkneifen. Für einen Knappen sah sie aber auch sehr seltsam aus, mit diesem roten Umhang, dem Schleier und den Fransen, die ihr ins Gesicht hingen. Der Meinherr kicherte: »Mensch, Mann und Knappe! Ihr seid die Schönheit der Saison, hihi!«

Der Ritter aber sagte ernst: »Das geht nicht! Die Haare sind zu auffällig! Die blauen Augen kann er hinter dem Schleier oder einem Fächer verbergen, am besten beides, aber die Haare müssen wir färben!«

Anja protestierte. Vor allem als sie sah, womit ihr Haar gefärbt werden sollte. Der Meinherr hatte es sich nicht nehmen lassen, er hatte Kleine Jade mit dem Ruf: »Das wird ein Späßchen!«, Tusche und Reibestein, die rasch herbeigeholt worden waren, aus der Hand genommen und gleich losgelegt.

»Das ist eine gute Idee, Einhorn, Mann und Geistreisender! Tuschesteine!« Er hielt einen Tuschestein hoch, der ungefähr die Ausmaße eines flachen Handys hatte. »Tuschesteine werden aus dem Ruß von Kiefernharz oder Rapsöl gemacht und dann mit wasserlöslichem Leim zusammengebacken. Die Tusche kann man jederzeit und überall mit Wasser wieder anreiben. Ihr, Meister Einhorn, solltet also Euer teures Köpfchen nicht in den Regen halten, wenn ihr einem begegnet, hihi. Ansonsten, sehr handliche Erfindung das, viel handlicher als mein Geldchen! Geldchen sollte man auch so zusammenbacken können, aber ich fürchte, das geht nicht, hihi ...«

Mittlerweile hatte er eine ganze Menge Tusche angerieben und reichte Kleiner Jade den Pinsel: »Das wollt sicher Ihr machen, meine kleine Schönheit, hihi.« Und als sie rot wurde, sagte er: »Wusste ich es doch!«

Als Kleine Jade nun tatsächlich auf sie zukam, wich Anja zurück: »Geht das denn wirklich wieder raus?«

»Garantiert wasserlöslich!«, trompetete der Meinherr.

Also ergab sich Anja in ihr Schicksal und ließ es zu, dass Kleine Jade ihr Strähne für Strähne mit Tusche schwärzte. Sie fand, dass die Tusche angenehm duftete.

Als Kleine Jade fertig war, war die Maskerade vollendet. Sie hatten ihr einen so feinen Lidstrich gezogen, dass sie wirklich aussah, als habe sie Mandelaugen.

Doch bevor sie wieder in den Hof und das Tageslicht hinaustraten, geschah noch etwas Unerwartetes: Kleine Jade lief ins Haus, kramte in einer Truhe und kam mit einem Tuch auf dem Kopf zurückgelaufen. Das Ganze ging viel zu schnell, als dass die Frau Frühling-und-Herbst hätte eingreifen können. Als sie dann draußen waren, verschlug es ihr die Sprache.

Da stand der Knappe mit langen schwarz gefärbten Haaren, und Kleine Jade nahm das Tuch ab und war – blond!

Sie hatte sich aus goldgelben Seidenfäden eine Perücke geknüpft. Wo hatte sie die her? Die Hausfrau schaute sie streng an, sie hatte eine Ahnung. Kleine Jade besaß einen sehr wertvollen Qipao aus goldgelber Seide, sie musste das Gewebe aufgetrennt haben, um sich eine Perücke daraus zu machen.

»Damit bringst du dich in doppelte Gefahr!«, zischte ihr die Hausfrau zu.

»Ach wo«, sagte Kleine Jade gutgelaunt.

Der Fenstermensch sagte die ganze Zeit nichts. Er gehörte zu denen, die nur etwas sagten, wenn es etwas zu sagen gab. Die Spielereien und Witzeleien des Meinherrn waren ihm fremd, oder besser, sie erreichten ihn gar nicht. Sie gingen an ihm vorbei wie Regen und Sonnenschein an einem Baum. Für ihn waren Worte beinahe wie die Dinge selbst. Eine ernste Angelegenheit, mit der man nicht leichtfertig umging. Manchmal grübelte er tagelang an dem richtigen Wort für eine Sache herum. Und oft stellte er fest, dass sich fast jeder Anlass, etwas zu sagen, sehr schnell erledigen konnte. Man musste nur einen Augenblick warten. Und meistens wartete er diesen Augenblick. Und was sich so schnell von selbst erledigte, das war ihm buchstäblich nicht der Rede wert.

Der Ritter Gelber vom Ei, der sicher der Vorsichtigste in der Runde war, sah seinem Knappen skeptisch in die Augen. Gegen das schwarze Haar und den roten Stoff des Brautumhangs stachen die blauen Augen deutlich ab. Aber er sagte nichts. Schließlich hatte auch er keine Lösung für dieses Problem parat, man konnte seinem Knappen ja nicht auch noch die Augen färben.

Er hatte das Gefühl, etwas übersehen zu haben. Aber ihm wollte partout nicht einfallen, was es war. Und dann vergaß er diesen Gedanken auch schon wieder.

Und dann ging auf einmal alles ungeheuer schnell.

In der Zeit, in der Anja verkleidet wurde, hatten die andern Route und Begleitmannschaft für ihre Wanderung ausgesucht. Wie erleichtert war sie, dass neben dem Ritter auch der Fenstermensch und der Meinherr dabei sein sollten! Sie selbst wurde, wie geplant, in eine Sänfte gepackt, in eine Brautsänfte, die von einem Esel gezogen wurde.

Nach einigem Hin und Her hatte man sich darauf verständigt, dass es besser sei, zu Fuß zu gehen (»Ich habe es ja gesagt, Blasen«, war der Kommentar des Meinherrn gewesen). Sicher gingen die schwarzen Reiter davon aus, sie würden die schnellste Fluchtmöglichkeit wählen und reiten. Dass sie es nicht taten, machte sie glaubwürdiger, unverdächtiger – und vielleicht wurden sie sogar übersehen! Es war in diesen Tagen so viel Volk unterwegs, dass das leicht geschehen konnte.

Das jedenfalls war die Hoffnung.

Außerdem machte Meinherr Geldchen seine Teilnahme an der Expedition störrisch davon abhängig, dass er sein Geldchen mitnehmen durfte. Und das Geldchen hätte er niemals einem Pferd (»Das könnte ja mit meinem Geldchen durchgehen!«), einem Esel (»Der könnte ja auf der Stelle stehenbleiben und festwachsen!«) oder einem Ochsen (»Der könnte wütend werden und den Karren umwerfen!«) anvertraut. Er würde sein Geldchen selbst ziehen.

»Das kann manchmal sehr lustig sein, hihi!«

Die anderen schauten ihn bei dieser Bemerkung verständnislos an. Aber er sagte nur: »Wartet nur ab, Ihr werdet schon sehen, Graf Omelett, und ihr auch, Meister Guckloch!«

Das Ganze ging so schnell, und sie fanden sich alle so schnell am Ortsausgang, wo die Landstraße begann und mit ihr die Welt, dass Anja schon fürchtete, sie würde sich nicht mehr richtig bedanken und Abschied nehmen können. Ihr waren die Menschen, allen voran der kleine Pang, schon sehr ans Herz gewachsen.

Aber da kannte sie den Herrn und die Dame Frühling-und-Herbst schlecht! Die ließen es sich nicht nehmen, sie bis zum Rand des Städtchens zu geleiten und ihnen die besten Wünsche mit auf den Weg zu geben, den sie Dao nannten. Überhaupt war bei diesem Abschied viel vom Weg und viel von Wegen die Rede. Es war, wie Anja festgestellt hatte, *das* Thema, das die Leute hier beschäftigte.

Der Hausherr sagte: »Der Meister sagt: ›Ein Lernender kann nicht sein ohne großes Herz und starken Willen, denn seine Last ist schwer und sein Weg ist weit! Im Tode erst ist er am Ziel – und das ist doch weit, nicht wahr?‹« Und er fügte hinzu: »Euer Weg wird ebenfalls weit sein, weit und gefährlich! Er soll nicht im Tode enden, aber Ihr sollt mit großem Herzen gehen und mit starkem Willen!«

Er verneigte sich.

Der Gelbe Ritter musste dazu natürlich etwas aus der Sicht eines Daoisten sagen: »Die Wege, die wir Menschen gehen, das sind nicht die eigentlichen Wege. Aber ich danke Euch für Euren Segen! Gehabt Euch wohl! Wir sehen uns wieder!«

Damit schlug er gegen sein Schwert und wandte sich um.

Der Meinherr saß auf der Deichsel seines Karrens und meinte nur: »Von wegen Wege, richtige Wege und eigentliche Wege! Red nicht über den Weg, sonst kommst du nicht weg, hihi!«

Anja, die sich vorgenommen hatte, mit vielen guten Worten und Verbeugungen Lebewohl zu sagen, brachte kein Wort heraus. Auf einmal stieg ein Lied in ihr auf, und sie sang:

»Dieser Weg wird kein leichter sein.
Dieser Weg wird steinig und schwer.
Doch wir werden immer bei euch sein
Schaut nicht zu lange hinter uns her …«

Alle hörten ernst zu. Als sie fertig war, drehte der Fenstermensch sich wortlos um und marschierte los.

Richtung Süden.

Alle taten es ihm nach, und der Meinherr rief: »Auf der Flucht zur Quelle, hihi!«

*

Ein kalter Schauer lief dem Rittmeister und seinen Leuten über den Rücken, als sich im Tal das Kriegsgeschrei des Heeres erhob. Sie waren froh, auf der richtigen Seite zu sein.

»Rittmeister!«, sagte sein Freund, der erste Unterführer, und lenkte das Pferd zu ihm, »Rittmeister, es ist eine Schande, nicht?!«

»Was ist eine Schande?«

Der Rittmeister wandte den Blick nicht von den Vorgängen im Tal.

»Es ist eine Schande, dass wir da nicht mitmachen können! Es geht gegen Yan – und Yan ist reich! Da wäre gute Beute zu machen!«

Der Rittmeister schaute auf: »Du hast recht, aber vielleicht schaffen wir es noch, wenn wir uns beeilen! So ein Heer bewegt sich nicht schnell, und ein Feldzug kann dauern! Von Handan bis zur Unteren Hauptstadt von Yan sind es fast 800 Meilen, wie der Kranich fliegt. Für ein Heer sind es sicher noch einmal hundert bis zweihundert mehr! Wenigstens! Machen wir, dass wir fortkommen!« Damit wandte er sich ab und gab seinem Pferd die Zügel frei.

Lu Dao hielt mit, so gut er konnte. Die meiste Zeit hatte er genug damit zu tun, nicht vom Pferd zu fallen, jedenfalls schien es so. Zum Glück hatte es schon vor Tagen angefangen zu regnen, und der Boden war aufgeweicht, sodass auch die schwarzen Reiter langsamer machen mussten.

Der Unterführer der Rotte, der den Rittmeister davon überzeugt hatte, ihn mitzunehmen, lenkte sein Pferd heran und schaute ihn von der Seite an.

»Na, wie geht es, Neuer?«, sagte er und lachte. »Und du bist wirklich noch nie geritten? Sehr seltsam! Du bist ein guter Kämpfer, du kennst Tricks, die ich noch nie gesehen habe, aber auf einem Pferd gesessen hast du noch nicht. Wie kommt das?«

Lu Dao wusste nicht recht, was er antworten sollte. Jedenfalls nicht die Wahrheit. Er konnte reiten, sogar gut. Aber das wollte er ihnen nicht unbedingt auf die Nase binden, wer weiß, wofür das noch einmal gut war. Jedenfalls war es immer besser, unterschätzt zu werden. Also sagte er: »Ich stamme aus dem Süden, da ist es sumpfig, und es gibt viele Flüsse und

Flussläufe, da kann man im Krieg nicht viel mit Pferden anfangen. Und mit Streitwagen auch nicht.«

»Und was macht ihr dann? Geht ihr zu Fuß in die Schlacht?«, lachte der Unterführer.

»Zum Beispiel«, sagte Lu Dao einsilbig.

Der Unterführer schaute ihn noch einmal neugierig von der Seite an, schwieg dann aber. Wenn der Neue nicht reden wollte, sollte er es bleiben lassen. Außerdem war er bei dem ersten Feldzug in den Süden mit dabei gewesen, er wusste, dass der Neue recht hatte: Man konnte im Süden mit Pferden und Streitwagen nicht viel anfangen. Das würde noch ein ganz schönes Stück Arbeit werden, wenn sie den Süden erobern wollten.

»Wo reiten wir eigentlich hin?«, wechselte Lu Dao das Thema.

»Als ob dich Rotarsch das etwas angeht!«, lachte der Unterführer. »Pass lieber auf, dass du nicht vom Pferd fällst, Mann!«

»Man wird ja wohl noch fragen dürfen! Wenn ich weiß, was wir suchen, kann ich besser die Augen offenhalten!«

Der Unterführer schaute ihn überrascht an: »Wo du recht hast, hast du recht«, sagte er. »Schon einmal etwas von dem Einhorn gehört? Wir suchen das Einhorn. Es hat Menschengestalt angenommen und ist im Reich Lu gesehen worden, der Rittmeister ist ihm begegnet.« Und dann erzählte er alles, was er selbst von seinem Hauptmann über die Sache erfahren hatte.

Lu Dao wurde sofort hellhörig, als er etwas von rotgolden leuchtendem Haar hörte und heller Haut. Er fragte auch weiter nach, aber der Unterführer wusste selbst nichts weiter.

»Und an so etwas glaubt euer König?«

»Wieso sagst du ›euer‹ König? Ist es nicht auch dein König, immerhin stehst du in seinen Diensten und reitest auf einem seiner Pferde!«, gab der Unterführer misstrauisch zurück.

Lu Dao erschrak. Er musste vorsichtiger sein! Also sagte

er lieber nichts mehr. Als der Unterführer sah, dass mit dem Neuen kein weiteres Gespräch zu führen war, zuckte er mit den Schultern und ritt weiter voran.

Lu Dao versank in Gedanken. Ob das wirklich Anja sein sollte? Das wäre ja kaum zu glauben! Er dachte an die Höhle und wie sie einfach im Bild verschwunden war.

Er war ihr zwar sofort nachgesprungen, aber als er wieder zu sich kam, war sie nicht mehr da. Die Höhle war weg, der Bach war weg, und Anja war weg. Er machte sich bittere Vorwürfe, dass er nicht besser aufgepasst hatte, schließlich hatte er ihrem Vater, der ein Freund seines Vaters war, versprochen, auf sie aufzupassen. Aber dann war alles schiefgegangen, was schiefgehen konnte.

Vor allem hatte er selbst keine Ahnung, wo er sich befand. Er war am Ufer eines Flusses wieder zu sich gekommen, rechts und links ragten hohe Felswände empor. Als er wieder richtig denken konnte, hörte er traurige Musik. Eine Suona spielte. Er kroch vorsichtig zu einem Felsen, zog sich an ihm hoch und spähte in die Richtung, aus der die Klänge kamen.

Da stand eine Reihe von Leuten in langen weißen Gewändern, die Männer trugen das lange Haar in einer Art Dutt auf dem Kopf. Die einen trugen altertümliche weiße Gewänder, zwei von ihnen waren gekleidet wie ... wie Ritter, genau, wie fahrende Ritter! Er hatte so etwas schon einmal gesehen!

Er ließ sich hinter dem Felsen zu Boden sinken. Ja, er hatte so etwas schon einmal gesehen! In Filmen, in historischen Filmen, genau! In diesem Moment brach die Musik ab. Er zog sich wieder hoch und sah einen Mann, einen großen Mann, augenscheinlich ein Ritter, der etwas in die Luft hielt, das goldrot in der Sonne glänzte, die hier in dieser Schlucht sehr früh unterging. Und dann begann er zu singen, und was er sang, verschlug Lu Dao die Sprache:

»Der Wind, er weht
Kalt ist der Yi
Der Held, er geht
Heim kehrt er nie.«

Er kannte diese Zeilen! Diese Zeilen kannte in China jedes Kind. Als Junge hatte er Geschichten über diesen Mann gelesen, er hatte ihn mit einem gewissen Frösteln bewundert, so wie die westlichen Freunde, die er hatte, Robin Hood bewunderten, oder Ivanhoe, den stolzen Ritter. Es bestand kein Zweifel, das war Jing Ke. Das war Jing Ke! Er konnte es nicht fassen. Und noch weniger glauben. Er wollte schon aufstehen und zu den Leuten hinübergehen. Klar, das war ein Kamerateam, hier wurde ein Film gedreht, oder eine Seifenoper oder ein Werbespot für Touristen. Natürlich!

Für einen Augenblick hatte er schon geglaubt, das Ganze sei echt. Was für ein Unsinn! Dazu hätte er ja eine Zeitreise machen müssen. Oder eine Geistreise, von der die alten Daoisten immer erzählten, oder wie sie das auch nannten: der Flug auf dem Drachen. Aber daran glaubte er eigentlich nicht.

Er würde jetzt aufstehen, zu den Leuten dort hingehen, ihnen erzählen, dass er mit dem Fallschirm aus seinem Flugzeug hatte aussteigen müssen, und sie um Hilfe bitten. Er war schließlich immer noch in China, und seine Landsleute waren berühmt für ihre Gastfreundschaft.

So würde er es machen! Aber er rührte sich nicht. Irgendetwas stimmte hier nicht. Er zog sich wieder an seinem Felsen hoch. Da war kein Filmteam. Da war auch kein Auto weit und breit. Stattdessen standen da prunkvoll geschmückte Pferdewagen, Zweispänner und Dreispänner, die nicht nach Pappmaschee aussahen, das Gold wirkte verflucht echt. Die Leute bewegten sich gemessen, sprachen langsam und ein wenig hochgestochen, ihnen schien es sehr ernst zu sein.

Dann sagte einer von ihnen zu dem, den er für Jing Ke hielt: »Prinz Dan von Yan wünscht Euch, dass Ihr wiederkehrt! Kehrt wieder und bringt mit Euch die Nachricht, auf die wir alle hoffen!«

Damit zogen sich die Leute in den langen weißen Gewändern zu ihren Pferdewagen zurück und fuhren davon. Zurück blieben die beiden anders gekleideten, der große Ritter und ein kleinerer, der noch sehr jung zu sein schien. Vielleicht sein Knappe.

Der Junge ging zum Fluss, beugte sich hinab, und trank aus der hohlen Hand. Dann bestieg er hinter dem Ritter den prunkvollen Pferdewagen, und die beiden durchfuhren langsam die Furt. Das Wasser war hier so flach, dass sogar kleinere Steine daraus hervorschauten, und der Prunkwagen wurde nicht einmal bis zur Nabe nass.

Lu Dao war vollkommen durcheinander. Das konnte doch nicht sein. Er richtete sich auf und ging zu der Stelle, an der der Abschied stattgefunden hatte. Hohe, schroffe Felsen an beiden Seiten des Flusses, das musste der Yi sein. Er hatte immer einmal an diesen Ort kommen wollen, aber irgendwie ergab sich nie eine Gelegenheit. Vielleicht hatte ihn auch immer die Tatsache zurückgehalten, dass der Yi sehr verschmutzt war, in einer der letzten Meldungen hatte es sogar geheißen, er sei kurz davor umzukippen. Es deprimierte ihn immer wieder, wenn er Zeuge der Umweltverschmutzung in seiner Heimat wurde, es tat ihm im Herzen weh.

Er schaute nachdenklich in das Wasser – der Knappe hatte daraus getrunken. Er beugte sich hinunter, das Wasser war klar, roch nach nichts, außer nach Wasser, wenn denn Wasser nach etwas roch. Er zögerte. Er schaute nach oben und unten. An den Ufern war alles grün, kein Schaum zu sehen. Er trat noch näher heran, sein Schatten fiel ins Wasser, und wo sein Schatten hinfiel, huschten Fische auseinander. Es waren

Schwärme kleiner Fische, und als er länger regungslos stehen blieb, entdeckte er auch größere. Das mussten Forellen sein, das war ein guter Fluss für Forellen.

Er wurde immer verwirrter.

Dann schöpfte er mit beiden Händen und kostete. Die Wirkung der Quelle aus dem Berg ließ wohl nach, er bemerkte jetzt erst, wie durstig er war. Und als er trank, schmeckte es sehr gut!

Er richtete sich auf und schüttelte die Hände. Eins war klar, das war nicht der gleiche Fluss, der in seiner Zeit kurz vor dem Umkippen stand. Das hieß umgekehrt, dass er in einer anderen Zeit sein musste. Und das, gepaart mit der seltsamen Abschiedszeremonie, deren Zeuge er gerade geworden war, konnte nur eins heißen: Er war in der Zeit der Kämpfenden Reiche!

Und so viel wusste er von der alten chinesischen Geschichte noch: Der Yi war nicht weit weg von einer großen Stadt des Staates Yan, von der Unteren Hauptstadt oder, wie sie auch hieß, Wuchang. Diese Geschichten las man in China in der Grundschule.

Aller Wahrscheinlichkeit nach war Anja ebenfalls hier gelandet, er hatte ja noch mitbekommen, wie sich das Bild an der Höhlenwand verändert hatte, als er »Zeit der Kämpfenden Reiche« gerufen hatte! Er war ihr zwar sofort hinterhergesprungen, aber je nachdem wie schnell der Film gelaufen war, konnte er schon woanders herausgekommen sein.

Aber vielleicht war sie ja noch irgendwo.

Er fing an zu rufen und zu schreien: »Anja! Anja!«

Er bekam keine Antwort.

Immerhin, er konnte nicht allzuweit von einer großen Stadt entfernt sein, das fand er beruhigend. Er schaute sich um: Die Felswände standen stumm in der schnell hereinbrechenden Dunkelheit. Das einzige Geräusch, das zu hören war, war seine Stimme und das Rauschen des Yi.

Wenn er es sich recht überlegte, fand er das alles doch nicht so beruhigend. Er fand überhaupt nichts beruhigend! Er schimpfte: »Zaogao! Zaogao! Zaogao! Mist! Mist! Mist!«, und trat einen Stein in den Fluss. Dann musste er lachen, weil ihm auffiel, wie unsinnig er sich aufführte. Er sollte sich besser einen Unterschlupf für die Nacht suchen.

Aber die Wände waren steil und schroff, und nirgends war eine Höhle oder auch nur so etwas wie ein Überhang auszumachen. Es war mittlerweile auch schon dunkel. Also setzte er sich an den Felsen, neben dem er hier in dieser Gegend und in dieser Zeit gelandet war, und versuchte zu schlafen.

»Na, noch nicht vom Pferd gefallen?«

Der Didi, der mit ihm zu den schwarzen Reitern gekommen war, ritt an ihn heran und riss ihn aus den Gedanken.

»Wenn es heute Abend arg wehtut, komm zu mir, ich habe eine gute Salbe!«, sagte er vertraulich, »ich kenne das, nicht vom Reiten, aber vom langen Laufen!«

Er zwinkerte und fuhr sich mit der Hand über seine Hinterseite, machte ein fröhlich-schmerzhaftes Gesicht und fing an zu singen:

»Wer reiten muss, muss fühlen.
Wer reiten muss, muss kühlen.

Nichts für ungut, duibudui, dongbudong, haobuhao!«, rief er noch gut gelaunt und ritt voran.

Lu Dao dachte wieder an seine erste Nacht in dieser Zeit. Er hatte sich an seinen Felsen gelehnt. Was dann geschah, daran erinnerte er sich mit einem leisen Grauen. Es war eine der unheimlichsten Begegnungen, die er je gehabt hatte.

Plötzlich hörte er schon ziemlich nahe und im Rauschen

des Yi ein seltsames Rufen. Er musste fest geschlafen haben, denn es war schon über ihm:

»Ho-ho-ho! Ho-ho-ho!«

Er fuhr auf und sah über sich in einem ungewiss schwankenden Licht eine riesige schwarze Spukgestalt in einem schwarzen Umhang, mit totenblassem Gesicht und einem hohen, nicht minder bleichen Hut auf dem Kopf.

»Ho-ho-ho! Ho-ho-ho!«

Die Haare standen ihm zu Berge. In der Dunkelheit sah er zwei Augen aufblinken und gleich wieder verschwinden. Das Gesicht starrte ihn aus der Finsternis an, die Gestalt schwankte und bewegte sich rückwärts, einem Licht nach, das sich hinter ihr im Wind bewegte. Er atmete schon auf und rutschte mit dem Rücken an seinem Felsen hinunter, als ein Schrei die Finsternis aufriss.

Er fuhr hoch. In ein paar Dutzend Schritten Entfernung erkannte er einen kleinen, lauthals jammernden Mann mit einer Laterne in der Hand.

Er nahm allen Mut zusammen und lief hin. Als er zu der Stelle kam, saß im Licht der Laterne ein zweiter Mann auf dem Boden und jammerte ebenfalls. Neben ihm lag das weiße Gesicht, das Lu Dao so erschreckt hatte. Und neben dem weißen Gesicht war noch ein Gesicht. Es war sehr alt und schrundig wie die Felsen hier, und es war weiß wie die Maske, die auf dem Boden lag. Es war umrahmt von langem, strähnigem, weißem Haar, und pupillenlose weiße Augäpfel schauten blicklos in die Nacht!

Und dann glitzerte etwas im Mondlicht, das Lu Dao noch mehr irritierte. Aus dem Mundwinkel der Toten lief ein dünnes Fädchen. Aber es war nicht dieses kleine rote Fädchen Blut, das in Filmen immer zeigte, dass jemand gerade gestorben war – es schimmerte silbern im Mondlicht.

»Was ist denn das?!«, fuhr er erschrocken zurück.

»Aus ihrem Mund fließt der Silberfluss, die alte Dame ist im Universum!«, gab der am Boden Sitzende zurück.

Silberfluss? Lu Dao überlegte. Ach, er meinte keinen Fluss aus Silber, er meinte die Milchstraße, den Silberfluss des Universums.

»Das ist Quecksilber, Quecksilber ist ein Stoff, der mit der Ewigkeit zu tun hat«, redete der Mann weiter, »denn wenn man den Toten Quecksilber einflößt, verwesen sie nicht so schnell!«

Lu Dao war entsetzt! Er hatte noch nie eine Leiche gesehen. Er hatte gerade den Flug des Drachen hinter sich, eine Geistreise von Ausmaßen, die er nicht für möglich gehalten hatte; er war mitten in eine der Heldengeschichten seiner Kindheit geraten; und jetzt war er zum ersten Mal in seinem Leben ernsthaft mit dem Tod konfrontiert. Und das mitten in der Nacht, in einer völlig anderen Zeit.

Da streifte ihn etwas. Ihm blieb das Herz stehen. Irgendetwas hatte seine Beine berührt!

Er war nicht abergläubisch, aber er spürte, dass er weiche Knie bekam. Zwei seltsame, jammernde Gestalten, eine Leiche, und jetzt fasste ihn auch noch etwas an. Er trat und schlug um sich. Dabei stieß er mit dem Fuß gegen etwas Weiches und hörte einen fauchenden, wütenden Laut, der klang wie: »Mao!«

»Warum trittst du unsere Katze?«, sagte eine der Gestalten.

Mein Gott, dachte Lu Dao, eine Katze!

»Tut mir leid! Ich wusste nicht, dass ihr eine Katze dabeihabt! Was tut ihr hier eigentlich? Und wieso schleppt ihr eine Leiche mit euch herum? Ihr seid doch nicht etwa Mörder?!«

Er hatte das kaum gesagt, als er sich bewusst wurde, wie töricht diese Frage war. Mörder und ihr Opfer durch die Gegend schleppen! Ein unsinniger Gedanke.

»Alle bösen Dämonen und Gespenster haben sich verschworen, dongbudong, was haben wir nur verbrochen, nein, es ist nicht auszudenken, was sollen wir denn jetzt machen, Gege [ge- wie in Ge-röll], großer Bruder, wie geht es deiner Schulter, ach, sag es mir lieber nicht, ich hab es gehört, es hat laut geknackst, qingqingchuchu, als wir hingefallen sind, das ist jetzt schon das zweite Mal, ich kann die alte Dame nicht alleine tragen, mingmingbaibai, schon gar nicht bis Handan, das geht nicht, ach, warum straft uns der Himmel so ... tamade, tamade ...«

Er jammerte und jammerte ohne Punkt und Komma, rief der Reihe nach alle seine Vorfahren, den Himmel, sämtliche Haus-, Toten- und Flussgötter an, und als er damit fertig war, fing er wieder bei den Vorfahren an.

Der als Gege, großer Bruder, Angesprochene, der sich bisher nur schweigend die Schulter gehalten hatte, sagte beschwichtigend: »Didi, kleiner Bruder, jetzt machen wir erst einmal ein Feuer, essen etwas und schlafen ein wenig. Wenn es hell wird, sehen wir weiter!«

Der immer noch jammernde Didi stand sofort auf, sammelte am Wegrand ein wenig verdorrtes Herbstgras, ein paar trockene Reiser und etwas Holz. Dann setzte er sich hin, zog ein stäbchenlanges gerades Stöckchen aus der Tasche und ein Ding, das aussah wie ein kleiner Geigenbogen. Die Schnur des Bogens schlang er einmal um das Stöckchen, setzte es auf ein flaches Stück Holz, legte um die Berührungsstelle ein wenig trocknes Gras und bewegte den Bogen hin und her. Das Stöckchen drehte sich und rieb mit seiner Spitze auf dem flachen Holzstück.

»Himmel!«, rief Lu Dao, der sich mittlerweile wieder gefangen hatte, »das ist ja Steinzeit! Habt ihr nichts anderes zum Feuermachen?«

»Das weiß ich auch, duibuidui, dongbudong«, maulte der Didi beleidigt, »wenn die Sonne scheint, nehmen wir einen kleinen Hohlspiegel, das geht schneller, aber siehst du irgendwo die Sonne? Mit Mondlicht kann man kein Feuer machen, duibudui, shibushi? Und was du mit Steinzeit meinst, weiß ich nicht!«

Bevor Lu Dao etwas sagen konnte, mischte sich der Gege ein: »Sei nicht so unhöflich, Didi, der Herr ist wahrscheinlich gebildet, wir sind nur dumme, arme Totenrufer!«

»Ach ja, und da muss ich mir alles bieten lassen, ja? Ja? Kommt der Kerl da mitten in der Nacht aus dem Nichts daher, shibushi, als hätten wir nicht schon genug am Hals, und schlaubergert hier herum, duibudui, tamade, tamade. Außerdem, einen Gelehrten würde ich erkennen, aber schau doch, was der anhat, haobuhao, sieht so ein Gelehrter aus? Wenn er etwas Besseres weiß zum Feuermachen, dann soll er es doch zeigen! Shishikankan!«

Der Didi drechselte wütend weiter.

Lu Dao konnte es sich nicht verkneifen, er zog Anjas Feuerzeug aus der Tasche, das er damals (er dachte schon damals!) nach ihrem Fallschirmsprung in den Dschungel eingesteckt hatte, machte es an und sagte: »Damit geht es schneller!«

Das trockene Gras fing sofort Feuer, der Reisig knisterte. Im Flackern der Flammen schaute Lu Dao in verdutzte Gesichter.

»Gege, hast du das gesehen? Der kann mit der Hand Funken und Feuer schlagen! Gege, hast du das gesehen?«

»Ich habe es gesehen, Didi, ich habe es gesehen!«, sagte der nicht weniger erstaunte große Bruder des kleinen Bruders.

Und dann redeten alle auf einmal. Fragen über Fragen flogen durch die Luft und hallten hohl und gespenstisch von den Felswänden wieder: Wie machst du das mit dem Feuer? Was ist ein Totenrufer? Wo kommst du her? Wieso hast du so komische Sachen an? Wieso habt ihr eine Katze bei Euch? Wer ist die Tote? Wo wollt ihr hin? Und so weiter und so fort.

Und wie es oft geschieht, wenn alle gleichzeitig und durcheinander reden, bemerkten es alle gleichzeitig und wollten gleichzeitig dem anderen das Wort überlassen. Und so wurde es schlagartig still. Wieder war nur das Rauschen des Wassers zu hören und das Knacken und Singen des Holzes im Feuer.

»Ihr zuerst!«, sagte Lu Dao.

Der Gege schob sein Obergewand zur Seite und betrachtete besorgt seine Schulter. Soweit man das in dem schwankenden Schein des Feuers und dem fahlen Mondlicht erkennen konnte, war sie dick geschwollen, zeigte ein paar gewaltige blaue Flecken und stand ganz unnatürlich vor – sie war gebrochen.

Da fing der Didi mit viel Gejammere und Gezetere und vielem Klingklingklangklang an zu erzählen. Ständig verdoppelte er die Silben der Worte. Er sagte nicht *mingbai* für *klar* und *etwas verstanden haben*, er sagte *mingmingbaibai*, was das Ganze betonte und unterstrich, er sagte nicht *kan* für *sehen*, er sagte *kankan*, was so viel hieß wie *mal sehen.* Wenn dann noch häufig die Frageform dazukam, bei der man ein Verb zweimal sagte und dazwischen ein *nicht* einfügte, entstand ein ziemliches Wortgeklingel.

Lu Dao war noch niemals so deutlich geworden, welch ein Singsang seine Muttersprache sein konnte, es war eine richtige Didi- und Gege-Sprache, ihm flogen die *mingmingbaibais*, *q(ts)ingq(ts)singch(tch)uch(tch)us*, *kankans*, und die *shibushis*, *do(u)ngbudo(u)ngs, duibuduis, Didis, Geges, Shushus, Yeyes*, was so viel hieß wie *nicht wahr?*, *verstanden?*, *stimmt doch?* und *kleiner Bruder*, *großer Bruder*, *Onkel* und *Vater*, nur so um die Ohren. Und der Didi sagte häufiger *tamade*, was ein Schimpfwort war und nicht fein. Aber auf den Straßen oft zu hören.

So also erzählte der Didi und schmückte seine Erzählung mit unzähligen *nichtwahrnicht?*, *schnellschnell, ruckruckzuckzuck* und *verstehtsichverstehtsich* aus. Er erzählte, wie sie schon als Kinder angefangen hatten zu trainieren, wie ihr

Vater sie früh trainiert hatte, um ihre Körper abzuhärten und zu stählen für das anstrengende Gewerbe der Totenruferei. Er erzählte, wie gut sie waren und wie gut im Geschäft, wie sie das Präparieren der Hingeschiedenen lernten, wie sie, bevor sie das Haus, in dem der oder die Hingeschiedene lag, verließen, dreimal die Katze über den toten Körper laufen ließen, und wenn dann das Fell der Katze so knistere, das sei dann das »letzte Knistern«, das besänftige den Toten. Wie sie vor nun schon einigen Wochen in die Untere Hauptstadt von Yan geschickt worden, wie sie bei helllichtem Tag über den Marktplatz gekommen waren, wo gerade ein paar Ritter ein schönes und seltsames Lied gesungen hätten, irgendetwas von Königen und Dolchen und Einhörnern, und wie sie alle zurückgewichen seien vor ihrem Reiter (er nannte die Toten, die sie auf dem Rücken trugen, Reiter), und wie sie ihren alten Reiter in der Unteren Hauptstadt abgeliefert hätten. Wie sich der neue Auftrag hingezogen hätte, vor allem die Präparierung der alten Dame hätte sich hingezogen und damit der Abmarsch, die ehrwürdige alte Dame stamme nämlich aus dem Reich Zhao, aus der Hauptstadt Handan, und habe in der Unteren Hauptstadt von Yan nur ihre Tochter besucht. Dann seien die schlechten Nachrichten gekommen, von wegen das große Heer des Wolfes marschiere auf Handan, von da an sei es ein einziges Hin und Her gewesen: Einmal sei es der Tochter zu gefährlich gewesen, dann sollten sie bleiben, dann wieder habe sie an den letzten Willen ihrer Mutter gedacht, die in Heimaterde begraben werden wollte, dann sollten sie wieder aufbrechen. Dann befürchtete sie wieder, dass die Armee von Qin womöglich die Ahnengräber der Zhao-Leute nicht ehren und sogar schänden und plündern könnte, und sie sollten bleiben. Der ganze Auftrag habe unter einem schlechten Stern gestanden, tamade, tamade, es habe sich alles ewig hingezogen, sie hätten die alte Dame fast wie eine Mumie präparieren müssen,

HimmelseiDank sei es dann bald kühler geworden, nichtwahrnicht, duibudui, und dann seien sie doch losgeschickt worden, dongbudong, vor ein paar Tagen erst. Und dann gleich dieses Missgeschick, erst habe er sich beim Rückwärtslaufen mit dem Lampion den Fuss verknackst, sodass sie nur langsam weitergekommen seien, und dann sei da diese Böschung gewesen, er habe seinen Gege noch gewarnt, weil Böschungen gehörten mit zum Schwersten, was so ein Totenrufer bewältigen müsse, eine Böschung gehe nämlich nicht aus dem Weg, nichtwahrnicht, Gege, shibushi, da könne man noch so lange Hohoho rufen, Böschung bleibe Böschung. So, ja, naja, und da sei der Gege halt ins Rutschen gekommen, duibudui, auf dem Geröll der Böschung, und hingeknallt, Mannmann, wenn es kommt, kommt es dick, Mannmann, genau auf die Schulter geknallt, duibudui, das muss man sich mal vorstellen! Genau auf die Schulter, er mit angeknackstem Fuß, der Gege mit angeknackster Schulter, da sei kaum noch ein Vorankommen gewesen, mingmingbaibai, deshalb seien sie auch nachts gelaufen, damit sie wenigstens ein bisschen vorankommen, aber er hätte es geahnt gehabt, so etwas kann nicht gut gehen, wer es eilig hat, muss langsam machen, manmanzou, wie man so schön sagt, langsamlangsam, nichtwahrnicht, aber sie wollten den Auftrag nicht verlieren, wenn sich das herumspricht, so etwas spricht sich schnell herum, duibudui, ein Geschäft, das ganz schön etwas einbringt, aber man muss auf seinen guten Ruf achten, ruckruckzuckzuck, wenn du weißt, was ich meine, und man hat die Zunge voll leer im Mund und nichts zu beißen, so ist das nämlich, dongbudong, deshalb hätten sie sich abgewechselt, ein Lahmer und ein Krüppel, dasmussmansichmalvorstellen, tamade, tamade, als hätte sich alles gegen sie verschworen, Himmelhimmel, was sollten sie jetzt nur machen, und dann, es kommt, wie es kommen muss, shibushi, ist hier mitten auf dem Weg auf einmal ein Loch, tamade, ich habe es nicht gesehen, meine Schuld, meine Schuld, Gege, es ist meine Schuld, du kannst dem Shushu und dem Yeye sagen, es ist meine Schuld, einmal nicht aufgepasst und bum, haut es den Gege noch einmal hin, noch einmal auf die Schulter, natürlich, wohin auch sonst, wenn es kommt, kommt es dick, duibuduidongbudongshibushi, und jetzt ist sie gebrochen, und alles ist aus! Wir kommen nie nach Handan! Auftrag weg, Ruf weg, Reis weg! Und daheim sitzen Frau und Kinder des Gege, des Shushu, des Bobo, die Nainai und der Yeye, ich selbst bin Junggeselle, und sperren die Schnuten auf und wollen gefüttert werden, Himmelhimmelhimmel, und wir sitzen hier, tamade, und knurren mit dem Magen …

In diesem Augenblick knurrte tatsächlich sein Magen so laut, dass die Katze, die es sich mittlerweile auf dem Schoß des Gege bequem gemacht hatte, erschrocken hochfuhr. Der Didi schwieg erschöpft. Der Gege, der etwas besonnener schien und die ganze Zeit Lu Dao von der Seite gemustert hatte, nutzte die Pause und sagte: »Du bist fremd hier?!«

Dabei hob er die Hand des gesunden linken Arms und befühlte Lu Daos rechte Schulter und seinen rechten Oberarm. Als der Gege aber dann seinen Bizeps zusammendrückte und zum Didi sagte: »Gutes Stöffchen, alle Achtung!«, begriff er erst, was das sollte.

»Niemals!«, rief er und machte sich los. »Das ist eine Schnapsidee!«

»Naja«, meinte der Gege, »beim Schnaps kommen einem oft die besten Ideen!«

So war er schließlich nach Handan gekommen. Er hatte sich mit dem Didi abgewechselt, und der Gege hatte, so gut es ging, den Lampion getragen. Am Anfang hatte er sich sehr schwergetan. Als er sich zum ersten Mal die Tote auf den Rücken lud und mit ihr unter dem schwarzen Gewand verschwand, grauste ihn.

Und schwer war sie! Tote waren viel schwerer als lebende Menschen. Und sie gab Geräusche von sich, wenn er mit ihr unter dem Gewand alleine war! Und jedes Mal, wenn er sie ablud, war ihr Haar, waren ihre Fingernägel länger geworden. Es war gespenstisch.

Aber was sollte er machen?

Er musste sich in dieser neuen Welt zurechtfinden, und er kannte außer dem Gege und dem Didi niemanden. Er würde von ihnen auf der langen Wanderung vieles lernen können, was er wissen musste, um sich in der Vergangenheit seines Landes zurechtzufinden.

Wenn er mit der Toten allein war, war es ihm manchmal, als trage er nun buchstäblich seine Ahnen auf dem Rücken. In China verehrte man die Eltern und die Ahnen noch immer sehr. Und alle Ahnen zusammen waren die Geschichte, in China eine ewig lange Geschichte, die längste zusammenhängende Geschichte, die es auf der Welt überhaupt gab. Darauf war jeder Chinese stolz. Aber es war auch eine Last! Ständig schleppte man die ganzen Kaiser und Könige und Heiligen und Weisen und Gelehrten mit sich herum. Wenn man ein Schriftzeichen schrieb, so hatte er es sich schon als Kind vorgestellt, dann leuchtete dieses Schriftzeichen, das es schon seit fast fünftausend Jahren gab, auf all den alten Orakelknochen, Bronzegefäßen, in allen Bambusannalen und Büchern und Rollbildern auf, all das meldete sich zu Wort und war zu bedenken, all das war schon einmal da gewesen, gedacht worden, geschrieben worden. Es war eine Last.

Er schämte sich fast, aber während er die tote alte Dame auf dem Rücken trug, war es ihm manchmal, als sei diese ganze Vergangenheit eine tote alte Dame, die er jeden Tag stemmen und durch sein Leben schleppen musste.

Und so war er dann mit dem Gege, dem Didi und der alten Dame als Totenrufer irgendwann nach Handan gekommen.

Die Stadt war gerade eingenommen worden. Vor der Stadt lag die Armee des Wolfs und wartete auf Verstärkung. Eine große Heerschau sollte abgehalten werden, und dann sollte die Heerwalze über das Reich Yan hinwegrollen.

Als sie ankamen und er nach den Angehörigen der alten Dame fragte, war überall von dem misslungenen Attentat auf den König von Qin die Rede. Eine seltsame Sache, etwas als Nachricht zu hören, von dem man seit der Kindheit wusste!

Sie erledigten ihren Auftrag, wurden gut entlohnt, und die beiden Brüder waren ihm so dankbar, dass sie ihm sogar vorschlugen, in ihr Gewerbe einzutreten, als Teilhaber, duibudui, sagte der Didi.

Sie hatten gerade das Totenrufergewand zusammengerollt, die Maske und den Strohhut, die nicht mehr zu gebrauchen waren, verbrannt und waren zur Feier des Tages in der offenen Stadt unterwegs, um ein Restaurant oder einen Essstand zu finden, als ihnen in einer Gasse eine Patrouille schwarzer Reiter entgegenkam. An Ausweichen war nicht zu denken – und sie bereuten sofort, dass sie nicht daran gedacht hatten, weiter den Schutz zu suchen, den ihnen das Gewand des Totenrufers gewährt hatte.

Kein Mensch hätte sie behelligt. Auch nicht die hartgesottenen schwarzen Reiter. Jetzt waren sie nur noch drei Männer. Und wenn die Armee des Wolfes etwas brauchte, dann waren es Männer.

»Wen haben wir denn da?«, höhnte der Größte der vier Reiter von seinem Pferd herunter.

»Rotärsche!«, gröhlten die anderen mit rauen Stimmen.

»Wir sind keine ... jedenfalls sind wir es nicht, dongbudong!?«

Der Didi war nicht gewillt, sich das gefallen zu lassen.

»Na«, sagte der Große, »was nicht ist, kann ja noch werden! Ihr seid jetzt in der Armee, ihr Flaschen!«

Zwangsrekrutierung!

Lu Dao hatte davon schon einmal gelesen, aber wenn man zu Hause auf seinem Bett lag oder in einer Bücherei im Warmen saß, klang das nicht halb so ungemütlich, wie es jetzt war.

So war er zu den schwarzen Reitern gekommen, mit denen er jetzt auf dem langen Ritt in das Reich Lu war, wo er die vage Hoffnung hatte, Anja wiederzufinden.

*

In den ersten Tagen und solange sie noch in Lu waren, begegnete der Gelbe Ritter mit seiner seltsamen Reisegesellschaft immer wieder vereinzelten Wanderern, Trupps von Reitern und Rittern, die auf der alten Landstraße zur Hauptstadt von Lu wollten oder sie auf dem Weg in den Süden überholten.

Die Welt war in Bewegung.

Anja wurde es bald leid, nur in der Sänfte zu sitzen und die Brauthaube zu tragen. Beides war unbequem. Es war Herbst geworden, tagsüber konnte es noch warm werden, die Mücken sammelten sich in der Sänfte und quälten sie. Zum Abschied. Vor allem nachts. Aber weder Ritter noch Meinherr, die sich schweigend die Führung ihrer kleinen Gruppe teilten, wollten ihr tagsüber gestatten, sich die Beine zu vertreten.

»Ihr werdet Eure Beine noch brauchen, wartet nur ab, wenn die Berge kommen!«

Sie wusste nicht, ob sie als Trost empfinden sollte, was der Meinherr da sagte. Aber es konnte stimmen. Bevor sie losmarschiert waren, hatte der Herr Frühling-und-Herbst, der über eine große Bibliothek verfügte, eine Karte auf einem Tisch im Himmelsbrunnen ausgebreitet. Anja hatte, als sie alle fasteten und auf den Boten warteten, einen Blick in die Bibliothek werfen dürfen.

Sofort war ihr aufgefallen, dass in dieser Bibliothek kein einziges Buch stand. Es lagen da vielmehr kleine runde Bündel, die aussahen, als habe man ein gutes Dutzend Stäbchen zusammengebunden. Als der Hausherr eines dieser Bündel aufschnürte, war es genau das!

»Aber das sind ja Stäbchen!«, rief Anja überrascht.

»Ja, das sind unsere Bambusannalen«, erklärte der Hausherr, »die Geschichtsbücher unserer Zeit ...«

»Mein Gott!«

Sie schaute sich die Stäbchen genauer an. Da waren Schriftzeichen drauf! Nicht übermäßig viele, vielleicht zehn pro Stäbchen. Oder weniger. Sie mochte sich gar nicht vorstellen, was für eine mühselige Arbeit es sein musste, einen Tausendseitenroman auf diese Bambusstäbchen zu schreiben. Wahrscheinlich schrieb in dieser Zeit auch keiner Tausendseitenromane. Nur die wichtigsten Sachen wurden aufgeschrieben: Staatsgeschäfte, Feldzüge, Thronbesteigungen, Todesfälle, von Königen natürlich. Einfache Leute kamen da nicht vor. Sie fand das ziemlich logisch.

Die Karte, die der Hausherr auf dem Tisch ausbreitete, war auf Seide gemalt und zeigte – China.

Das sah Anja sofort.

Natürlich hatte sie sich mit ihrem Vater die Karte Chinas angeschaut, sie wollten ja beide wissen, wo sie landen würden. Dabei waren ihr drei Dinge aufgefallen: die endlos lange Küste rechts und unten (und rechts war bei Karten immer Osten und unten Süden, das verstand sich), das enorm dunkelbraune, also enorm hohe Gebirge links (im Westen), der Himalaya.

Den Himalaya kannte sie von dem Yeti, der dort hausen sollte. Und wegen der Verrückten, die dort ständig verunglückten, weil sie meinten, sie müssten auf den Mount Everest, den höchsten Berg der Welt.

Und dann waren da zwei armlange Flüsse, die in vielen

Windungen von links nach rechts flossen. Logisch, sie flossen die Berge hinunter, sie waren ja aus Wasser. Aber diese Flüsse waren ellenlang, länger als alles, was es in Europa gab. Der eine war der Gelbe Fluss, der Huang Ho, wie ihr Vater sagte, den sie aber sofort mit ihren neu gewonnenen Chinesichkenntnissen verbesserte: »*Chuang-Che*«, sagte sie und sprach das »*ch*« aus wie in dem deutschen Wort »*Rache*«. Der andere Fluss war schon schwieriger und vor allem nicht zu übersetzen, das war der Yangzijiang – im alten Atlas ihres Vater stand Jang-tse-dsiang, und so sprach sich das auch aus.

Diese beiden Querlinien erkannte sie auch auf der Seidenkarte des Hausherrn und machte aus ihrem Wissen keinen Hehl, was ihr Ansehen, vor allem bei Kleiner Jade, sehr steigerte. Sie durfte an der letzten Besprechung und Reiseplanung teilnehmen, schließlich betraf sie das ja auch.

Was ihr einen richtigen Schrecken einjagte, war der Weg nach Süden, den der Hausherr mit einer weiten Armbewegung andeutete. Sie waren jetzt im Staat Lu, nicht weit östlich vom Unterlauf des Gelben Flusses, von hier würden sie aufbrechen. Ihr Ziel aber war der Dongting-See, der lag südlich von der Mitte des Yangzi. Das seien gut zwölfhundert bis dreizehnhundert Meilen, meinte der Hausherr, chinesische Meilen, wie Anja noch bei ihrer Lehrerin in Deutschland gelernt hatte, und eine chinesische Meile war ein halber Kilometer.

»Mein Gott!«, sagte sie wieder und stellte es sich vor: über zwölfhundert Meilen! Luftlinie! Das konnten mit all den Wendungen und Aufs und Abs, die wirkliche Wege in einer wirklichen Landschaft nahmen, leicht tausend Kilometer werden. Und das zu Fuß!

Entsprechend bedrückt hätte sie die ersten Tage ihres Marsches in der Sänfte gesessen. Hätte sich nicht Kleine Jade hin und wieder zu ihr gesetzt, um ihr Gesellschaft zu leisten, und wäre der Meinherr nicht gewesen, seine gute Laune und seine

Freude an bissigen Bemerkungen, mit denen er nichts und niemanden auf der Welt, nicht einmal sich selbst, ernst nahm, es wäre unerträglich gewesen.

Und so besserte sich ihre Stimmung jedes Mal, wenn sie auf den ersten flachen Wegstrecken, auf denen die Landschaft langweilig flach und staubig war, den Vorhang der Sänfte zur Seite schob und nach vorne und hinten sah.

Wäre die Gefahr nicht so groß gewesen, sie hätte lachen müssen, so eine seltsame Truppe waren sie!

Direkt vor sich sah sie einen harten Eselshintern und einen eigenwilligen Eselsnacken, auf dem ein leichtes Joch lag, über das er ihre zweirädrige Sänfte zog. Geführt wurde der Esel von dem Fenstermenschen. Esel und Fenstermensch hatten sich auf Anhieb verstanden, und wenn man die beiden nebeneinander sah, begriff man, dass sie eines Geistes Kind waren. Aber nicht so, wie man in der deutschen Sprache jemanden einen Esel nannte, wenn man ihn für einen Dummkopf hielt. Als Anja die beiden nebeneinander sah, begriff sie, dass das einzig Dumme die Redensart selbst war! Denn weder der Fenstermensch noch der Esel waren begriffsstutzig, sie waren vielmehr ein schönes Bild der Unbeirrbarkeit. Wo die beiden einen Weg einschlugen, würde der aus dem Nichts entstehen, so unbeirrbar waren sie. So kam es Anja vor. Der Fenstermensch trug keinen Dolch, kein Schwert und keinen Bogen. Er hatte lediglich einen langen, wuchtigen Stab in der Hand. Wie er damit einherschritt, sah er aus wie ein Heiliger: groß, gewichtig, gravitätisch. Vor dem Fenstermenschen, in gut zehn Schritt Entfernung, schritt der Gelbe Ritter, der unterwegs nur selten seine andere, zaghafte, skurrile Seite zeigte und zum Ritter Gelber vom Ei wurde, der jeden Satz mit »Achje« begann. Er trug sein Schwert, das seinen Kopf um eine halbe Hauptеslänge überragte, in einer Scheide senkrecht auf dem Rücken. Für die lange Reise hatte er sich einen Wanderstab zugelegt, der aber mehr zu sein schien als nur ein Spazierstock. Lebendig erschien Anja der Stab, wenn man das so sagen konnte, spannungsgeladen – und sie wunderte sich, wo sie diese Worte auf einmal herhatte.

Da der Gelbe Ritter meist genau vor dem Fenstermensch herging, konnte Anja den Ritter oft nur durch das Fenster in der Brust des Fenstermenschen sehen – wie in einem Fernseher oder Guckkasten. Und manchmal, wenn der Gelbe stehen blieb und sich umblickte, passte sein Kopf genau in dieses Fenster – ein seltsamer Anblick.

Schnell hatten sie den Ort erreicht, an dem Anja in diese Welt gefallen war und der Gelbe Ritter sie aufgelesen hatte.

»Es war nicht weit vom Großen Sumpfsee«, hatte der Ritter zum Hausherrn auf dessen Nachfrage gesagt. Der schaute staunend, sagte dann aber nichts. Erst später, als sie offen über das Einhorn sprachen, erfuhr sie, dass der König von Lu damals genau bei diesem Sumpfsee das Einhorn auf der Jagd gefangen hatte – und sie begann sich zu fragen, ob die alle nicht doch recht hatten und sie, ohne es zu wissen, ein Einhorn war …

Wenn es Nacht wurde, wurde nicht viel Aufhebens gemacht. Es gab getrocknete, dünn geschnittene Rindfleischscheiben, die süßsalzig schmeckten, dazu Mehlfladen, in die Lauch eingebacken war. Zu trinken gab es Wasser. Feuer zu machen wagten sie nicht, auch wenn der schwarze Reiter noch nicht wieder zurück sein konnte. Aber sie konnten von sonst jemandem gesehen werden, der ihm vielleicht berichten würde.

Sie bauten auch kein Zelt auf. Anja und Kleine Jade blieben einfach in ihrer Sänfte und zogen die Vorhänge zu, der Meinherr legte sich zu seinem Geldchen, und der Fenstermensch legte sich, wie und wo er gerade stand, mit dem Esel neben den Weg und deckte sich mit Nachthimmel, Wolken und Sternen zu.

Allein der Gelbe Ritter schlief nie.

Wann immer Anja durch die Vorhänge schaute oder rausmusste (woran sie erkannte, dass sie in einem wirklichen Abenteuer und in wirklichen Schwierigkeiten steckte, denn die Helden in den Büchern mussten nie, weder tags noch nachts), sah sie die hagere Gestalt des Ritters am Weg stehen und nach Westen schauen. Manchmal saß er auch, ebenfalls mit dem Gesicht nach Westen, und hatte die Beine in seiner unmöglichen Art unter sich verknotet.

So verbrachte er manchmal völlig reglos die ganze Nacht, und es war schwer zu sagen, ob er im Stehen oder aufrecht sitzend schlief. Gleich in der ersten Nacht hatte Anja das so neugierig gemacht, dass sie in einem Bogen um ihn herumgeschlichen war, um nachzusehen.

Er hatte tatsächlich die Augen offen – das war im hellen Licht der Sterne gut zu sehen. Überhaupt sah man nachts in der Wildnis viel mehr, als sie gedacht hatte. Auch als sie Mut fasste und näher heranschlich, regte er sich nicht. Seine Augen waren völlig starr und ohne Blick. Das waren die Augen eines Blinden! Und er stand da wie tot.

Bei ihrem kargen Mahl am nächsten Morgen – sie hatte sich abgewöhnt, »Frühstück« auch nur zu denken –, dünne Rindfleischscheiben mit Mehlfladen und Wasser, schaute er sie durchdringend an und meinte: »Wenn ich ein schwarzer Reiter wäre, wärt Ihr jetzt mausetot oder würdet quer vor mir auf dem Sattel liegen!«

Sie wurde rot bis in die Ohren und sagte lieber einmal gar nichts. Man musste wissen, wann man besser einmal nichts sagte.

So ging es ein paar Tage, und sie näherten sich mehr und mehr den Bergen im Westen, die sie schon bei ihrer Ankunft, wenn man das so nennen konnte, gesehen hatte.

»Dahinter«, so der Meinherr beim morgendlichen Mahl

(dünne Rindfleischscheiben, Mehlfladen …), »dahinter liegt der Große Sumpfsee – und davor liegt ein herrliches Späßchen, hihi! Es wird auch Zeit!«

Als Anja und die anderen ihn fragend anschauten, kicherte er nur: »Ihr werdet es erwarten können! Ihr werdet schon sehen! Nach der Arbeit kommt das Spiel«, seufzte er und weiter: »Geldchen, Geldchen, große Plage, ohne Geldchen bittre Tage!«

Als der steinige und staubige Weg anfing, sich den Osthang der Berge hochzuschlängeln, war es allerdings wirklich herzerweichend, mit welchem Gejammer und Gestöhne der Meinherr seinen schweren, ungeschlachten Wagen schob und zog. Unentwegt schimpfte er: »Mach dich nicht so schwer, Geldchen!« Oder: »Du hast zu lange nicht gearbeitet, Geldchen, du hast zugenommen!« Und: »Wenn wir oben sind, Geldchen, sehen wir aus wie der Herr Ritter, nicht so groß, aber so Ei! Oder wie der Fenstermensch, nur nicht mit einem Loch in der Brust, sondern mit einem Loch im Bauch! Bei der Verpflegung! Mach dich nicht so schwer, Geldchen, sonst geb ich dich aus! Oje, auch nicht die letzte Erfindung, dass Gipfel immer oben sind, hihi! Mach dich halt nicht so schwer, sonst tausche ich dich gegen Seidenlappen mit ein paar Zahlen drauf!« Wie sehr er sich quälte, zeigte sich daran, dass er entgegen seiner sonstigen Gewohnheit kaum noch in Reimen sprach.

Aber was für ein Blick, als sie oben waren!

Anja und Kleine Jade sprangen aus ihrer Sänfte, und die ganze Gesellschaft hielt einige Minuten inne. Selbst der redselige Meinherr war von der Landschaft, die da vor ihnen ausgebreitet lag, so ergriffen, dass er schwieg (er hätte allerdings ohnehin nichts sagen können, dafür war er zu sehr aus der Puste; er rang, wie man so sagt, nach Atem, und bei ihm sah das tatsächlich wie ein Ringkampf aus).

Vor ihnen lag der Große Sumpfsee. An den Rändern waren grüne Flächen von Sumpfgras, Schilfinseln schwammen herum. Der See war auf drei Seiten von Bergen eingefasst, und eine vierte Seite gab es nicht. Das Moor lag da, mit der Spitze nach Norden wie ein in die Länge gezogenes Dreieck. Sie waren von Osten gekommen und schauten auf die Westseite, wo die Sonne sich langsam auf die Berge senkte und über den See ein gelbrotes, glühendes Licht goss.

Der Fenstermensch, der seit ihrem Aufbruch beim Herrn Frühling-und-Herbst nichts mehr gesagt hatte (und ganz nebenbei auch nichts gegessen hatte, sie fragten sich schon alle, wovon er eigentlich lebte und wie lange er das wohl durchhalten konnte), streckte die Hand aus und sagte: »Heimat von Einhorn!«

In der Tat hatte das Licht eine Farbe, die jetzt auch Anjas Haar angenommen hätte, wenn sie damit nicht in einen Tuschkasten gefallen gewesen wäre. Der Einzige, der in diesen Augenblicken mit Sorge nach Westen schaute, war der Ritter: »Wir dürfen nicht hier stehen bleiben, hier sind wir zu gut auszumachen – und das nicht nur für Phönixe und Drachen!«

»Durchlaucht von und zu Hühnerhof, ein Reim von Euch!«, keuchte der Meinherr begeistert. Der Ritter achtete nicht auf ihn und musterte den Weg, den sie nehmen würden. Er war von hier oben gut zu sehen und zog sich in einem langgezogenen Zickzack an der Flanke des Bergrückens hinunter. Hie und da tauchte er zwischen den Bäumen auf, oder man erkannte ihn an den Wipfeln, die über ihm ein wenig auseinandertraten.

Der Ritter drängte: »Wir sollten uns sputen!«

»Sputen?«, alberte der Meinherr, »Ihr kennt vielleicht seltsame Worte! Sputen! Hihi! Wir haben es also eilig? Also dann, das Späßchen habe ich mir verdient!« Er war offenbar wieder bei Atem.

Er setzte sich auf die Deichsel seines Karrens, zog das Ziehholz zwischen den Beinen hoch und schrie Anja und der Kleinen Jade zu: »Los, alles einsteigen! Den letzten beißen die Reiter!«

»Meinherr!«, rief der Ritter.

Aber der lachte nur: »Keine Sorge, Graf Hühnerklein, ich kenne den Weg: Es geht bergab!«

Das ließen die beiden sich nicht zweimal sagen!

Sie waren schon ganz steif von dem ständigen Sitzen in der Sänfte. Bevor irgendjemand etwas dagegen sagen konnte (auch deshalb beeilten sie sich so: weil sie einen weiteren, energischeren Einwand des Ritters befürchteten), waren sie auf den Wagen gesprungen. Wenn sie sich auf die Geldladung knieten, war die vordere Wagenwand gerade so hoch, dass sie Halt hatten und hinüberschauen konnten.

Der Meinherr stieß sich zwei, drei Mal mit beiden Beinen ab, und der Karren mit den beiden hohen Rädern kam ins Rollen.

»Hat das Ding eigentlich Bremsen?«, rief Anja nach vorn.

»Habt Ihr Di-i-i-ng gesagt?«, gab der Meinherr stolpernd zurück, als das Gefährt über die ersten Steine rumpelte und die ersten Bodenunebenheiten nahm. Dann rief er noch: »Was meint ihr mit Bre-he-he-he-mse?« Und das war das letzte, was er sagte.

Er hatte tatsächlich keine Bremse! Er lenkte und bremste das »Ding« mit den Füßen und mit den Beinen, wie man einen Schlitten lenkt. Es staubte und polterte mächtig, aber er schien sehr geübt und hielt den Karren sicher auf dem Weg und schleuderte gekonnt um die Haarnadelkurven, jedenfalls tat er so. Wobei die Karre mehr als einmal mächtig ins Schwanken geriet und die Spitzkehren auf einem Rad nahm.

Es war eine halsbrecherische Fahrt. Die Bäume schossen vorbei, das Geldchen im Wagen und die Schnüre, die der

Meinherr wie immer um Brust und Bauch trug, klimperten und rasselten, der Wagen ächzte und stöhnte, und zwischendrin vernahm man ein lautes und ziemlich albernes »Hihi!« und »Hui!« und »Schu-u-u-ss-fa-a-a-a-hrt!« des Lenkers.

Anja und vor allem Kleine Jade, die sich an Anja und den Wagenrand klammerte, machten mehr als einmal die Augen zu, aber auch wenn sie sie aufhatten, sahen sie ungefähr so viel, wie man sieht, wenn man auf dem Hintern eine Treppe hinunterrutscht.

An der letzten Spitzkehre brachte der Meinherr den Wagen zum Stehen.

»Schaut nur!«, schrie er begeistert, »was für ein Wegchen!«

Tatsächlich verlief das letzte Stück des Wegs schnurgerade bis hinunter zum Moorsee und führte, immer noch schnurgerade, an diesem entlang, so weit man schauen konnte.

»Mit Anlauf!«, rief der Meinherr Geldchen, »mit Anlauf bis nach Chu!«, und stieß sich ab.

War die Fahrt vorher rasant gewesen, jetzt wurde sie rasend. Sie schossen durch Mückenschwärme hindurch, die wie flirrende Säulen im Licht der untergehenden Sonne standen, sie bekamen Mücken in Augen, Nase, Mund und Ohren, wenn sie nicht rechtzeitig im Wagen abtauchten. Das lange schwarze Haar von Anja, die die Brauthaube vom Kopf gerissen hatte, flatterte im Wind, und die Seidenperücke der Kleinen Jade tat es ihm nach.

Es war ein herrliches Gefühl!

Der Meinherr ließ den Wagen ausrollen, bis er von selbst zum Stehen kam. Er ruckelte noch ein wenig, um ein paar Schritte herauszuschinden, dann war es vorbei.

Danach wurde die Welt wieder schwer und legte sich auf Schultern und Gemüt.

Es dauerte eine Weile, bis der Ritter und der Fenstermensch mit Sänfte und Esel bei ihnen waren. Die Sonne war längst hinter den Bergen verschwunden, und die Kühle und die dunklen Schatten der Nacht kamen von Westen über den See. Selbst die Mücken schienen kalte Füße und Flügel bekommen zu haben, jedenfalls ließ sich keine mehr sehen.

»Das hättet Ihr erleben sollen!«, plapperte Anja los, als der Ritter vor ihnen stand. »Man konnte die ganze Welt vergessen!«

»Das war kein Vergessen, das war Geschwindigkeit. Ein Rausch«, kam die kalte und mürrische Antwort.

Manchmal, fand sie, war er ein richtiger Miesepeter, echt sauerpöttisch! Sie wusste zwar nicht genau, was das Wort bedeutete, aber es klang genauso, wie es aussah, wenn er seine spitze Nase bekam und so aus der Wäsche guckte, wie er gerade aus der Wäsche guckte. Dann sah er »sauer« aus und »pöttisch«, gleichzeitig, ein sehr treffendes Wort!

»Ritterchen, Ritterchen!«, stichelte der Meinherr. »Ein Späßchen, wisst Ihr überhaupt, was das ist? Freude? Freude, das ist die schönste Selbstvergessenheit! Habt Ihr das vergessen?«

»Achje!«, sagte der Ritter, der wieder der Gelbe vom Ei war, »vielleicht habt Ihr recht! Vielleicht habe ich das vergessen, vielleicht fahre ich das nächste Mal mit!«

»Dann seid Ihr der schnellste Ritter ohne Pferd, den es je gegeben hat!«

Während sich die beiden kabbelten, sah Anja sich um. Hinter den Bergen glühte der Himmel, der See lag vom Fuß der Berge am Westufer bis zur Mitte bereits in der Nacht. In der anderen Hälfte spiegelte sich der rote Himmel. Die Schilfrispen am Ufer des Sees sahen aus wie blutige Speere.

*

Von Handan ritt die Rotte der schwarzen Reiter durch bis zum Huanghe. Sie rasteten nur, um die Pferde zu tränken. Es waren kleine, zähe Pferde aus den Steppengebieten im Norden. Die schwarzen Reiter wussten, was sie ihnen zumuten konnten. Sie trieben die Tiere an, aber sie ritten sie nicht zuschanden.

Der Huanghe war von Handan etwa 80 Meilen entfernt, und oft ging es durch unwegsames Gelände. Es regnete ununterbrochen. Als sie gegen Mittag am Gelben Fluss ankamen, stand der Hauptmann, der vorausgeritten war, schon da und kratzte sich am Hinterkopf.

»Wir haben ein Problem!«, sagte er zu seinem Unterführer.

»Haben wir!«, bestätigte der.

Der Huanghe war angeschwollen. Man ahnte das andere Ufer mehr, als dass man es sah. Und in der ockerfarbenen, schwerfällig fließenden Masse bildeten sich immer wieder Strudel. Außerdem trug sie Wurzelwerk, Baumstämme, ganze Gras- und Schilfinseln mit sich.

»Wie kommen wir da hinüber?«, sagte der Unterführer.

»Wie wäre es mit Schwimmen?«, sagte der Hauptmann.

Sie sahen einander an.

»Oder hast du eine bessere Idee?«

Der Unterführer schwieg, er hatte keine bessere Idee. Außerdem war es nicht das erste Mal, dass sie einen Fluss überqueren mussten, auch nicht das erste Mal, dass sie es auf dem Rücken ihrer Pferde tun mussten. Aber das war nicht irgendein Fluss, das war der Gelbe Fluss. Und er hatte Hochwasser!

»Wir folgen der Furt, die hier sonst ist. Der Gelbe Fluss ist mächtig, aber er ist nicht sehr tief.«

Der Didi war wieder neben ihm und sagte: »Von wegen nicht tief! Normalerweise vielleicht, duibudui. Aber heute ...«

Und zu Lu Dao gewandt: »Kannst du schwimmen?«

Lu Dao nickte nur.

»Ich nicht!«, sagte der Didi und seine Stimme klang traurig. Er griff in die Tasche und reichte Lu Dao eine kleine Dose aus Holz.

»Hier ist die Salbe, haobuhao«, sagte er, »ich habe kein gutes Gefühl!«

Lu Dao hätte gerne gesagt: »Dann bleib doch hier!«, aber schon als ihm der Gedanke kam, wusste er, dass das ein unsinniger Einfall war. Er konnte nicht einfach hierbleiben.

In diesem Augenblick sprach der Hauptmann weiter: »Wir binden die Pferde aneinander und uns an die Pferde. Und dann nichts wie hinein. Je länger wir warten, desto schlimmer wird es. Wenn das Wasser zu tief ist, lasst eure Gäule schwimmen! Haltet euch an den Mähnen und dem Zaumzeug fest und lasst euch mitziehen. Ihr macht das ja nicht zum ersten Mal. Aber seid nicht übermütig. Vor dem Wasser muss man Respekt haben. Und passt mir auf die Treibsandbänke auf!«

»Vielleicht sollten wir dem Flussgott opfern!«, sagte der Unterführer.

»Dem Flussgott? Oder dem Regengott? Oder dem Schwimmgott?«, spottete der Hauptmann. Aber dann lenkte er ein. Man konnte nie wissen. Er nahm einen kleinen Krug mit Hirseschnaps heraus, öffnete ihn und schüttete ein paar Tropfen davon in den Fluss. »Das muss genügen!«, sagte er.

Seine Stimme klang fest, aber an seinen Bewegungen merkte man, dass er unsicher war. Normalerweise hätten sie gewartet, auch wenn es Wochen gedauert hätte, oder einen günstigeren Platz zum Überqueren des Flusses gesucht. Aber warten konnten sie nicht, dafür war ihr Auftrag zu dringlich, und einen besseren Platz gab es auch nicht, wenn der Huanghe einmal angeschwollen und zornig war. Wo er schmäler war, am Oberlauf, in ihrer Heimat Qin, dort floß er in dieser Jahreszeit so brausend und dröhnend und schnell, dass an eine Überquerung nicht zu denken war. Und wo es flacher wurde, am Mittel- und vor allem am Unterlauf, wo sie sich jetzt befanden, dort gab es in dieser Jahreszeit keine Stelle, an der er weniger breit gewesen wäre.

Sie banden sich an ihre Pferde und die Pferde aneinander, wie ihr Rottenführer gesagt hatte.

»Also los!«, rief der, und es war mehr eine Aufmunterung als ein Befehl. Er wusste, dass er den Leuten vorangehen musste. Wenn er das nicht tat, hatte er innerhalb kürzester Zeit seine Autorität verloren. Er kannte auch eigentlich keine Angst, aber ersaufen wie eine Ratte, das war doch kein Ende für einen Hauptmann. Außerdem wollte er noch erleben, wie sein Herr das riesige Reich gründen würde. Was für eine Vorstellung! Ein Reich, das alle Reiche innerhalb der vier Meere und unter dem Himmel vereinte. Wie die legendären Zhou! Nur um ein Vielfaches größer! Das war es, was ihn einen Augenblick zögern ließ. Doch dann ritt er los.

Das erste Drittel konnten sie noch reiten und kamen gut voran. Als sie das normale Flussbett des Huanghe erreichten, wurde das Wasser tief und schwierig. Sie mussten schwimmen. Sie hielten sich an den Mähnen der Pferde fest und wurden mehr und mehr mitgezogen und abgetrieben. Der Fluss, der so ruhig schien, entwickelte einen unwiderstehlichen Sog.

»Kämpft nicht dagegen an!«, schrie der Hauptmann gegen das dröhnende Mahlen des Wassers an. »Haltet nur die Richtung! Es ist gleich, an welcher Stelle wir ans andere Ufer kommen!«

Er hatte es kaum gesagt, als der Gelbe Fluss ihm mit einer kleinen Welle über den Mund fuhr. Er schluckte Wasser und musste husten. Dann tauchte wie aus dem Nichts ein Baumstamm auf. Er prallte mit ihm zusammen, und der Hauptmann ging unter.

Lu Dao überlegte nicht viel. Als vermeintlich langsamster und unsicherster Kandidat der Rotte war er mit dem Didi am Ende der Seilkolonne. Insgeheim hatten alle gedacht, dort könnte man die beiden am einfachsten abschneiden und ihrem Schicksal überlassen, wenn sie sich dumm anstellten, doch nun reagierte er als Erster.

Die anderen schauten nur erschrocken und schrien. Ihre Rüstungen behinderten sie, und auch wenn sie vorher dick getan hatten, war sich Lu Dao nicht sicher, wer von ihnen wirklich richtig schwimmen konnte.

Jedenfalls rührte keiner einen Finger. Sie hatten alle Hände voll zu tun, selbst nicht weggerissen zu werden.

Da das Seil ihn daran hinderte, zum Rottenführer vorzuschwimmen, riss Lu Dao das Messer heraus, das er noch aus dem Sportflugzeug hatte, schnitt die Seile zu seinem Vordermann und zu seinem Pferd durch und schwamm mit kräftigen Stößen zu dem Stamm. Er war ein ausgezeichneter Schwimmer, hatte einmal an den Universitätsmeisterschaften teilgenommen und war sogar in den Endlauf gekommen. Er erwischte den Hauptmann am Kragen, klammerte sich mit der anderen Hand am Baumstamm fest und versuchte, den Stamm in Richtung jenseitiges Ufer zu lenken.

»Halt dich fest!«, brüllte er den schwarzen Reiter an. Der kam japsend aus dem Wasser hoch und warf einen Arm über den Stamm. Ein mächtiger Strudel erfasste sie, und sie drehten sich im Kreis. So konnte Lu Dao einen Blick auf die anderen Reiter werfen, die sich in ihren Seilen verheddert hatten. Sie schrien, schimpften und hatten alle Mühe, sich über Wasser zu halten.

Den Didi konnte er nicht entdecken.

Aber da hatte ihn ein Strudel auch schon herumgeworfen. Es war keine Zeit mehr zu schauen, sie mussten sich auf sich selbst konzentrieren. Der Hauptmann war mittlerweile wieder so weit zu sich gekommen, dass er mit den Beinen helfen konnte, den Stamm mit der Strömung in Richtung anderes Ufer zu lenken.

Es dauerte fast eine Stunde, bis sie vollkommen erschöpft

und zähneklappernd dort ankamen. Lu Dao schleppte sich und den Hauptmann auf allen vieren den flachen Strand hinauf, immer wieder fielen sie ins Wasser. Als sie auf dem Trockenen waren, gingen die Lichter aus.

Das Nächste, was er mitbekam, war, dass es aufgehört hatte zu regnen. Es war dunkel, neben ihm knisterte ein Feuer.

»Na, Neuer, willkommen im Jenseits!«

Er schaute auf. Da saß der Hauptmann, gut erholt, wie es schien, und grillte einen Hasen über dem Feuer.

»Wo? Was?«, sagte Lu Dao, der nur langsam zu sich kam.

»Du hast mir das Leben gerettet, Rotärschling!«, lachte der Rittmeister, und es schwang Freundlichkeit und etwas wie Wärme in seiner Stimme mit.

»Reiten kannst du vielleicht nicht – auch wenn ich da so meine Zweifel habe, ich habe dich unterwegs beobachtet –, aber schwimmen kannst du wie ein Flussdrache! Wo du herkommst, hat man dir viele nützliche Dinge beigebracht …«

Lu Dao überhörte die Frage, die in dieser Bemerkung steckte, und sagte: »Wo sind die anderen?«

Er dachte vor allem an den Didi.

»Keine Ahnung! Als wir am Baumstamm hingen und in den Strudel gerieten, habe ich sie zum letzten Mal gesehen. Wir reiten morgen zu unserem Treffpunkt, dann können wir uns die Bescherung anschauen.«

Ja, richtig: Bevor sie in den Huanghe hineingeritten waren, hatte der Hauptmann allen eingeschärft, wenn sie getrennt würden, sollten sie sich auf der anderen Seite in dem kleinen Dörfchen treffen, das nur ein paar Meilen von der Furt entfernt lag. Es war nicht zu verfehlen, denn es lag am Anfang einer Schlucht, durch die sie hindurchmussten, wenn sie nach Lu wollten.

»Reiten?«, sagte Lu Dao, »sagtest du reiten? Haben wir unsere Pferde noch?«

»Tiere sind klüger als Menschen«, sagte der Rittmeister, schnitt ein Stück Fleisch ab und reichte es Lu Dao. »Hier, nimm, du hast es verdient!«

Lu Dao nahm das Fleisch, und auf seinen fragenden Blick sagte der schwarze Reiter: »Ich bin auf der Jagd gewesen, wie du siehst, da sind mir drei von unseren Pferden über den Weg gelaufen.« Und nach einem Augenblick des Nachdenkens tonlos: »Wir werden sehen.«

Am nächsten Morgen ritten sie in Richtung Hedu, wie das Örtchen hieß. Auf dem Marktplatz hatten sich schon die ersten Reiter ihrer Rotte eingefunden. Von den zwanzig Reitern, die losgezogen waren, hatten sich bis zum Abend zwölf zurückgemeldet, aber einige waren zu Fuß gekommen. Der Freund des Hauptmanns, der erste Unterführer, fehlte. Und der Didi fehlte. Sie hatten nur noch zehn Pferde, und mit ihnen war auch Proviant, der ein oder andere Bogen und der ein oder andere Pfeil verlorengegangen.

In dem Dörfchen, in dem sie die Nacht verbrachten, waren keine Pferde zu bekommen, weder zu kaufen noch zu konfiszieren, also beschloss der Hauptmann, zwei Mann zurückzulassen. Sie waren dann immer noch zu zehnt, und zehn schwarze Reiter zählten mehr als zehn normale Kämpfer.

»Wer jetzt noch nicht da ist, kommt nicht mehr«, sagte der Rittmeister am nächsten Morgen. »Entweder er ist ertrunken oder so weit abgetrieben, dass wir nicht mehr warten können.«

Sie waren früh aufgestanden, und es hatte wieder angefangen zu regnen. Lu Dao hatte gehofft, der Didi würde bis zum Morgen noch an dem vereinbarten Treffpunkt erscheinen, aber er war nicht gekommen.

Sie saßen auf, und der Hauptmann gab denen, die zurückbleiben sollten, entsprechende Befehle. Sie sollten Ausschau nach weiteren Überlebenden halten und ansonsten warten und sich dann dem Heerzug anschließen, der hier oder ein wenig weiter im Norden vorüberkommen musste.

Sie wollten schon losreiten, als sie vom Fluss her ein schwaches Rufen hörten. Sie drehten die Pferde um und sahen, wie ein weiterer ihrer Männer auf das Dorf zukam. An den Zügeln führte er zwei Pferde mit sich. Sie ritten ihm entgegen: Es war der Didi.

Als sie ihn erreichten, sagte er mit schwacher Stimme: »Hauptmann, ich melde mich ... haobuhao!«

Weiter kam er nicht. Er fiel einfach um.

Er war völlig abgerissen, seine Kleidung aufgeweicht, aber er hatte seine Waffen noch und schien nicht weiter verletzt. Die anderen trugen ihn in die Herberge. Ein schäbiger Laden, aber sie hatten ein Dach über dem Kopf gehabt und etwas Warmes in den Bauch bekommen.

Als der Didi etwas gegessen und getrunken hatte, war er bald wiederhergestellt. Über den Verbleib der anderen wusste er nicht viel zu erzählen, nur ihren ersten Unterführer hatte er kurz gesehen. Mitten im Strom hatte er gestanden und dem Didi zugeschrien: »Komm hierher, hier ist eine Sandbank!« Aber es musste Treibsand gewesen sein.

»Und dann war er auch schon verschwunden, kekexixi, leiderleider«, sagte der Didi und schwieg eine Weile, bevor er weitererzählen konnte. Er selbst war von der Strömung mitgerissen worden, die Seile waren gerissen, und als sein Pferd unter ihm verschwand, hatte er im letzten Moment eine kleine Schilfinsel zu fassen bekommen. Irgendwie war er damit strampelnd und paddelnd ans Ufer gelangt. Am Anfang hatte er nicht einmal gewusst, an welchem Ufer er herausgekommen war. Er hatte sich so oft um sich selbst gedreht, dass ihm die Orientierung verloren gegangen war. Erst am darauffolgenden Morgen, als die Sonne auf der Seite des Ufers aufging, an der er sich befand, wusste er, dass er es geschafft hatte.

»Für einen Nichtschwimmer eine ganz schöne Leistung!«, sagte Lu Dao und gab ihm das Schächtelchen mit der Salbe zurück.

»Nichtschwimmer?«, beschwerte sich der Didi. »Nichtschwimmer ist noch geprahlt!«

»Ja, ja«, lachte einer von den anderen Reitern, »mit dem Schwimmen ist es wie mit dem Essen mit Stäbchen. Wenn man muss, kann man es sehr schnell lernen!«

Der Didi wollte unbedingt mit, seinetwegen verschob der Hauptmann ihren Aufbruch auf den späten Vormittag: »Wenn du dann nicht wieder auf dem Pferd sitzen kannst, dann lassen wir dich hier auf dem Damm sitzen!«, sagte er. Aber er schmunzelte dabei. Der Neue und dieser Junge waren nach seinem Herzen. Der eine hatte ihm das Leben gerettet, der andere zwei Pferde. Jetzt waren sie immer noch dreizehn Mann. Für das, was sie vorhatten, fast eine Armee.

Er ging zu Lu Dao, der sich um den Didi kümmerte, legte beiden die Hand auf die Schulter und sagte: »Ihr habt euch bewährt. Wenn sich in unserem Heer jemand bewährt, wird er belohnt. Ich weiß nicht, wer ihr seid, wo ihr herkommt und welchen Standes ihr seid, aber das ist bei uns unwichtig. Ihr habt euch bewährt, und ich befördere euch hiermit zu Unterführern, das habt ihr verdient!«

Lu Dao musste lachen. Er, ein Chinese aus dem 21. Jahrhundert, war gerade zum Unterführer des Königs von Qin befördert worden, des Königs, der als der erste Kaiser von China in die Geschichte eingehen würde. Das würde ihm niemand glauben! Wenn er ehrlich war, er glaubte es selbst kaum.

Am späten Vormittag saßen die übrig gebliebenen dreizehn Mann auf, der Didi hatte sich so weit erholt, dass er mitkonnte. Sie ritten in die Schlucht ein, und sie ritten langsam. Nicht nur weil alle noch ein wenig mitgenommen waren, sondern auch weil der Weg hier sehr steinig und holprig war. Der

Hauptmann wollte die Gesundheit der Pferde nicht riskieren. Er war mit den Jahren besonnener geworden. Immer wieder hatte er über das chinesische Sprichwort nachgedacht: »Wenn du es eilig hast, dann heißt das langsam gehen! Nur wer langsam geht, beeilt sich!« So machte er es jetzt. Er würde das Einhorn früh genug einholen.

Sein nächstes Ziel war das kleine Städtchen, in dessen Nähe er auf den Ritter Gelber vom Ei getroffen war. Solche Ritter hatte er gefressen. Die mit ihren Spitzfindigkeiten! Diese Schlauberger! Sie hatten auf alles eine Antwort, aber zustande brachten sie nichts! Man durfte sie nicht unterschätzen, manch einer von ihnen konnte kämpfen, aber zustande brachten sie nichts. Die mit ihren Meistern und Wortverdrehereien!

Er ritt zu Lu Dao. »Wo du herkommst, Unterführer, gibt es da auch so gelehrte Meister und Denker? Solche Kissenpuper, Besserwisser und Haarspalter?«

Lu Dao zögerte und sagte dann mit einem Lächeln, das der Rittmeister nicht ergründen konnte: »Die gleichen wie hier und noch ein paar mehr.«

»Um Himmels willen!«, rief der Hauptmann. »Dann seid ihr ja noch ärmer dran als wir! Das ganze Geschwätz taugt nichts, glaubt es mir! Ein Schwert ist ein Schwert, da weiß man, woran man ist!«

»Aber ein Gedanke ist das auch!«, sagte Lu Dao.

»Wie meint Ihr das?«

Seit er ihn befördert hatte, duzte er Lu Dao nicht mehr.

»Ihr glaubt an das Schwert? An die Macht?«, sagte Lu Dao.

»Was heißt hier glauben?«, sagte der schwarze Reiter und schlug mit der Hand gegen den Bogen, der quer vor ihm auf dem Sattel lag. »Ich erlebe es jeden Tag! Macht, Einfluss, Reichtum, Stellung, alles austauschbare Worte, sie bedeuten alle das Gleiche: Der Starke besiegt den Schwachen! Die Tat den Gedanken!«

Lu Dao zeigte auf den kleinen Bach, an dem sie entlangritten.

»Und das Wasser besiegt den Stein, das Schwache das Starke! Das hat einer eurer Meister gesagt, und das ist auch eine Tatsache, du musst nur in den Bach schauen. Oder hier in die Schlucht. Die Schlucht hat das Wasser gegraben, der Stein hat nachgeben müssen ...«

Der Hauptmann schaute ihn an. Natürlich kannte er diese Sprüche. Damit war er groß geworden, wie mit all den anderen Sprichworten, die überall in den Reichen so beliebt waren. Aber schon als Kind war ihm, als führten solche Gedanken direkt ins Unterholz, ins Dickicht, wo man sich dann verhedderte wie gejagtes Wild. Wenn man zu viel dachte, konnte man nicht mehr handeln.

Dachte er.

Dass auch das ein Gedanke war, diesen Gedanken wischte er weg.

*

Anja fuhr erschrocken herum.

Da stand der Ritter und legte ihr sacht die Hand auf die Schulter, sacht wie eine Drachenfliege das Wasser berührt: »Das ist die Nacht«, sagte er beruhigend, »in der Nacht machen die Gedanken sich selbstständig, und die Angst zwischen ihnen wird sichtbar. Wir haben alle Angst. Weil wir so allein sind. Ein wirklicher Feind ist zugleich schrecklicher und weniger schrecklich. Denn er ist da, greifbar. Denkt nicht an die Schatten der Nacht!«

Am Rande der Abend-Nacht-Linie erkannte sie zwei schmale, flache, langgezogene Fischerboote. Stäbe steckten senkrecht, im Abstand von ein paar Schritten im Wasser, dazwischen waren, genauso senkrecht, Netze aufgespannt. Man erkannte zwei

Gestalten, die gebückt ihrer Arbeit nachgingen und Lampen schwenkten.

»Mit den Lampen locken sie die Fische an. Kommt, wir suchen uns einen Lagerplatz!«

Der Ritter zog sie mit sich zu den anderen.

Da erst sah sie die Hütte aus Stroh, die von Weitem ausgesehen hatte, als gehöre sie noch zum Schilf. Sie war in einen Schilfwald hineingebaut, der sie überragte. Man konnte nicht sehen, wie groß sie war.

Als sie näher kamen, verwandelte sich die unscheinbare einfache Strohhütte. Es war ein richtiges Wunder. Dach, Front und Seitenteile (soweit man sie sah) waren über und über mit Blumen bedeckt: Orchideen, Schilfblumen, Wicken, Trichterweiden, selbst Lotusblumen, die hier eigentlich gar nicht wuchsen, wuchsen hier.

Die Hütte war so schön und duftete so wundervoll, dass alle wie verzaubert vor ihr stehen blieben.

Gute Tarnung, dachte Anja.

Der Ritter versuchte zu klopfen. Aber an eine Strohtür kann man nicht klopfen, also rief er: »Jemand da?«

Es dauerte eine ganze Weile, bis die Tür einen Spalt aufging.

»Jemand da?«, kam es krächzend von innen.

»Ein Ritter und seine Gesellschaft!«

»Ein Ritter und seine Gesellschaft?«

Es öffnete eine alte Frau, die aussah wie eine Schildkröte. Wahrscheinlich war sie auch so alt. Als Kleidung trug sie ein Schilfgeflecht, das mit Blättern ausgestopft war, und an den Füßen aus Schilfstroh geflochtene Treter.

Als Anja sie erblickte, dachte sie: eine Hexe!

Dabei glaubte sie an Märchen und solche Sachen längst nicht mehr. Glaubte sie. Ganz sicher war sie sich allerdings nicht. Seit sie in eine Geschichte hineingeraten war, die unwahrscheinlicher war als alle Märchen zusammen, war sie sich überhaupt nicht mehr sicher, was sie glauben sollte. Vor allem nicht, wenn die Nacht mit ihren Schatten nach ihr griff.

»Habt Ihr Hexe gesagt?«, unterbrach der Meinherr ihre Gedanken, die gar keine rechten Gedanken waren, sondern ein Fluss, der durch sie hindurchging. Ein Fluss aus Bildern und Gefühlen und Ahnungen, auf den sie hinaussah und in dem sie hin und wieder etwas erkannte.

»Habt Ihr Hexe gesagt? Kennt Ihr etwa Gruselgeschichten? Die müsst Ihr erzählen! Wenn wir gegessen haben, müsst Ihr die erzählen! Ich sterbe für Gruselgeschichten!!«

Bei dem Wort »essen« wandte er sich an die alte Schildkröte, die beim Anblick der hohen Gestalt des Ritters erschrocken zurückgezuckt war und die Tür geschlossen hatte. Erst als der Gelbe noch einmal gerufen hatte: »Wir sind keine Räuber!«, und hinzufügte: »Wir zahlen!«, war die Tür langsam wieder aufgegangen.

Als die Alte herausschaute, sprang der Meinherr wie zur Bestätigung zweimal kräftig auf und ließ die Geldschnüre um seine Schultern und seinen Bauch scheppern. Bei diesem Klang kam Leben in die Alte. Mit einer Behändigkeit, die man ihr kaum zugetraut hätte, bat sie die Herrschaft herein und überschlug sich fast.

Als sie eintraten, staunten sie nicht schlecht!

Die Hütte war viel größer, als sie von außen aussah. Es gab einen weiten Raum, fast eine Halle, in deren Mitte ein großer, langer, breiter Tisch stand. Es duftete frisch, überall hingen seltsame Blumen, die Luft war Frühling und Herbst und erinnerte Anja an etwas, an das sie sich nicht erinnern konnte. Ihnen wurde wohl ums Herz, und als sie Gepäck und Waffen ablegten, streiften sie zugleich auch alle Sorgen ab.

»Wirklich eine Hexe!«, sagte der Meinherr, aber es klang, als hätte er etwas Wunderschönes gesehen. »Seid Ihr etwa ein Gasthaus? Herrlich, wie das duftet!« Er machte runde Augen.

Die Alte blieb wie angewurzelt stehen und schien zu überlegen. Sie konnte nicht mehrere Dinge auf einmal. Sie konnte herumlaufen und sich um das Essen kümmern, oder sie konnte überlegen oder sprechen. Alles auf einmal ging nicht.

Als sie jetzt zu sprechen begann, jagte es der Reisegesellschaft einen Schauer über den Rücken. Ihre Stimme war sehr leise und klang wie das Ächzen von Bäumen im Wind. Und gleichzeitig war etwas darin wie die Erinnerung an Sonne und Regen und das gurgelnde Fließen von Bächen.

Der Meinherr stand seitlich von ihr, da sie sich, wie es sich in Lu gehörte, an den wandte, den sie für den Wichtigsten in der Gruppe hielt, und das war der Ritter. Dem Meinherrn aber erschien sie auf einmal jung und schön und von einem duftigen frühlingherbstfarbenen Kleid umflossen.

»Vielleicht war sie gar keine Hexe, sondern eine Moorfee?«, sagte er, wenn er später von der Begegnung erzählte. Mehr sagte er nie, denn die Erinnerung an sie bewahrte er wie einen Schatz, und sie war ihm mehr wert als alles Geldchen der Welt. Das erzählte er natürlich niemandem, was sollte man denn von ihm denken!

»Die Stimmen!«, sagte sie. »Das sind die Stimmen. Die Stimmen der Worte, die Stimmen der Orte. Auf der Lippe wandeln Wort und Ort, beides wandelt, wird Gewalt, wird neu, wird alt ...«

Sie schaute sich erschrocken um. Sie wurde von ihren eigenen Worten verfolgt, sie hörte Stimmen, die Stimmen der Worte.

Mehr war aus ihr fürs Erste nicht herauszubekommen.

Dann machte sie sich ans Werk. Sie brachte Räucherfisch, Backfisch, Bratfisch, süßsauren Fisch, Fladen, Kräuter und eine scharfe, aber schmackhafte Fischsuppe auf den Tisch und stellte noch ein paar Schälchen mit verschiedenen Wald- und Bergbeeren dazu und einen Wok mit gedünsteten Pilzen.

Stäbchen gab es in dieser verlassenen Gegend nicht, nur Löffel aus Holz. Aber das kümmerte niemanden! Nach so vielen Tagen karger Kost hätten sie mit den Fingern gegessen, was in Lu und in dieser ganzen vorchinesischen Gegend allerdings nicht fein war. Nicht einmal bei Hähnchen.

Als sie die aufgefahrenen Leckereien schon weitgehend aufgegessen hatten, kam die Alte, die sich in der Zwischenzeit nicht hatte sehen lassen, mit einem riesigen gebratenen Fisch daher. Er musste gut und gerne seine zehn Pfund auf die Waage bringen und schmeckte großartig.

»Dass es in diesem Moorsee so große Fische gibt!«, staunte der Meinherr und machte sich an die Arbeit.

Nach dem Essen zwangen sie sich die höflichen Rülpser ab, worauf die Alte freilich gar nicht zu achten schien. Nur der Fenstermensch blieb stumm, was kein Wunder war, da er nichts zu sich genommen hatte. Überhaupt starrte Anja bei jeder Mahlzeit immer wieder in seine Richtung und in sein Brustfenster. Irgendwie verstand sie nicht, wo bei ihm der Magen sein sollte, aber sie traute sich nicht zu fragen. Dazu war der Fenstermensch eine zu Ehrfurcht gebietende Erscheinung.

»So!«, klopfte der Meinherr sich auf den Bauch, dass es schepperte, denn er legte sein Geldchen nie ab, nicht einmal zum Schlafen, »so, und jetzt die Gruselgeschichte!«

»Soll ich wirklich?« Anja sah in Richtung des Ritters, doch der stand an einem der Fenster, besser gesagt, an der mit einer Strohklappe versehenen Öffnung, durch die man nach draußen schauen konnte, und zeigte keine Reaktion.

»Der Ritter von und zu Eiweiß hält Verdauungsmeditation, da dürfen wir nicht stören«, sagte der Meinherr. »Fangt nur an, ich übernehme die Verantwortung, hihi!«

Also legte sie los.

Da es ihr bei dem ersten Anblick von Hexe und Hütte

schon durch den Kopf gegangen war, erzählte sie das Märchen von Hänsel und Gretel. Sie erzählte gerne Geschichten, wahrscheinlich weil man ihr immer Geschichten erzählt oder vorgelesen hatte. Aber so gut hatte sie noch nie erzählt, und das lag an dem Publikum, das sie hier hatte!

Zur Zeit der Kämpfenden Reiche waren Geschichten alles. Es gab nichts als Geschichten und Geschichte, die nicht mehr war als alle Geschichten zusammen mit einem Datum davor. Es gab ja kein Fernsehen, Radio, Kino, Zeitung, CDs, Video, DVD oder Handys. Die virtuellen Welten hatte man alle im Kopf, auf der Zunge und auf den Lippen. Eine spannende und sehr preiswerte Angelegenheit, zumal man immer alles bei sich hatte, was man brauchte.

Als Hänsel und Gretel sich im Wald verirrten, hatte Kleine Jade schon ganz große Augen, an deren Rand dicke Märchentränen kullerten. Der Meinherr wackelte verdächtig mit der Nase, und selbst die alte Schildkröte seufzte wie eine Trauerweide im Wind.

Beim Auftauchen der Hexe stöhnte alles vor Schreck (wobei Anja zuvor Mühe gehabt hatte, das Wort »Lebkuchen«, das es hier nicht gab, zu übersetzen, also sagte sie »süße Mantou« und »süße Kuchen«, und der Meinherr rief dazwischen: »Ein Kuchenhaus, leckere Idee! Leider bin ich schon satt, hihi!«). Als die Hexe aus dem Süße-Mantou-Häuschen trat und die beiden einfing, um sie zu mästen und dann im Ofen zu braten, erhob sich ein Sturm der Entrüstung. Selbst der Fenstermensch und der Ritter ließen sich anstecken und fielen in die Schmähungen und Beschimpfungen ein:

»Alte Vettel!«

»Miststück!«

»Scheußliche Schlange!«

Und das war noch das Harmloseste, was zu hören war.

Bei dem Wort »mästete« hielt sich der Meinherr erschrocken den Bauch, um sich dann über die List Hänsels mit dem dürren Knochen am lautesten zu freuen: »Famose Idee!«, schrie er immer wieder. »Famoser Kerl, dieser Hänsel!« Und insgeheim überlegte er, ob er sich nicht ein solches Knöchelchen einstecken sollte, für alle Fälle, man konnte ja nie wissen, wem sie auf ihrem langen Weg begegnen würden. Aber er vergaß den Gedanken sofort wieder. Die Geschichte war auch zu spannend!

Als Hänsel und Gretel die Hexe in den Ofen stießen, »wo sie jämmerlich verbrannte«, klatschte Kleine Jade in die Hände, um gleich darauf beschämt innezuhalten: »Die arme Hexe! In den Ofen ...!«

»Ganz schön heiß, so ein Ofen«, bemerkte der Meinherr, der nicht zimperlich war, und der Fenstermensch sagte: »Wer andern eine Grube ...«

Das machte er manchmal, wenn er überhaupt etwas sagte. Er sprach langsam und immer nur bis dorthin, wo er annehmen konnte, dass es verstanden würde, dann verstummte er. Er sagte niemals: »Wer andern eine Grube gräbt, fällt selbst hinein.« Er sagte nur: »Wer andern eine Grube gräbt ...«, oder noch kürzer: »Wer andern ...« Tatsächlich verstand man ihn auch so.

»Ob sie die Kinder wirklich aufgefressen hätte?« Kleine Jade fragte das mit einem ganz erschrockenen Blick auf das Fischgerippe, das noch immer vor ihnen auf dem Tisch lag. Sie fühlte sich nicht sehr viel älter als diese fremdländischen Hänsel und Gretel, die sie natürlich nicht Hänsel und Gretel nannte, sondern Han-sse und Ge-lei-te-le.

»Vielleicht eine Hungersnot?«, ließ sich die krächzende Stimme der Schildkröte vernehmen, und allen lief ein Schauder über den Rücken, als sie die dunkle Andeutung verstanden, die in dieser Frage mitschwang. Wie zur Entschuldigung fuhr die Alte fort: »Wenn man so alt ist wie ich, hat man viel gesehen und erlebt ...«

Doch bevor sie weitersprechen konnte, ging der Gelbe Ritter dazwischen. Sie solle die Pferde nicht scheu machen, sagte er, worauf der Meinherr kicherte: »Vor allem, wo das einzige Pferd, das wir zum Scheumachen haben, ein Esel ist, hihi! – Aber eine gruselige Geschichte ist das schon!«

»Ihr seht wieder einmal nur euer Vergnügen!«, sagte unerwarteterweise der Ritter. »Der Grusel ist nur dazu da, damit es auch spannend ist, in Wirklichkeit ist das eine daoistische Geschichte!«

Anja schaute ihn überrascht an. Hänsel und Gretel und eine daoistische Geschichte? Selbst der Fenstermensch schaute interessiert.

Der Ritter ließ sich auch nicht lange bitten und erzählte: »Achje«, begann er, »die alten Geschichten geraten immer mehr in Vergessenheit! Aber gut, ich will sie euch erzählen:

»Meister Zhuangzi hatte einen guten, sehr jungen Freund, mit dem hat er sich gerne unterhalten. Er dürfte nicht sehr viel älter gewesen sein als dieser Han-sse und diese Ge-lei-te-le und war nicht auf den Kopf gefallen, mein lieber Herr Knappe, auch wenn Ihr den Ausdruck nicht gerne hört. Deshalb schätzte der Meister ihn sehr und nannte ihn sogar einen Freund, was eine hohe Auszeichnung war. Und dieser Huishi [chueishe], so hieß er, der junge Mann, dieser Huishi kam eines Tages zu ihm und sagte: ›Meister, ich habe da einen Baum, ein Riesending (er drückte sich so aus, wie junge Leute sich halt ausdrücken), die Leute nennen ihn Götterbaum. Sein Stamm ist knorrig und verwachsen, dass man ihn niemals gerade auseinandersägen und Bretter aus ihm machen kann. Außerdem sind seine Zweige krumm und verdreht, die sind noch weniger zu irgendetwas Geradem zu verarbeiten, zu keinem Brett, keinem Boot, keinem Sarg. An seine Blätter gehen nicht einmal die Ziegen heran, denn wenn man an ihnen leckt, hat man einen scharfen, beißenden Geschmack auf der Zunge und stinkt tagelang unerträglich aus dem Mund – genauso wie einem der Geruch für Tage nicht aus der Nase geht, wenn man einmal an den Blättern gerochen hat. Es wird einem regelrecht schlecht davon. Jetzt habe ich also so einen großen Baum und kann nichts damit anfangen, eine Schande ist das!‹

›Achje‹, sagte darauf der Meister«, erzählte der Ritter, »›junger Freund, Ihr seid ein Tor! Was denkt Ihr denn, was den Baum so groß hat werden lassen?! Was? Wenn er gerade gewachsen wäre wie ein junges Mädchen und geduftet hätte wie ein Kuchenhaus, was meint Ihr, was geschehen wäre? Na? Natürlich, er wäre niemals so groß geworden! Man hätte seine Blätter an die Schweine verfüttert und aus seinem Stamm irgendetwas Nützliches gemacht! Dass er in den Augen der Welt zu nichts taugt, das hat ihm das Leben gerettet! Aber in meinen Augen, in den Augen eines Meisters, taugt er zu etwas: Warum setzt Ihr, junger Freund, Euch nicht in seinen Schatten und macht ein Nickerchen?‹«

Der Ritter Gelber vom Ei schaute bedeutungsvoll in die Runde, sah aber nur verständnislose Gesichter.

»Achje, Ihr versteht nicht?«

»Was hat das denn mit dem famosen Hänsel zu tun?«, fragte der Meinherr.

»Das seht Ihr nicht? Wäre der Hänsel fett geworden und hätte als Braten getaugt, dann hätte er nicht überlebt! Ihm hat es das Leben gerettet, dass er der alten Vettel ein mageres Knöchelchen hingehalten hat.«

»Aber das war eine List!«

»Wer sagt denn, dass es keine List des Baumes war, unbrauchbar zu sein? Genauso wie es eine List des Meisters war und eine List seiner Lehre, nicht brauchbar zu sein für die Welt, er war nicht brauchbar als Ritter, nicht als Krieger, nicht als Berater für Könige, das hat ihm das Leben gerettet. Die anderen, all die Ritter, Krieger und Berater sind tot, sie sind ermordet worden oder früh unter der Last des Amtes zerbrochen!«

»Und was ist mit der Hexe?« Der Meinherr ließ nicht locker.

»Die Hexe zeigt, wie kurzsichtig die Leute sind, die immer nur nach dem eigenen Vorteil und dem Nutzen gehen, wie oberflächlich und wie leicht zu täuschen. Und – wie schnell sie tot sind!«

»Aber Ihr seid doch auch ein Ritter!«, rief Anja dazwischen. »Außerdem, wollt Ihr wirklich behaupten, dass alles, was nichts taugt, auch gut ist?«

»Achje!«, seufzte der Ritter, »Ihr seid wie Huishi, ihr haltet Euch an den Worten auf, anstatt dass Ihr den Sinn erfasst und die Worte vergesst, Wortklauber nennen wir das, Haarspalter, Ameisenficker!«

»Juhu!«, brüllte der Meinherr, »ein so deftiges Wort aus Eurem Munde, hört, hört!«

Kleine Jade errötete.

»Es ist nicht immer alles gleich, man muss beweglich sein, es hängt von der Situation ab. Mal ist es gut, zu nichts nutze zu sein, mal ist es gut, etwas zu taugen.«

Tiefseichte, dachte Anja, und Taugenichtstauglichkeit. Aber klar war ihr das nicht.

»Es war einmal ein Bauer«, begann der Ritter Gelber vom Ei, um die andere Seite der Medaille zu beleuchten, »der hatte viele Gänse. Alle waren groß und weiß und fett und bratentauglich, achje, man muss Euch auch wirklich alles erklären! Da kam eines Abends der Meister zu Besuch, und der Bauer wollte ihm zu Ehren eins der bratentauglichen Gänslein auf den Tisch bringen. Jetzt war aber die Frage, welches Gänslein sollte er auswählen. Sie waren alle gleich groß, gleich fett und gleich bratentauglich. Nun waren aber auch damals schon unruhige Zeiten, die Zeit der Kämpfenden Reiche hatte längst begonnen, marodierende Truppen streunten durch das Land, heruntergekommene fahrende Ritter und auch einfache Strauchdiebe machten die Nächte unsicher und die Tage ungemütlich, man konnte kaum ruhig arbeiten und noch weniger ruhig schlafen.

Eines Nachts, der Bauer, seine Familie und alle Knechte und Mägde hatten sich längst schlafen gelegt, schlich sich doch tatsächlich so ein Strauchdieb auf den Hof. Da fing eine der Gänse an, fürchterlich mit den Flügeln zu schlagen und zu schreien. Im Nu waren alle aus den Betten und jagten den Strauchdieb zum Teufel.

Und als es jetzt darum ging, eine Gans als Braten auszusuchen, dachte der Bauer dankbar daran, dass die Gans mit der lauten Stimme ihm Hab und Gut gerettet hatte, und schaute, dass er eine andere aussuchte.

So hatte diesmal die Brauchbarkeit der Gans das Leben gerettet! Versteht Ihr? Es kommt auf die Situation an! Man muss sein wie das Wasser – das Wasser, das den Stein besiegt ...«, fügte er geheimnisvoll hinzu. »Auch wenn man kämpft. Ich will euch noch eine andere Geschichte erzählen, und damit soll es dann genug sein für heute!«

Der Ritter Gelber vom Ei war richtig in Fahrt gekommen, so lang am Stück hatte noch niemand hier ihn jemals reden hören.

»Es war einmal ein Krüppel, der hieß Shu. Der war so verwachsen, dass er mit dem Kinn den Nabel berührte. Seine Schultern waren höher als der Kopf, sein Haarknoten stand peilrecht zum Himmel, die Eingeweide hatte er im Rücken, und die Beine wuchsen aus den Rippen heraus. Aber als Wäscher und Schneider hatte er sein Auskommen, und wenn er dazu beim Müller das Getreide durchsiebte, konnte er damit eine ganze Familie ernähren.

Wenn jetzt die Häscher der Könige kamen, um die Männer

von den Feldern und ihren Familien wegzuholen und sie in den Krieg zu schicken, würdigten sie ihn keines Blickes.

Wenn sie die Männer und Frauen vor sich hertrieben, um sie zum Frondienst an den Flussdämmen oder auf den Feldern des Königs zu zwingen, würdigten sie ihn keines Blickes.

Wenn aber ein König mildtätig gestimmt war und unter den Armen seines Reiches Getreide verteilte, dann bekam auch der Krüppel drei Scheffel und dazu noch zehn Bündel Reisig zum Feuermachen. Dass er in den Augen der Welt zu nichts zu gebrauchen war, half diesem Mann, die Zahl seiner Jahre zu vollenden. Und darauf kommt es an, die Zahl seiner Jahre und damit sich selbst zu vollenden. Deshalb muss man die Welt betrachten, als wäre man ein Krüppel im Geiste.«

»Deshalb haben wir Fenstermenschen kein Herz«, ließ sich zum ersten Mal seit Tagen der Fenstermensch vernehmen. »Damit man es nicht brechen kann. Was man brechen kann, ist nicht das Oberste. Deshalb leben wir direkt vom Licht und nicht von seinen bunten Brechungen!«

»Ihr seid ja Extremisten!«, rief der Meinherr amüsiert.

»Aber man muss sich doch an etwas halten können im Leben, Grundsätze haben, Prinzipien!«

Anja dachte an den Herrn Frühling-und-Herbst und fand, das war gut gekontert.

»Grundsätze, Prinzipien sind Steine, unbeweglich, verhärtet. Wenn ein Schwert einen Stein trifft, was geschieht dann?«

»Er bricht«, gab Anja zu, »oder das Schwert wird stumpf. Oder beides.«

»Er bricht, ja. Nun versucht einmal, mit dem Schwert einen Tropfen zu erschlagen, einen Bach, einen Fluss, das Meer! Deshalb lieben gelehrte Männer wie die Weichen die Berge, den Stein, weil sie ihre Prinzipien lieben, aber die weisen Meister aus dem Süden lieben das Wasser, weil sie sich vollenden wollen!«

Der Meinherr erhob sich: »Dann gehe ich mal eine Stange Wasser abschlagen, mal sehen, ob ich das hinbekomme, hihi!!«

Damit war der Bann gebrochen.

Ritter, Meinherr und der Fenstermensch gingen nach draußen an die frische Luft. Wenn man lange Zeit unter freiem Himmel zugebracht hat, wird einem auch eine so erstaunlich weite und blumengeschmückte Halle wie die, in der sie gegessen hatten, schnell eng. Sie standen eine Weile und schauten auf den See, der noch schwärzer dalag als die Nacht, ein dunkles, kaltes Lebewesen. Nur hie und da spiegelte sich ein Stern, die Schilfrispen waren nicht mehr rot, sondern bleifarben, und sie wisperten wie Pfeile, bevor sie abgeschossen werden.

Der Meinherr sah kichernd nach seinem Geldchen, und der Fenstermensch stand bei seinem Esel, den er unerfindlicherweise »Halbschatten« nannte, und sagte gar nichts.

Das Einzige, was man auf dem See sehen konnte, waren die Laternen der beiden Fischer, mit denen sie die Fische in ihre Netze lockten. Fische waren wie Fliegen (und Menschen), sie wurden vom Licht magisch angezogen. Es war eine friedliche Nacht, es war Herbst, und in der Kühle lag schon der Geruch von Winter und Schnee.

Der Ritter dachte an den weiten Weg, den sie noch vor sich hatten. Er kannte ihn, denn er selbst stammte aus dem Süden, wo er lange nicht gewesen war. Wenn er nach Süden schaute, schaute er in die Vergangenheit zurück. Er hatte in den Diensten des Königs von Chu gestanden, bis der Wolf sein Haupt erhob. Dann war er nach Norden geschickt worden, um nach Verbündeten zu suchen. Aber er war gescheitert. Die alte Kraft, der alte Geist schwanden.

Das war es allerdings nicht alleine! Wenn er tiefer in den Süden blickte, tiefer in seine Vergangenheit hinein, dann sah er dort seine Eltern, die dem ersten Angriff des Reiches Qin zum Opfer gefallen waren. Das war auch der Grund, warum er Kleine Jade mitgenommen hatte. Er hatte an seine Eltern gedacht. Er war nicht da gewesen, um ihnen beizustehen. Er wanderte im Norden von Königreich zu Königreich, um eine Allianz zu schmieden. Sein Herz war kalt und schwarz wie der See vor ihm, und was die Schilfrispen seinem Herzen zuflüsterten, machte es nicht wärmer.

Er schaute auf den Weg, die Sterne kamen heraus, und man konnte ihn gut sehen. Er schaute zu seinen beiden Gefährten und wieder zurück auf den See, auf dessen bleierner Oberfläche sich der Silberfluss, die Milchstraße, spiegelte.

So spiegelte sich der ewige Silberfluss in diesem Augenblick in jedem Gewässer, in jedem Fluss, in jedem See, in jedem Meer und in jeder Wasserschale. So konnte, hatten seine Meister im Süden ihn gelehrt, ein Mensch teilhaben an der Unendlichkeit, an der Wahrheit hinter allen Wahrheiten, am Himmel, kurz, an dem, was sein Meister *Dao* nannte, den *Weg*. Es blieb sich immer gleich, dieses Dao, wie der Silberfluss, die Sterne, der Mond, und doch konnte es sich in jedem einzelnen Menschen spiegeln, im Spiegel seines Herzen, seiner Seele, wenn der Spiegel ruhig war und nicht aufgewühlt. Er seufzte. Es war nicht leicht, sich aus den Verwicklungen des Lebens herauszuhalten, wenn die Welt ein Chaos war und man eine Aufgabe zu erfüllen hatte.

Aber wie hatte sein Meister immer wieder gesagt: Ein kleiner Heiliger wohnt in der Wüste, ein großer Heiliger wohnt in der Stadt. Wenn man sich von allen Verstrickungen in die Einöde zurückzog, war es kein Kunststück, sich nicht verwirren zu lassen. Schwierig wurde es erst, wenn man weiter am Leben teilnahm.

Der Ritter ließ das Rad seiner Gedanken sich drehen, wanderte in anderen Gefilden, den Gefilden der Jugend, des Friedens und der Freude. Aber auch dort blieb er nicht stehen, er wanderte weiter, bis das Nichts hinter dem Klappern seiner

Gedanken, hinter dem Fächer seiner Gefühle und den Wolkengebilden der Erinnerung erkennbar wurde. Das Nichts, das Aufatmen. Er atmete tief und atmete hinunter bis zur Ferse, er bestand nur noch aus Atmen und Luftholen. Auf-zu, auf-zu, auf ... Wie in einer unwirklichen Ferne, wie durch einen Nebel nahm er wahr, dass der Meinherr und der Fenstermensch ein paar Schritte von der Hütte entfernt ein kleines Feuer machten. Er hatte nichts dagegen. Es gab nichts Unauffälligeres als ein Feuer vor einer Fischerhütte.

Solange sie auf dem offenen Land unterwegs gewesen waren, hatte er es nicht zugelassen, dass ein Feuer gemacht wurde, es war zu gefährlich. Feuer und Rauch, man konnte es sehen, man konnte es riechen, und die Rauchsäule wies wie ein Zeigefinger vom Himmel herab und sagte: Hier sind Menschen. Der Mensch war das Tier mit dem Feuer. Es gab ein Wort, das war zusammengesetzt aus den Worten und Schriftzeichen für *Mensch* 人 *ren* und für *Rauch* 烟 *yan* – und *renyan* war der Ort, wo Rauch und wo Menschen waren, eine »menschliche Siedlung«.

Die Nächte wurden langsam ungemütlich, vor allem wenn man sie im Freien verbringen musste. Es wurde Zeit, dass sie nach Süden kamen, in *seinen* Süden, wo es fast immer warm war. Als das Feuer prasselte und knackte, kamen auch sein Knappe, das Mädchen und die Schildkröte heraus und setzten sich im Kreis darum herum.

Die Alte schaute in die Flammen, als habe sie deren verschlungene Schlangentänze noch nie gesehen. Ihr Blick wurde starr. Von den anderen zunächst unbeachtet, stand sie auf, den Blick weiter fest in die Flammen gerichtet, und begann, die Arme leicht auf und ab zu bewegen. Der Strohschutz, den sie um Schultern und Arme trug, wurde zu Flügeln. Anjas Blick fiel auf den Schatten, den sie gegen die Hütte und auf den Boden warf. Dort, im Schatten, enthüllte sie ihr anderes Ich. Die

Alte verwandelte sich in einen Vogel. Ihr Tanz war ein Flug. Sie strahlte eine Anmut aus, die ihr zuvor sicher niemand zugetraut hätte. Und dann begann sie, tanzend um das Feuer zu schweben.

Und sie begann zu singen, wenn man das »singen« nennen konnte. Es war eher ein Zwiegespräch zwischen einer dunklen, mürrischen, wortkargen und einer hellen, weichen und lockenden Stimme. *Was* sie da kauderwelschte, war zunächst nicht zu verstehen, nur hin und wieder lösten sich ein oder zwei für die Ohren vernehmbare Sätze aus dem Singsang heraus. Es war, als lausche man einer fremden Sprache, von der man nur ein paar Brocken kennt, die man hin und wieder aus dem sonst unverständlichen Blabla heraushört. Fremde waren immer schon Bla-bla-Menschen gewesen, man nannte sie Bar-bar-en, was nichts anderes hieß als Bla-bla-Menschen. Erstaunlich nur, dass keiner merkte, dass jeder für den anderen ein Bla-Bla-Mensch war, oft auch in der eigenen Sprache.

Wie schon in der Hütte blieb die Alte stehen, wenn sie sprach. Beides gleichzeitig ging auch in Trance nicht. Wenn die weiche Stimme gesprochen hatte, tanzte sie rechts um das Feuer, wenn die unwillige Stimme gesprochen hatte, wechselte sie die Richtung und tanzte links herum.

Jetzt war wieder die weiche Stimme an der Reihe – und zu verstehen. Vielleicht auch deshalb zu verstehen, weil sie den gleichen Satz immer und immer wieder wiederholte, vielleicht also, weil es ihr wichtig war, dass dieser Satz ankam. Sie sprach sehr rhythmisch, und in den Pausen stieß sie einen Klagelaut aus, der klang wie der scharfe Schrei eines Falken, Anja zog es das Herz zusammen wie unter einer Katzenkralle.

»Duft im Haar – aiya – Bad in Trichterwinden, Orchideen
Farbenpracht – aiya – mein Kleid ist blumenschön«

Sie tanzte, schwebte und flog rechts um das Feuer, blieb erneut stehen, und die dunkle Stimme sprach, als komme sie direkt aus der Erde:

»Was wird war – aiya – bleibt ungestört
Was immerdar – aiya – spricht nicht hört«

Das Feuer war unheimlich vom fliegenden Schwingen der Schatten umstellt, und obwohl die Zauberin, denn das war die Alte ohne Zweifel, ihre Arme kaum bewegte, fühlte jeder, dass sie flog, sehr hoch flog. Und er wurde wie von selbst mitgezogen auf diesen Flug.

Plötzlich blieb sie stehen, öffnete die Schwingen, wie große Vögel es tun, wenn sie zur Landung ansetzen, und stimmte einen langen Klagegesang an:

»Hoch Lanzen von Chu – aiya – hoch das Nashorn-Schild
Kurzschwert schlag zu – aiya – Wagen zerspillt
Die Sonne bannerschwarz – aiya – sturmschwarz kommt
der Feind
Pfeile schwärmen, fallen – aiya – stürmt und fallt vereint
Sie brechen durch – aiya – zertreten unsere Reihn
Links fällt ein Flankenpferd – aiya – rechts schlägt die
Streitaxt ein
Die Räder stecken fest – aiya – das Viergespann steht quer
Die Trommel schlagt – aiya – den Jadestock nehmt her
Der Himmel rast – aiya – die Götter sind voll Neid
So fallen und so liegen sie – aiya – weit im Feld zerstreut
Wer so geht, der geht – aiya – und schaut nicht mehr
zurück
Brach das Feld und öd – aiya – fern verloren Weg und
Blick«

Bei dem Wort »Blick« schaute sie in Richtung von Anja. Anja schaute ihr direkt in die Augen. Sie fühlte sich ausgeforscht, der Blick drang in sie ein, öffnete die einzelnen Schubladen und blätterte in den Alben ihrer Erinnerung. Bilder aus ihrer Zeit und ihrer Welt erschienen in ihrem Kopf, und sie wusste, dass sie gesehen und gelesen wurden. Sie konnte nichts dagegen tun. Es war nicht einmal ein unangenehmes Gefühl, ein leichtes Kribbeln der Nerven und das gleiche unheimliche Gefühl, mit dem man zusah, wie einem von einem Arzt oder einer Mücke Blut aus dem Arm gezogen wurde.

Die anderen begriffen nicht, was vorging. Sie sahen nur, wie die Zauberin Anja einen Augenblick blicklos anstarrte, wie sie abwehrend die Hände vor sich streckte, entsetzt die Augen aufriss, sich mit einem schrecklichen Schrei aus Anjas Blick wandte – und zur Seite fiel.

Alle bis auf Anja waren bestürzt aufgesprungen. Die Alte kauerte wimmernd an der Außenwand ihrer Strohhütte, kreuzte die Arme abwehrend vor dem Gesicht und sagte immer nur: »Fort! Fort!«

Als der Meinherr sie ansprach, fing sie an zu schreien und lief hinein.

Der Ritter war zu Anja getreten, nahm ihr Gesicht in beide Hände und schaute ihr in die Augen. Er suchte und suchte in ihren Augen, wie man in eine unaufgeräumte Truhe schaut, wenn man etwas sucht und es nicht findet.

»Na?!«, trat der Meinherr heran, »seht Ihr was?«

Und zu Anja: »Mensch, Mann und Einhorn, alle Achtung, ich habe Euch unterschätzt! Ihr habt mehr in Euch, als ich dachte. Um der alten Schildkröte einen solchen Schrecken einzujagen, hihi, dazu gehört was! Die hat ja geguckt, als hätte sie das dreibeinige Entsetzen gesehen, samt allen Geistern und Dämonen und den Untergang der Welt!«

Zu aller Überraschung hatte er das kaum gesagt, als die

Alte wieder herauskam, völlig ruhig und gefasst auf Anja zuging und sich vor ihr verneigte. Sie reichte ihr eine Feder, eine Phönixfeder, wie sie sagte. Sie sprach ganz leise, und ihre Stimme hatte einen zärtlichen, mitfühlenden Klang:

»Du bist, was hier beginnt
Erfüllst, was wir schon sind.«

Sie verneigte sich wieder und fügte hinzu: »Verzeih uns!« Damit ging sie in die Hütte und ließ sich nicht mehr sehen.

Sie hatten alle gehofft, sie würden unter einem festen Dach schlafen können – auch wenn es nur ein Strohdach mit Lotusblüten und Orchideen war. Aber jetzt stand ihnen wieder eine Nacht im Freien bevor. Immerhin, sie hatten ausnahmsweise ein Feuer.

Die Nacht verging ohne weitere Vorkommnisse, und Anja wurde im Morgengrauen wach. Als sie die Vorhänge der Sänfte beiseiteschob, war ihr Ritter schon wieder oder immer noch auf den Beinen.

Und wie!

Er breitete die Arme in Richtung der ersten Sonnenstrahlen aus, die über die Berge im Osten kamen, verneigte sich und zog sein Schwert. Und dann – sie konnte es gar nicht glauben, dass dieser eherne Ritter so etwas tat, dem Ritter Gelber vom Ei hätte sie es schon eher zugetraut, aber der hatte sich seit ihrem Aufbruch beim Herrn Frühling-und-Herbst kaum sehen lassen – und dann begann der Ritter zu tanzen.

Sie hatte schon von Schwerttänzen gehört, aber noch keinen gesehen und schon gar nicht so einen. Sie hatte immer geglaubt, so ein Schwerttanz sei, wie der Name ja sagt, ein Tanz mit dem Schwert, aber das war es gar nicht – er tanzte mit einem unsichtbaren Gegner, er reagierte auf Angriffe, Finten und

Paraden, attackierte selbst, täuschte an, ließ ins Leere laufen, und das alles geschah: in Zeitlupe!

Der Gelbe Ritter bewegte sich so langsam, dass man den Schwerthieb seines Gegners kommen sah, ja, Anja war sicher, dass sie bei ein paar Drehungen des Ritters zwei Schwerter durch die Luft zischen hörte – was bei der Verlangsamung natürlich kein schnelles Zischen mehr war, sonder ein dunkles eisernes Rauschen.

Plötzlich trat der Meinherr hinter den Ritter. Der reagierte sofort, schnellte diesmal wie ein Raubtier herum und schlug zu. Anja entfuhr ein Schrei, denn er hatte in der rasenden Drehung so wuchtig ausgeholt – er würde dem Meinherrn den Schädel spalten.

Das Schwert sauste nieder – und blieb stehen! Mitten in der Bewegung! Bevor es die Kopfhaut des Meinherrn ritzte, blieb das Schwert stehen. Anja hätte schwören können, dass sie sah, wie ein Haar vom Kopf des Meinherrn fiel!

Sie hatte sich nicht geirrt, denn der Meinherr bestätigte es: »Hihi, Baron Rührei, nicht schlecht, um ein Haar, hihi, wie man so schön sagt! Aber das Haar, das müsst Ihr bezahlen!«

Und dann geschah etwas, womit keiner gerechnet und was dem kleinen kugeligen Männchen niemand zugetraut hätte: Er ließ sich nach hinten fallen, riss eine Geldkette von der Schulter und schleuderte sie um das Schwert des Ritters, das in hohem Bogen durch die Luft flog und – wundersamerweise mit dem Griff nach unten – in der Hand des Meinherrn landete. Das alles war *eine* Bewegung und hatte nicht den Bruchteil einer Sekunde gedauert.

Die Augen des Ritters strahlten: »Meinherr«, sagte er, als er dem Männchen aufhalf, »Meinherr, Ihr habt nichts verlernt, Ihr seid schnell, sehr schnell, aber seid Ihr auch langsam genug?«

Der Meinherr kam zu keiner Antwort, denn Anja war herbeigeeilt und schimpfte, was das denn solle, sie könnten sich schließlich verletzen bei diesen Spielchen: »Und so was wollen erwachsene Männer sein!«

Das tat seine Wirkung. Die beiden schauten so betreten drein, dass sie Anja schon wieder leidtaten.

»Irgendwie habt Ihr, wenn Ihr so schimpft, einen ganz schönen Akzent, hihi!«, sagte der Meinherr, um die Situation zu retten. »Ihr klingt wie ein Marktweib, möchte ich fast sagen, wenn ich es nicht besser wüsste!«

»Könnt Ihr mir das Kämpfen beibringen?«, lenkte Anja ab.

Statt ihr zu antworten, reichte der Meinherr ihr das Schwert des Gelben Ritters. Er tat es, wie es sich gehörte, indem er es mit dem Griff nach vorn auf den angewinkelten Unterarm legte.

Anja griff zu – und fiel vornüber!

Das Schwert war so schwer, dass sie es mit einer Hand nicht hochheben, geschweige denn solche Schwertfiguren hätte tanzen können. Der Meinherr und der Ritter lachten, und die Spannung löste sich.

Inzwischen warf die Sonne die ersten Strahlen von den Bergzinnen auf das Ufer des Sees, an dem sie nicht weit von der Fischerhütte standen. Und in so einem Strahl stand der Fenstermensch, ein paar Dutzend Schritte entfernt, auf einer kleinen Erhebung. Um genau zu sein, der Strahl traf genau das Fenster in seiner Brust, von wo ein seltsames Schlürfen kam – es klang ein wenig nach ablaufender Badewanne, wie Anja fand. Und da sie ihn von der Seite sahen, konnten sie genau verfolgen, wie das Licht vorne in sein Fenster hineinfiel, hinten aber nicht mehr herauskam. Zusammen mit dem seltsamen Schlürfen ließ nur einen Schluss zu: Er trank.

Er trank Licht!

Jedem der drei ging das Gleiche durch den Kopf: Sie hatten ihn seit ihrem Aufbruch nie etwas essen gesehen. Er hatte immer nur gesagt, er brauche nichts – und da sie heute den ersten klaren Morgen seit ihrem Aufbruch erlebten, hatten sie ihn auch noch nicht so gesehen …

»Ein Lichtesser!«, sagte der Meinherr staunend. »Und ich dachte immer, das sei ein Märchen, eine alte Sage aus noch älteren Zeiten! Mir scheint, die Vergangenheit holt uns ein …«

Und mit einem Seitenblick auf Anja: »Oder die Zukunft, wenn man so etwas sagen kann …«

Dass Anja nichts erwiderte, schien ihn nicht zu stören: »Wir sind schon eine seltsame Truppe, hihi! Vielleicht entpuppt sich der Esel ja als Feuerpferd, kleine Jade als Fuchsgeist, vielleicht überrasche ich mich ja selbst noch und werde eine Bergfee, hihi!«

Mit diesen Worten tanzte er klippernd und klappernd um den Gelben Ritter herum, der ihn entgeistert ansah.

Inzwischen war das schlürfende Geräusch verstummt, der Fenstermensch, der ein Lichtesser war, breitete die Arme aus und sang:

»Morgen jetzt vorbei
im Licht ist alles
alt und neu
alles atmet
alles Qi
alles immer
alles nie«

Er verneigte sich und kam trotz seiner wuchtigen Statur seltsam schwebend auf sie zu. Anja wollte es scheinen, als sei er von einem inneren Leuchten erfüllt – wenn von »Innen« bei ihm die Rede sein konnte.

*

Als es mitten in der Nacht an die große Pforte klopfte, war der Hausherr Frühling-und-Herbst erschrocken, aber nicht überrascht. Zumal das Klopfen kein Klopfen war, kein Bitten um Einlass, es war ein herrisches Verlangen, ein Poltern und Pochen von jemandem, der das für sein Recht hielt. Seine Frau und seine Kinder, vor allem den kleinen Pang, hatte der Hausherr zunächst zu Verwandten in die Hauptstadt von Lu schicken wollen, dort wären sie sicherer gewesen; aber dann hatte er sich anders entschieden. Es wäre aufgefallen, wenn er allein in seinem Haus geblieben wäre, es hätte Anlass zu Gerede und zu allerlei Vermutungen gegeben.

Er hörte, wie der alte Deng zur Tür im Tor schlurfte.

Der alte Deng war im Haus des Herrn Frühling-und-Herbst alles und nichts. Er war ein Faktotum, das von allen belächelt wurde und von allen geliebt. Er war so alt, dass niemand im Haus sich erinnern konnte, dass er jemals jung gewesen war. Er hatte schon geholfen, den Hausherrn großzuziehen, hatte ihn auf sein erstes Pferd gesetzt, ihm sein erstes Holzschwert geschnitzt und ihm die ersten Schriftzeichen in den Staub geschrieben.

Und wie mit ihm, so hatte er es auch mit seinen Söhnen gemacht. Der kleine Pang war jetzt in dem Alter, in dem er die ersten Schriftzeichen beim alten Deng lernte. Aber er lernte noch viel mehr. Der Hausherr dachte daran, in welch hohem Ansehen das Alter bei ihnen stand. Er kannte zwar kein Reich und keine Kultur, in der das nicht so war, aber er war klug genug, um das, was er gewohnt war, nicht für selbstverständlich oder naturgegeben zu halten.

Er war froh, dass auch seine Kinder und jetzt als Letzter der kleine Pang wie er selbst schon mit diesem beruhigenden Geruch des Alters aufwachsen konnten, dass der Kleine in den schwieligen und abgearbeiteten Händen des alten Deng mit seinen eigenen Patschhändchen lesen konnte! Das war ein

Lesestoff, der ihm vielleicht niemals wirklich zu Bewusstsein kommen würde, aber es war ein Lesestoff, der ihn trotzdem prägen und zu einem richtigen und menschlichen Menschen machen würde, und ein Mensch sein, das hieß, die Dinge und den wirklichen Wert der Dinge zu kennen. Und dazu war es unbedingt notwendig, dass ein heranwachsender Mensch das Alter erfuhr, seine Erfahrung, seine Nachsicht, seine Gelassenheit, aber auch seine Schwäche, seine Halsstarrigkeit und seine Hinfälligkeit. Wer das alles nicht kannte, wusste nicht, was es hieß, jung zu sein.

Herr Chunqiu wusste nicht, warum ihm das durch den Kopf ging, während er sich schnell ein Gewand überwarf.

Der alte Deng hatte noch nicht geschlafen. In seinem Alter schlief man nicht mehr viel, das sei, so sagte er immer, die Vorbereitung auf den großen Wandel, in den er bald eingehen würde. Dort würde man immer wach sein und hell wie ein Tropfen Sonne.

»Wer da?«, brummte er jetzt durch die Tür im Tor hindurch.

»Aufmachen!«

»Wer da?«, sagte der alte Deng.

»Aufmachen!!«

Die Stimme wurde fordernder.

»Sagt mir Euren Namen! Wenn Ihr keinen Namen habt, dann seid Ihr ein Gespenst, und für Gespenster sind wir nicht zu Hause!«

Der Hausherr musste trotz der Gefahr, die er vor seinem Tor ahnte, schmunzeln. Das war der alte Deng, wie er leibte und lebte, unerschrocken und eigenwillig.

»Wir müssen mit deinem Herrn sprechen!«

»Für Namenlose ist niemand zu Hause, auch nicht für mehrere. Ein paar Mal kein Name ist immer noch kein Name! Gute Nacht!«

Der alte Deng, der eine kleine Ölfunzel in der Hand hielt, wandte sich ab.

Und es war ein Glück, dass er das tat, denn sonst hätte er die Tür, die im nächsten Augenblick aufflog, ins Kreuz bekommen. Der alte Deng, ein immer schon kleiner Mann, der jetzt im Alter, wie er selbst sagte, »langsam unter sich wuchs«, drehte sich um. Im flackernden Schein seines kleinen Lichts stand ein mächtiger Krieger, hinter dem ein noch viel mächtigerer Schatten aufragte und sich über den ganzen Himmelsbrunnen zu wölben schien.

Aber der schmächtige alte Mann hielt stand.

Er blinzelte den fremden Krieger mit seinen kurzsichtigen Augen an und sagte: »So ein Riesenkerl und kann seinen Namen noch nicht sagen! Schäm dich!«

»Kerl, du duzt mich?«, fuhr ihn der Krieger an.

»Wer seinen Namen nicht sagen kann, ist ein Kind, und Kinder duzt man!«, sagte der Alte.

Der Krieger räusperte sich. Er war zwar ein harter Mann und hielt nichts von den Weichen und ihren Vorstellungen und deshalb auch nicht allzuviel von der Achtung vor dem Alter, wie man sie immer verlangte. Aber hier spürte er zum ersten Mal in seinem Leben, was das war: Alter. Im Kern der alten Sitten war oft eine Wirklichkeit verborgen, die durch die Gewohnheit, mit der man tat, was sich halt »gehörte«, verborgen wurde. Man hatte ja nicht Ehrfurcht vor dem Alter, bloß weil jemand so und so viele Jahre zählte, er hatte oft genug alte Leute getroffen, die waren mit den Jahren nicht klüger geworden, sondern nur älter.

Aber hier stand er vor etwas Anderem, das spürte er.

Hier war das, was einem vor einem alten Menschen wirklich Ehrfurcht gebot. Dieser alte Mensch war schon nicht mehr im Leben, im Schein seiner Funzel trug er schon den Vorschein des Wandels, den Vorschein der anderen Seite und damit den Vorschein des Weges, den auch der mächtigste Krieger einmal würde gehen müssen.

Deshalb hielt der schwarze Reiter kurz inne und sagte ruhiger: »Ich bin Rottenführer, Hauptmann und Rittmeister des Königs von Qin. Ich muss mit deinem Herrn sprechen.«

Der alte Deng sagte unbeeindruckt: »Drei Titel und kein Name, sososo, vom König von Qin kommst du! Der Weise sagt: ›Wer mit vierzig verhasst ist, der bleibt es bis an sein Lebensende.‹ Dein König müsste bald vierzig sein – und wie alt bist du, Rittmeister von Qin?« Er hob die Ölfunzel und leuchtete dem Hauptmann ins Gesicht. »Oho, ich sehe schon, viel Zeit hast du nicht mehr, um geachtet und beliebt zu werden!«, sagte er.

»Als ob es darauf ankäme, Alter!«, erwiderte der schwarze Reiter. In seinem Schatten wurden schemenhaft die Gesichter von ein paar anderen Männer sichtbar, die sich offenbar scheuten, so ungebeten in den Hof zu treten wie ihr Anführer.

»Ruf mir deinen Herrn!«, sagte der Hauptmann und trat noch einen Schritt weiter ein.

»Was wünscht Ihr, schwarzer Reiter von Qin?«

Der Hausherr war mit einem großen Lampion in den Hof getreten, den er jetzt unter eines der überhängenden Dächer hängte. Er verneigte sich mit über der Brust gekreuzten Armen.

»Ihr seid der Herr Frühling-und-Herbst?«

Der schwarze Reiter verneigte sich nicht.

»In meinem Hause genießt jeder unsere traditionelle Gastfreundschaft, das schickt sich, es sei denn, er fällt mit der Tür ins Haus ...« Der Hausherr hob den Arm und zeigte auf die Tür.

»Die Unbeherrschtheit eines meiner Männer!«

Der Hauptmann war beeindruckt von der Ruhe und der Ausstrahlung des Hausherrn. Er war ein Mann aus dem Volk. Er hatte sich zwar der Lehre seines Königs angeschlossen, die von den Weichen nichts wissen wollte; aber er war ein Mann aus dem Volk, und das Volk betrachtete die gelehrten Männer der Weichen mit einer Mischung aus Unterwürfigkeit, Bewunderung und Ablehnung. Eine Seite in ihm ging vor der Gelehrsamkeit dieser Leute auf die Knie, und die andere hasste seine Knie dafür.

»Gut, dann seid auch Ihr mir willkommen! Tretet ein! Auch Eure Männer sollen eintreten!«

Der Hausherr klatschte in die Hände. Trotz der nachtschlafenen Zeit war schnell alles auf den Beinen, Schatten huschten halb unsichtbar herum, noch ein paar Lampions gingen unter den Dachvorsprüngen an, der Stall wurde aufgemacht, wo die Männer mit ihren Pferden bleiben konnten. Der Hauptmann und seine beiden Unterführer wurden in den großen Empfangsraum gebeten. Im Handumdrehen standen Becher mit Tee auf dem Tisch.

»Seid Ihr hungrig, meine Herren?«

»Wir sind nicht zum Essen hier!«, sagte der Hauptmann bärbeißig.

»Essen ist des Volkes Himmel«, sagte der Hausherr, und der Hauptmann war sich nicht sicher, ob das nicht eine Frechheit war. So waren sie, diese Gelehrten! Immer sagten sie etwas, das man so auslegen konnte oder so. Immer gaben sie einem das Gefühl, dass sie mehr meinten, als sie sagten, und dass man es nie vollständig durchschaute.

»Wo ist das Einhorn?«, sagte er mit einer Direktheit, die eine große Unhöflichkeit war. Normalerweise kam man nicht so direkt zum Punkt. Normalerweise plauderte man ein wenig, zeigte sich interessiert am Leben des anderen, schuf Vertrauen, zeigte, dass man nichts im Schilde führte und sich nicht für etwas Besseres hielt.

»Das Einhorn?«, sagte der Hausherr und schaute sehr verwundert. »Ihr glaubt an Einhörner?«

»Macht keine Faxen, Herr, dafür haben wir keine Zeit! Wir haben Befehle. Wir haben einen Auftrag. Es ist besser, Ihr helft mir und rückt gleich mit der Sprache heraus! Wenn Ihr es noch nicht wisst, Zhao ist gefallen, die Armee meines Königs marschiert auf Yan!« Und nach einer berechnenden Pause: »Ihr könnt Euch ausrechnen, wann mein König auch der Eure sein wird! Also sprecht!«

»König Shun, der große Bauer, hielt sein Reich in Ordnung, ohne etwas zu tun. Wenn der Herrscher nichts tut, kann das Gesetz des Himmels walten. Ein Herrscher, der herrschen muss, ein Herrscher, der Feldzüge braucht und Waffen, wird untergehen!«, sagte der Hausherr.

Der schwarze Ritter sprang auf und griff hinter seinen Kopf, wo sonst sein Schwert in der Rückenscheide steckte. Aber er hatte es, wie es die Sitte vom Gast verlangte, vor seinem Eintritt in den Empfangsraum abgelegt. Also musste er zu schneidenden Worten greifen: »Seid vorsichtig mit dem, was Ihr sagt. Der Arm meines Königs ist lang, und er wird immer länger. Und er will wissen, wo das Einhorn ist! Ich weiß längst, dass Ihr vor nicht langer Zeit seltsame Gäste bei Euch hattet.«

»Und da soll ein Einhorn dabei gewesen sein? Wer hat Euch denn das erzählt? Das letzte Einhorn wurde in Lu gesehen, als unser Meister Konfuzius noch lebte. Damals war der König von Lu auf der Jagd am Großen Sumpfsee ...«

»Hört auf, ich kenne die Geschichte. Ich habe das Einhorn selbst getroffen, auf der Landstraße. Es war zusammen mit einem fahrenden Ritter, er nannte sich Gelber vom Ei und war nicht ganz richtig im Kopf. Dieser Ritter ist bei Euch gewesen und das Einhorn auch!«

»Ein Ritter war hier. Aber kein Einhorn. Einhörner gehören in Märchenbücher für Kinder! Der Ritter hatte seinen Knappen dabei!«

»Und der Knappe hatte gelbe Haare? Goldrotgelb wie reifer Weizen, wie die Abendsonne im Herbst?«

»Eher landstraßenstaubockerbraun«, sagte der Hausherr.

Wieder hatte der Hauptmann das Gefühl, auf den Arm genommen zu werden, ein Nichts zu sein, wieder knickten die Knie seiner eingeborenen Unterwürfigkeit ein.

»Er war zugestaubt wie eine Kommode in der Wüste. Das werdet Ihr gesehen haben. Als er sich anständig gewaschen hatte, wurde sein Haar so schwarz wie Tusche und Tuschestein!«

Der Hausherr log nicht gerne. Es war nicht gut zu lügen. Also sagte er die Wahrheit. Nun ja, er nannte es eine hingebogene Wahrheit. Man hatte dem Knappen ja tatsächlich die Haare gewaschen und danach waren seine Haare schwarz geworden wie Tusche und Tuschestein. Wenn sein Gegenüber das anders verstand, so war es nicht sein Problem.

Der Hauptmann erschrak und schwankte einen Augenblick. Sollte er sich geirrt haben? Sollte er seinem König etwas Falsches berichtet haben? Sollte es Staub gewesen sein, was so goldrotgelb in der Sonne geglänzt hatte?

»Und danach habt Ihr ihm auch noch die Augen blau angemalt?«

Er fing sich wieder, er hatte sich nicht geirrt. Bestimmt nicht.

Der Hausherr schwieg.

»Ihr und Euresgleichen glaubt doch an Menschlichkeit, Aufrichtigkeit und Treue, Ihr fühlt Euch anderen doch immer so haushoch überlegen, Herr Chunqiu, wollen doch einmal sehen, wie weit es damit her ist!«

Damit ging er in den Hof hinaus und griff sich den alten Deng. Der saß im Licht der Lampions auf einem Schemel, der so niedrig war, dass der Greis mühelos seine Arme um die dürren Beine schlingen und das Kinn auf ein Knie legen konnte. Der Hauptmann riss ihn am Kragen seiner einfachen Arbeitskleidung hoch, griff sich sein Schwert, das neben der Tür zum Empfangsraum an der Wand lehnte, zerrte den alten Deng hinein und hielt ihm die Klinge quer vor die Kehle. Der Anflug von Ehrfurcht, den er ihn zuvor hatte fühlen lassen, war verschwunden. Der schwarze Reiter war ein Kind der neuen Zeit.

»Gilt Eure Menschlichkeit, Eure Treue auch diesem alten lederhäutigen Gespenst?«

»Wenn jemand morgens die Wahrheit hört und abends stirbt, dann ist das nicht schlimm. Der alte Deng hat die Wahrheit schon an vielen Tagen gehört.«

Da geschah etwas völlig Unerwartetes!

Unversehens tauchte zwischen den Beinen eines der Unterführer der Kopf des kleinen Pang auf. Er stemmte sich mit seinen dicken Ärmchen auf den Knien des Mannes in den Stütz und fing an zu schaukeln. Der Unterführer war Lu Dao. Und der Kleine krähte: »Ich weiß aber, was ›Köse‹ ist!«

»Du meinst ›Käse‹«, sagte Lu Dao und lachte.

Dem Hauptmann entging die leichte Hebung des Kopfes beim Hausherrn nicht. Für einen beherrschten Mann wie diesen Hofgeschichtsschreiber war das, als wenn ein anderer geschrien hätte. Irgendetwas an der Bemerkung seines Unterführers hatte ihn überrascht. Aber was? Was sollte das Gerede von diesem ›Köse‹ oder ›Käse‹ – was auch immer das war! Er stieß den alten Deng von sich, der gegen die Wand schlug und an ihr herunterrutschte. Dann schnappte er sich den Kleinen: »Hat der auch am Morgen schon die Wahrheit gehört? Ist es auch nicht schlimm, wenn er am Abend stirbt? Also, wo ist das Einhorn?«

Der Hausherr und mit ihm die beiden Unterführer sprangen auf. Die schwarzen Reiter waren gefürchtet für ihre Grausamkeit, die auch vor Kindern nicht haltmachte.

»Knappe, Mensch und Einhorn«, krähte der kleine Pang, wie er es vom Meinherrn so oft gehört hatte. Er hatte keine Angst, er schaute den Hauptmann nur aus großen Augen an und sagte: »Herr schwarzer Reiter«, erklärte er, »wenn du gelbe Haare haben willst, musst du viel Köse essen!«

Lu Dao trat zu seinem Hauptmann und legte ihm die Hand auf den Unterarm: »Lasst ihn! Lasst mich mit ihm reden!«

Widerwillig ließ der Hauptmann den kleinen Pang los, blieb aber groß und drohend stehen.

Lu Dao kniete sich vor den kleinen Pang und sagte in dem Tonfall, in dem man mit Kindern spricht: »Knappe, Mensch und Einhorn«, wobei er über den Kopf des Jungen hinweg dessen Vater in die Augen schaute, »wo sind die denn alle hin?«

Der Kleine Pang hob einen Arm, ließ ihn einmal über dem Kopf kreisen und zeigte dann in Richtung Innenhof: »Dort!«

Im selben Moment trat einer der anderen schwarzen Reiter in den Raum. Er war vom Hauptmann ausgeschickt worden, um eine geeignete Schenke für die Nacht für sie zu suchen.

»Was hast du erfahren?«, sagte der Hauptmann finster.

»Eine Hochzeit«, stammelte der Reiter. »Hier ist vor ein paar Tagen eine Hochzeitssänfte aufgebrochen.«

»Eine Sänfte?«

»So hat der Wirt gesagt, obwohl er ziemlich verschlafen war und noch nicht wieder nüchtern, ja.«

Der Hauptmann wandte sich zum Hausherrn.

»Meine Adoptivtochter«, sagte der. »Kleine Jade heiratet.«

»Und in welche Richtung sind sie?«

Der Reiter sagte: »Der Wirt sagt, sie sind auf der Landstraße Richtung Westen gezogen.«

»Wer ist ›sie‹?«

»Es waren drei Männer, von denen er nur einen kannte, vom Sehen. Wie gesagt, er war noch nicht ganz nüchtern, er nannte ihn den Gelben Ritter.«

»Den Gelben Ritter?« Der Hauptmann nickte zufrieden. »Das ist er!«

Das war das Versäumnis, über das der Gelbe Ritter ständig nachgedacht hatte: Er hatte vergessen, sich selbst zu verkleiden! Er hatte nicht daran gedacht, dass die Wände Ohren und die Häuser Augen hatten. Sie hätten niemals alle auf einmal aufbrechen dürfen!

»Ist die Schenke noch offen?«, fragte der Hauptmann.

»Eigentlich nicht, aber ich habe dem Wirt schon gesagt, dass er Gäste bekommen wird.«

»Wir gehen!«, sagte der Hauptmann.

Und zum Hausherrn: »Wenn Ihr so weitermacht, wird Euch das nicht gut bekommen!«

»Für Konfuzius war das Einhorn ein Zeichen des Todes«, entgegnete der unbeeindruckt. »Gebt acht, dass es Euch nicht genauso ergeht!«

Der Hauptmann, der sich schon umgedreht hatte, schaute über die Schulter zurück, brummte etwas von »Wir werden ja sehen« und stapfte hinaus.

Lu Dao sagte zum Hausherrn: »Herr, können unsere Pferde für eine Nacht in Eurem Stall bleiben?«

»Kann ich mich denn weigern?«, sagte Herr Chunqiu mit einem Ausdruck in der Stimme, der nichts als Weigerung war. Er war mittlerweile aufgestanden und half dem alten Deng, dem nichts weiter geschehen war, auf die Beine.

»Ich würde mit unserem zweiten Unterführer hierbleiben. Es würde vieles einfacher machen!« Lu Dao legte Nachdruck auf den letzten Satz und warf dem Hausherrn einen bedeutungsvollen Blick zu.

Der schaute ihn fragend und misstrauisch an. Plötzlich flackerte ein Licht in seinen Augen auf, und er sagte: »Ich verstehe. Von mir aus.«

Damit war alles geregelt.

Die anderen schwarzen Reiter zogen sich zurück und verbrachten die Nacht in der Schenke, die eine Gasse weiter lag und ihren Ansprüchen genügte. Wer gewohnt ist, im Feldlager zu hausen, dessen Ansprüche sind nicht hoch, für den ist eine einfache Kleinstadtschenke schon Luxus. Und sie hatten jetzt Tag um Tag im Sattel verbracht, sie waren geritten und geritten, es war ein feuchtes Wetter, es regnete oder nieselte, ihre Lederrüstungen waren ständig klamm, und wenn sie rasteten und schliefen, dann unter Bäumen oder unter Felsüberhängen oder in einer Höhle. Eine Nacht in der Schenke zu verbringen, wo es etwas Warmes zu essen gab, wo es vor allem etwas Scharfes und Brennendes zu trinken gab, das waren paradiesische Aussichten. Mit entsprechender Begeisterung marschierten sie der Schenke zu.

Und entsprechend groß war die Enttäuschung, als ihnen ihr Hauptmann und Rittmeister und Rottenführer klarmachte, dass jeder genau ein kleines Krüglein trinken durfte, nicht mehr, weil sie am nächsten Morgen mit den Hühnern aufstehen mussten. Ein Zehntel Sheng, ein Zehntel Liter, das war gerade mal ein Maul voll! Aber zu maulen und sich zu beschweren wagte niemand. Stattdessen teilten sie die Ration der beiden Neuen, dieses Lu Dao und dieses Didi, untereinander auf. Dagegen konnte er nichts haben.

Lu Dao bezog derweil mit dem Didi den Stall. Es war der gleiche Stall, in dem Anja als Knappe des Gelben Ritters geschlafen und wo sie zum ersten Mal die Bekanntschaft des Meinherrn gemacht hatte. Aber das wusste er natürlich nicht. Nur der kleine Pang und die Erwähnung des ›Köse‹ hatte ihn hellhörig gemacht.

Er schien richtig vermutet zu haben. Irgendetwas hatte das Einhorn mit Anja zu tun. Woher sollte dieser buchstäbliche Dreikäsehoch sonst das Wort ›Käse‹ kennen?

Der Didi unterbrach ihn, hielt wieder sein Salbenschächtelchen hin und sagte: »Na? Ich wette, du reitest schon auf dem Zahnfleisch, duibudui?«

Lu Dao, der anderes im Kopf hatte und dem die übermäßige Freundlichkeit des Didi langsam auf die Nerven ging, gab, was ihm augenblicklich wieder leidtat, barsch zurück: »Ich habe mehr Sitzfleisch als ihr alle zusammen. Ich stamme aus dem Norden, aus der inneren Mongolei, ich bin mehr oder weniger auf dem Rücken von Pferden groß geworden. Also verschon mich!«

Das stimmte sogar.

Lu Daos Vater war von seiner Arbeitseinheit Ende der Achtzigerjahre des zwanzigsten Jahrhunderts in die Innere Mongolei versetzt worden, wo er den Anbau von Tomaten im großen Stil leiten sollte. Damals war Lu Dao erst ein paar Jahre alt, aber alt genug, um von den Verlockungen von Pommes mit Ketchup vollkommen begeistert zu sein. Und sein Vater konnte ihm schlecht den Genuss von etwas verbieten, zu dem er selbst den Rohstoff produzierte – außerdem, fand sein Vater, war es gut, wenn sein Sohn seinen Horizont erweiterte. Und westliches Essen galt als Erweiterung des Horizontes. Und Pommes mit Ketchup waren westliches Essen.

Viel spannender allerdings war, dass seine Familie weit draußen, in der Nähe der Plantagen, lebte, und dort gab es noch richtige Mongolen, Innere Mongolen, wie sie immer veralbert wurden, Innere Mongolen, die zu China gehörten. Im Gegensatz zu den Äußeren Mongolen, die ein Teil der Sowjetunion und dann Russlands waren. Und diese Inneren Mongolen waren noch richtige Mongolen mit Jurten, so hießen ihre Zelte, und mit Pferdemilch und – eben Pferden. Seine Schulkameraden kamen allesamt auf Ponys in die Schule geritten. Und bald hatte er selbst ein Pony!

Das machte alles wett. Dass es keine Computer gab und

keine Computerspiele, dass nichts los war, dass sein Vater keinen Fernseher anschaffen wollte, sein Pony machte alles wett. Und so lernte er reiten, bevor er Fahrrad fahren konnte (was er bis heute nicht sonderlich gut konnte), und nahm sogar an den jährlichen Reiterspielen der Inneren Mongolen teil, in seiner Altersklasse natürlich. Er gewann zwar nie, aber das machte nichts. Es war eine Wucht, dabei zu sein!

Dem Didi fiel die Kinnlade herunter: »Tamade! Aber wieso hast du uns alle in dem Glauben gelassen ...?«

»Ich wollte euch den Spaß nicht verderben.«

Da begriff der einfache Didi und fand das eine prächtige Idee.

»Und alle haben das geglaubt, shibushi! Selbst der Rittmeister! Aber du hast auch manchmal auf dem Pferd gehangen wie ein toter Frosch, duibudui! Und ich renne qiqiguaiguai seit Tagen mit meiner Salbe hinter dir her!« Er lachte – und stockte dann: »Du musst mich ja für einen ausgemachten Einfaltspinsel halten, duibudui, sagnichtssagnichts, ichweißschonichweißschon! Du hast dich die ganze Zeit über mich lustig gemacht, shibushi?«

Lu Dao versicherte ihm zu seiner Beruhigung, dem sei nicht so gewesen. Außerdem könne er die Salbe vielleicht doch noch brauchen, er sei zwar auf dem Rücken von Pferden groß geworden, aber das sei lange her. Und ein so langer Ritt auf ständig feuchtem Sattel, das habe doch auch seinen Allerwertesten mitgenommen. Damit gab der Didi sich zufrieden.

»Ich muss noch mal raus!«, sagte Lu Dao und schloss die Tür der Scheune hinter sich, bevor der Didi auf die Idee kommen konnte, ihn zu begleiten. Er konnte ihn jetzt wirklich nicht gebrauchen, auch wenn er ein netter Kerl war.

Als er das Empfangszimmer des Hausherrn betrat, wurde er bereits erwartet. Der Herr hatte das Zeichen, das er ihm gegeben hatte, verstanden.

Der Hausherr erhob sich, schaute ihm unverwandt in die Augen, und beide stellten wie vom Bogen geschossen die gleiche Frage:

»Köse!?«

Sie schauten sich an. Es vergingen ein paar Augenblicke des Schweigens, von denen man nachher nie sagen konnte, ob sie lange oder weniger lange gedauert hatten.

Wieder sagten beide fragend: »Köse?«

Und dann war kein Halten mehr. Die ganze Spannung des Abends entlud sich. Selbst der sonst so ernste Hausvorstand und Hofgeschichtsschreiber brach in schallendes Gelächter aus. Beide ließen sich auf einen Stuhl fallen und schlugen sich ganz unkonfuzianisch auf die Schenkel. »Köse!«, wiederholten sie immer wieder: »Köse!«, wobei sie mehr und mehr in die kindliche Aussprache des kleinen Pang hinüberglitten. Dazu machten sie das dumme Gesicht des Rottenführers nach, als er das Wort hörte.

Genauso abrupt wie er begonnen hatte, endete der Lachanfall. Es war wie ein Platzregen gewesen: erfrischend, aber von kurzer Dauer.

Sie schauten einander ernst an.

»Ihr kennt den Knappen des Gelben Ritters?«, fragte der Hausherr.

»Ich bin mir nicht sicher. In Handan habe ich von dem Einhorn gehört«, begann Lu Dao und erzählte gleich die ganze Geschichte, wie er nach Handan und zu den schwarzen Reitern gekommen war.

»... und dann hörte ich etwas von rotgoldenem Haar, blauen Augen, blasser Haut und einer großen Nase, da hatte ich eine Ahnung. Deshalb habe ich mich für den Auftrag gemeldet. Den Gelben Ritter kenne ich nicht. Ist das derselbe wie der Ritter Gelber vom Ei, von dem sprach nämlich der Rottenführer immer?«

»Ja, es ist derselbe.«

»Gut. Und eben, als Euer Kleiner nach ›Köse‹ fragte ...«, in Lu Daos Kehle wollte wieder ein ganz unmännliches Glucksen aufsteigen, und auch im Auge des Hausherrn schimmerte die Träne eines unterdrückten Lachens, »... war ich mir fast sicher.«

Und vorsichtiger, weil er nicht wusste, wie viel Anja erzählt hatte und wie viel sein Gegenüber verstehen würde, fügte er hinzu: »Käse gibt es nur dort, wo der Knappe des Gelben Ritters herkommt – wie hat er sich eigentlich genannt?«

»Genannt? Eine gute Frage! Genannt hat er sich eigentlich gar nicht. Er wurde genannt. Mensch, Mann und Knappe, sagte der Meinherr zu ihm, und Goldfellchen und am Ende dann Einhorn. Aber seinen eigenen Namen hat er nie genannt.«

»Der Meinherr?«

»Ich denke, ich muss Euch die ganze Geschichte erzählen!«

Und so erzählte der Herr Chunqiu, der mittlerweile überzeugt war, einen Freund des Knappen und Einhorns vor sich zu haben, der vielleicht sogar den gleichen Flug des Drachen und die gleiche Geistreise mitgemacht hatte. Und er ließ nichts aus, auch nicht die Vermutungen, die er mit dem plötzlichen Auftauchen des Einhorns verband, über dessen Herkunft er sich schon den ein oder anderen Gedanken gemacht hatte, der von der Wahrheit vielleicht nicht gar so weit entfernt war.

Er traf sie natürlich nicht genau, aber im Chinesischen erschienen Vergangenheit und Zukunft wie besondere Zustände der Gegenwart, und in seiner und der Vorstellung seiner Zeitgenossen war die ganze Welt und das ganze Universum in einem Kreislauf beschlossen. So wie die Jahreszeiten, wie das Leben des Menschen von der Geburt zum Tod einen Kreis durchlief und am Ende das Blatt des Lebens wieder zu seinen eigenen Wurzeln hinabfiel, um zu vergehen und wieder neu zu beginnen.

So wie das alles ein Kreislauf war, so war die Vergangenheit immer schon Zukunft und die Zukunft Vergangenheit. Das Erscheinen eines Wesens aus der Zukunft war wie eine Mahnung aus der Vergangenheit und eine Mahnung aus der Vergangenheit war immer ein Hinweis aus der eigenen Zukunft.

So jedenfalls sah er das und verblüffte Lu Dao.

Lu Dao war mit den Vektoren des Fortschritts groß geworden, mit dem Gedanken der Evolution. Das begann irgendwo, schritt zu immer neuen und komplizierteren Organisationsformen voran und hatte den Menschen, den Toaster und den Eierkocher zum Ziel. Und es wies über das alles hinaus und ging weiter und weiter.

Eine Rückkehr gab es nicht. Allerdings gab es auch in der Science-Fiction Drachenflüge, Geistreisen, Zeitreisen. Doch weil man in seiner Zeit mehr an Maschinen glaubte als an den Geist, waren die Drachen Raumschiffe und der Geist, das waren Zeittore, Zeitsprünge und so fort. Davon abgesehen, dass sie einen an einen beliebigen Punkt in der Zeit und im Universum versetzen konnten, hatten die alten und neuen Geistreisen allerdings etwas gemeinsam: Sie fanden alle in Büchern statt oder in Filmen, was keinen wirklichen Unterschied machte. Wenn man genau hinsah, brauchte man für einen Drachenflug keinen Drachen und für einen Zeitsprung kein Raumschiff, im Grund war alles eine Reise des Geistes, die man jederzeit antreten konnte. Wo man stand und saß! Man brauchte keine Maschine und keinen Drachen, man brauchte buchstäblich gar nichts. Nicht einmal Gedanken. Man musste nur alles vergessen und loslegen. Wie im Kino. Wie in einem Buch. Alles geschah im Kopf, im Herzen, irgendwo und war so wirklich wie die Wirklichkeit, die so wirklich gar nicht war.

Es sei denn, man war ein schwarzer Reiter, es sei denn, man hielt einen rechten Winkel, Schlachtordnungen und ein Schwert für die Welt, dann war das anders. Dann war die

Wirklichkeit die Wirklichkeit und sonst nichts. Dort konnte nie ein Gedanke querschlagen, eine Idee das Leben verändern, ein Drachenflug über die »Wirklichkeit« erheben.

Langsam fing Lu Dao an zu verstehen.

Die Geistreise zeigte Wirkung. Er begann die Vergangenheit, die ja seine Vergangenheit war, zu verstehen. Und er begann seine eigene Zeit zu verstehen. Und er verstand, dass es immer noch um dasselbe ging, in anderer Kulisse. Und er verstand, dass dazu die Geistreisen da waren. Um ein Abenteuer zu erleben! Um aus den Schlachtordnungen seiner Denk- und Vorstellungsgewohnheiten herauszukommen, um, wie sie in dieser Zeit sagen würden, alles zu vergessen und mit diesem Vergessen zu verstehen.

Hm.

Das war zwar alles ganz schön, solange man allerdings in der Wirklichkeit steckte, ob sie nun die wirkliche Wirklichkeit war, ein Traum oder eine Geistreise, solange ein Schwert über einem schwebte, hatte man eigentlich keine Zeit, solchen Gedanken nachzuhängen.

»Wo sind sie hin?«, fragte er.

»Sie sind auf dem Weg nach Süden. Dem wenigen, was der Knappe von Eurer Geistreise zu offenbaren wagte, war zu entnehmen, dass ihr sie im Süden angetreten habt. Am Dongting-See. Dort wollen sie hin.«

»Zum Dongting-See? Vom Reich Lu zum Dongting-See? Und sie sind zu Fuß unterwegs, sagt Ihr? Mein Gott, das kann ja Monate dauern!«

»So lange auch wieder nicht«, sagte der Hausherr. »Unterwegs gibt es Flüsse, dort kann man mit einem Boot vorankommen, und zwar schneller, als jedes Pferd zu laufen imstande ist.«

»Aber ich fürchte, wir, ich meine die schwarzen Reiter, werden sie einholen, bevor sie an einem Fluss angelangt sind, der nach Süden geht und, das meint Ihr ja, in den Yangzijiang mündet.«

»Ich fürchte, damit habt Ihr recht! Wir haben nicht so bald mit euch gerechnet. Wir haben nicht damit gerechnet, dass der schwarze Reiter so schnell seinen Bericht abliefern und so schnell neue Befehle bekommen könnte. Wir hatten damit gerechnet, dass er bis nach Qin würde reiten müssen. Wir wussten zwar, dass die Eroberung Zhaos bevorstand, aber dass sich nach dem misslungenen Attentat der Wolf selbst nach Zhao und nach Handan begeben würde, damit konnte niemand rechnen! Und wenn ihr sie einholt, dann war alles umsonst!«

»Vielleicht gibt es eine Möglichkeit«, sagte Lu Dao und fügte nach längerem Schweigen hinzu: »Wir sind nicht ganz allein, ich habe da so eine Idee!«

*

Der Ritter drängte zum Aufbruch, sie mussten heute noch um den See herum, auf der Westseite über die Berge, dann würden sie sehen, was ein Fluss ist, ein richtiger Fluss!

Schnell war alles zusammengepackt. Und als sie schon eine Weile gegangen waren, schaute Anja zurück auf die Strohhütte mit den Lotusblüten, den Orchideen, der Trichterwinde und den Schilfblüten auf dem Dach und an den duftenden Strohwänden. Die alte Zauberin hatte sich nicht wieder sehen lassen. Als Anja sich nach einer weiteren Weile noch einmal umschaute, sah sie, wie der Fischer mit seinem Sohn an dem kleinen Steg anlegte und die Netze an Land trug. Aber dann richtete sie den Blick wieder nach vorn.

Sie hatte darauf bestanden, ein paar Meilen zu Fuß gehen und die Sänfte verlassen zu dürfen. Der Ritter war einverstanden, die Spuren in nächster Nähe zum Städtchen des Herrn Frühling-und-Herbst waren durch den Regen verwischt worden, sie waren unerkannt entkommen, und nach seiner Rechnung konnte der schwarze Reiter noch nicht zurück sein. Darin war er sich so sicher, wie er sich sicher war, dass er kommen würde.

Anja lief also neben ihrem Ritter her und löcherte ihn.

Zu lange hatte sie in der Sänfte zugebracht. Außerdem floh sie vor den runden Blicken der Kleinen Jade, in denen ein feuchter, samtiger Glanz schimmerte, bei dem ihr ganz anders wurde. Nun ja, sie hielt Anja für einen Knappen, wie alle anderen auch.

Trotzdem hatte Anja Spaß an ihrer doppelten Verkleidung! Ein als Knappe verkleidetes Mädchen, das als Mädchen verkleidet war! Sie dachte an das, was der Herr Frühling-und-Herbst und die Konfuzianer über die Wahrheit und das, was stimmte, gesagt hatten.

Sie fragte sich, ob man nicht überhaupt immer verkleidet war? Immer eine Rolle spielte? Wenn sie jemand als »Knappe« bezeichnete und behandelte, legte er sie damit auf eine Rolle fest, auf einen Namen. Das tat er aber auch, wenn er sie als »Mädchen«, »Frau«, »Mann«, »Deutsche« oder »Weiße« bezeichnete.

Die Bezeichnung stimmte, weil sie ja biologisch gesehen eine Frau war, aber die Rolle, die ihr mit der Bezeichnung aufgezwungen wurde, hatte mit ihr selbst nicht unbedingt etwas zu tun. Die erbte sie genauso wie sie die ganze Geschichte erbte, die vor ihr gewesen war. Gefragt wurde da niemand. Fair war das nicht, dachte sie wieder einmal, und die Erwachsenen taten ihr leid. Und sie selbst sich auch. Denn lange würde es nicht mehr dauern, dann war sie selbst erwachsen.

Das alles wurde durch ihre doppelte Verkleidung jetzt sichtbar: Es gab nur Verkleidungen! Vorstellungen! Als ihr das klar wurde, fühlte sie sich auf einmal ganz frei! Sie hatte das Gefühl, sie könnte fliegen, wenn sie es wollte! Wie lange hatte sie immer überlegt, wer sie eigentlich war, was sie war, jetzt und überhaupt und für immer – und jetzt waren das alles nur Vorstellungen, Verkleidungen!

Sie hätte gerne mit ihrem Vater darüber geredet und ihn gefragt, er hätte sicher eine dieser furchtbar trockenen und langweiligen Begriffsschubladen herausgezogen und das Problem darin verschwinden lassen. Auch eine Methode!

»Ihr denkt so laut, Knappe, Ihr denkt so laut, dass man es hören kann!«, lachte der Ritter, den der Anblick des Lichtessers in eine gehobene Stimmung versetzt zu haben schien. Er wiederholte den Morgengesang des Fenstermenschen:

»Morgen jetzt vorbei
im Licht ist alles
alt und neu
alles atmet
alles Qi
alles immer
alles nie

Ja«, sagte er, »das ist ein tiefes Wort!«

»Wie tief?«, hätte Anja in einem Anfall von Albernheit beinahe gefragt. Sie konnte die Worte aber noch einfangen, bevor sie von ihren Lippen sprangen, und stellte eine andere Frage, die ihr schon gleich auf der Zunge gelegen hatte. Sie wollte wissen, was ein »Qi« ist. Sie verstand zwar seltsamerweise Chinesisch oder was auch immer die in dieser Zeit sprachen, aber deshalb verstand sie nicht unbedingt jeden Ausdruck und jeden Begriff, da ging es ihr wie in ihrer Muttersprache.

»Nicht ›ein‹ Qi, *das* Qi!«, korrigierte der Ritter, wie es Erwachsene immer taten, wenn sie Zeit gewinnen wollten und selbst nicht recht wussten, wo es langging.

Aber hier irrte sie sich. Der Gelbe Ritter suchte nur nach den richtigen Worten.

»Qi, das ist ein sehr altes Wort und ein altes Schriftzeichen.«

Er blieb stehen und ritzte mit einem Messer ein Zeichen in den nassen festen Sand am Ufer des Sees: 气.

»So sieht das Zeichen heute aus«, erklärte er, »früher waren es einfach drei leicht wellige Linien übereinander.«

Er schrieb auch das hin, richtete sich auf und zeigte über den See. Die Morgennebel lagen noch in Schichten über dem Wasser, aber es war schon Bewegung in sie gekommen, man erkannte Schichten und Schwaden, die übereinander waberten. Das alte Schriftzeichen zeichnete diese wabernden Schichten nach, nicht schlecht!

»Qi bedeutet also ›Nebel‹?!«

»Wenn Ihr mir sagt, was ›Nebel‹ ist?«, fragte der Ritter zurück. Typisch Erwachsener.

»Wollt Ihr mich hebammen?«

»Was?«

Der Ritter schaute irritiert.

»Ach, vergesst es!«

Aber was Nebel war, war eine gute Frage.

»Nebel ist Dunst, Dampf, Wolken, in kleinen Tröpfchen aufsteigendes Wasser …«, sagte sie und fand sich sehr gut. Aber sie ahnte schon, dass ihm das nicht genügen würde, dass er etwas anderes gemeint hatte.

»Wo wird der Nebel heute Mittag sein?«, kam prompt die nächste Frage.

»Weg. Wahrscheinlich.«

»Und was hat der Nebel, was haben Wolken für eine Form?«

»Form? Was sollen die für eine Form haben!? Flach, knollig, gebirgig, zerfranst und … und … und manchmal sehen sie aus wie ein Osterhase!«

Als Kind hatte sie gern auf einer Wiese gelegen und mit ihrer Mutter versucht, den Wolken eine bestimmte Form zu-

zuordnen. Sie entdeckten Gesichter, Ballerinen, Segelschiffe, alles Mögliche, und einmal war eben auch ein riesiger weißer Osterhase dabei gewesen, der langsam in die Breite ging und ein fetter grauer Osterhase wurde. Der fette graue Osterhase wurde zu einem Puschel Zuckerwatte, bis am Ende nichts von ihm übrig blieb als ein auf der blauen Badezimmerkachel des Himmels ausgeschüttetes Glas Milch. Damals hätte sie fast geweint, so traurig machte sie das Verschwinden ihres Hasen.

»Ich weiß nicht, was ein ›Osterhase‹ sein soll! Hasen gibt es bei uns natürlich auch, aber keiner heißt ›Oster‹. Aber Eure Antwort ist gar nicht so schlecht!«

Er ging weiter, nicht ohne zuvor die Schriftzeichen und damit eventuelle Spuren zu verwischen: »Was ist also das Besondere an Nebel, Dunst und Wolken?«

Sie dachte an den Osterhasen: »Wahrscheinlich, dass sie so schnell wieder weg sind, dass sie sich ständig verändern.«

»Ja, sie verwandeln sich. Das ist auch unseren alten und ganz alten Königen aufgefallen. Sie sahen den Wolken und dem Rauch nach, sahen die Formen, die sie annahmen, zum Beispiel die eines Hasen mit Namen ›Oster‹ – und sie wurden traurig, genau wie Ihr. Sie wurden traurig, dass nichts blieb. Es war die gleiche Trauer, die sie empfanden, wenn jemand starb. Nicht ganz so heftig vielleicht, aber von derselben Art. Der Nebel, der Dunst, die Wolken waren wie das Leben, nichts blieb, alles verwandelte sich. Deshalb sind wir oft traurig, wenn wir zu den Wolken schauen, denn sie ziehen davon, lösen sich auf. Wolken bedeuten Abschied und Wandel. Und das macht Menschen traurig.«

Er schaute sie an.

»Wenn es sie nicht glücklich macht!«, widersprach er sich gleich wieder, wie es seine Art war, wenn er etwas festgemacht hatte. Er ließ nicht gerne etwas festgemacht, er wollte alles in Bewegung halten.

»Denn es ist ja auch gut, dass alles vorbeigeht, sonst ginge auch der Schmerz nicht vorbei und die Trauer – auch nicht die Trauer darüber, dass alles vorbeigeht. Man könnte sonst nicht leben.« Er blieb stehen und zitierte: »Meister Zhuangzi sagt: ›Das Leben des Menschen ist eine Anhäufung von Qi. Wenn das Qi sich anhäuft, dann ist das Leben, wenn es zerfließt, dann ist das der Tod. Der Mensch, das Leben des Menschen ist wie eine Wolke …‹«

Sie gingen weiter und schauten auf den Nebel über dem See, der sich langsam auflöste. Keiner sagte ein Wort. Nach einer ganzen Weile berührte Anja den Gelben Ritter am Arm. Er blieb stehen und sah ihr in die Augen.

»Was wisst Ihr über den Tod?«, fragte sie leise und ernst.

Bevor er noch antworten konnte, rief der Meinherr: »Schaut!«, und zeigte Richtung Himmel.

Da hörten sie auch schon einen vielstimmigen, scharfen Schrei.

»Wildgänse!«, sagte der Ritter, »das sind Wildgänse! Sie ziehen nach Süden. Der Mensch und das Menschliche ziehen nach Süden – zusammen mit dem Einhorn!«

Wieder blieb er stehen, bückte sich und kratzte ein Zeichen in den Ufersand: 人: »Das ist das Zeichen *ren*, für *Mensch*.«

Anja schaute auf die Wildgänse, und tatsächlich, sie flogen in einer Formation, die in etwa aussah wie dieses Zeichen. Ihr war schon länger aufgefallen, dass sie zwar wundersamerweise Chinesisch sprechen konnte und es auch verstand, aber die Schriftzeichen konnte sie nicht. Ein sparsamer Zauber, der sie da umfing, fand sie.

»Hat das etwas zu bedeuten?«

»Der Winter kommt. Wenn die Wildgänse nach Süden ziehen, kommt der Winter. Aber in diesem Jahr wird es auch Winter für die Menschen. Wir müssen uns beeilen!«

Kein Gedanke an die Fortsetzung ihres Gesprächs. Sie wurde wieder in die Sänfte verfrachtet, und dann ging es weiter um die Südflanke des Sees herum.

Es wurde ein schweigsamer Tag.

Und auch der darauffolgende, an dem sie den Fuß der Westberge erreichten, verlief ohne überflüssiges Wort. Allen war beim Anblick der Wildgänse erst richtig bewusst geworden, wo sie waren. Sie waren auf der Flucht, auf der Flucht zur Quelle. Zum Ursprung und Ausgangspunkt ihres Drachenflugs, ihrer Geistreise. *Ur*-sprung, dachte Anja, kein schlechtes Wort für den Sprung in diese Geschichte und ins Leben und in die Geschichte aller Geschichten.

Selbst das Kichern des Meinherrn war verstummt. Er zog mürrisch seinen Karren hinter sich her, sagte aber nichts.

Nur Kleine Jade hätte gerne etwas zu dem als Mädchen verkleideten Knappen gesagt, in den sie längst verliebt war, aber da alle schwiegen, schwieg auch sie und begnügte sich damit, runde Augen zu machen.

In den nächsten Tagen überquerten sie das Westgebirge, das Wetter war grau, unfreundlich, und es nieselte in der Art, die man zuerst gar nicht für einen Regen hält, bis man dann innerhalb von Minuten nass ist bis auf die Haut. Zu allem Überfluss fühlten sich die Tropfen manchmal schon an wie Graupel oder Schnee, vor allem auf den Bergen.

Als sie auf dem Grat der Westberge waren, schauten der Ritter und der Fenstermensch zurück. Sie sahen über das Tal mit dem Sumpfsee, hinüber zu den Ostbergen, die wolken- und dunstverhangen waren, und ihre Augen schienen noch weiter zu schauen.

»Es naht!«, sagte der Fenstermensch.

»Seht ihr etwas?«, fragte der Ritter.

»Schatten!«

»Ich kann nichts erkennen?«

»Das Licht erkennt Schatten!«

»Sie können noch nicht so nah sein. Der Fluss wird sie aufhalten!«

»Schwarze Reiter hält nichts auf.«

Sie wandten sich ab.

»Wir sollten uns beeilen!«, sagte der Ritter und begann den Berg hinabzulaufen.

Der Fenstermensch zog den Esel und die Sänfte mit sich, und der Meinherr ließ seinen Karren rollen.

Auf der anderen Seite der Westberge war die Landschaft hügelig, Hügel so weit das Auge reichte, Hügel, die wogten wie ein Meer und am Horizont zu einem lehmig-braunen Band verschmolzen. Sie marschierten die Hügel hinauf, und wenn es den Hügel hinabging, ließen sie ihren Beinen freien Lauf. In den kurzen Talebenen trabten sie.

Es wurde nicht mehr viel gesprochen.

Je weiter sie sich auf das braune Band am Horizont zubewegten, umso besser schien allerdings die Stimmung zu werden. Es wurde ab und zu auch wieder gelacht, der Meinherr nahm den Ritter wieder auf die Schippe und versuchte es sogar beim Fenstermenschen, der aber überhaupt nicht zu verstehen schien, was er wollte. Selbst der Ritter Gelber vom Ei ließ sich hin und wieder sehen und sagte: »Achje!«

Und dann geschah es! Und wie alles, was geschieht, geschah es plötzlich. Man konnte noch so lange auf etwas gewartet haben, man konnte noch so lange unterwegs gewesen sein, wenn man das Ziel erreichte, hatte man immer das Gefühl, es geschehe plötzlich.

Das Hügelmeer, das mit der Zeit immer flacher wurde, endete mit einem letzten hohen Anstieg. Als sie den Kamm erreicht hatten, war bereits Nacht. Der Gelbe Ritter hatte keine Ruhe gegeben, er wollte auf den Kamm hinauf, um dort zu übernachten. Von dort hätte er einen besseren Blick, behauptete er. Und da er unbestritten der Führer der Truppe war, folgten ihm alle.

Obwohl alle stöhnten. Denn auf dem Kamm zu übernachten hieß auch, sie würden kein Feuer machen dürfen, also frieren. Ein Feuer an einer so exponierten Stelle hätte wie ein Leuchtfeuer gewirkt und wäre sehr weit zu sehen gewesen. Der Ritter hatte recht. Aber auch wenn das jeder einsah, gefallen musste es einem deswegen noch lange nicht.

Anja warf sich auf den Boden. Sie war fix und fertig von dem Rennen, Traben und Marschieren der letzten Tage. Es war eine Hatz gewesen. Am Ende hatte sie schon nicht mehr gewagt, sich umzudrehen.

In ihren Halbschlaf hinein hörten sie von Ferne etwas, ein langsames, tiefes, gewaltiges Mahlen. Bevor sie etwas fragen konnte, brach zum ersten Mal, seit sie die Hütte der Zauberin verlassen hatten, der Mond durch die Wolken. Der Vorhang der Dunkelheit wich zurück, und eine gewaltige Szenerie wurde sichtbar: Das braune Band, das sie zuvor für den verschwimmenden Horizont gehalten hatten, existierte wirklich!

»Das Meer!«, rief Anja aus. »Wir sind ja am Meer!«

Sie wunderte sich, dass niemand ihr etwas davon erzählt hatte, aber sie dachte nicht weiter darüber nach. Sie blickte auf diese ungeheure, im Mondlicht wie flüssiges Blei träge glitzernde Wasserfläche.

Kleine Jade war mit aus dem Wagen gestiegen, um dem Esel den Aufstieg zu erleichtern, und sagte: »Das ist nicht das Meer, Herr Knappe, das ist die Mutter, das ist der 黄河, der Gelbe Fluss!«

»Das soll ein Fluss sein?«

Anja sah das andere Ufer nicht. Das konnte doch kein Fluss sein! Weder rechts noch links, nirgends war ein Ende zu sehen. Sie kannte sich mit Flüssen aus, sie mochte Flüsse. Aber wenn das ein Fluss war, dann war alles, was sie aus Deutschland kannte, ein Rinnsal.

Das Elefantenrüsselinsekt kam ihr in den Sinn, und sie sagte: »Ein Flaumhaar ist größer als der Gipfel des Taishan!«

Im Vergleich zu diesem Fluss waren die Flüsse, die sie kannte, alles Rinnsale, obwohl, im Vergleich zum »Silberfluss«, der chinesischen Milchstraße, war selbst dieser Koloss nicht mehr als ein Regentropfen, der eine Fensterscheibe hinablief. Ein Vergleich, den sie angesichts dieser Wassermassen, die sich da im Mondlicht durch das Tal wälzte, ganz witzig fand.

Das Rollen und Rauschen des Wassers war so groß, dass Anja nicht weiterfragte. Das konnte warten. Das Zuhören konnte nicht warten. Sie suchten sich eine Stelle, wo eine alte Befestigungsanlage, ein Turm und eine alte Mauer, sie davor schützten, vor dem hellen Mond wie Scherenschnitte herumzulaufen.

»Was ist denn das für ein Turm?«, fragte Kleine Jade Anja, die einzige Person, die sie direkt anzusprechen wagte. Aber die konnte es ihr auch nicht sagen.

Der Meinherr, der die Frage gehört hatte, erzählte: »Das ist noch ein Turm aus der Anfangszeit der Zhou, das ist fast tausend Jahre her. Das ist ein Feuerturm.«

»Ein Feuerturm?«

»Ja, ein Feuerturm. Diese Türme zogen sich durch das ganze Land. Alle in Sichtweite. Wenn man schnell eine Nachricht übermitteln wollte, zündete man ein Feuer in einem Turm an, das wurde im nächsten Turm gesehen und so weiter – bis zur Hauptstadt. Und der Sohn des Himmels konnte dann entscheiden, was zu tun war.«

»Tausend Jahre!«, kam es fast gleichzeitig aus dem Mund von Kleiner Jade und Anja. Tausend Jahre! Sie wurden fast ehrfürchtig.

Neben diesem Turm richteten sie sich für die Nacht ein.

Hinein wollte niemand, denn niemand wollte sich diese Nacht und das Schauspiel, das der Gelbe Fluss bot, entgehen lassen.

Anja machte kein Auge zu. Sie spürte die gewaltige Bewegung in der Ebene da unten, die, wenn man keine Angst davor hatte, sehr beruhigend wirkte.

»Mutter« hatte Kleine Jade den Fluss genannt, vielleicht weil er so etwas Beruhigendes, Mütterliches hatte. Und dann der Mond, der riesig und gelb über der Ebene hing.

Anja stand auf, ging ein paar Schritte von ihrem Lager weg und kletterte auf einen niedrigen Mauerrest. Sie schaute in die Ebene, auf den Mond, sie dachte an sich, an diese unglaubliche Geschichte, die ihr niemand glauben würde, sie dachte an ihren Vater und ihre Mutter, dann wurde sie müde und vergaß, in welch seltsame Geschichte sie da hineingeraten war, schließlich vergaß sie alles um sich herum und am Ende sich selbst. Sie schaute dem Fluss beim Fließen zu, wie das Fließen floss, und dann schaute sie nur noch …

Sie wusste nicht, wie lange sie so gesessen hatte und würde es nie sagen können, als sie eine Stimme hörte. Sie tauchte aus ihrer Versunkenheit auf wie aus einem tiefen Schlaf – oder schlief sie noch immer und träumte alles?

Der Ritter stand dort im Mondlicht, das lange bläulichschwarz glänzende Haar fiel ihm aufgelöst weit in den Rücken hinab. Er hielt etwas in der Hand. Und dieses Etwas warf einen bleichen Schimmer in sein Gesicht. Anja neigte sich ein wenig zur Seite, da erkannte sie es: Es war ein Schädel. Ein Totenkopf!

Ihr lief ein eiskalter Schauer über den Rücken.

Der Gelbe Ritter hielt tatsächlich einen Totenschädel in der Hand. Jetzt wusste sie auch, woran sie zuvor der riesige gelbe Mond erinnert hatte – an einen Schädel. Mondlicht konnte romantisch sein, aber der Mond konnte auch aussehen wie ein kahler Schädel und die Erde in ein Licht tauchen, als sei sie eine Schädelstätte, ein Beinhaus und ein einziger Friedhof. Es grauste sie, als sie vom Mond auf den Schädel in der Hand des Gelben Ritters schaute.

Aber da kam etwas völlig Unerwartetes. Der Gelbe tippte dem Schädel an die kahle Stirn und sagte vorwurfsvoll: »Was hast du falsch gemacht? Warst du zu gierig, dass du in so einem miserablen Zustand hier herumliegst? Schau dich doch an! Hast du den WEG, hast du das DAO verlassen? Hast du ein Reich zugrunde gerichtet, oder hat man dich mit Axt oder Beil von deinen Beinen, deinen Armen und deinem Rumpf getrennt und dich hier liegen lassen? Hast du deinen Eltern Schande gemacht, deiner Frau, deinen Kindern? Bist du ein Feigling gewesen und hast den Kopf verloren? Auf der Flucht? Im Kampf? War es der Hunger, die Kälte? War es das Alter? Red schon! Von nichts kommt nichts! Was hat das für einen Sinn?«

Der Schädel mit seinen hohlen Augen schien zu grinsen. Die Zähne klappten auf und zu und wie aus einer Höhle, wie aus einem Eimer gesprochen kam eine Stimme, die klang, als kratze in der Ferne jemand mit einem Messer über Blech: »Iiiicchchchch, wie Sinn, wie Sinn? Iiiiicchchchch, Eltern, Kinder, Reiiiiichchhch, das reiiichchchcht niiiiichchcht zu uns hiiiin!«

Die Stimme kam langsam näher: »Das sind Sorgen, iiiicchchchch, aus dem Dasein!«

»... sein, sein, sein«, hallte das Wort im Schädel nach.

»Hiiiierchchchch, im Tode, gibt es niiichchchcht Fürst, nicht Ritter, niiiichchchcht Knechchcht ... echt, echt, echt ...«, hallte es, »hiiiierchchchch, im Tode ist niiichchchchts ... niiichchchcht warm, niiichchchcht kalt, niiichchchcht Jahreszeiiiit ... zeit, zeit, zeit ... Wiiiirchchch treiben dahiiiinchchch, dahiiiinchchch, dahiiinchchch ... hin, hin, hin ...«

»Ich glaube dir kein Wort!«, sagte der Ritter, ging in die

Hocke und setzte den Schädel auf einen Mauerrest der Ruine. »Wenn ich den Herrn des Schicksals dazu bringen könnte, deinen Leib wiederzuerwecken, deine Gebeine zusammenzusuchen, sie wieder zusammenzusetzen und sie von Neuem mit Fleisch und Muskeln und Haut zu kleiden und dir Vater, Mutter, Kinder, Freunde und deine Zeit wiederzugeben, du würdest dir das hohle Maul danach lecken!«

Der Schädel starrte den Ritter aus seinen weiten Augenhöhlen an. Es sah aus, als würde er überlegen. Der Mond, der jetzt genau hinter ihm stand, wirkte wie sein riesiges Spiegelbild oder der Schädel wie ein verkleinertes Spiegelbild des Mondes.

»Fleiiiisschchch? Wiiiedeerrrr ins Fleiiiisschchch? ... ichchch, ichchch, ichchch ... Iiiiicchchchch! In das kümmerliiichche Kleiiiiid ... llleid, lleid, leid ... Wiiirchchch haben alles hiiiiercchchchch, mehr als jeder Köniiiiggg ... ichchch, ichchch, ichchch ... auf dem höchchchsten Throne ... ohne, ohne, ohne ...«

Der Schädel schwieg.

Der Ritter saß da und starrte ihn an.

Nach einer Weile nahm der Gelbe den Totenkopf von der verfallenen Mauer, setzte ihn auf den Boden, legte sich nieder, bettete seinen Kopf auf den Schädel und schlief.

Als Anja im Morgengrauen wach wurde, lag sie noch auf dem Mauerrest, auf den sie sich abends gesetzt hatte, nur hatte sie jemand mit einer Decke zugedeckt. Der Geruch von Gebratenem und das Knistern eines Feuers hatte sie geweckt. Wie sie sofort erkannte, war der Ritter auf der Jagd gewesen. Schnell war sie auf den Beinen:

»Ein Feuer? Ich dachte, ein Feuer ist zu gefährlich?!«

»Ist es auch«, antwortete der Meinherr, »aber der Herr Ritter hat nachgerechnet, Mann, Mensch und Einhorn!«

»Ja«, übernahm der, »schaut auf den Gelben Fluss! Wenn die schwarzen Reiter unsere Spur aufnehmen wollen, müssen sie nach Lu, und wie ein altes Sprichwort aus Zhao sagt: ›Wer nach Lu hinübermuss, der muss über den Gelben Fluss!‹ Und bei dem Hochwasser werden sie nicht hinüberkönnen. Es ist Herbst. Es muss am Oberlauf stark geregnet haben.«

Es gab Fisch, heiße Fladenbrote und heißen Tee. Die Stimmung war trotz des diesigen Wetter hervorragend. Den Tee bereitete Kleine Jade zu, sie ließ sich viel Zeit, es war eine richtige Zeremonie, wie sie da die Teeblätter erst aufgoss, den ersten Aufguss sofort wieder wegschüttete, wie sie die Becher in heißem Wasser vorwärmte, wie sie jedem mit einer Verbeugung eine der flachen Schalen reichte.

Es mochte daran liegen, dass es eine sehr kühle Nacht gewesen war, jedenfalls hatte Anja noch nie einen so guten Tee getrunken, und sie hatte noch nie so deutlich gespürt, wie er ihre Lebensgeister weckte – was sich darin zeigte, dass sie wieder Fragen stellte.

»Wo ist der Schädel?«

Dem Meinherr blieb der Fladen im Mund stecken: »Mann, Mensch und Einhorn«, mampfte er, »wir sind beim Essen!«

Anja wollte sich schon entschuldigen, als der Ritter zu ihrem Erstaunen sagte: »Wovon sprecht Ihr?«

Da erzählte Anja in aller Ausführlichkeit, und ohne das geringste Echo oder das grausame blecherne Kreischen der Stimme wegzulassen, von ihren nächtlichen Erlebnissen. Was den Meinherr, der in dieser Hinsicht ungewöhnlich zart besaitet schien, jedenfalls aber beim Frühstück nichts über den Tod hören wollte, dazu brachte aufzustehen und sich außer Hörweite niederzusetzen.

»Brrrh, da läuft es einem ja eiskalt über den Rücken!«, maulte er, als er ging.

»Ihr habt geträumt!«, sagte der Ritter.

»Unmöglich!«, protestierte Anja. »Das war alles so wirklich, das kann kein Traum gewesen sein!«

»Sind Träume nicht wirklich?«, entgegnete der Ritter. »Vielleicht ist ja das, was wir jetzt erleben, alles ein Traum! Vielleicht ist das ganze Leben ein Traum – und der Tod ein Erwachen?«

Und dann erzählte er ihr, aber auch den anderen, die dabei fast das Kauen vergaßen, eine Geschichte seines Meisters Zhuangzi.

»Es begab sich eines Tages«, begann er, »da saß der Meister unter einem Baum und schlief ein. Da träumte er, er sei ein Schmetterling und flatterte lustig und glücklich und lichttrunken durch die Welt. Alsbald aber erwachte er – und da wusste er auf einmal nicht mehr: War er der Zhuangzi, der geträumt hatte, ein Schmetterling zu sein, oder war er jetzt nicht viel eher ein Schmetterling, der träumte, ein Zhuangzi zu sein? Das nannte er den ›Wandel der Dinge‹.«

»Wandel der Dinge?«, fragte der Fenstermensch, der bei dem Wort »lichttrunken« hellwach geworden war. Er sprach so selten, dass ihn die Frage sehr beschäftigen musste.

Da ließ sich, zur Überraschung aller, Kleine Jade vernehmen. Sie hielt sich, wie es das Benehmen von Mädchen verlangte, in der Regel zurück und schwieg. Aber sie stammte aus dem Süden. Die Gedanken des Laozi und der anderen Daoisten waren ihr näher als die des Konfuzius, und das nicht nur, weil Frauen und Mädchen im Süden eine höhere Stellung genossen, ja, manchmal sogar höher gestellt wurden als Männer. Es war eine Frage des Temperaments. Im Süden, wo es immer warm war, lebte man anders, freier, ungezwungener, man brauchte und wollte keine allzu festen Regeln und Riten.

Sie sagte mit leiser Stimme: »Die Raupe glaubt, es ist das Ende, aber es ist ein Schmetterling, eine Verwandlung.«

Das mussten alle erst einmal verdauen. Selbst Anja war fürs

Erste in ihrem Rede- und Fragefluss gebremst. Der Rest des Frühstücks verlief schweigend. Dann setzten sie sich zusammen, um ihre weitere Route zu beraten. Eigentlich hatten sie vorgehabt, in das alte Zhou zu wandern, um dort den König von Zhou um Hilfe und Rat zu bitten. Er stammte aus einer über tausendjährigen Dynastie, lebte heute in seinem winzigen Reich am Mittellauf des Huanghe und versuchte, die alten ritterlichen Werte zu wahren, von denen in den anderen Reichen nicht mehr viel übrig war.

Aber jetzt war ihnen der Weg versperrt.

»Die Mutter versperrt uns den Weg«, sagte der Ritter. Da war es wieder, dieses Wort, das schon Kleine Jade am Abend zuvor benutzt hatte. Sie nannten diesen Fluss »Mutter«. Noch bevor sie fragen konnte, erzählte der Ritter:

»Der Gelbe Fluss ist gelb, wie wir aus den alten und neuen Reichen ›gelb‹ sind. Er bringt den feinen Lösstaub aus der Wüste Gobi und von den Hochplateaus im Osten, das gibt ihm seine gelbbraune Farbe. Hier ist die Wiege unserer Kultur. Die alten und die ganz alten Könige haben an diesem Fluss ihre ersten Hauptstädte gebaut und den Fluss reguliert ...«

»Warum reguliert?«, unterbrach ihn Anja.

Der Ritter Gelber vom Ei antwortete: »Achje, schau doch hin! Das ist kein Fluss, das ist ein Meer. Das Bett des Gelben Flusses ist flach, und er trägt sehr viel Sand und Schlamm mit sich. Das macht sein Bett immer höher, höher als die Ufer, und dann überschwemmt er alles. Manchmal, in schlimmen Jahren, verlegt er sogar seinen Lauf, dann sucht er sich eine Richtung ins Meer, die Hunderte Meilen von seiner alten Mündung entfernt liegt. Und das Land dazwischen steht unter Wasser.«

»Und so was nennt ihr ›Mutter‹?«

»In der Tat, achje«, gab der Ritter Gelber vom Ei zu, »ob ein Reich, ob ein König etwas taugt, zeigt sich daran, ob er die

Deicharbeiten am Fluss organisieren und garantieren kann. Wenn nicht, wird ihm der Himmel das Mandat entziehen, denn dann gibt es Überschwemmungen und Hungersnöte!«

Anja überlegte.

»Aber wenn der so viel Schlamm mitbringt, wird das ja immer höher, dann müssen ja die Deiche auch immer höher werden!«

»Achje!«, seufzte der Ritter Gelber vom Ei, und man sah ihm an, wie sehr ihn die Fragerei Anjas strapazierte: »Ihr habt recht, an manchen Stellen treibt der Fluss sich selbst und die Deiche immer mehr in die Höhe. Die Folge ist, dass das Flussbett höher ist als der Boden ringsum, es ist, als ob der Fluss im ersten Stock – Himmel!«

Er unterbrach sich mitten im Satz.

»Sie kommen!«, zischte er. »Löscht das Feuer! Möglichst ohne Rauch!«

Die anderen sprangen auf und starrten, wie er, nach Osten. Aber es war nichts zu erkennen. Nur das wellige Hügelland, über das sie selbst gekommen waren und hinter dem sie den Sumpfsee wussten mit der alten Schildkröte und ihrer mit Orchideen und Lotusblüten geschmückten Hütte.

»Ich kann nichts entdecken! Hört Ihr wieder das Gras wachsen, Ritter Rührei?«, spottete der Meinherr.

Der Fenstermensch stand völlig bewegungslos auf seinen Stock gelehnt und starrte in Richtung der aufgehenden Sonne: »Meinherr, Ihr seid blind! Sie kommen! Es sind dreizehn!«

»Oho! Ich bin also blind, was? Ich habe Augen, scharf wie ein Falke! Wenn ich die gleiche Höhenluft atmen würde wie ihr langen Kerle, dann würde ich sie auch sehen! Nun gut, sie kommen also – dann sollten wir machen, dass wir wegkommen.«

»Zu spät!«, sagte der Fenstermensch entschieden.

»Zu spät!«, sagte auch der Ritter. Anja schaute ihn von der Seite an. Er schien ihr noch größer, ja, höher dazustehen als zuvor. Es war ihr, als sehe sie auf seinem Haupt einen hohen Helm mit einer noch höheren Verzierung.

Er streckte den Arm aus, und jetzt sahen es alle. In der Ferne tauchten die Reiter als kleine dunkle Flecken auf einer Hügelwelle auf und verschwanden schnell wieder in der darauffolgenden Senke.

»Wieso ist es zu spät?«, nörgelte der Meinherr. »Ich muss mein Geldchen in Sicherheit bringen. Wenn sie so bald hier sind, und es sieht ganz so als, als seien sie bald hier, dann sollten wir machen, dass wir wegkommen!«

»Meinherr!«, sagte der Ritter streng, »dann werden wir auf offenem Feld mit ihnen kämpfen müssen. Wer davonrennt, kehrt seinem Gegner den Rücken zu, wer kämpft, hat ihn vor der Brust. Wir haben versucht zu entkommen, aber viel Hoffnung war nie. Ich hatte gehofft, der Gelbe Fluss würde sie länger aufhalten, als er es getan hat. Obwohl ich mir vorstellen könnte, dass er sein Möglichstes versucht und ihnen auch gehörig zugesetzt hat …«

Der Ritter sprach in Rätseln.

»Ihr sprecht mal wieder in Rätseln!«, sagte der Meinherr.

»Eine Rotte in der Armee des Wolfes besteht normalerweise aus zwanzig Reitern. Ich kann mir nicht vorstellen, dass er eine ungerade Zahl von Reitern losschicken würde. Der König von Qin ist abergläubisch. Er würde das nie tun. Außerdem sind dreizehn nicht gerade viele. Er kann ja nicht wissen, wie viele wir sind. Der Gelbe Fluss hat uns geholfen und ihnen sieben Reiter genommen, schätze ich!«

»Könnt Ihr jetzt auch noch hellsehen?«

»Er hat recht!«, sagte der Fenstermensch, und der Ritter fügte hinzu: »Es ist besser, wir bleiben hier. Dann haben wir die Überraschung auf unserer Seite, und wir haben Deckung!«

Er zeigte auf den alten Turm und auf die alten Mauerreste.

»Hier können wir uns verschanzen. Und sie müssen den

Hügel heraufkommen, sie kämpfen den Berg hinauf, das ist ein Vorteil für uns!«

»Ich finde immer noch …«

Der Meinherr konnte nicht mehr sagen, was er immer noch fand. In diesem Moment nämlich tauchten die schwarzen Reiter wieder auf, und sie waren schon so nah, dass das, was vorher noch Punkte gewesen waren, schon Konturen bekommen hatte. Man erkannte schon Reiter.

»Die müssen reiten wie der Teufel! Ich denke, ihr habt recht! Weglaufen hat keinen Sinn mehr, sie sind bald da. Nun gut, auch recht, hihi! Verschanzen wir uns!«

Damit sprang er auf die Deichsel seines Wagens und beugte sich hinein. Man hörte es scheppern und deppern, während er sang:

»Geldchen, Messer, Spaten
seid so wohl geraten,
doch gegen schwarze Reiter
helft ihr gar nicht weiter,
heute gehen wir aufs Ganze
mit Hellebarde, Speer und Lanze.«

Er tauchte wieder auf und förderte tatsächlich die Furcht einflößende gebogene Spitze einer Hellebarde und eine Speerspitze mit schauderhaften Widerhaken zu Tage. Jetzt wurde allen auch klar, was die Stecken sollten, die an der Seite seines Wagens befestigt waren! Es waren die Schäfte, auf die er die Hellebarden- und Lanzenspitze steckte. Wie er dastand, rechts und links um mehr als die eigene Körperlänge überragt von den beiden Waffen und mit seinen Geldschnüren um den Bauch, sah er zum Fürchten aus. Oder auch nicht.

»Wenn die schwarzen Reiter sich vor Euch nicht zu Tode erschrecken, dann werden sie sich totlachen!«, sagte der Ritter.

»Bevor der Tag zu Ende ist, werdet Ihr Euch noch wundern!«, entgegnete der Meinherr grimmig, und ein Schauer lief allen über den Rücken. »Dreizehn durch drei, das geht nicht auf. Dann nehme ich fünf, und ihr beiden langen Lulatsche nehmt vier, klaromingbai, klaromingbaichen! Ich will ja mal nicht so sein.«

Anja war es eigentlich ganz recht, dass sie nicht mitgezählt wurde, aber dann protestierte sie doch.

»Ihr fallt doch um, wenn Ihr ein Schwert in die Hand nehmt! Ihr versteckt Euch besser im Turm, Mann, Mensch und Einhorn!«

Ritter, Fenstermensch und Anja gingen nun zu dem alten, noch recht gut erhaltenen Wehrturm hin. Es war keine Tür mehr im Eingang, wenn da je eine gewesen war. Dann ging es eine Treppe hoch in einen Raum, in dem wohl die Besatzung des Turms gehaust hatte.

Als sie den Raum betraten, staunten sie nicht schlecht. Dort lagen auf dem Boden und standen an die Wand gelehnt Schwerter, lang und kurz, Lanzen, Hellebarden, Schilde, und in einer Mauernische lag ein Harnisch, auf dem ein Helm stand. Es war nicht irgendein Helm und irgendeine Rüstung, es war der Helm und die Rüstung eines großen Führers gewesen.

Der Gelbe Ritter nahm den Helm heraus und hielt ihn gegen das Licht, das trübe durch eine der Maueröffnungen fiel, die als Fenster und Schießscharte für Lanzen und Bögen gedient hatten.

»Hier ist eine Inschrift«, sagte er und las: »Ergebener Diener des Fürsten Wen von Zhou.« Er wandte sich um: »Das ist aus der Anfangszeit von Zhou, dieser Helm ist fast tausend Jahre alt! Die Vergangenheit wird lebendig«, und mit einem Seitenblick auf Anja fügte er hinzu, »und die Zukunft. Wir sind die Zukunft dieses Kriegers.«

Dann erzählte er die Geschichte des Fürsten Wen von

Zhou, des Bruders des Königs, der nach dessen Tod für viele Jahre den Thron verwaltete, bis sein Neffe, der Sohn des Königs, alt genug war, um selbst die Regierungsgeschichte zu übernehmen. Fürst Wen von Zhou trat selbstlos in die zweite Reihe zurück. Das war eine berühmte Geschichte, und sie wurde immer wieder erzählt als großes Beispiel für Loyalität und Treue.

»Deshalb: Geht das Dao verloren, kommt die Tugend. Geht die Tugend verloren, kommt die Menschlichkeit. Geht die Menschlichkeit verloren, kommt die Gerechtigkeit. Geht die Gerechtigkeit verloren, kommen die äußeren Formen, und die äußeren Formen sind die dünne Haut von Treu und Glauben und der Anfang des Chaos.« So zitierte er und schaute aus dem Fenster über das Land.

»Fürst Wen tat, was selbstverständlich war, er war nicht treu, er war nicht gut, er tat, was er tat, von selbst und von sich aus und ohne zu überlegen. Wie weit sind wir seitdem gesunken! Wir denken, er sei treu gewesen und gut. Wir haben nur noch den äußeren Schein, wir tun so, als lebten wir noch im Dao, im Einklang mit allem. Wir sehen nicht mehr das Ganze und uns in diesem Ganzen, wir sehen nur noch uns, wir halten uns an Worte, Meinungen, Bildung. Wir nennen es Kultur, aber diese Kultur ist organisierte Barbarei. Sie ist Vernichtung, aus Angst vor dem Nichts und dem Wandel. Je höher die Kultur, umso tiefer die Barbarei, umso totaler die Vernichtung. Wir sind Gespenster. Kultur, Formen, politische Korrektheit, alles als ob. Wir leben, als ob. Aber wir sind leer wie dieser Helm.«

Damit setzte der Gelbe Ritter den Helm auf.

Und er sah aus, wie Anja ihn nie zuvor gesehen hatte. Es war ein Helm mit einem hohen gefächerten Schmuck, er war wundervoll gearbeitet, mit langem Schläfen- und Nackenschutz, und als der Ritter ans Fenster trat, glänzte er, dass es in den Augen wehtat.

Groß war der Ritter, und Anja wäre sicherlich vor ihm auf ein Knie gegangen, wenn sie tatsächlich ein Knappe aus der Zeit der Kämpfenden Reiche gewesen wäre. Da sie aber ein Mensch aus dem 21. Jahrhundert NACH war, wo man seltsam steife Knie hatte, stand sie nur da, klappte den Mund auf und staunte. Es sah aus, als habe der Helm nur auf ihren Ritter gewartet, um wieder zum Leben erweckt zu werden.

Von dem Mannschaftsraum führte eine weitere Treppe nach oben auf die Plattform. Richtung Norden und Westen waren die Zinnen verfallen, Richtung Osten und Süden waren sie noch fast vollständig erhalten. Ein Stück Mauer verlief in etwa acht Fuß Höhe parallel zu dem von Norden nach Süden verlaufenden Kamm, aber nur noch zwei Turmlängen, dann war sie verfallen. Und auch der Rest, der noch stand, war ungleichmäßig hoch und dürfte einem ernsthaften Angriff nicht lange standhalten.

Aber immerhin.

Ein paar Schritte hinter der Mauer fiel der Hügel nicht übermäßig steil, aber doch so steil nach Osten ab, dass ein Ansturm von dort leicht abzuwehren sein musste, zumal hier nur schwer mit Pferden vorzugehen war.

»Der Turm muss fünfundzwanzig bis dreißig Fuß hoch sein.« Der Ritter trat an den Rand heran und schaute hinunter. »Von hier aus hat man eine gute Sicht! Und hier kann man sich auch gut verteidigen! Hier werdet Ihr Euch aufhalten, Knappe Einhorn! Der Fenstermensch und ich werden die Reiter hinter der Mauer erwarten, den Meinherrn klemmen wir in die Tür des Turms. So rund wie er ist, kommt da niemand vorbei!« In seinen Augenwinkeln zeigten sich kleine Lachfalten. »Aber ich sollte keine Scherze machen, der Meinherr hat ein großes Herz – und das werden wir auch brauchen.«

Bevor sie aus dem Turm heraustraten, nahm der Ritter seinen neuen Helm ab.

Dort, wo die Mauer aufhörte, wurden der Karren und die Sänfte im rechten Winkel an die Mauer gerückt. So hatten sie ein wenig Deckung.

»Und was machen wir, wenn sie aus der anderen Richtung kommen?«, fragte der Meinherr.

»Dann werfen wir Euch auf die andere Seite der Mauer. Das ist das Gute, wenn eine Mauer nicht zu hoch ist, dann kann man sie von der einen wie von der anderen Seite verteidigen. Aber jetzt ruht Euch ein wenig aus. Sie werden bis zum Abend hier sein, und wir werden unsere Kraft noch brauchen. Schaut!«

Sie schauten nach Osten. Als die Truppe auf einem Hügelkamm auftauchte, waren nun schon die einzelnen Reiter zu erkennen. Es war Nachmittag, und der Gelbe Ritter hatte recht, sie würden bis zum Abend hier sein. Die Reiter folgten der breiten Spur, die sie mit der Sänfte und mit dem Geldkarren des Meinherrn gezogen hatten. Es wäre sinnlos gewesen, die Spur verwischen zu wollen. Es war auch ziemlich sicher, dass ihre Tarnung nicht helfen würde: Die Reiter folgten ihrer Spur so schnell und unbeirrbar, dass allen klar war, dass sie wussten, wonach sie suchten.

Anja wurde es langsam mulmig. Sie beobachtete die anderen.

Der Fenstermensch stand wie immer gegen seinen Stab gelehnt und schaute ungerührt den Reitern entgegen. Der Ritter saß in seiner Art mit untergeknoteten Beine gegen die Mauer gelehnt und schaute blicklos Richtung Westen, wo sich ganz langsam die Sonne in den Abend zu senken begann. Der Meinherr putzte an seiner Hellebarde und seiner Lanze herum, und Kleine Jade, die die Nähe ihres Knappen suchte, saß neben ihr und wurde von ähnlichen Gefühlen erfüllt wie Anja selbst.

Der Kampf stand bevor.

Er war unausweichlich.

Je näher die Reiter kamen, desto unruhiger wurde sie. Sie hatte sich von ihrem Ritter zwar noch beim Herrn Frühling-und-Herbst und auch unterwegs immer wieder in die Kampfkunst einführen lassen, aber sie war noch nicht sehr weit gekommen. Jedenfalls nicht weit genug, um es mit einem schwarzen Reiter aufzunehmen. Weder was ihre Kampftechnik, noch was ihre innere Festigkeit anging.

Man musste ein Schwert halten können, man musste es handhaben können, und man musste mit ihm die Schläge eines Feindes parieren können. Das war schon schwierig genug. Aber man musste auch dem Anblick eines gewaltigen Kriegers mit seinem Harnisch, mit seinen durch die Rüstung gebreiteten Schultern und seinem Helm, dessen Schmuck ihn noch höher und größer erscheinen ließ, standhalten können. Man musste dem Zorn, der Wut, der Mordlust und dem Blutrausch in seinen Augen standhalten. Man musste dem Gelassenheit entgegensetzen können. Man musste innerlich unbewegt bleiben wie ein Spiegel.

So hatte es sie der Ritter gelehrt.

Das hieß nicht, dass sie es konnte.

Sie musste nur an das Auge des schwarzen Reiters denken, das damals nur forschend und suchend und noch nicht aggressiv gewesen war, um zu wissen, dass sie das nicht bringen würde. Sie drehte sich um und schob den Kopf vorsichtig über die Mauer. So nah waren sie schon!

Sie begann innerlich zu vibrieren. Angst fing an, in ihr zu flattern. Sie wollte weg.

Dabei hatte es noch gar nicht angefangen.

Dazu kam noch, dass sie befürchtete, auch äußerlich das Zittern zu kriegen. Sie schaute auf Kleine Jade. Die hatte die Augen geschlossen. Man sah nur am Beben ihrer Nasenflügel, dass sie wach war und dem Kommenden ebenso entgegenbebte wie sie selbst.

Und wie immer, wenn sie Angst hatte, wurde Anja wütend. Wer war sie denn, dass sie sich von so ein paar pimpligen schwarzen Reitern ins Boxhorn jagen ließ!?

Sie würde es denen schon zeigen! Und wenn es richtig brenzlig wurde, würde sie einfach aufwachen!

Das war bisher immer so gewesen, wenn sie schlecht träumte, sie war an den brenzligen Stellen immer aufgewacht. Und das hier war doch nichts als ein schlechter Traum.

So mussten sich Soldaten fühlen, dachte sie auf einmal. Die mussten das auch für einen schlechten Traum halten, wenn sie da irgendwo auf der Welt in ihren Panzern saßen oder in ihren Schützengräben und darauf warteten, dass der Feind kam oder der Befehl zum Angriff. Denen musste es ähnlich gehen. Denen würde auch alles unwirklich vorkommen und gleichzeitig überrealistisch, so wie Träume nun einmal waren. Wie Digitalfotos, die oft so scharf und präzise waren, dass sie einen bedrückten. So war die Welt ja gar nicht, sie war viel unschärfer, verschwommener und ungreifbarer.

Ihr Herz schlug.

Selbstverständlich.

Aber wenn man das Selbstverständliche spürte, stimmte etwas nicht.

Ihr Herz hämmerte.

Bum, bum, bum.

Sie dachte an ihren Freund Franz. Ein Schmerz durchfuhr sie. Es war möglich, dass sie ihn nie wiedersah. Es war möglich, dass sie das alles nie wiedersehen würde. Ihren Vater, den Himmel, die Wolken, die Wiesen, die Bäche, das Grün, das Blau ... Es war seltsam, dass sie an Wiesen und Bäche dachte, sie hatte sich nie viel aus ihnen gemacht. Aber jetzt fielen ihr Wiesen und Bäche ein. Und Blumen und Schneeflocken und der Geruch nach Winter, der manchmal in der Luft lag. Es war möglich, dass sie das alles nicht wiedersah.

Und Franz.

Und alles, alles, alles …

»Es ist so weit!«, hörte sie den Meinherr mit sanfter Stimme sagen.

Als sie die Augen öffnete und sich aus ihren fiebrigen Gedanken riss, fing es sofort wieder an.

Bum, bum, bum.

Mit den Worten »Ihr verschlaft noch das Ende, hihi!« verwischte der Meinherr die Sanftheit, mit der er sie geweckt hatte.

Die Sonne hing als riesige unwirkliche Scheibe im blaugrünen Dunst des Abends, und als sie über die Mauer blickte, sah sie die nicht minder große schädelgelbe Scheibe des Mondes im Osten stehen.

Sie schaute nach unten.

Die Reiter waren da.

Sie waren am Fuß des Hügels angekommen. Luftlinie keine vier chinesischen Meilen von ihnen entfernt. Sie waren abgesessen und schienen zu warten.

Der Fenstermensch lehnte weiter ungerührt an seinem Stab, der Ritter stand mit verschränkten Armen hinter der Mauer und sah hinab.

»Sie haben zwei Reiter losgeschickt. Der eine reitet um den Hügel von der einen, der andere von der anderen Seite herum. Sie wollen wissen, ob unsere Spuren auf der anderen Seite weitergehen oder ob wir noch hier oben sind. Sie werden bald zurückkommen.«

Der Ritter hatte das kaum gesagt, als die beiden Reiter von zwei Richtungen zu den anderen hinzustießen. Sie schauten immer wieder nach oben. Es war schwer zu sagen, ob sie den Ritter oder den Fenstermenschen gegen die Sonne sehen konnten. Es war wahrscheinlich, denn beide versuchten nicht einmal, sich zu verbergen.

Die Reiter schienen einen Augenblick zu beraten.

Dann löste sich einer aus der Gruppe und kam den Hügel herauf. In der Hand trug er eine Lanze, an der ein schmales langgezogenes schwarzes Banner flatterte, das am Ende in mehrere sich im Wind windende Zungen auslief. Um seine Würde nicht zu verlieren, wenn er auf allen vieren den doch recht steilen Hang hinaufkroch, schritt er in Serpentinen nach oben.

»Ein Unterhändler!«, sagte der Fenstermensch, ohne seine Haltung zu verändern.

Als der Mann oben war, erkannte Anja sofort, dass es sich um den schwarzen Reiter handelte, dem sie vor Wochen mit dem Ritter Gelber vom Ei auf der Landstraße begegnet war. Nur schien er gewachsen, an Würde und Selbstbewusstsein zugenommen zu haben. Ein mächtiger Krieger mit einem gewaltigen Harnisch, der von einem noch gewaltigeren Helm gekrönt wurde.

Der Gelbe Ritter trat mit seinem neuen Helm unter dem Arm auf ihn zu. Sie blieben in gut zehn Schritt Entfernung voneinander stehen.

»Ihr seid befördert worden, schwarzer Reiter, Ihr seid jetzt Rottenführer, ich gratuliere!«

Anja rutschte das Herz in die Hose. Sie hatte zwar keine Ahnung, wie man in diesen Zeiten miteinander und mit einem schwarzen Reiter verhandelte, aber verspotten musste er ihn vielleicht doch nicht gleich.

»Geschwätzig wie immer. Der Ritter Gelber vom Ei, nicht wahr?!«

»Ihr habt ein gutes Gedächtnis, achje!«

Das war das erste Mal, dass Anja den Gelben Ritter das »Achje« des Ritters Gelber vom Ei aussprechen hörte. Aber seine Augen funkelten, furchtlos und abgründig. Das schien auch dem schwarzen Reiter aufzufallen.

»Bei dem Herrn Frühling-und-Herbst nannte man Euch

den Gelben Ritter! In Euch stecken verborgene Seiten, aber im Grunde seid Ihr der gleiche Narr, den ich schon damals vor mir hatte!«

»Was wollt Ihr?«

»Ergebt Euch!«

»Was soll das heißen?«

»Übergebt mir das Einhorn, dann könnt ihr gehen!«

Er schaute sich um. Sein Blick glitt über die Anwesenden, die behelfsmäßige Wagenburg, den kleinen dicken Meinherrn und den Fenstermenschen, den er mit einer Mischung aus Neugier und Missachtung musterte, um dann auf Kleine Jade und Anja zu fallen, die instinktiv die Augen schloss.

»Ihr glaubt an Einhörner?«, sagte der Gelbe Ritter spöttisch. Aber dem schwarzen Reiter war das kurze beunruhigte Flackern in den Augen des Ritters nicht entgangen, als er den Herrn Frühling-und-Herbst erwähnte.

Er lachte.

»Gebt Euch keine Mühe! Ich weiß alles. Ich weiß, wer Ihr seid. Ich weiß, wer die anderen sind. Und damit wollt ihr euch einer Rotte des großen Königs von Qin entgegenstellen? Ihr seid übergeschnappt!«

»Eine dezimierte Rotte, wie?«, entgegnete der Ritter kühl. »Könnt ihr nicht schwimmen?«

Jetzt war es an dem schwarzen Reiter, unsicher zu werden. Woher konnte der Kerl das wissen? Woher konnte er wissen, dass er sieben Männer verloren hatte, als sie den Gelben Fluss überquerten? War er mit dunklen Mächten im Bunde? Aber die Unsicherheit dauerte nur kurz und zeigte sich nur in einer winzigen Verzögerung der spöttischen Antwort, die dem Ritter allerdings nicht entgangen war.

Mein Gott, dachte Anja, der Kampf hat längst begonnen!

»Für euch reicht es immer noch. Zweimal!«

»Ihr seid ein Schwätzer!«, sagte der Ritter in einem so sanften und freundlichen Ton, als habe er seinem Gegenüber eine Tasse Tee angeboten. »Ihr seid ein Schwätzer, ein Grölhans und ein Dummkopf! Ihr erkennt Euren eigenen Untergang nicht, obwohl ihr vor ihm steht.«

Mit diesen Worten setzte er seinen Spiegelhelm auf.

»Das ist ein Dao-Helm«, sagte er leise, »wer in seinen Spiegel blickt, sieht seine größte, innerste Furcht.«

Das Glühen der Abendsonne fiel auf den Helm, und für einen Augenblick schien es Anja, als sei das Gesicht des Ritters blutüberströmt.

Der schwarze Reiter wankte.

»Ich war der Ritter Gelber vom Ei, ich war der Gelbe Ritter«, sagte der Ritter und trat einen Schritt auf den schwarzen Reiter zu, »ich bin jetzt der Ritter des Reinen Spiegels!«

Der schwarze Reiter starrte auf den Helm und sah vor sich den gewaltigsten Krieger aufragen, den er je gesehen hatte. Und im Schatten, den er warf, erhob sich ein Entsetzen, gegen das er den Arm vor die Augen schlug.

»Sie kommen!«, schrie da auf einmal der Fenstermensch.

Sie alle waren dem Gefecht aus Worten gefolgt, das jedem richtigen Gefecht vorangeht, sie hatten fasziniert die Verwandlung des Gelben Ritters beobachtet und in dieser Zeit nicht auf die anderen Reiter geachtet, die heimlich und jede Deckung ausnutzend den Hügel heraufgekommen waren. Als es dem Fenstermenschen auffiel, waren sie fast schon oben. Wie erwartet, kamen sie von Osten, wo der Hügel am leichtesten zu erklimmen war. Sie gingen im Abstand von etwa zehn Schritten.

»Es sind zehn!«, rief der Fenstermensch dem Meinherrn zu. »Fünf für Euch und fünf für mich!«

Der Ritter des Reinen Spiegels war einen Augenblick abgelenkt, nicht zuletzt durch den Gedanken, dass sein ganzer Verteidigungsplan durch dieses üble Ablenkungsmanöver durchkreuzt war. Sie konnten jetzt keinen Schutz mehr im Turm suchen. Der schwarze Reiter schüttelte das Entsetzen ab, das ihn im Schatten des Spiegelhelms gepackt hatte, schwang das Schwert über dem Kopf und ging mit entsetzlichem Geheul auf den Ritter los.

Als die schwarzen Reiter in die Reichweite ihrer Bogen kamen und zunächst den Fenstermenschen und den Meinherrn mit einer Salve eindeckten, war der auf seinen Wagen gesprungen und tat etwas völlig Unerwartetes: Er warf mit Geld!

Mit beiden Händen griff er sich all das Spaten-, Messer- und Ameisennasengeld – und warf es auf die herankommenden schwarzen Reiter hinab: »Da, nehmt, kauft euch was Schönes!«

Die hielten das Ganze zunächst für Wurfgeschosse. Aber als immer mehr auf sie niederprasselte, wurden sie gewahr, dass es sich um Geld handelte. Viel Geld! Viel mehr, als sie in ihrem Leben jemals verdienen würden. Und das flog ihnen hier nur so um die Ohren, um die Beine und um die Füße.

Einen langen Augenblick kam ihr Vormarsch ins Stocken. Der eine oder andere bückte sich sogar und nahm das eine oder andere Stück an sich. Bis einer schrie: »Weiter! Das holen wir uns nachher!«

Damit setzten sie ihren Aufstieg fort.

Der Meinherr stand auf seinem Karren und schrie und lachte: »Kommt nur, kommt! Wir schreiben euch aufs Grab: von Kleingeld erschlagen, hihi!«

Der Meinherr amüsierte sich prächtig.

Als die schwarzen Reiter bis auf vierzig, fünfzig Schritte heran waren, sprang er plötzlich von seinem Wagen, schob ihn in Windeseile an der Mauer vorbei, schob ihn an, sprang mit der Deichsel in der Hand wieder auf und sauste Lanze und Hellebarde nach vorn gerichtet, den Hang hinab. Bevor er die Linie der schwarzen Reiter erreichte, warf er die Lanze. Doch im selben Augenblick rumpelte seine Karre über ein Grasbüschel, und er verriss seinen Wurf, der auf die Kehle eines der Reiter gezielt war. Die Lanze schwirrte seltsam eiernd und schwer berechenbar durch die Luft, durchbohrte den Fuß eines anderen Reiters und nagelte ihn am Erdboden fest.

»Noch neun!«, schrie der Meinherr, sprang mit der Hellebarde in der Hand von seiner Karre und wartete auf die heranstürmenden Reiter.

»Haha«, rief er, »aus Reitern zu Fuß mach ich Apfelmus.« Und: »Euch werde ich helfen! Mein schönes Geldchen!«

Er stieß die Hellebarde in Richtung des nächsten Kämpfers, der aber wich aus, entriss sie seinen Händen und brach sie über seinem Knie entzwei.

»Oh!«, brüllte der Meinherr. »Du machst mir meine Hellebarde kaputt! Dir werd ich helfen!«

Eine seiner Geldschnüre über dem Kopf schwingend, ging er auf den Hellebardenzerstörer los. Er schleuderte ihm die Geldschnur entgegen, sie schlang sich dem Mann mehrfach um den Hals und riss ihn nach hinten um.

»Noch acht!«

In der Zwischenzeit hatten die anderen Reiter eine Pfeilsalve nach der anderen abgeschossen, alle in Richtung des Fenstermenschen. Der stand völlig ungedeckt vor dem Mauerrest und ließ seinen Stab in einer Geschwindigkeit rotieren, dass man ihn, wie die Speichen eines sich schnell drehenden Rades, kaum noch sah. Er mähte sämtliche Pfeile, die in seine Richtung kamen, aus der Luft.

Da warfen die Reiter ihre Bögen weg, rissen die Schwerter aus dem Rückenhalfter und stürmten mit wildem Kampfgeschrei den Kamm. Der Fenstermensch empfing sie mit wuchtigen, schnellen Hieben seines Stabs. Er wurde von allen Seiten angegriffen, schlug aber auch blind nach hinten und zur Seite, als könne er selbst dort sehen, wo man normalerweise keine Augen hat.

Anja saß hinter der Mauer und schaute dem Ganzen mit aufgerissenen Augen zu. Dann sah sie plötzlich, wie einer der Reiter eine Lanze warf. Sie schaute gebannt auf die Spitze der Lanze. Sie wurde immer größer, und sie kam direkt auf sie zu. Sie würde sich ihr direkt in die Stirn bohren!

Sie dachte: Weg! Weg! Weg! Aber sie konnte sich nicht rühren.

Sie starrte auf diese Lanzenspitze, die in Zeitlupe auf sie zukam. Die Spitze drehte sich leicht und machte ein Geräusch, das sonst wohl ein Zischen gewesen wäre, jetzt aber ein dumpfes metallisches Dröhnen war.

Anja konnte sich nicht rühren!

Sie wollte die Augen zusammenpressen, aber sie konnte auch das nicht.

Sie starrte der dröhnend heranröhrenden Lanze entgegen wie das Kaninchen dem offenen Rachen der Schlange.

Da machte der Fenstermensch einen Schritt zur Seite, und die Lanze ging direkt durch sein Fenster hindurch. Das heißt, sie drang in sein Fenster ein! Denn sie kam auf der anderen Seite nicht wieder heraus. Die Lanze verschwand, und das Dröhnen verstummte, als sei es in Wasser getaucht worden.

»Wessen Mitte leer ist, der ist nicht zu treffen!«, rief der Fenstermensch und versetzte dem schwarzen Reiter, der seiner Lanze hinterhersprang, einen Schlag gegen den Kopf, dass sein Helm davonflog und er zu Boden ging.

»Sieben!«, rief er.

Die anderen Reiter, die das Schauspiel der verschwindenden Lanze beobachtet hatten, zauderten. Das war ein Gegner, wie sie noch keinen erlebt hatten.

Bei Anja aber löste sich die Erstarrung, und der Befehl, der lange nicht bei ihr durchgedrungen war, drang nun so durch, dass sie dagegen nichts mehr tun konnte. »Weg! Weg! Weg!«, lautete der Befehl, und die Beine kamen dem nach. Sie rannte, was das Zeug hielt, irgendwohin, nur weg, den Kamm hinunter, über Gebüsche, Steine, Felsbrocken, es fehlte nicht viel, und sie hätte das Fliegen angefangen.

Sie wusste nicht, wo sie war, was sie war, wann sie war, sie war ganz Rennen und Flucht. Mann, bin ich schnell – als dieser unsinnige Gedanke sie ablenkte, verfing sie sich irgendwo am Fuß des Hügels in einer Wurzel oder in einem Busch, schlug der Länge nach hin und mit dem Kopf gegen einen Stein. Sie rollte auf den Rücken, als etwas Schwarzes sie einhüllte und Dunkelheit sie verschluckte.

Der Rottenführer hörte nur von Ferne, wie seine Männer den Hügel hinaufkamen und der Meinherr irgendetwas aus dem Wagen schleuderte. Er hatte nur Augen für den Ritter. Als der für einen Augenblick durch den Warnruf des Fenstermenschen abgelenkt war, ging er mit einem Geheul auf ihn los, das ihn selbst erschrecken ließ. So etwas Wildes und Ungezügeltes hatte er von sich selbst noch nicht vernommen.

Er war außer sich!

Dieser Mensch konnte ihn irgendetwas sehen lassen, das er nicht sehen wollte. Schon die Ahnung war entsetzlich gewesen, und aus diesem Entsetzen kam das Geheul, mit dem er sich, das Schwert über den Kopf schwingend, auf den Ritter stürzte. Mochte er nun der Ritter Gelber vom Ei sein, der Gelbe Ritter oder der Ritter des Reinen Spiegels – er würde ihn töten!

Der Ritter sah ihn kommen, warf seinen Mantel ab, und darunter erschien eine Rüstung, die nicht weniger glänzte und spiegelte als der Helm.

»Du Narr!«, rief der Ritter, und als er mit seinem spiegelnden Schwert ausholte, schienen Blitze aus seinem Helm niederzugehen, und das Licht, das von seiner Rüstung ausging, blendete den schwarzen Reiter.

Von außen sah man nur das Gefecht zweier gleich großer

und gleich mächtiger Krieger. Die beiden jedoch befanden sich in einer anderen Welt.

»Du kannst nicht siegen!«, rief der Ritter.

»Du auch nicht!«, kam es zurück, und der schwarze Reiter führte einen fürchterlichen Schlag gegen den Ritter, der jedem anderen Mann den Arm gebrochen hätte, hätte er versucht, ihn mit dem Schwert abzuwehren. Vom Schwert des Ritters aber glitt er ab, als sei es nichts.

»Du kannst nicht siegen!«, rief der Ritter wieder und senkte das Schwert.

Der schwarze Reiter zögerte.

Was sollte das?

Was war das für eine List?

Dieser Ritter war doch nicht unsichtbar, und der Hokuspokus mit den Blitzen konnte einen Hauptmann der schwarzen Reiter nicht erschrecken.

Er hob sein Schwert zu einem letzten vernichtenden Schlag, als der Ritter aus dem Schatten, den er warf, hinaustrat.

»Schau her!«, sagte er nur und zog den Schatten auseinander.

Ein Abgrund tat sich vor dem schwarzen Reiter auf, das gähnende Entsetzen seiner tiefsten Angst.

Zu versagen.

Nicht zu genügen.

Sein furchtsames Herz.

Wieder stieß der schwarze Reiter dieses Geheul aus, ließ das Schwert sinken und wandte sich ab.

Augenblicklich war er wieder in der Wirklichkeit. Und augenblicklich fing er sich wieder. Hier war vielleicht nichts zu gewinnen, aber noch hatten sie einen Auftrag!

Schon als er mit dem Ritter noch im Wortgefecht gewesen war, hatte er alles gemustert, und natürlich war ihm das gelbe Haar, das in der Sonne so rotgolden schimmerte, nicht entgangen. Das kleine Menschlein kauerte auf seiner Seite der Mauer und fürchtete sich offensichtlich. Wenn das das Einhorn war, würden sie keine großen Schwierigkeiten mit ihm haben.

Aus der Drehung warf er sein Schwert so unerwartet und mit solcher Wucht gegen den Ritter, dass dieser nicht mehr ausweichen konnte. Er war getroffen und ging zu Boden. Der schwarze Reiter stürzte zur Mauer, griff sich das Wesen mit dem rotgoldenen Haar, schrie seinen Leuten zu: »Rückzug!«, und stürzte mit dem Bündel unter dem Arm den Hang hinunter.

Von den anderen Reitern waren nur noch fünf auf den Beinen, und sie hatten alle Hände voll zu tun, sich des Fenstermenschen und des Meinherrn zu erwehren. Sie stürzten ihrem Anführer nach, erreichten den Platz, an dem sie ihre Pferde gelassen hatten und begannen fürchterlich zu fluchen.

»Die Pferde sind weg! Verdammt noch mal, wer hat denn auf die aufgepasst?«

»Der Neue, dieser Lu Dao, und sein junger Kumpel, dieser Didi, der stinkende Kerl mit der Salbe!«

»Wir müssen hier weg!«, schrie der Rottenführer wieder, und sie liefen los. Sie liefen schnell. Sie alle hatten als Fußsoldaten bei ihrem großen König angefangen, sie hatten ganze Tagesmärsche, ganze Feldzüge und Angriffe im Laufschritt hinter sich gebracht. Nicht dass sie das mochten, aber wenn es sein musste, konnten sie einen ganzen Tag durchlaufen, ohne Rast.

Der Meinherr und der Fenstermensch hatten ihnen erst nachstürzen wollen, aber dann hatten sie doch Angst um ihren Ritter, um Kleine Jade und vor allem um das Einhorn. Sie wollten erst nach dem Rechten sehen.

Als sie hinter die Mauer kamen, saß der Ritter auf dem Boden und schlug sich den Staub von den Armen. Der Helm und die Rüstung sahen ganz alltäglich aus, eine Rüstung wie jede andere.

»Seltsamer Helm und seltsame Rüstung, die Ihr da habt!«, sagte der Meinherr, dem man seine Erleichterung ansah. »Ich habe mitbekommen, wie der Rottenführer, dieses durchtriebene Stück Mist, sein Schwert nach Euch geschleudert hat. Damit hätte er einen Ochsen umgebracht! Und Ihr sitzt hier gemütlich in der Sonne und putzt Euch!«

»Seid vorsichtig, Meinherr, wenn Ihr in diese Rüstung blickt, seht Ihr Eure tiefste Angst!«

Der Meinherr lachte, beugte sich zu dem Helm hinab und meinte: »Ganz schön stumpf der Spiegel, wenn es denn einer ist. Mit solchen Spielchen dürft Ihr mir nicht kommen. Ich habe keine Angst. Habt Ihr das vergessen? Ich bin ein Wechsler! Ich stehe auf der Seite des Wandels!«

Da hörten sie ein Stöhnen.

Der Fenstermensch!

Er lag mit dem Rücken gegen die Mauer, die letzten Strahlen der untergehenden Sonne fielen in sein Fenster, er war totenbleich.

Der Ritter und der Meinherr knieten sich an seine Seite.

»Ihr macht Sachen!«, sagte der Meinherr. »Ihr solltet keine Lanzen fressen, die können einem quer im Halse stecken bleiben, wie große Gräten, hihi!«

Sein Kichern klang besorgt.

»Lanzen fressen«, wiederholte der Fenstermensch, und zum ersten Mal, seit sie ihn kannten, zeigte sich so etwas wie ein Lächeln auf seinem Gesicht. »Sie liegt mir schwer im Magen …«

»Seid Ihr verletzt?«, fragte der Ritter.

»Nein. Und Ja. Mord verzehrt das Licht. Mein Licht ist fast aufgebraucht. Geht mir aus der Sonne!«

Die beiden rückten erschrocken zur Seite und sahen, wie das letzte Licht des Tages in den Fenstermenschen floss wie in ein Becken.

Sie standen auf und suchten die Gegend ab. Aber es war

alles entweder von vielen Füßen zertrampelt oder der Boden zu steinig, als dass man etwas aus ihm hätte lesen können.

Kleine Jade und der Knappe waren verschwunden.

Der Meinherr hatte gesehen, dass der Rottenführer ein Bündel Mensch (oder waren es zwei?) unter dem Arm weggeschleppt hatte. Sie hatten beide die schlimmsten Befürchtungen.

»Er wird dem Einhorn nichts tun!«, sagte der Ritter bestimmt. »Sein Herr will das Einhorn haben. Er wird dem Einhorn nichts tun. Wir werden morgen die Verfolgung aufnehmen!«

»Aber ich habe nicht gesehen, wen er mitgenommen hat!«, sagte der Meinherr.

»Was meint Ihr?«

»Wenn unsere List wenigstens zu einem Teil Erfolg hatte, dann hat er sich Kleine Jade gegriffen. Die Sonne stand tief, ihre Seidenperücke wird in der Sonne geschimmert haben, wie wir es so oft gesehen haben, er könnte sich geirrt haben?«

»Und wenn nicht?«

»Da es die einzige Spur ist, die wir haben, werden wir ihr folgen. Vielleicht haben sie auch beide mitgenommen!«

Sie kamen zum Fenstermenschen zurück.

»In den Mond«, sagte er stockend und erschöpft.

»Was meint er? Will er zum Mond hinaufsteigen?«

»Meinherr!«, tadelte der Ritter, »Ihr könnt es nicht lassen! Die Sonne ist untergegangen, er will, dass wir ihn in den Mond drehen.«

Der Vollmond stand mittlerweile ein wenig kleiner als zu Beginn des Gefechts im Südosten über den Hügeln.

Sie brachten den Fenstermenschen auf die andere Seite der Mauer und lehnten ihn an einen alten Stein, sodass sein Fenster gut im Mondschein lag. Sofort begann das Licht in ihn hineinzuströmen wie ein feiner, durchsichtiger, silbriger Nebel, es war, als trinke er direkt aus dem Silberfluss. Er atmete tief und ruhig und hielt die Augen geschlossen.

Sie schauten zum Mond hinauf, und für einen Augenblick war es ihnen, als hörten sie ein fernes, hohles Rufen.

»Mein Gott!«, sagte der Ritter, und ihn schauderte. »Da oben steht der Schädel des Mondes, und ich höre schon Totenrufer. In dieser Gegend!«

»Totenrufer gibt es in jeder Gegend, das ist ein beliebter Weg nach Süden. Vielleicht war es aber auch ein Wolf.«

Sie lauschten schaudernd in die Nacht hinaus. Nichts war zu hören als das leise Fließen des Lichts, das eigentlich nicht zu hören war.

Die beiden ließen den Fenstermenschen allein und machten an der gleichen Stelle wie am frühen Morgen ein Feuer. Jetzt konnten sie das problemlos tun. Die Gefahr war vorüber.

»Noch so ein Sieg«, sagte der Meinherr deprimiert, »und wir können einpacken!«

»Wir können auch so schon einpacken! Ich habe Fehler gemacht, viele Fehler! Wir hätten nicht gemeinsam vom Herrn Frühling-und-Herbst aufbrechen dürfen! Wir kennen doch die Leute, sie sind neugierig. Sie werden den Reitern alles erzählt haben, sie haben gesehen, wohin wir aufgebrochen sind. Ich war dumm und einfältig und gutgläubig! Es ist zum Auswachsen! Ich bin nicht der Ritter vom Reinen Spiegel, ich bin nicht einmal ein Gelber Ritter, ich bin und bleibe der Ritter Gelber vom Ei, ein bendan, ein dummes Ei, ein Riesenrindvieh!«

»Ihr seid wie alle Ritter! Selbst in Eurer Zerknirschung seid Ihr noch eitel!«

»Was? Achje, Meinherr, was soll das nun wieder? Mir ist wirklich nicht nach Scherzen zumute!«

»Ihr seid zerknirscht, nicht mehr als ich, aber wenn Ihr schon ein Rindvieh sein sollt, dann wenigstens ein besonderes, ein Riesenrindvieh, am besten das größte Rindvieh unter dem

Himmel. Hauptsache etwas Großes. Dabei seid Ihr nur, was Ihr seid. Ihr solltet die Bücher, aus denen Ihr dauernd zitiert, auch einmal lesen!«

Der Ritter schaute den Meinherrn unlustig an. »Ihr habt ja recht. Es ist alles schiefgelaufen, was schieflaufen kann. Aber lamentieren hilft nichts. Wir werden den Anbruch des Tages abwarten und uns auf die Spur der Reiter setzen.«

Sie schwiegen eine Weile und schauten in die Flammen des kleinen Feuers.

»Aiya!«, rief auf einmal der Meinherr aus, »und wieder alles zu Fuß! Ich wusste, dass es Blasen geben wird! Ich frage mich, wieso die Pferde der schwarzen Reiter auf einmal weg waren?!«

»Da gehen Dinge vor, von denen wir nichts wissen!«, sagte der Ritter bestimmt. »Trotzdem, wir werden sehr schnell laufen müssen ... Hoffentlich ist der Fenstermensch morgen früh wieder auf den Beinen, ich würde ihn nur ungern hier zurücklassen ... Aber immer noch besser als hinter Pferden her. Und ohne Euren Karren werdet Ihr schnell sein wie der Wind!«

»Ich soll meinen Karren hierlassen? *Und* mein Geldchen?«

»Sonst brauchen wir gar nicht erst loszulaufen!«

»Na, dann schaffe ich es wenigstens in den Turm!«

»Ihr seht doch nichts in der Nacht! Und morgen früh haben wir keine Zeit für so etwas! Wieso seid Ihr überhaupt auf die Idee gekommen, mit Eurem Geld um Euch zu werfen? Eine gute Idee, aber von Euch mutet sie seltsam an ...«

»Ich will Euch ein Geheimnis anvertrauen, werter Ritter Eischnee, Geld ist keinen Pfifferling und keinen Winterpilz wert! Wer sein Herz an Geld hängt, ist verloren. Solange es dem Wandel dient und dem Wechsel, ist es gut, sobald man daran festhält, geht man unter wie eine Bleiente auf dem Dongting-See. Es ist wie mit den Worten!«

Mehr geredet wurde in dieser Nacht nicht mehr.

Sie fanden nur wenig und unruhigen Schlaf. Ungute Traumbilder verfolgten sie. Der Ritter sah einen Schatten sich aus dem Turm erheben und das Einhorn verhüllen, er sah einen weißen Raum, in den er eintrat und verschwand.

Der Meinherr sah ein unerwartetes Gefecht, ein wildes Scharmützel, er sah rotgoldene Perücken, er hörte den Ruf eines Wolfes und das Entsetzensgeheul des Rottenführers.

Bei den ersten Strahlen der Sonne erhoben sie sich. Sie waren wie erschlagen. Erst jetzt merkte der Meinherr, dass er doch den ein oder anderen Hieb eingesteckt hatte, er hatte überall blaue Flecken und ihm tat vom Draufschlagen alles weh.

Der Fenstermensch stand mit weit ausgebreiteten Armen auf der anderen Seite der Mauer, und sie vernahmen wieder dieses schlürfende Geräusch, das sie schon kannten.

»Keine schlechte Erfindung das«, grummelte der Meinherr zu sich selbst, »wir essen steinharte Fladen und dieses Sattelleder von einem Rindfleisch, und dem kocht die Sonne jeden Morgen ein frisches Lichtsüppchen! Den Seinen gibt's der Himmel im Schlaf!«

Die Sonne war noch nicht hinter dem Horizont aufgetaucht, als sie schon unterwegs waren. Sie hatten alles zurückgelassen, was sie bei dem zu erwartenden Lauf behindern konnte. Der Ritter legte Helm und Rüstung wieder in die Nische des Turms, der Fenstermensch verabschiedete sich knapp von Halbschatten, seinem Esel, und der Meinherr nahm wortreich und mit vielen Seufzern und Knittelversen von seinem geliebten Geldchen Abschied.

Was für ein Schauspieler!, dachte der Ritter.

Und dann begannen sie zu laufen.

Die Reiter hatten keine Zeit gefunden, ihre Spuren zu verwischen. Die Spur war breit wie eine Tempelstraße. Jetzt war es umgekehrt. Die gleiche Strecke, die vorher die schwarzen Reiter hinter ihnen her gewesen waren, verfolgten sie jetzt die schwarzen Reiter. Denen blieb auch nichts anderes übrig als der Weg nach Osten. Hier konnten sie nicht über den Gelben Fluss, das war völlig ausgeschlossen, nach Süden wollten sie nicht, und den Westen hielten der Ritter, der Meinherr und der Fenstermensch. Also mussten sie zunächst nach Osten.

Mit ihren langen Beinen griffen der Fenstermensch und der Ritter weit aus, aber der Meinherr hielt mit. Sie wussten nicht wie, aber er hielt mit.

So liefen sie Stunde um Stunde.

Die schwarzen Reiter, die jetzt keine schwarzen Reiter mehr waren, sondern schwarze Fußsoldaten, hetzten durch die Nacht. Die Orientierung war kein Problem. Der Mond schien hell, sie kannten das Gelände von ihrem Verfolgungsritt, sie brauchten nur ihren eigenen Spuren zu folgen.

Sie erreichten den ersten Hügel, nahmen ihn im Eilschritt und hielten zum ersten Mal seit Stunden inne. Sie schauten zurück. Sie durchforschten die Nacht nach etwaigen Verfolgern. Es war nichts zu erkennen.

»Rasten wir?«, fragte einer der Männer mit einer vagen Hoffnung in der Stimme.

»Rasten? Rasten kannst du, wenn du wieder bei deiner Alten an der Schürze hängst!«, fuhr ihn der Rottenführer an und setzte das Bündel Mensch, das er unter den Arm geklemmt hielt, seit sie Fersengeld gegeben hatten, auf dem Boden ab.

»Das ist es?«, fragte ein anderer.

»Rühr es nicht an!«, herrschte ihn der Hauptmann an. »Was war mit den Pferden?« Er blickte in die Runde. Sie waren nur noch zu sechst. Alle standen da, keuchend, von Kampf und Flucht gezeichnet. Er hatte seit ihrem Aufbruch vierzehn Mann verloren. Es war zum Auswachsen, er hatte seine Gegner unterschätzt, ein Anfängerfehler! Er war überheblich gewesen!

Er war außer sich.

Er hätte am liebsten jemanden erschlagen, der die Schuld hatte, aber da er selbst die Schuld trug, blieb ihm nichts anderes übrig, als zerknirscht zu sagen: »Eine Stunde Rast!«

Die anderen ließen sich, wo sie standen, zu Boden fallen.

Was war mit den Pferden? Dieser Gedanke ging dem Hauptmann nicht aus dem Kopf. Wo waren dieser verflixte Lu Dao und der junge Salbenheilige?

Hatte dieser Gelbe Ritter, oder wie nannte er sich? Ritter vom Reinen Spiegel, naja, Namen, Schall und Rauch – hatte dieser Gelbe Ritter noch einen Trumpf im Ärmel gehabt? Waren da noch mehr Kämpfer gewesen, die er übersehen hatte, oder verfügte er über Zauberkräfte?

Er sah die Blitze des Ritters wieder vor Augen. Sie hatten ihn nicht verletzt. Als er am nächsten Tag in eine Wasserschale schaute und sein Spiegelbild betrachtete, sah er, dass er gezeichnet war. Eine tiefe Furche hatte sich in seine Stirn eingegraben. Hier wuchs sein Untergang heran. Niemand sonst sah das. Aber er sah es. Und das genügte.

Aber eigentlich war es gleichgültig.

Er hatte seinen Befehl.

Und er gab seine Befehle.

Sie mussten weiter!

Er gab das Zeichen zum Aufbruch.

Die Stelle, an der die schwarzen Reiter zum ersten Mal eine kurze Rast gehalten hatten, erreichten der Ritter und die anderen um die Mittagszeit. Nur, sie schauten nicht zurück, sie schauten nach vorn. Der Fenstermensch, der, wie es manchmal schien, noch hinter den Horizont blicken konnte, beschattete mit der Hand sein Gesicht.

»Wir werden sie einholen!«, sagte er in seiner gewohnten Wortkargheit.

Der Meinherr hätte das bestimmt kommentiert, wenn er nicht genug damit zu tun gehabt hätte, wieder zu Atem zu kommen.

Aber dazu kam es nicht, denn sie liefen sofort weiter.

Wenn man rennt, wie die schwarzen Reiter rannten, kann man noch so sehr auf der Hut sein, man bekommt nicht mehr alles mit. Der Blick verengt sich, die Konzentration wendet sich dem Körper, den Beinen und dem Atem zu. Man sieht, ohne wirklich wahrzunehmen. Man verfällt in Trott, in einen rauschartigen Dämmerzustand, in dem die Konturen der Dinge, die einen umgeben, gleichzeitig schärfer werden und unwirklicher. Es ist wie in Trance. Die Reaktionszeiten werden langsamer.

Sie liefen und liefen und liefen.

Sie hatten sich auch noch nicht die Zeit genommen, ihren Fang näher zu begutachteten. Der Rottenführer wollte nur noch weg. Weg von diesem schauderhaften Spiegelritter, weg von seinem eigenen Abgrund.

Es war ein trostloses Land.

Hügel, Hügel, Hügel.

Und sie liefen, liefen, liefen. Hügel hoch, Hügel hinab, die flache Senke hindurch, Hügel hoch, Hügel hinab, es nahm kein Ende. Es war der Rhythmus ihres beschwerlichen Lebens. Alles hing an den Kämpfern wie Blei. Die Helme, die Schwerter, die Bögen. Sie konnten sie nicht einfach wegwerfen. Ein schwarzer Reiter ohne Pferd war schon schlimm genug, aber schwarze Reiter ohne Waffen waren kein Schrecken mehr. Und ohne den Schrecken, den sie verbreiteten, wer waren sie da noch?

War es am Morgen des zweiten oder dritten Tages? Sie wussten es nicht zu sagen, sie hatten die soundsovielste Talsenke durchquert und machten sich daran, den nächsten Hügel zu nehmen, als, mit der aufgehenden Sonne im Rücken, auf dem Kamm des Hügels ein kleiner Trupp Reiter erschien. Sie trugen sieben, acht Schritt lange Lanzen, von denen lange, schmale, am Ende ausfransende Banner und Standarten flatterten.

Für einen unsinnigen Augenblick lang dachten die schwarzen Reiter, das könnte Verstärkung sein. Gegen die Sonne war nicht auszumachen, welche Banner da flatterten und wie die Rüstungen der Reiter beschaffen waren.

Sie blieben stehen, an Ausweichen oder Flucht war nicht zu denken. Es waren zwar nur vier Reiter, aber sie würden sie auf jeden Fall einholen können. Also bildeten die schwarzen Reiter einen Halbkreis gegen den herankommenden Trupp und warteten.

Als sie den Hügel herab und aus dem Gegenlicht der Sonne ritten, erkannte man, wer sie waren. Es waren Ritter des Reiches Lu. An ihrer Spitze ritt der Herr Frühling-und-Herbst.

In den Rottenführer kam die alte Kraft. Gegen einen von den Weichen sollte es gehen? Wenn es nichts Schlimmeres war! Das waren vier, sie waren sechs und: Sie hatten eine Geisel.

Er stellte sein Bündel Mensch vor den Halbkreis seiner Männer, drückte ihm seitlich die eiserne, mit Widerhaken bewehrte Spitze eines Pfeils in die Beuge zwischen Hals und Schlüsselbein und wartete. In diesem Augenblick fiel ein erster Sonnenstrahl über den Hügelkamm, und das goldene Haar seiner Geisel leuchtete auf. Durch seine Männer ging ein Raunen. Es war ein Raunen des Staunens und des Begreifens. Sie begriffen, dass sie noch einen Trumpf in der Hand hatten. Sie hatten das Einhorn!

Der Herr Frühling-und-Herbst hielt mit seinen Rittern ein paar Schritte von dem schwarzen Rottenführer entfernt. Sie hätten ihm mit ihren langen Standartenlanzen mühelos die Augen ausstechen können, so nahe waren sie.

»Habt Ihr Euch verlaufen, Herr der Weichen? Hier ist Kriegerland, hier wird gekämpft. Solltet Ihr nicht bei Euren Büchern sein? Bei Eurem guten Benehmen? Und Euren Hintern schonen? Das ist es doch, was ihr wollt, ihr Weichen, euren Hintern schonen!«

Es war der blanke Hohn, der aus den Worten des Rottenführers sprach. Der Herr Frühling-und-Herbst, der mittlerweile abgestiegen war und noch zwei Schritte auf ihn zu gemacht hatte, trug nicht einmal eine Rüstung. Was dachte der, wo er hier war? Auf einem Ausflug? Einem Spazierritt?

»Keinen Schritt näher! Sonst mache ich ein Loch in Euer geliebtes Einhorn!«

Der Herr Frühling-und-Herbst blieb stehen, kreuzte die Arme über der Brust und verneigte sich: »Als unser Meister gefragt wurde, ob der Edle auch hasse, sagte er: ›Ja, der Edle hasst auch. Er hasst die Mutigen, die keine Ehre und kein Hirn haben, die nichts sind als die dumpfen Rammböcke ihrer Herren. Sie sind waghalsig und stark, aber für eine wirkliche Tat sind sie zu beschränkt!‹«

»Hört, hört!«, höhnte der Hauptmann weiter, obwohl man ihm anmerkte, dass die Worte dieses Weichen an ihm fraßen. Er konnte alles vertragen, nur die Hochnäsigkeit dieser Gebildeten, die in ihm diese unwiderstehliche Unterwürfigkeit auslösten, hasste er wie die Pest.

»Ihr solltet das Maul nicht so voll nehmen! Ihr sagt jetzt Euren Leuten, sie sollen von ihren Hottehüh-Pferdchen herunterkommen und sich seitwärts in die Büsche schlagen! Wir werden sie uns für einen kleinen Ritt zum Menschenwolf ausleihen, aber wir bringen sie zurück, wenn die Heere unseres Königs Euer Lu, das kleine Rattennest, dem Erdboden gleichmachen.«

»Wenn ein gemeiner Mann Mut hat und nicht weiß, was seine Pflicht ist, dann wird aus ihm ein Räuber. Euer König ist ein gemeiner Mann. Und Ihr seid ein gemeiner Mann. Und ein Schwachkopf! Von was für einem Einhorn redet Ihr?«

In diesem Augenblick tauchte Kleine Jade mit einer unerwarteten Drehung unter dem Pfeil und dem Griff des Hauptmanns weg, wirbelte herum, dass das goldene Haar nur so flog, und funkelte ihn mit blitzenden Augen an: »Mein Herr hat recht, Ihr seid ein Narr!«

Mit diesen Worten riss Kleine Jade sich ihre Seidenperücke vom Kopf.

»Von was für einem Einhorn redet Ihr?«

Der Hauptmann stand nur da.

Sein Kopf war völlig leer.

Er verstand nicht, was eigentlich auf einmal los war. Es war doch alles gut gelaufen. Er war befördert worden. Er hatte alles im Griff. Es war ein ganz einfacher Auftrag. Was war hier los? Alles hatte sich gegen ihn verschworen. Seine Ohren rauschten. Er fühlte sich umgeben von Wänden aus Wasser. Sie gaben nach, aber sie waren undurchdringlich. Und hinter diesen Vorhängen aus Wasser stieg am Horizont der düstere Schatten des Ritters auf, der düstere Schatten des Reinen Spiegels.

Der Untergang wuchs aus seiner Stirnfalte heraus und begann zu wuchern.

Er hatte versagt.

Vor den Augen eines halben Kindes, vor den Augen eines Weichen und vor den Augen seiner Männer. Er schaute ungläubig im Kreis herum.

In diesem Augenblick zerbrach er.

Und stieß sich die Pfeilspitze durch die Kehle.

Die anderen schwarzen Reiter ließen sich einfach ins Gras fallen. Der Rottenführer war tot, die Unterführer ertrunken oder verschollen, sie waren kopflos. Und müde. Sie brauchten jemanden, der ihnen sagte, was sie tun sollten. Die Reiter aus Lu brauchten sie nicht einmal zu entwaffnen. Sie waren keine Gefahr mehr.

Der Herr Chunqiu setzte sich mit Kleine Jade auf einen Stein und ließ sich erzählen. Und Kleine Jade erzählte. Sie erzählte von Schussfahrten, Zauberinnen und Mondschädeln, von Lichtessern und von seltsamen Märchen. Mehr als einmal sprang sie auf, um etwas deutlich zu machen, etwa wie die Zauberin um das Feuer tanzte, wie der Fenstermensch Licht getrunken hatte, mehr als einmal unterbrach der Hofgeschichtsschreiber ihre Erzählung, um eine Frage zu stellen.

Und wie er ihr zuhörte und ihr zusah, merkte er, dass sich in ihr eine Wandlung vollzogen hatte. Sie war nicht mehr das kleine Mädchen, als das er sie kannte. Sie war in Gefahr gewesen, und sie hatte sie bestanden. Sie war erwachsen geworden.

Es war schon gegen Abend, als er in kurzen Worten erzählte, wie die schwarzen Reiter bei ihm zu Hause eingedrungen waren. Er hatte Lu Dao noch nicht erwähnt, als einer seiner Ritter meldete, auf dem Hügel im Westen seien drei Männer gesichtet worden.

»Drei Männer?«, fragte er.

»Ja, drei, soweit man sehen kann.«

»Wirklich drei, keine vier?«

»Wir haben nur drei ausgemacht.«

»Reitet ihnen entgegen und nehmt die beiden Packpferde mit, sie werden müde sein!«

*

Anja wurde von einem seltsamen Schaukeln geweckt. Sie öffnete die Augen und – alles war schwarz! Sie sah die Hand nicht vor Augen. Sie hatte Kopfschmerzen. Und Durst.

Sie hatte Fieber.

Als sie länger in die Dunkelheit starrte, explodierten kleine Sterne auf ihrer Netzhaut, orangefarbene Schlieren erschienen und wurden von farbigem Feuerwerk abgelöst. Das Schaukeln tat weh. Sie versuchte sich zu orientieren. Sie war auf einem Schiff. Und sie war gefesselt. Sie hing mit dem Rücken irgendwo, an einem Mast, einer Schiffswand, was wusste denn sie.

Langsam wurde sie klarer im Kopf. Und mit der Klarheit kam die Angst. Wie war sie hierhin geraten?

Sie war davongelaufen!

Der Angriff der schwarzen Reiter!

Sie war weggelaufen und dann gestürzt, sie wollte sich an den Kopf fassen, aber sie konnte nicht. Ihre Arme versagten ihr den Dienst, nein, auch ihre Arme waren festgebunden.

Die schwarzen Reiter hatten ihr einen Sack über den Kopf gestülpt! Und jetzt saß sie auf einem Schiff. Sie lauschte. Nein, es konnte kein Schiff sein, es war kein Wasser zu hören, vielleicht war es ein Karren. Der Karren des Meinherrn vielleicht. Aber auch das konnte nicht sein, denn sie saß nicht, sie hing. Sie wusste selbst nicht genau, in welcher Position. Sie fühlte sich, als sei sie gut verschnürt irgendwo hingehängt worden. Und dieses Irgendwo schwankte.

Wie eine Fliege im Spinnennetz!

Es gab angenehmere Vorstellungen.

Sie war niedergeschlagen. Sie war weggelaufen. Sie hatte die anderen im Stich gelassen. Sie war richtig feige gewesen. Tränen der Wut und Verzweiflung stiegen in ihr auf. Wenn nur dieses Geschaukel aufhören würde! Sie schüttelte sich in ihren Fesseln, als sie ein seltsames Rufen vernahm.

Dann sackte sie wieder weg.

Reiter erschienen, schwarze Reiter, eine Lanze schoss auf sie zu, sie starrte auf die eiserne Spitze einer Lanze, hinter der ein ekelhafter Widerhaken grinste, das Grinsen des Widerhakens wurde zum Grinsen des Hauptmanns der schwarzen Reiter, sie fiel, Blitze stürzten nieder, als seien es Splitter eines Spiegels, ein riesiger Stock stieß in die Luft, er traf die Landschaft, traf die Welt, die Welt war nur ein Bild, ein Vorhang, eine Kulisse, der Stock stieß hindurch, Risse durchzuckten das Bild, es zerbarst in tausendmal zehntausend Scherben, dahinter war Schwarz, ein schaukelndes Schwarz, Stimmen waren zu hören, sanfte Stimmen, wohltuende Stimmen, vorsichtige Stimmen, ein Gesicht beugte sich zu ihr hinab, dann ging es weg, der Mond hing in den Zweigen über ihr wie ein eingeschlagener Schädel, im schaukelnden Schwarz, es war heiß, es war kalt, ihr Vater tauchte auf, er suchte sie, sie versuchte zu rufen, ihre Kehle war ausgedörrt, sie saß auf dem Rücken eines Drachen, das ist eine Geistreise, klang es aus den Wolken, eine Geistreise, sie schaute hinab auf die schwarzen Karrees eines gigantischen Heeres, dschan, dschan, dschan, Krieg, Krieg, Krieg, schrien Zehntausende, sie schaute in die schartigen Mäuler, die unter den Helmen sichtbar wurden, Helme und Mäuler, Ameisenmasken, wieder zuckten Risse durch das Bild, alles versank in schwarzem Schaukeln.

Sie hatte Durst. Sie hörte das Knistern eines Feuers. Eine Stimme sagte: »Schlaf!« Ein verführerisches Wort, ein Wort, weich und warm wie eine Decke aus Schnee. Ein Wort voller Müdigkeit und bleierner Schwere.

Schwarzes Schaukeln.

Schaukeln.

»Hohoho.«

»Hohoho.«

»Halt!«

»Tamade, tamade!«

»Halt! Wer seid ihr?«

»Hohoho! Wisst Ihr das nicht? Ein so großer Mann und keine Ahnung, dabei ist das doch mingmingbaibai, qingqingchuchu, dongbudong, duibudui?«

»Ich frage nicht noch einmal!«

»Totenrufer! Wir sind Totenrufer! Shibushi? Und wenn Ihr Euch nicht verzieht, werden die Ahnen der Toten Euch verfolgen!«

»Wenn ihr sie noch lange so herumschleppt, geht sie auf einmal wirklich noch ein!«

»Ich weiß nicht, was Ihr meint!«

»Was ist denn unter dem schwarzen Gewand mit der schauderhaften weißen Fratze und dem hohen Strohhut?«

»Darunter ist mein Gege, ich bin der Didi, er ist der Gege. Ich bin der Lampionträger, der Lichtführer, er ist der Träger. Er ist stark, dongbudong, duibudui? Wollt lieber nicht, dass er hervorkommt!«

»Mein liebes Didilein, hihi«, sagte eine andere Stimme, »wir können ihn ja unmöglich alle unter diesem schwarzen Umhang besuchen, klaromingbai?«

Das Schaukeln hörte auf. Es wurde sehr hell. Anja spürte, wie sie auf eine weiche Decke gebettet wurde. Sie war geblendet von dem vielen Licht.

»Ihr Fieber ist zurückgegangen. Sie ist, glaube ich, über den Berg!«, sagte eine Stimme, die ihr bekannt vorkam. Aber das war sicher das Fieber. Ihr kamen auf einmal alle Stimmen bekannt vor. Ein wohltuender Schatten fiel auf ihr Gesicht.

Sie öffnete die Augen, sie sah den Meinherrn, den Ritter

Gelber vom Ei, Lu Dao, sie hörte lauter bekannte Stimmen, sie sah lauter bekannte Gesichter. Das musste das Fieber sein. Sie schlief ein.

»Die schwarzen Reiter!«

Sie fuhr hoch und ließ sich gleich wieder fallen. Der Ritter fing sie auf, und eine Drachenfliege berührte das Wasser. Sie fühlte sich aufgefangen. Es ging eine unglaubliche Stärke von diesem Mann aus, eine unglaubliche Kraft. Dabei tat er gar nichts. Nicht mehr als eine Drachenfliege, wenn sie das Wasser berührte. Aber das war alles, was ein Mensch einem anderen Menschen geben konnte.

»Ihr habt geträumt!«, sagte er und reichte ihr eine Tasse Tee.

Sie fühlte sich matt, aber nicht mehr krank. Ihr Kopf war noch etwas benommen, aber sonst ging es.

Sie legte sich zurück.

»Was ist passiert? Wo kommt ihr her? Wo sind wir? Wo sind die schwarzen Reiter? Wo ist der Meinherr? Wo ist Kleine Jade? Wo ist der Fenstermensch? Wo ist Halbschatten?«

»Euch scheint es ja wieder mächtig gut zu gehen, hihi, ganz der Alte, Mensch, Mann und Einhorn, Ihr habt uns einen mächtigen Schrecken eingejagt! Aber nett, dass Ihr auch nach dem alten Meinherrn fragt, hihi! Ich denke, wir werden uns abwechseln müssen, um die Einhornneugierde zu stillen! Wo soll ich anfangen?«

Er ließ sich wie schon damals, Anja schien es, als sei es Jahre her, im Stall beim Herrn Chunqiu einfach neben sie plumpsen.

»Was ist passiert?«

Sie trank gierig ihren Tee und hielt dem Ritter den leeren Becher hin. Der nahm ihn und sagte: »Didi, wärt Ihr so gut!«

»Didi? Was für ein Didi?«

»Nur mit der Ruhe!«, sagte der Meinherr. »Wenn man es

eilig hat, muss man langsam machen, altes Sprichwort aus, aus, ja, was weiß denn ich, aus welchem Reich! Erst einmal erzähle ich Euch, was geschehen ist, seit Ihr so schön Reißaus genommen habt, hihi. Ihr müsst den Abhang runtergezischt sein, als seien alle Fuchsgeister und Dämonen hinter Euch her, alle Achtung, hihi!«

Er erzählte ihr, wie sie zuerst versucht hatten, sie zu finden, aber es war alles zertrampelt und so steinig, dass sie nichts hatten finden können. Also hätten sie am nächsten Morgen die Verfolgung der Reiter aufgenommen und wären schließlich auf den Herrn Chunqiu mit seinen Rittern getroffen.

»Er hat uns doch tatsächlich die ganze Arbeit und den ganzen Spaß abgenommen, und dann hat der schwarze Hauptmann die endgültige Flucht angetreten. Tja, und dann hatte uns der Herr Chunqiu einiges zu erzählen, wie die schwarzen Reiter bei ihm waren, wie er geschwiegen hat und wie sie dann doch alles erfahren haben und uns nach sind. Und wen er bei den schwarzen Reitern getroffen hat. Das wird eine Überraschung für Euch sein! Witzig, dass Ihr ihn nicht erkannt habt, er hat Euch tagelang auf dem Rücken getragen, erinnert Ihr Euch an nichts?«

»Es war alles dunkel!«

»Kein Wunder, Ihr wart ja auch auf den Rücken eines Totenrufers gebunden und habt unter seinem Gewand gesteckt. Ein schauderhafter Anblick!«

In diesem Augenblick schob sich hinter dem Meinherrn eine spitzer, langer Strohhut in die Höhe, ein weißes, bewegungsloses Gesicht wurde sichtbar, eine Maske und ein langes schwarzes Gewand. Und dann teilte sich das Gewand, und ein grinsendes Gesicht kam zum Vorschein.

»Lu Dao!«

Sie konnte es nicht fassen.

»Bevor Ihr weiterfragt«, bremste sie der Meinherr, »lasst

mich bis hierhin kurz zu Ende erzählen. Wir erfuhren vom Herrn Chunqiu, dass Euer Lu Dao und der Didi von den schwarzen Reitern zwangsrekrutiert worden waren. Dort hatte er Gerüchte über das Einhorn aufgeschnappt und sich der Rotte angeschlossen, die der Wolf auf Eure Fährte gesetzt hat. So ist er nach Lu gekommen.«

»Aber woher wusste der Herr Chunqiu denn, dass er ihm vertrauen konnte?«

»Der kleine Pang, hihi, der kleine Pang und Eure verschimmelte Milch. Lu Dao wusste, wovon die Rede war.«

»Und wer ist der Didi?«

»Ich bin der Didi«, ließ sich da der Didi vernehmen und trat ebenfalls zum Lager Anjas, »man könnte sagen, wo ein Gege, da ein Didi, dongbudong, duibudui, alles qingqingchuchu!«

Er verneigte sich.

»Kankan, von Beruf bin ich eigentlich Totenrufer, shibushi, zeitweilig und zwangsweise abkommandiert zu den schwarzen Rotten, ein nützlicher Beruf, diese Totenruferei, dongbudong, duibudui.«

»Ja«, fuhr der Meinherr fort, »wir haben die Falschen verfolgt, wie die schwarzen Reiter das falsche Einhorn entführt hatten. Aber jetzt hatten wir wieder Hoffnung. Wir ließen Kleine Jade und den Rest der schwarzen Rotte in der Obhut des Herrn Frühling-und-Herbst und des Fenstermenschen, liehen uns bei ihm vier Pferde, die er in weiser Voraussicht zusätzlich mitgebracht hatte, und dann sind wir Euch hinterhergeritten, schneller als Drache und Phönix fliegen! Von wegen Blasen an den Füßen, jetzt habe ich auch noch anderswo welche!«

Und nun erfuhr sie, mehr oder weniger der Reihe nach und mit vielen Unterbrechungen und Dazwischenreden, dass Lu Dao und der Didi als Jüngste und unerfahrenste Krieger bei den Pferden hatten bleiben sollen. Das hatten sie gut eingefädelt, denn sie schafften die Tiere weg, und die schwarzen Reiter mussten laufen. Als der Kampf tobte, sahen sie sie den Abhang hinabrennen.

»Beinahe wäre ich auf deine Maskerade hereingefallen«, redete Lu Dao dazwischen, »aber dann sind mir deine Schuhe aufgefallen (»Die Schuhe!«, der Meinherr schlug sich an den Kopf, »an die Schuhe hat keiner gedacht! Sind doch alle keine hauptberuflichen Verschwörer und Einhorntarner, weiß der Himmel nicht!«), und du hast die Augen so weit aufgerissen – und ich denke, du bist das einzige Wesen in dieser Zeit und dieser Welt, das blaue Augen hat. Also wir zu dir hin, unsere Arbeitskleidung übergeworfen und dich unter dem Totenrufer-Gewand verborgen. Du warst ohnmächtig. Glück im Unglück, denn so kamen wir schneller weg, als wenn ich dir alles erst noch hätte erklären müssen – auch wenn so ein bewusstloser Mensch ganz schön schwer ist (»fast wie ein Toter, dongbudong, duibudui!«, rief der Didi dazwischen). Und wir sind sofort weg. Immer Richtung Süden. Tag und Nacht. Wir haben kaum gewagt zu rasten, wir wussten ja nicht, wie der Kampf ausgegangen war und ob die schwarzen Reiter sich an unsere Fersen heften würden.«

»Aber es haben sich ganz andere Reiter an Eure Fersen geheftet, hihi«, übernahm wieder der Meinherr. »Bin mein Lebtag noch nicht so viel geritten und gerannt. Wir, also der Baron Eischaum und meine Wenigkeit, also zurück zum Feuerturm, wo wir zweierlei fanden.«

Er machte eine Pause und ließ die Spannung wachsen.

»Halbschatten, das treue Grautier des Fenstermenschen, der Euch im Übrigen herzlich grüßen lässt, hat dort anscheinend auf uns gewartet, ein schlaues Kerlchen. Und dann haben wir noch etwas gefunden, Eure Fährte nämlich. Und der Rest war ein Kinderspiel.«

»Wie lange hast du mich denn geschleppt?«

Anja sah Lu Dao an.

»Ich kann es selbst nicht mehr sagen. Wenn man unter diesem Gewand steckt, dann verliert man komplett die Orientierung. Aber eine ganze Reihe von Tagen war es sicher.«

»Ich kann mich an rein gar nichts erinnern. Außer dass es schwarz war und dass es geschaukelt hat!«

»Das Schaukeln war ich«, lachte Lu Dao, »und manchmal war es auch der Didi.«

»Kankan, dongbudong, duibudui!«, sagte der und verneigte sich noch einmal.

»Du warst sehr krank. Die ganze Anstrengung nehme ich an, die Gehirnerschütterung, ich habe mir richtig Sorgen gemacht. Aber so ein Einhorn hat einen harten Schädel ...«

»Und wieso sind der Fenstermensch und Kleine Jade nicht mitgekommen?« Sie stemmte sich auf die Ellenbogen und sah fragend in die Runde.

»Wir mussten uns beeilen, wir wussten ja nicht genau, wie es Euch ergangen war«, antwortete dieses Mal der Ritter. »Wir mussten uns beeilen, und außerdem brauchte der Hausherr den Fenstermenschen, um die schwarzen Reiter sicher zurück nach Lu zu bringen.«

»Sind wir denn jetzt außer Gefahr?«

»Achje, wenn ich das wüsste. Ich habe so viele Fehler gemacht und mich so oft geirrt ...«

»Ach, Graf Rührei, jetzt aber!«, tröstete ihn der Meinherr. »Ich sage es ja nicht gern, aber Ihr habt Eure Sache hervorragend gemacht und macht sie immer noch hervorragend. Fehler machen ist menschlich, hihi, auch wenn Ihr zwischendrin einmal ausgesehen habt wie aus einer anderen Welt – nicht wahr, Spiegelritter? Aber damit Ihr auf dem Teppich bleibt, nenne ich Euch Ritter Spiegelei, das bringt Eure verschiedenen Namen in eine gewisse Beziehung zueinander, nicht wahr?!«

»Achje, Meinherr Geldchen, dann sagt doch Ihr, ob wir noch in Gefahr sind!«

»Gerne! Ja und nein! Der Wolf marschiert auf Yan, dann kommt Qi, dann Lu, dann Chu im Süden. Wenn wir Euch nicht schnell genug zu einem Drachenflug verhelfen, dann wird es wieder brenzlig. Wenn der Wolf erfährt, dass ihm das Einhorn entwischt ist, wird er alles in Bewegung setzen. Er hat auch geflügelte Boten und er hat überall Spione. Wir sollten nicht länger verweilen als nötig. Wenn Ihr Euch besser fühlt, geht es sofort weiter! Deshalb lassen wir Euch jetzt in Ruhe!«

Anja ließ sich nach hinten fallen. Sie war erschöpft. Außerdem musste sie das alles erst einmal verdauen.

Trotzdem hielt sie Lu Dao fest. Sie wusste ja immer noch nicht, wie es ihm ergangen war, seit sie zusammen in der Höhle auf diesen verrückten Drachenflug geraten waren. Und er wusste nicht, was ihr widerfahren war. Obwohl sie ihn eigentlich kaum kannte, erschien er ihr in dieser fremden Welt als alter Freund.

Fremde Welt? Sie überlegte. Wenn sie es genau nahm, fühlte sie sich in dieser fremden Welt mittlerweile heimischer als manchmal in ihrer eigenen. China war wie die Erwachsenenwelt, hatte sie zu Hause geschimpft. Es hatte gestimmt. Aber sie war jetzt dort angekommen.

Lu Dao saß noch bis tief in die Nacht bei ihr, erzählte, hörte zu, wartete, wenn ihr die Augen zufielen, und versuchte, so viel Tee und Fladen und gebratenen Hasen in sie hineinzustopfen wie möglich. Sie musste wieder zu Kräften kommen.

Am nächsten Morgen fühlte sie sich tatsächlich erfrischt. Die Anwesenheit ihrer Freunde, der unverwüstliche Humor des Meinherrn, die drollige Redeweise des Didi, die Kraft des Ritters und die Freude, Lu Dao und auch Halbschatten wiederzusehen, hatten sie wieder leidlich auf die Beine gebracht.

Sie stand auf und trat auf die anderen zu, die um ein Feuer herumsaßen und sich zu beraten schienen.

»Wann geht es los?«, sagte sie forsch und steckte die Hände in die Hosentaschen.

»Jetzt schaut euch den an, hihi! Mensch, Mann, Einhorn! Wenn Ihr einmal sterbt, Eure Klappe braucht ein eigenes Grab!«, krakeelte der Meinherr fröhlich. Er freute sich augenscheinlich, dass es ihr wieder besser ging.

»Wieso sagt Ihr eigentlich immer ›er‹ und ›Mann‹ zu ihr?«, wollte Lu Dao wissen.

Anja erschrak. Es waren zwar alles ihre Freunde, aber sie wollte nicht, dass sie sie nachher behandelten wie Kleine Jade, das wollte sie nicht!

»Klaromingbai, Ihr habt recht, ich falle aus der Rolle. Er ist ja als Mädchen verkleidet, da sollte man auch entsprechend mit ihm, ähm, ich meine, mit ihr reden. Da habt Ihr recht, Meister Totenrufer.«

»Verkleidet?« Lu Dao war heute morgen schwer von Begriff.

»Ja, verkleidet!«, sagte Anja mit Nachdruck und mit einem strengen Blick.

»Ach so, ja«, Lu Dao verstand immer noch nicht, wusste aber, was Anja von ihm wollte, »die Haare, natürlich.«

»Also, geht es nun weiter oder nicht?«

»Ja, es geht weiter«, sagte der Ritter, »aber zuerst müssen wir uns verabschieden. Der Didi wird uns verlassen. Seine Heimat liegt im Norden, sein Gege ist noch in Handan, er will heim.«

Der Didi nahm unter vielen Dongbudongs und Duibuduis Abschied und schenkte Lu Dao das Gewand, es sei ein »einträgliches Geschäft, duibudui«, und er sei immer willkommen, bei Gege und Didi einzusteigen.

Lu Dao versprach es. Er war traurig. Er mochte den Didi. Er war zwar ein wenig verstolpert, nicht nur in seiner Sprache, aber er war eine gute Seele, und man konnte Pferde mit ihm stehlen – im wahrsten Sinne des Wortes. Sie gaben ihm Halbschatten mit. Er sollte ihn mit nach Lu nehmen und dem Fenstermenschen bringen, der würde dann schon wissen.

Als Halbschatten das Wort »Fenstermenschen« hörte, legte er die Ohren an und ging schon einmal voraus. Bis der Didi allen Lebewohl gesagt hatte, musste er sich sputen, um ihn noch einzuholen. Er rannte los. Als er Halbschatten eingeholt hatte, blieb er noch einmal stehen und winkte mit seinem Lampion. Dann drehte er sich um, und die beiden verloren sich in den Hügeln.

Die anderen machten sich, diesmal zu Pferd, auf den Weg. Wieder wusste der Ritter, wo es hingehen sollte.

Sie ritten Wochen, ohne dass sie jemandem begegneten, und dennoch spürten sie, dass etwas in der Luft lag. Sie dachten oft an das Reich Yan, das der Wolf in diesen Tagen angreifen musste, und daran, dass es die letzte Macht war, die zwischen ihm und den Staaten Qi und Lu stand, wo sie den Hausherrn wussten und um ihn bangten. Und wenn Lu gefallen sein würde, dann würde auch Chu fallen, das große Reich im Süden, zu dem sie hinwollten, wo der Dongting-See lag und ihre Hoffnung auf Heimkehr.

Zumindest war es die Hoffnung von Anja und Lu Dao.

Es war eine seltsame Reise. So viel sich alle, vor allem Anja und Lu Dao, bei ihrem Wiedersehen zu sagen gehabt hatten, so schweigsam waren sie jetzt. Die Tage vergingen, und jeder hing seinen Gedanken nach. Gesprochen wurde auch bei den kargen Mahlzeiten wenig. Selbst Anjas Mundwerk stand erstaunlich still. Sie hätte nicht sagen können, wie lange sie schon unterwegs waren, immer Richtung Südwesten. Es war ein gebirgiges Gebiet, durch das sie kamen, und ein menschenleeres Land.

Und schließlich erreichten sie den Han. Der Han war der größte Nebenfluss des Yangzi, wie Lu Dao wusste, immerhin dreitausend Meilen lang. Anja nahm an, sie würden ihm weiter Richtung Süden folgen. Sie wunderte sich schon die ganze Zeit, warum sie so weit Richtung Westen wanderten, aber sie wollte nicht fragen. Der Ritter würde schon wissen, wo es langging.

Als sie weit am Oberlauf des Han ankamen, stiegen sie von den Pferden und rasteten. Der Han war nicht so gewaltig wie der Huanghe, er war blau und hier in den Bergen, an seinem Oberlauf, noch recht schmal.

Als sie am nächsten Morgen aufwachten, lag Nebel über dem Fluss. Es war Spätherbst. Die Bäume hatten die schönste Färbung, die Anja je gesehen hatte. Besonders fielen ihr sternförmige Blätter an den Bäumen auf, die von einem so tiefen Rot waren, dass es schon wie ein Festschmuck für den Winter aussah. Die Luft roch frisch wie Eis.

Der Ritter stand am Ufer und – atmete! Er tat nichts als atmen.

»Man muss mit der Ferse atmen!«, sagte er und sog die Luft ein wie der Fenstermensch das Licht. Und er sog so lange, dass Anja, der Meinherr und Lu Dao unwillkürlich auf seine Fersen schauten. Dann atmete er genauso lange wieder aus. Er atmete so lange aus, dass dem Meinherrn schon vom Zusehen die Luft ausging.

Er hustete.

»Passt mir auf, Ritter von der Legehenne, nicht dass Ihr Eure ganzen Eingeweide mit ausatmet und Ihr nachher dasteht wie ein ausgeblasenes Ei, hihi! Wenn Ihr so viel, wie ihr ausatmet, wieder Luft holt, dann atmet Ihr uns alles weg!«

Der Ritter achtete nicht auf ihn, nahm sein Pferd am Zügel und ging los. Aber er ging nicht, wie alle erwartet hatten, flussabwärts, Richtung Süden, Richtung Yangzi, Richtung Dongting-See – er ging weiter flussaufwärts, weiter Richtung Nordwesten und weiter ins Gebirge hinein.

»Wo wollt Ihr hin, Herr Ritter?«, fragte Lu Dao. Er hatte

mit Abstand am meisten Respekt vor dem Gelben Ritter. Der Meinherr war ein Zeitgenosse, und Zeitgenossen haben nie viel Respekt vor der Größe Ihrer Zeitgenossen. Für Lu Dao dagegen kam der Gelbe Ritter direkt aus den uralten Heldengeschichten seiner Heimat. Er kannte ihn zwar nicht mit Namen, aber viele Helden stehen nicht in den Geschichtswerken, viele Helden sind vergessen worden oder haben nach den Heldentaten lieber ihre Jahre vollendet, als heldenhaft zu sterben – deshalb kamen sie in den Geschichtsbüchern nicht vor. »Und ging nach der Vollendung seines Lebens in den großen Wandel ein!« Solche Sätze stehen nicht in den Geschichtsbüchern.

Dem Ritter war die Scheu und die Schüchternheit Lu Daos auch aufgefallen, aber er sagte nichts. Es schickte sich nicht. So etwas tat man nicht. In jemanden zu dringen, wenn er lieber schwieg. Wenn er schüchtern war. Wenn er sich öffnete, gut, wenn nicht, auch gut. Man durfte nichts erzwingen wollen, man musste warten können. Und der Ritter konnte warten. Auch wenn es ihm schwerfiel. Denn er hatte selbst viele Fragen an Lu Dao, der aus der gleichen Zeit zu kommen schien wie Anja und doch Mandelaugen hatte wie er selbst.

Als Lu Dao sich nun mit einer Frage an ihn wandte, freute er sich, obwohl er es nicht zeigte.

»Wir gehen zur Quelle!«, sagte er einsilbig. »Wollten wir das nicht?«

»Zu welcher Quelle?«

»Zur Quelle des Han, in den Bergen.«

»Aber wir wollten doch zum Dongting-See.«

»Wir wollten ursprünglich nach Zhou, um uns bei dem Sachwalter der alten Traditionen Rat zu holen, Rat zu holen für einen Flug des Drachen, wie ihr ihn vollbracht habt. Aber das konnten wir nicht, wir konnten den Huanghe nicht überqueren – wir waren nicht so tollkühn wie du und die schwarzen Reiter. Es hat keinen Sinn, wenn wir einfach zum Dongting-See laufen und dann dort sitzen und nicht wissen, was wir tun sollen. Deshalb will ich zur Quelle des Han. Ich will um Rat fragen.«

»Um Rat fragen? Wen denn?«

Lu Dao war bis in die Ohren rot geworden, als der Ritter so lange mit ihm sprach und ihm dabei tief in die Augen sah. Er spürte, dass sein Blick ihn ausforschte. Er wollte etwas wissen. Er wollte etwas über ihn wissen, über seine Zeit, über seine und ihre Zukunft.

Aber er sagte nichts.

Und Lu Dao hütete sich, selbst das Schweigen zu brechen. Er hatte mit Anja darüber gesprochen, und sie waren übereingekommen, nur im äußersten Notfall über diese Dinge zu reden.

»Ihr werdet schon sehen!«, sagte der Ritter nun an alle gerichtet, drehte sich um und marschierte weiter.

Das Ufer war flach und steinig, an Reiten war nicht zu denken. Sie kamen langsam immer tiefer in die Berge hinein. Das wundersame Rot der Bäume schien ihnen die Herzen zu wärmen, auch wenn es Schritt um Schritt und Stunde um Stunde kälter wurde.

Nach ein paar Tagen war der Fluss nur noch ein Bach, der rauschend und schäumend durch ein Gebirgstal floss. Sie folgten ihm weiter. Die Felsen waren steil und von Moos bewachsen, aus allen Richtungen kamen kleine Rinnsale, die den Han speisten. Die Baumstämme waren von Moos bewachsen, alles war feucht und nass, selbst die Luft war so voller Feuchtigkeit, dass ihnen das Atmen vorkam, als würden sie trinken.

Der Ritter schritt unbeirrbar voran, und je näher sie sich dem Ziel wähnten, umso schneller ging er. Irgendetwas zog ihn mit magischer Kraft an.

Dann blieb er vor einem tiefen Felsüberhang stehen und sagte: »Hier werden wir die Nacht verbringen.«

»Warum gehen wir nicht weiter?«, fragte Anja.

»Es ist nicht mehr weit. Morgen früh werden wir dort sein. Ich will dort sein, wenn die Welt frisch ist und morgendlich.«

Sie richteten sich unter dem Felsvorsprung ein, so gut es ging.

Es wurde Nacht, und es war die dunkelste Nacht, die Anja jemals erlebt hatte.

Bis die Sterne aufgingen.

Sie trat unter dem Felsvorsprung heraus und schaute nach oben. Es war unbeschreiblich. Alles war so nah, dass man meinte, es greifen zu können, und gleichzeitig so unendlich weit entfernt, dass man meinte, man könnte, wenn man die Erde nur losließe, hineinfallen. Sie hatte auf einmal das Gefühl, dass der Himmel unten war.

»Hörst du es?«, flüsterte der Ritter, der zu ihr getreten war. Wie immer, wenn er sie duzte, wurde ihr ganz warm ums Herz, wie immer, wenn er sie duzte, war es ein ganz besonderer Augenblick.

»Ich höre nichts!«

»Und was hörst du, wenn du nichts hörst?«

Er breitete die Arme aus, als wolle er das Weltall umarmen und alle Sterne zwischen seinen Armen zusammenschieben wie einen großen Haufen Schneeflocken.

Sie lauschte.

Sie hörte die Geräusche des Waldes, sie hörte den Bach rauschen, sie hörte das Schnauben der Pferde.

Es war wie eine Wand.

Hinter dieser Wand hörte sie sich selbst, sie hörte sich atmen, sie hörte ihr Herz schlagen, sie hörte sich denken.

Es war wie eine Wand.

Und hinter dieser Wand hörte sie das Weltall. Seine Kälte, seine Schönheit, seinen Wandel.

Das war die letzte Wand.

Und hinter dieser letzten Wand erhob sich ein Klang, so unendlich groß, so unendlich vollkommen, dass er mit den Ohren nicht mehr zu vernehmen war. Es war, als tanze sie auf einer unsichtbaren Welle, die sie gleichzeitig durchfloss und sie formte.

Sie war und sie war nicht.

Und sie atmete.

Sie atmete bis in die Ferse.

Sie wusste nicht, wie lange sie so dastand.

Langsam nur kam sie zurück, durchschritt die Mauer zu sich, zur Welt, hörte das Rauschen des Baches, das Schnauben der Pferde – und das Schnarchen des Meinherrn.

»Das ist ein ganz besonderer Ort!«, flüsterte der Ritter, der immer noch neben ihr stand, als habe er das Gleiche erlebt wie sie.

»Große Musik ist ohne Ton«, fügte er hinzu, als wolle er es gesagt haben, obwohl man hörte, dass er eine Erklärung für unnötig hielt.

Als der Morgen anbrach, schienen sie in einer anderen Welt. Über Nacht war Reif gefallen. Und was gestern noch feucht und nass gewesen war, war zu Kristallen erstarrt, weiss und glitzernd im Morgenlicht.

Lu Dao, der gegen seinen Sattel gelehnt geschlafen hatte, stand ganz verzaubert vor diesem Wunder.

»Vor dem Lager hell ein Schein
Soll das der Reif schon sein
Ich heb den Kopf zum Mond
Senke ihn und denke an daheim.«

»Was ist denn das?«, fragte der Meinherr, »das ist aber schön!«

»Ein Gedicht«, sagte Lu Dao und hätte beinahe hinzugefügt, »das wird erst geschrieben werden, in etwa eintausend

Jahren, und es wird das berühmteste chinesische Gedicht überhaupt werden.«

Aber er sagte es nicht.

»Es sind nur noch ein paar Schritte bis zur Quelle«, flüsterte der Ritter, als könne ein zu lautes Wort die Stimmung dieses Morgens in seiner gläsernen Zerbrechlichkeit gefährden.

»Ich glaube, sie sind hier …«

Keiner wusste zwar, wovon er sprach, aber er tat so geheimnisvoll und gleichzeitig so bestimmt, dass niemand zu fragen wagte.

Sie gingen noch ein paar Hundert Schritte den Bach hinauf, bis sie an einem kleinen Wasserfall ankamen, der unter sich ein kleines rundes Bassin ausgehöhlt hatte. Das Wasser darin schimmerte, von schäumender Gischt weiß umrandet, tiefblau.

Es war vollkommen still. Nur das weiße Rauschen des Wassers und die blaue lagunenhafte Stille.

In dieser Stille wurden die Dinge durchsichtig. Wie Anja am Abend zuvor auf dem Weg zum großen, unhörbaren Klang hinter die Mauern des Hörens getreten war, so traten sie jetzt alle hinter die Mauern des Sehens zum großen Schauen.

»Ich will ja nichts sagen«, sagte der Meinherr, »aber dieser Blautopf erinnert mich an etwas. Mann, Mensch und Einhorn, Ihr habt zwar keinen Wasserfall in Euren Augen, aber wenn der nicht die Farbe von Euren Augen hat, dann dürft Ihr Ritter Gelber vom Ei zu mir sagen, hihi!«

Aber dann schwieg auch er.

Hinter der ersten Mauer des Sehens schien das Wasser Form anzunehmen. Sichtbar wurden seltsame Wesen. Sie waren weiß, durchscheinend, als seien sie aus Schnee und hätten Augen aus Eis. Zart waren sie und unschuldig. Wie Kinder. Und wenn sie den Ritter oder Anja anschauten, schauten sie durch sie hindurch.

»Das sind die Heiligen des Anfangs«, hörte Anja den Ritter

flüstern. Aber als sie zu ihm hinsah, bewegte er die Lippen nicht, sie wusste, was er dachte, auch ohne dass er sprach.

»Sie leben nicht von Brot und nicht von Fleisch, sie trinken den Wind und sie schlürfen den Tau, sie fahren auf Wolken und Wind und reiten auf fliegenden Drachen weit hinaus in die Welt – und die Zeit.«

»Und sie wolltest du um Rat fragen?«

Auch sie bewegte ihre Lippen nicht. Sie wusste nicht, wie sie es machte, sie machte es einfach, und das war vielleicht das Geheimnis.

»Man kann sie nicht direkt um Rat fragen. Unsere Fragen werden zu uns zurückkehren. Sie kennen sich aus mit Drachenflügen …«

Plötzlich war da eine Tür.

Eine Tür ohne Mauer.

Neben der Quelle, ein Türrahmen.

Sie traten hindurch und waren auf der anderen Seite des Sehens. Wohin immer sie sich wandten, sie sahen es.

Anja dachte sofort an das Kino in der Höhle am Dongting-See. Aber das hier war anders.

Es war kein Kino.

Es war nicht außerhalb, sie sah alles in sich, wenn man das so sagen konnte. Sie war nicht mehr getrennt von dem, was sie »sah«, sie war ein Teil davon, sie war gleichzeitig innen und außen und mittendrin.

»Die Schlacht um Yan hat begonnen«, sagte sie, ohne es zu sagen, aber sie wusste, dass die anderen sie verstanden hatten. Sie hatte in den letzten Tagen oft an Yan denken müssen, an das Reich, das Ziel des nächsten Feldzugs des Wolfs war.

Und jetzt sah sie die Schlachtordnung, sie wusste, das Heer hatte die große Untere Hauptstadt von Yan erreicht. Der König von Yan und Prinz Dan standen bereit. Sie erwarteten den Wolf am Fluss Yi, derselbe Fluss, an dem der Attentäter Jing

Ke von Prinz Dan und von seinem Leben Abschied genommen hatte.

Damals hatte er gesungen, der Yi sei kalt, jetzt war er gefroren. Der Winter war im Norden früher gekommen als sonst.

Und jetzt standen sich die Schlachtreihen gegenüber.

Die Armee des Wolfes war gewaltig, die Überlegenheit an Männern, Pferden und Material beängstigend. Doch die Reiter von Yan vertrauten auf einen Vorteil: Sie waren ortskundig, sie kannten das Gelände.

Wie hätten sie ahnen sollen, dass der Wolf die Gegend so gut kannte wie sie selbst! Wie hätten sie auch nur denken können, dass ihr eigener Prinz dem Wolf eine militärische Karte des Kampfgebietes zugespielt hatte! Dass er ein solches Risiko eingegangen war!

Zuerst hatten sie auf der anderen Seite des Yi auf den Wolf warten wollen. Es wäre ein Vorteil gewesen, wenn seine Mannen erst hätten den Fluss überqueren müssen. Sie hatten Sperren aus angespitzen Pfählen im Fluss errichtet, über die die Streitwagen nicht hinweggekommen wären, sie wären stecken geblieben und ein leichtes Ziel für die Bogenschützen von Yan geworden.

Und wenn die erste Schlachtreihe aus Streitwagen mit Armbrustschützen stecken blieb, blieb der ganze Vormarsch stecken. Aber jetzt war der Yi über Nacht zugefroren. Die Sperren schauten zwar aus dem Eis heraus, aber sie waren leicht zu umfahren. Deshalb mussten sie wohl oder übel selbst über den Fluss hinüber und den König von Qin auf der anderen Seite erwarten. Sich in die Stadt zurückzuziehen war kein Ausweg. Der Wolf würde sie einkreisen und von der Außenwelt abschneiden. Und dann war das Reich ihm schutzlos ausgeliefert. Sie mussten ihm in der offenen Schlacht begegnen.

Anja sah mit Schrecken, wie die schweren Streitwagen auf die erste Reihe der Krieger von Yan zurasten. Schwärme von Pfeilen verdunkelten die Sonne. Ein Wald von überlangen Speeren und Lanzen, an deren Ende lange schwarze Banner flatterten, bewegte sich den Wagen entgegen, die Fußsoldaten stießen die Schützen und Lenker von den Wagen, warfen sich zu zweit, zu dritt, zu viert unter ein Rad, bildeten mit ihren Körpern und den Schilden über sich einen künstlichen Hügel. Der Streitwagen geriet aus dem Gleichgewicht und stürzte um.

Aber das gelang nicht immer, man musste den richtigen Zeitpunkt abpassen, um zwischen Gespann und Wagen zu kommen, sonst wurden sie von den Pferden niedergetrampelt, worauf es die Wagenlenker natürlich abgesehen hatten und was ihnen oft genug gelang. Die Reiterei drängte nach, und die Flügel der Qin-Armee, die weit über die Schlachtordnung des Heeres von Yan hinausreichte, drangen ungehindert über den Yi vor, umgingen die feindlichen Linien und schlossen den Ring.

Die schwächere Besatzung der Mauer im Südwesten wurde so umgangen und von einer kleinen Einheit des Wolfes aufgerieben.

Die Ritter von Yan in der Mitte der Aufstellung schlugen sich tapfer, drangen sogar in die Schlachtreihen der schwarzen Reiter vor, aber gegen die ungeheure Übermacht waren sie machtlos.

Als dem König gemeldet wurde, dass die Flucht nur noch wenige Minuten lang möglich sein würde, bevor sich der Ring um die Kämpfer von Yan schloss, gab er den Befehl zum Rückzug. Doch es wurde kein Rückzug, sondern eine Flucht.

Der König entkam und mit ihm Prinz Yan.

Das Heer wurde aufgerieben, und was von ihm übrig blieb, setzte sich ins Landesinnere ab, versuchte, sich mit dem König und dem Prinzen wieder zu vereinen.

Die Untere Hauptstadt und damit die stärkste Feste und Garnison des Reiches Yan fiel. Der Rest war nur noch eine Frage der Zeit.

»Yan ist gefallen!«, sagte Anja und schaute zu den anderen. Aber sie hätte es nicht sagen müssen, sie hatten es alle gesehen. Und sie hatten es gewusst. Der Ritter und der Meinherr, weil es kein Wunder war. Es war nicht schwer vorauszusehen. Die Zukunft war nicht schwer vorauszusehen. Wo man Eisen pflanzte, konnten keine Bäume wachsen. Die Zukunft wurde in der Gegenwart gemacht.

Lu Dao wusste es, weil er die Geschichte kannte. Und weil die Geschichte Teil der Gegenwart war, in der die Zukunft gemacht wurde. Und weil immer alles innerhalb dieser Mauern aus Vergangenheit, Gegenwart und Zukunft stattfand. Sprachmauern, Kopfmauern, richtige Mauern.

Und alle wussten sie es, weil sie Teil dieser Welt waren. Und weil sie Teil einer Geistreise waren, eines Drachenflugs, der über die Mauern hinweghob und zeigte, dass die Mauern auch eine andere Seite hatten. Ihre andere Seite. Wie Grenzen. Mauern und Grenze waren auch Berührungspunkte, erste und letzte Berührungspunkte; an der Mauer, an der Grenze trafen verschiedene Welten aufeinander, ein Berührungspunkt, winzig und flüchtig wie der Flügelschlag einer Drachenfliege, aber eine Berührung. Die Mauer war auch eine Tür. Wie die Tür eine Mauer.

»Langkürze«, dachte Anja und mit ihr die anderen, eine Mauertür war auch eine Türmauer. Eine Türmauer und Mauertür, auf die ein Drachenflug gemalt war.

Und plötzlich und völlig unvermittelt sah sie ihre Mutter. Hinter all diesen Mauern und Türen sah sie ihre Mutter. Sie winkte ihr zum Abschied, sie war sehr traurig – und kam gleichzeitig auf sie zu. Sie ging in Anja hinein, und das Bild löste sich auf, und die Trauer wurde weich und wich einer sehnsüchtigen Dankbarkeit.

»Schau!«, rief Lu Dao.

Und sie schaute und erkannte den verwunschenen Wald,

in dem sie mit Lu Dao vor einer Ewigkeit gewesen war. Sie erkannte den Eingang zur Höhle, den Bach, sie erkannte ihren Vater und eine Reihe von chinesisch aussehenden Menschen, die anscheinend etwas suchten und es nicht fanden. Sie hatten ganz furchtsame und sorgenvolle Gesichter, und sie taten ihr leid.

Sie hätte ihnen gerne etwas zugerufen, sie hätte ihnen gerne zugerufen, dass es ihr gut ging, dass sie sich keine Sorgen machen müssten, dass sie neue Freunde gewonnen, dass sie viel erlebt hätte und dass ...

In diesem Augenblick spürte sie eines der ätherischen Wesen aus Schnee und Eis auf sich zukommen, es ging in sie hinein, ein heftiger Schmerz durchfuhr sie, wie von einer Peitsche.

Sie sprang.

Sie fiel.

In der Welt von Vergangenheit, Gegenwart und Zukunft jedenfalls hätte man es so genannt.

Dann wusste sie nichts mehr.

Stimmen.

Sie hörte Stimmen. Und Rufe. Bildfetzen wehten durch sie hindurch, Bildfetzen von Schlachten, Kämpfen, Rittern, schwarzen Reitern und seltsamen Gesprächen, die langsam immer blasser wurden und sich schließlich vollständig auflösten.

Sie schlug die Augen auf.

Sie war wach.

Und als sie wach war, wusste sie, sie hatte geträumt.

Sie lag in einer Höhle, durch die ein kleiner Bach gluckerte, und hörte Stimmen. Von draußen. Es wurde gerufen. Ihr Name wurde gerufen. Und ein chinesischer Name: Lu Dao.

Sie stemmte sich auf die Ellenbogen und schaute sich um. Dort lag Lu Dao und rieb sich die Augen.

»Sie haben uns gefunden!«

Als ihr das richtig bewusst wurde, war sie mit einem Satz auf den Beinen, die Höhle hinaus und schrie: »Hier sind wir! Hier!«

Sie winkte.

Da waren sie.

Ihr Vater und ein paar andere, in Uniform.

Einer trug die Reste des Fallschirms, an dem sie hier heruntergekommen waren.

Ihr Vater stürzte auf sie zu, umarmte sie stürmisch, und seinem freudigen Gestammel war zu entnehmen, dass er froh war, sie so schnell gefunden zu haben.

»Ja, so schnell!«, rief ihr Vater begeistert und vergaß ganz die philosophische Distanz, die er sonst den Dingen entgegenbrachte. »Ein Wanderer hat euren Absturz beobachtet und die Position per Handy und Navi durchgegeben«, rief ihr Vater und küsste sie. »Das war gestern, und dann sind wir gleich los!«

»Gestern?«

Anja schaute Lu Dao und Lu Dao schaute sie an.

»Mein lieber Herr Vater«, sagte sie und musste sich erst einmal setzen, »ich war ... ich weiß nicht ... ich glaube, ich habe einen irren Traum ...«

»Das kannst du mir alles später erzählen!«, unterbrach er sie. »Aber sag mal, was hast du denn mit deinen Haaren gemacht?«

Bevor sie antworten konnte, hörten sie hinter sich eine Stimme: »Mensch, Mann und Einhorn, wollt Ihr uns nicht einmal vorstellen, hihi?!«

Und eine andere Stimme seufzte: »Achje!«

ANMERKUNGEN

Zu den Figuren unserer Geschichte

Die meisten Figuren unserer Geschichte hat es so, wie sie beschrieben sind, gegeben. Auch die meisten Vorkommnisse sind echt. Das Attentat Jing Kes auf den Wolf, den König von Qin und späteren ersten Kaiser der Qin-Dynastie, den berühmten Qinshi Huangdi, die Schlacht um Handan, die Schlacht um Yan am Fluss Yi und die Schlacht mit der Rinderarmee zwischen Qi und Yan hat es wirklich gegeben. Vor allem die erste große Geschichte Chinas, das *Shiji*, das im ersten Jahrhundert vor unserer Zeitrechnung entstanden ist, berichtet ausführlich von diesen Dingen.

Erfunden sind lediglich die Figuren, die durch die Geschichte tragen, also Anja, der Gelbe Ritter, Meinherr Geldchen, der Herr Frühling-und-Herbst und so fort. Sie alle sind mehr oder weniger direkte Verkörperungen einer bestimmten Denkweise, wie sie zur Zeit der Kämpfenden Reiche anzutreffen war.

Der *Herr Frühling-und-Herbst* steht für das Denken, das auf den Weisen Konfuzius und seine Schüler zurückgeht. Er zitiert den Weisen häufig nach einem von dessen Schülern zusammengestellten Buch, den *Gesprächen*.

Der *Gelbe Ritter* ist Daoist und Anhänger der Weisen Laozi und Zhuangzi. Gleichzeitig hängt er an den Vorstellungen der alten Ritterlichkeit – was ihn durchaus in die Nähe des Hausherrn rückt. Diese Verbindung von konfuzianischem und daoistischem Denken, war (und ist) in China nicht selten: Im Amt ist man konfuzianisch und hält sich an Regeln und Riten, als Privatperson ist man freier und ungezwungener.

Meinherr Geldchen ist eine schillernde, etwas anarchische

Figur, die von Ferne an einen Weisen erinnert, der einmal gesagt haben soll: »Wenn ich die Welt mit einem Haar von meinem Kopf retten könnte, ich würde es nicht tun.« Von diesem Weisen weiß man nur noch sehr wenig, sein Name war Yang Zhu. Er lebte, wie vermutet wird, im dritten Jahrhundert vor unserer Zeit. Aber eigentlich steht der Meinherr nur auf einer Seite: der Seite des Wandels, der Freude und des heiligen Unernstes.

Anja verkörpert unsere Zeit und damit jeden von uns Heutigen, der sich mit den Königen, Rittern und Weisen des alten China beschäftigt. Die Fragen, die sie sich stellt, sind unsere Fragen, ihre Missverständnisse sind unsere Missverständnisse.

Eine Zwischenstellung nehmen das *Einhorn*, der *Fenstermensch* und der Didi und der Gege als *Totenrufer* ein. Als Personen sind sie erfunden, aber nicht, was ihre Eigenart beziehungsweise ihren Beruf angeht.

Totenrufer hat es genau so, wie sie in unserer Geschichte beschrieben sind, bis zur Mitte des zwanzigsten Jahrhunderts in China gegeben, also bis vor etwas mehr als fünfzig Jahren.

Fenstermenschen werden im *Klassiker von den Bergen und Meeren* beschrieben. Man vermutet, dass die ersten Kapitel dieses Buchs kurz vor der Zeit, in der unsere Geschichte spielt, begonnen wurden. In ihm werden seltsame Volksstämme und Menschen jenseits der Welt, die man damals kannte, beschrieben. Dort heißt es über ein Land im Süden: »In den Landen der Fenstermenschen haben die Menschen ein Loch in der Brust.«

Die Geschichten vom *Einhorn* wurden so wiedergegeben, wie sie in den alten chinesischen Schriften beschrieben sind.

Was ist aus den historischen Figuren geworden?

Hier eine kleine Liste der wichtigsten historischen Personen und was aus ihnen geworden ist, nachdem Anja den Rückweg in ihre Zeit gefunden hat:

Der Wolf, der König von Qin und spätere erste Kaiser von China (259–219 vor unserer Zeitrechnung) hat es tatsächlich geschafft: Nur vier Jahre nach den Ereignissen, die hier beschrieben werden, hat er das letzte unabhängige Reich unter seine Herrschaft gebracht. Bisher hatte es nur Könige gegeben. Er war jetzt der König aller Könige. Dafür brauchte er einen Titel, der das auch ausdrückte. Er nannte sich »Erhabener Herrscher«, ein Titel, der bisher nur Göttern zuerkannt wurde und der normalerweise mit »Kaiser« übersetzt wird.

Er war der erste Kaiser von China. Der erste Kaiser einer langen Reihe von Kaisern, deren letzter erst 1912, also nach über 2000 Jahren, abdanken musste. Seither ist China eine Republik. Um davon eine richtige Vorstellung zu bekommen: Das wäre so, als hätten seit den Tagen Cäsars bis 1912 ununterbrochen das Römische Reich und mit ihm Römische Kaiser über Europa geherrscht.

Aber auch wenn das Chinesische Kaiserreich bis ins zwanzigste Jahrhundert reichte, die einzelnen Dynastien waren sehr viel kürzer. Insgesamt gab es seit dem Wolf sechs große Dynastien, die das ganze Land bis zu 400 Jahren beherrschten. In Zeiten der Schwäche fiel das Reich auseinander in eine große Zahl kleinerer Dynastien, die oft nur ein paar Jahre an der Macht waren und sich gegenseitig bekämpften. Die erste Kaiserdynastie des ersten Kaisers dauerte nur vierzehn Jahre und zerfiel schon 207 vor unserer Zeitrechnung.

Der Wolf hat bis zu seinem Lebensende nach der zinnoberoten Pille der Unsterblichkeit und dem Einhorn gesucht.

Der Kanzler Li Si (280–208) überlebte den Wolf und wurde während der Auseinandersetzungen um dessen Nachfolge öffentlich hingerichtet und gevierteilt.

Prinz Dan von Yan (?–226) floh mit seinem Vater, König Xi, nach der Niederlage in der Schlacht am Yi und dem Fall der Unteren Hauptstadt in die Obere Hauptstadt. Nachdem auch die Obere Hauptstadt gefallen war, versuchte der König, sich zu retten und den Wolf milde zu stimmen, ließ den Prinzen enthaupten und schickte seinen Kopf dem Wolf. Es half nichts.

Zu den erwähnten Philosophen

Konfuzius (vermutlich 551–471) stammte aus dem Reich Lu und ist der wichtigste Lehrer des chinesischen Volkes. Seine Gedanken prägen bis heute mehr oder weniger das chinesische Leben. Ihm zugeschrieben werden: das *Buch der Wandlungen*, das *Buch der Lieder* (aus dem das bei uns leicht veränderte Lied vom Einhorn stammt), das *Buch der Urkunden*, das *Buch der Riten* und das Buch *Chunqiu*, also die *Frühlings-und-Herbst-Annalen des Staates Lu* (nach denen der Herr Frühling-und-Herbst benannt ist). Nicht von ihm, sondern von seinen Schülern zusammengestellt sind die *Gespräche* des Konfuzius mit seinen Anhängern, in denen er seine Gedanken erklärt. Diese Bücher sind alle in deutscher Sprache erhältlich.

Mengzi (370–290), ein Weiser in der Folge von Konfuzius. Seine Gedanken finden sich in dem Buch, das einfach seinen Namen trägt. Eine deutsche Übersetzung liegt vor.

Laozi (vermutlich 6. Jahrhundert v.), ein legendärer Weiser, von dem nichts sicher ist und alles Vermutung. Zur Niederschrift des Buches, in dem seine Gedanken zu finden sind, hat ihn der Legende nach ein Passwächter gezwungen, als er das Land verlassen wollte. Erst nachdem er seine Lehre niedergeschrieben hatte, ließ der ihn passieren. Das Buch heißt *Daodejing*, der *Klassiker vom Dao und vom De*, und ist eines der berühmtesten und am meisten übersetzten chinesischen Bücher überhaupt. Auch in deutscher Sprache gibt es eine ganze Reihe von Übersetzungen.

Zhuangzi (365–290), wie Laozi ein sogenannter Daoist, also jemand, der in bestimmter Weise über das *Dao*, den *richtigen Weg*, nachdenkt. Seine Gedanken sind, teilweise von ihm selbst, teilweise von Schülern, niedergelegt im *Wahren Buch vom südlichen Blütenland.* Das ist ein Buch voller eigenwilliger, seltsamer und auch komischer Geschichten, eines der schönsten und reichsten Bücher der chinesischen Tradition. Eine Übersetzung ins Deutsche liegt vor. Die Geschichten, die der Gelbe Ritter erzählt, stammen aus diesem Buch.

Kleine Schriftzeichen- und Aussprachekunde

Die *chinesischen Schriftzeichen* sind Bilder – das ist ein sehr weit verbreitetes Missverständnis: Chinesische Schriftzeichen sind *keine Bilder*! Nur fünf Prozent aller chinesischen Schriftzeichen, es gibt davon ungefähr 50000, haben einmal als Bild angefangen. Eine gute Hinführung zu chinesischen Schriftzeichen und ihrer Geschichte findet man im Internet unter

http://de.wikipedia.org/wiki/Chinesische_Schrift#Geschichtliche_Entwicklung_der_chinesischen_Schrift

und unter

http://www.epochtimes.de/articles/2007/09/03/161918.html

Ein sehr schönes Buch zu diesem Thema mit Sprechübungen und sehr witzigen Einführungen in den chinesischen Alltag (mit Stäbchen essen, Bus fahren, feiern usw.) ist: »Chinesisch superleicht! Für Anfänger«, Dorling Kindersley, München 2007.

Die Aussprache der Namen, die in unserer Geschichte vorkommen, ist im Text jeweils angemerkt. Allerdings nicht in der heute üblichen Pinyin-Umschrift (d.h. Buchstaben-Umschrift). Diese stammt aus Peking und richtet sich nach der Art und Weise, wie man im Englischen und Russischen Laute umschreibt. Wir haben eine Umschrift gewählt, die sich nach den Gewohnheiten der deutschen Lautschreibung richtet.

Die wichtigsten Laute, die im Buch vorkommen, sollen hier

noch einmal zusammengefasst werden. Dabei wird die Pinyin-Umschrift mit einer deutschen Aussprache erklärt.

-ch-	beim Herrn Chunqiu	-tch- (wie in Ketchup)
-e-	beim Gege	-e- (wie in Katz-e)
-eng-	bei dem Weisen Mengzi	-eng- (e wie in Katz-e)
-h-	beim Gelben Fluss Huanghe	-ch- (wie in Rache)
-ian-	wie bei Tian Guang	-iän-
-q-	bei Herrn Chunqiu	-gehauchtes ts oder z-
-r-	wie in *ren* für *Mensch*	gibt es im Deutschen nicht (wie das englische -r- in road)
-si-	wie bei Kanzler Li Si	scharfes -ss- wie in Straße plus -e- wie in Katz-e
-x-	wie bei König Xi	gehauchtes -ch- und -s- gleichzeitig
-y-	wie im Reich Yan	-j-
-zh-	bei dem Weisen Zhuangzi	-dsch-
-zi-	bei allen Weisen	-dse- (e wie in Katz-e)

Hans Peter Hoffmann, 1957 in Saarbrücken geboren, studierte Sinologie und Germanistik, veröffentlicht zur Philosophie und Literatur Chinas und übersetzt aus dem Chinesischen. Er lebt und lehrt in Tübingen. »Der Flug auf dem Drachen« ist sein erster Jugendroman und sein erstes Buch bei Hanser.

Außerdem bei Hanser:

Ange Zhang
Rotes Land Gelber Fluss

56 Seiten
Mit zahlreichen farbigen Illustrationen des Autors
ISBN 978-3-446-20908-4

1966 ruft Mao Zedong die Kulturrevolution aus, den Aufstand der Jungen gegen alles Alte, Intellektuelle und Westliche. Da ist Ange Zhang 13 Jahre alt. Sein Vater ist ein berühmter Dichter, doch das schützt ihn nicht vorm Terror der Roten Garden; er wird gedemütigt und eingesperrt. Ange selbst ist hin- und hergerissen. Zu gern würde er sich dem Sturm der Altersgenossen anschließen. Doch das Schicksal des Vaters lässt Ange zweifeln: Wieso soll es ein Verbrechen sein, Gedichte zu schreiben? Ange liest in den verbotenen »westlichen« Büchern des Vaters. Ihm begegnet zum ersten Mal der Gedanke, dass jeder Mensch das Recht auf ein selbstbestimmtes Leben hat. Dieser Gedanke lässt ihn die zehn langen Jahre bis zum Ende der Kulturrevolution überstehen.

Nominiert für den Deutschen Jugendliteraturpreis 2008

Ein in seiner Unmittelbarkeit und Kürze berührender Bildband.
Frankfurter Allgemeine Zeitung

Eine eindrucksvolle Bilderbuch-Autobiografie über ein nachwirkendes, bedrückendes Kapitel Zeitgeschichte. DIE ZEIT

Ein Glücksfall subjektiver Geschichtsdarstellung aus Jugendperspektive mit einem informativen Nachwort. Neue Zürcher Zeitung

Außerdem bei Hanser:

Linda Sue Park, David Almond, Eoin Colfer, Deborah Ellis, Nick Hornby, Roddy Doyle, Tim Wynne-Jones, Ruth Ozeki, Margo Lanagan und Gregory Maguire

KLICK!
Zehn Autoren erzählen einen Roman

224 Seiten

ISBN 978-3-446-23308-9

Der Fotograf Gee Keene vermachte seinem Enkel Jason Fotos berühmter Sportler und seiner Enkelin Maggie sieben Muscheln. Zehn Top-Autoren spüren diesem sonderbaren Erbe nach: Sie führen den Leser von Gees Heimat in den USA auf eine Weltreise über England, Russland und Frankreich nach Irland (wo Muhammad Ali ein Foto für Jason signiert), nach Japan (wo Gee eine der sieben Muscheln bekommt) und an visionäre Orte in Australien und in Amerika. Endlich kann Maggie den letzten Wunsch ihres Großvaters erfüllen und die Muscheln in alle sieben Meere zurückwerfen, aus denen sie stammen ...

Ausgezeichnet mit dem LUCHS von Radio Bremen und der ZEIT

Man merkt die Begeisterung, mit der diese literarische Komposition die Autoren beflügelte. KLICK fasziniert durch die variantenreiche Vielfalt des Erzählens. Süddeutsche Zeitung

Diese Geschichten zeigen, was alles möglich ist an Tönen und Themen in der Jugendliteratur, und das auf hohem Niveau. Deutschlandradio

Eine faszinierende Collage aus Erzählungen – nicht nur für Jugendliche! Eselsohr